KB144673

마인
mine

마인 mine 1

백미경 대본집

내 삶이 빛나는
단 하나의 이유

호우야

## 머리말

한 번도 내보지 않은 대본집을 처음으로 내봅니다.

이번 드라마는 유독 제작 기간이 짧았지만 그래도 할 수 있는 한 최선을 다했습니다. 사람들에게 저만의 메시지를 전할 수 있다는 감사한 마음은 물론 보는 사람들에게 제 메시지가 작은 힘이 될 수 있기를 바라는 마음에서였습니다.

제가 이번 드라마로 도전했던 이야기는 여자를 둘러싼 수많은 사회적 편견을 깨부수는 것이었습니다. 그래서 등장인물도 성소수자, 계모, 미혼모, 예인 출신 종교인 등 조금은 특별한 캐릭터로 설정해보았습니다.

개인을 둘러싼 다양한 수식어와 꼬리표가 있지만, 저는 사람들이 그것에 묶이지 않길 바랍니다. 우리는 그 어떤 수식어에 제한될 수 없는 존엄한 자유와 무한한 가능성을 가지고 있으니까요.

자신만의 길을 걸어가는 사람들에게 응원의 박수를 보낼 수 있는 사회가 되길 바랍니다. 이 작품이 작가를 꿈꾸는 작가 지망생뿐만 아니라 드라마를 의미 있게 봐주신 분들에게도 삶에 대한 작은 격려가 되길 바랍니다.

　　<마인>은 궁극적으로 자신에게 가장 소중한 게 무엇인지 스스로 되물어 보게 하는 드라마입니다.

　　세상이 변해도 남아 있을 진짜 나의 것이 무엇인지, 혹은 어떤 상황에도 끝까지 지켜내야 할 나의 것은 무엇인지……. 물론 사람마다 그 '나의 것'은 다를 거라고 생각합니다.

　　당신의 '마인'이 무엇이든 전 여러분들을 응원합니다. 제가 이 드라마를 쓰면서 원했던 건 모두의 마인이 인정받는 사회였기 때문입니다.

　　이 드라마를 쓰면서 저도 저의 마인을 찾게 되었습니다. 다음엔 제가 찾은 마인을 가지고 새로운 작품으로 만나뵙겠습니다.

　　감사합니다.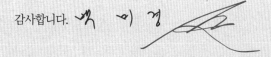

# 마인이란?

⋮

여유롭고 행복한 삶을 살아가던 두 여자에게
낯선 여자가 찾아온다.

그날 이후, 나의 것이라고 믿었던 것들이
하나씩 무너져간다.

어떤 것을 지키고, 누구의 손을 잡을 것인가.

무엇이 진짜고 무엇이 가짜인가.

자신을 보호한다고 믿었던 것들이
자신을 공격하기 시작한다.

자신의 정체성과 가치를 지켜 나가기 위해
명예롭게 전진한다.

나의 것이라 믿었던 것들에서
용감하게 벗어나 진짜 나를 찾아 나가는
강인한 여성들의 이야기.

*** 블루다이아몬드가 왜 필요하죠?
내가 블루다이아몬드보다 더 빛나는데.

# 서희수

30대 후반
전직 여배우, 효원그룹 둘째 며느리.

스물여덟에 베니스 영화제에서 여우주연상을 받고 알 수 없는 허무감이 몰려왔다. 이때 영국 여행길에서 지용을 만나 운명의 사랑에 빠진다. 하지만 그 남자는 국내 재벌 효원그룹 차남에, 떠나버린 첫사랑이 남긴 두 살짜리 아들이 있었다. 희수는 진심으로, 사랑으로 두 사람을 품었다.

희수는 재벌가 며느리라는 새로운 삶을 살기 위해 배우도 그만두고 이들과 어울리려 노력하지만, 절대 자신을 낮추지도 높이지도 않고, 매사 당당하며 변화하는 상황 속에서도 자신의 존재와 색채를 지켜 나간다. 그러던 어느 날, 희수의 인생에 새로운 운명의 여인이 등장한다.

바로 자신의 아들 하준의 프라이빗 튜터로 들어온 강자경이다. 희수는 강자경이 자신과 지독하게 얽힌 운명의 여인이란 것을 상상도 못 한 채 그녀를 신뢰한다. 그녀에 관한 비밀이 드러나고, 희수는 자경과 함께 엄청난 욕망의 소용돌이에 빠지면서 서희수 본연의 모습을 드러내기 시작하는데…

••• 나를 빛나게 해주는 건 바로
내가 선택받은 특별한 사람이라는 겁니다.
누구나 가질 수 없는 희소성이 절 빛나게 해주죠.

# 정서현

40대 중반

효원그룹 첫째 며느리, 재벌가 집안의 딸, 뼛속까지 성골 귀족.

효원그룹 첫째 며느리로 타고난 귀티와 품위, 그리고 지성까지 겸비한 재벌가 출신 여인이다. 이혼남이자 아이까지 있는 진호이지만 효원의 맏아들이기에 그녀에겐 아무 문제가 되지 않았다. 남편 진호의 아들인 수혁에 대한 애정도 없었다.

　그녀는 자신의 감정은 철저히 묻어둔 채 오직 사회적 인정과 자신의 품위 유지만 생각하는 화려한 상류층 여자로만 살아간다. 서현에게 가족이란 비즈니스 파트너일 뿐이다. 분노조절장애가 있는 효원가 사람들조차 그녀를 함부로 대하지 못하게 한다. 어찌 됐건 재벌 가문 출신에 알코올중독 남편 진호를 내조하고 자기 자식도 아닌 수혁을 훌륭히 키웠기 때문이다.

　이렇게 이성으로 무장한 서현에게 겨울 왕국 같던 그녀의 에고를 녹여버릴 뜨거운 일들이 일어나면서 차갑고 냉정하던 서현은 수혁을 통해 새로운 형태의 따뜻한 모성을 보여준다.

*** 인생은 내가 살아가야지,
돈으로만 살아가려고 하면 안 되는 거야.

# 한지용

30대 후반

희수의 남편, 효원그룹 둘째 아들.

영국의 어느 허름한 스시집에서 당시 톱 여배우 서희수를 만나 사랑에 빠진다. 천성이 여유롭고 부드러운 남자. 젠틀함이 몸에 배어 있다.

　재벌 그룹 효원가의 차남이지만 지용은 양순혜 여사가 낳은 아들이 아닌 한 회장의 혼외자다. 모계 혈통이 이리도 무서운 건지 진호와 진희, 두 자녀와는 성품이 판이하게 다르다. 인품 좋고 능력 좋아 집안의 강력한 후계자 1순위다. 자신이 혼외자라는 것과 두 살짜리 아이가 있다는 고백에 지용을 가슴으로 더 깊게 받아들인 희수를 사랑하고 존중한다. 그렇게 지용은 희수와 함께 효원가에서 믿기지 않을 만큼 너무나 인간적인 삶을 살아간다.

　어느 날, 하준의 프라이빗 튜터로 자경이 들어오면서 믿음과 사랑으로 꽁꽁 굳어진 희수와 지용의 관계가 비틀거리기 시작한다.

*** 내가 숨긴 발톱이
내가 사랑하는 사람까지 할퀴게 될까 봐…
내가 겁나는 건 그거 하나뿐이야…

# 강자경

30대 중반

하준의 프라이빗 튜터.

평화로운 효원가에 찾아온 희수의 아들 하준의 시크릿 튜터. 사람에 대한 경계심이 없는 희수는 그녀를 반갑게 맞이하고 자경과 허물없이 친해질 수 있었다. 자경이 희수의 사람을 건들기 전까지는. 자경은 희수의 선을 넘고 들어와서는 희수의 고유 영역까지 없애기 시작한다.

　자경이 효원가에 들어온 이유는 순수하지 않았다. 그것은 자경의 오랜 욕망이자 비밀스러운 계획이었다. 효원가에서 반드시 해야 할 일이 있었다. 그 일을 위해 살아왔다.

　자경은 희수의 진심을 알고 그녀가 다치길 바라지 않았지만 관성이 붙어버린 자경의 욕망은 멈출 줄 모르고 결국 희수와 맞서게 된다. 하지만 희수는 절대 약한 상대가 아니었다. 희수는 무너지지 않고 자경의 욕망에 맞서 함께 벼랑 끝까지 달리게 된다.

••• 너와 내가 사는 세상이 달라 보여?

# 한수혁

20대 중반

효원그룹의 장손. 정서현과 한진호 사이의 아들.

말 그대로 재벌 3세다. 태어났을 때부터 모든 걸 다 가진 듯 완벽해 보이지만 어린 나이에 가슴 아픈 이별을 경험한 수혁은 너무 빨리 성숙한 어른이 돼버렸다. 세상의 좋은 것들은 다 모아둔 왕국 같은 효원가에서 왕자처럼 자란 수혁은 세상일에 무심하다.

효원가의 관례대로 미국으로 유학 가서 우수한 성적으로 졸업하고 돌아오지만 그 무엇도 마음이 가지 않는다. 그냥 다 벗어버리고 뛰쳐 나가고 싶지만 26년 소공자의 삶을 벗어던질 명분을 아직 찾지 못했다. 집안에서 원하는 여자와 약혼도 할 것이고, 자신이 아무것도 하지 않아도 주어질 재벌 3세의 인생을 받아들이기로 한다.

불면증을 앓던 수혁은 모두가 잠든 넓은 저택에서 자기처럼 잠들지 못하는 한 사람을 만난다. 둘은 운명의 장난처럼 방을 한번 바꿔 자보기로 하는데 신기하게도 방을 바꾼 후 드디어 자기 안식처를 찾은 듯 편히 잘 수 있게 된다. 가난하지만 당차고, 그리워하는 엄마의 모습을 가진 그녀에게 끌리기 시작하는 수혁.

‧‧‧그 어두운 곳에 웅크려 있지 말고 나와‧‧‧
내 손 잡고‧‧‧

# 김유연

20대 중반
서현이 들인 젊은 메이드. 수혁과 운명적 사랑에 빠지는 인물.

가난한 다둥이 집의 첫째 딸. 국립대를 졸업한 후 갖은 알바와 유치원 교사 생활을 하며 겨우겨우 학자금 대출을 갚았지만 부모님이 진 빚 때문에 유치원에 깡패들이 찾아온다. 그 바람에 일을 할 수 없게 된 절망적인 상황에서 엠마 수녀의 소개로 서현의 집 메이드로 들어간다. 더 이상 가난의 공포에 떨 필요가 없기에 유연에겐 그곳이 신성한 일터다.

유연에겐 불면증이 있다. 가족을 위한 삶을 살며 겉으론 아무렇지 않게 행동하지만 사실 그녀는 삶이 너무 힘들다. 밤이 되고 고단한 하루를 마무리하며 침대에 누울 때면 그녀는 현실적 고민들에 짓눌려 잠들지 못한다. 신성한 일터인 그곳에서 자기처럼 잠들지 못하는 남자 수혁을 만나게 된다.

삶 자체에 지친 유연은 그 어떤 사람도 자신의 불행한 삶에 끌어들이고 싶지도 않고 그 삶을 공유하고 싶지도 않았지만 의지에 반해 갑을 관계 속에서 마주한 남자. 선을 넘어선 안 된다 스스로 되뇌지만 소용없다.

❖❖❖ 내가 내 멋대로 산 줄 알지? 내가 원하는 걸
제대로 가져본 적이 있는 줄 알아? 재벌이 이런 걸
엄마 배 속에서 알았으면 나 안 태어났다!

# 한진호

40대 중반

효원그룹의 장남이자 서현의 남편, 수혁의 친부.

겉으로 보이는 외모는 속절없이 부드럽기만 하다. 철없는 멘탈 덕에 나이에 비
해 심한 동안이지만 내면은 열등감투성이다. 자신의 모자란 자아 때문에 젊은
시절엔 알코올에 의존하기도 했고, 술만 먹으면 인사불성이 됐다. 서현과 결혼
한 후 술을 끊겠다 선언하고 대신 복권 긁는 취미로 그 허전함을 대체한다.

둘째인 여동생 진희보다 공부를 못해서, 동생 지용보다 모든 면에서 뒤처져
서 집안의 미운 오리 장남이 된 지 오래다. 지용과 번번이 비교돼 평생을 콤플
렉스에 시달려왔다. 하지만 아내인 서현 덕분에 구제 불능 이미지가 많이 순화
된다.

자신의 유일한 자랑인 아들 수혁이 기업을 물려받게 하는 게 그가 가진 표현
되지 않은 채 도사리고 있는 유일한 야망이다. 수혁과 유연이 사랑에 빠진 것
을 알고 서현과 대치하지만, 끝까지 자신을 버리지 않는 아내 서현의 진심을
모르겠다.

 누가 내 앞에서 등 보이래?
너 나 무시하는 거야? 죽고 싶어 지금? 야~!!

# 양순혜

70대 초반
한 회장의 부인이자 희수의 시어머니, 효원그룹의 왕사모.


괴팍하고 새된 음성만큼이나 옷차림이나 외모 모두 무시무시하다. 하지만 마
치 배우처럼 복수의 관계자들과 외부 인사들 앞에선 고상하고 우아한 척한다.
따지고 보면 양순혜의 포악함이 극대화된 건 남편이 결혼생활 4년 만에 다른
여자가 생겨 혼외자인 지용을 낳으면서부터인 것이나 다름없다.

남편인 한 회장은 지용을 열 살 때까지 유모라는 이름으로 친모 품에서 크게
했고, 지용의 친모는 공식적으로 그 집을 드나들며 자신을 모욕했다. 참고 사는
대신 친모를 미워하며 자신의 화를 맘대로 풀고 사는 쪽으로 합리적인 노선을
정했고, 해를 거듭할수록 그 포악함은 진화됐다.

자신이 배 아파 낳은 두 자식에 비해, 자신에게 살갑게 굴고 모든 것이 뛰어
난 막내 지용을 재계 인사들이 칭찬하자 자신의 체면을 위해 혼외자인 지용을
감싸고 돌아 지용이 혼외자라는 게 소문만 돌 뿐 기정사실화되진 않았다.

*** 미자야 쪼매 기다리라.
내가 곧 간다···

# 한 회장

70대 초반
효원그룹의 회장, 희수의 시아버지.

그 시절 우리가 사랑하던 낭만파 음악과 같은 멋쟁이 젊은이였다. 오페라와 가곡을 사랑하고 클래식에 조예가 깊은 낭만주의자이지만 사랑 없는 여자와 결혼하게 되고, 그 길고 긴 결혼생활의 불행을 기업가로서의 책임감으로 상쇄하며 기업 총수로서 최선을 다해 살았다. 효원그룹 내 배임 횡령 사건이 터지면서 뇌혈관도 같이 터져 코마 상태가 되고 미소를 지은 채 누워 있는 동안 집안은 쑥대밭이 된다.

그는 지용의 친모인 김미자를 사랑했다. 그녀는 40대에 죽어버렸다. 이제 그녀에게 갈 때가 되었나 싶은데 깨어났다. 그리고 자책한다. 모든 게 내 잘못이었어···.

# 한하준

8살
지용의 친아들이자 희수가 마음으로 낳은 아들.

운명적 친밀감이 있는 희수와 아름다운 모자 관계인 하준. 하지만 자경이 등장하면서 하준과 희수 사이에 비극적인 틈이 생기며, 그건 무엇으로도 메울 수 없다는 걸 알게 된다. 어린아이가 감당하기엔 너무 큰 슬픔을 겪는다.

••• 왕이 에티켓이 있을 필요가 있니?
신하가 있어야지? 니들은 어차피 내 밑에서
기어야 돼. 타고난 운명이 그래!

# 한진희

40대 초반
희수의 손위 시누이자 효원그룹 장녀.

효원그룹 후계자 서열 2위다. 머리도 좋고 공부도 잘했다. 경영 능력도 탁월하고 야망도 크다. 하지만 심각한 인격장애에 분노조절장애다. 자신의 엄마와 오빠가 그러하듯 괴팍하고 인품에 문제가 많은 다혈질이다.

하지만 그 속내를 들여다보면 심각한 애정결핍이다. 재벌의 딸로 태어났지만 엄마는 모든 걸 돈으로 해결했고, 친구들도 자신을 좋아하지 않았고, 남편도 자신이 따라다녀 보답받지 못한 사랑을 안고 결혼했다. 어느 누구에게도 따뜻한 사랑을 받아보지 못한 그녀는 사람을 사랑하는 법을 몰랐다. 모든 걸 가져도 불쌍하다는 생각이 들게 만드는 진희는 재벌이 만들어낸 황금으로 빚어진 아픈 괴물일 뿐.

사랑보다 미움이 익숙한 삶을 사는 진희. 그녀는 어느 시점부터 개과천선이 불가능해진 자신을 깨닫고 그냥 이렇게 살아야겠다고 생각한다.

••• 어떻게 하면 날 놔줄 수 있겠니?

# 박정도

40대 초반
한진희의 남편.

효원그룹의 사위이자 진희의 남편. 상류층 사람들 사이에서 한진희는 결혼 기피 대상 1호였으나 집안의 영달을 위해 그녀와 정략결혼하게 된 비극의 운명을 타고난 사내. 폭풍도 한 철일진대 끝날 줄 모르고 계속되는 게릴라전 같은 결혼생활에 지쳤다. 그녀와 집 안이 초전박살 나는 수준으로 물건을 때려 부수며 싸우지만 서로의 몸을 다치게 하지 않는 원칙하에 그렇게 스트레스 풀며 산다.

　이혼을 꿈꾸지만 이혼은커녕 죽어서도 지옥까지 따라가서 괴롭히겠다는 진희의 말이 진심 같아서 더 무섭다.

◆◆◆ 그들은 지옥에 빠진 거예요. 지옥에서는 먹어도
먹어도 배가 고프거든요. 만족하지 못하니까…
그게 바로 블루다이아 저주예요…

# 엠마 수녀

60대 초반
본명 백설화. 본당 수녀이자 미혼모지원센터장.

희수가 미혼모 봉사 활동을 갔다가 만나게 된 수녀. 그렇게 인연이 되어 희수
가 만든 성경 공부 모임인 '일신회'의 정신적 멘토가 된다.

　푸근한 인상에 사람의 마음을 움직이는 단정하고 따뜻한 진심의 눈빛과 화
술을 갖췄다. 상담 조건은 자신이 일하고 있는 성당의 후원단체인 미혼모 재단
에 기부하는 정도이며, 어떤 사례비도 받지 않는다. 말하자면 상류층의 정신 자
문 위원이다.

　그녀와 상담이 끝나면 모든 걸 치유 받은 듯한 사람들… 어느덧 엠마 수녀는
효원가를 중심으로 한 상류층 사람들의 정신세계를 지배하며 일신회를 이끈
다. 이런 독특한 행보를 가진 엠마 수녀를 보며 사람들은 그녀의 정체를 갈수
록 궁금해하지만 그녀의 비밀은 쉽게 밝혀지지 않는다.

••• 힘들게 이 사람 저 사람 관리하지 말고
내 자산 관리만 해볼래?
내 돈을 마치 니 돈처럼 쓰면서?

# 서진경

50대 초반

갤러리장. 하원그룹 세컨드.

일신회 멤버이자 하원갤러리 대표. 양순혜의 사촌 오빠가 명예회장인 하원그룹 세컨드였으나 남편인 양 회장이 숙환으로 별세한 뒤 엄청난 유산을 물려받은 슈퍼다이아 미망인이 된다.

# 미주

40대 초반

일신회 멤버로 전통 재벌이 아닌 사채업으로 돈을 번 집안이라 전형적 재벌 집안에 열등감을 가진 인물.

# 재스민

30대 중반

교포이며 미스 뉴욕 출신. 일신회 멤버로, 미모로 한참 나이 많은 남편과 연애해 결혼했으나 지금은 남편이 죽기를 바라는 불행한 상류층.

❖❖❖ 재벌가 사람들은 다 배우예요. 그것도
       끝내주는 연기력을 가진⋯ 작은 사모님이
       제일 발연기자죠. 자기감정을 늘 들키거든요.

# 주 집사

### 40대 중반
본명 주민수. 효원가의 헤드 메이드.

천성은 평범했으나 재벌가 집사 10년 만에 제대로 된 이중인격이 되었다. '디 오리지널'을 꿈꾸는 만큼 메이드의 품격도 남다르다. 그 우두머리 노릇을 하는 주 집사는 이 집안을 위해 영혼을 바쳤다. 집안의 모든 비리를 함구하고 있기엔 회장님이 선물한 강남의 45평 아파트 한 채로는 부족하다. 한 회장과 양순혜 여사 사이에서 적당한 양다리로 처신을 잘해 이 정도 능력이면 자서전을 써야 하나 싶다.

　하지만 시간이 흐를수록 그 진심과 실체가 미스터리하다. 누구 편인지 알 수 없는 행동들은 더욱 수상쩍다. 게다가 사건 당시 그녀의 진술은 다른 이들의 목격담과 모든 게 상이해 사건을 더 미궁 속으로 빠뜨린다.

# 김성태

### 30대 후반
효원가의 유일한 남자 집사.

재벌가에서 일하면서 되레 재벌을 불쌍하게 여기는 인물. 그러면서 블루다이아를 훔쳐 달아나다 주 집사의 노예가 된다.

# 오수영

30대 초반

희수와 지용의 스케줄 관리를 하는 비서 겸 집안의 서브 집사. 서열상 주 집사의 하위 포지션.

# 고미진 메이드1

# 황경혜 메이드2

# 이주희 메이드3

# 오주연 메이드4

# 민상아 메이드5

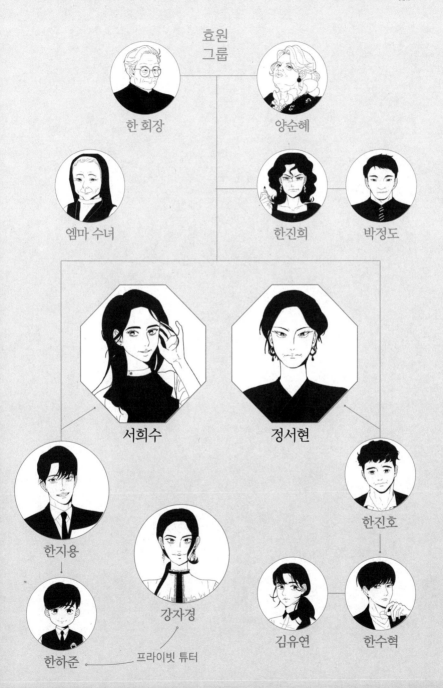

  CONTENTS

# 1

## 낯선
## 사람들

The Strangers

음악(ON) 홀리<sup>holy</sup>한 <상투스>가 흐르는 위로.

S#1     성당 안 /N
        두 손을 모으고 뜨거운 마음을 침잠된 표정 속에 숨긴 채 무릎
        을 꿇은, 그러나 허리는 받쳐 들고 기도 중인 엠마 수녀의 모습.

엠마     …저희를 유혹에 빠지지 않게 하시고… 악에서 구하소서…

(인서트)   효원가 메인 저택 (흑백 화면) /N
        어둠 속, 섬광처럼 스치는 진한 핏물이 가득한 저택 바닥.

        -다시 성당 안-
        떠올리자 괴로운 듯 눈꺼풀이 심하게 흔들리던 엠마 수녀, 그렇
        게 눈을 뜨는데. 결심한 듯한 그녀의 표정과 단단히 다문 입술.

S#2     성당 밖 - 효원가 메인 저택 (교차) /N

걷고 있는 엠마 수녀, 그 발걸음이 점점 빨라지기 시작한다. 그녀의 빠른 발걸음과 교차되며 인서트되는 사건 현장.

(인서트)   효원가 메인 저택 /N
S#1의 인서트가 확장되는─사람의 손인 듯 보이는 실루엣, 피가 점점 새어 나온다.

-다시 성당 밖-
아름답고 고요하던 음악이 베르디의 <레퀴엠>과 오버랩됨과 동시에 그녀의 발이 뛰기 시작한다. 헐떡이며 뛰고 있는 엠마 수녀. 그녀의 거친 숨소리 교차된다. 긴박하고 속도감 있게 교차되는 와중, 눈을 뗄 수 없게 인서트되는 선혈이 흘러나오는 대저택의 홀 바닥이 피로 물들고 엠마 수녀의 거친 숨소리.

S#3   태정경찰서 /N
경찰서 전경 보이지 않고, 엠마 수녀 문을 휙 열자 음악도 끝난다. 땀범벅된 엠마 수녀의 그로테스크한 표정, 그리고…

엠마   제가 봤습니다. 피를 흘리며 죽어 있는 걸… 살인 사건입니다.

(인서트)   효원가 저택의 괘종시계 / N → D
종소리가 혼란스럽게 울려 퍼지며, 고풍스러운 시계의 바늘이 반대로 돌아간다.

S#4        효원가 저택 1(이하 카덴차) 밖- 안 /D

평화롭고 웅장한 효원가의 모습이 보인다. 아름다운 정원에 흩뿌려지는 스프링클러. 거대한 새장 안- 작은 연못과 공작새 (노덕이)까지 있는 대정원이다. 메인 저택을 지나면 작은 규모의 저택이 하나 더 보인다. 품격 있는 재벌가 저택의 익스테리어Exterior가 스케치되는 위로.


희수(소리)   잠언 22장 말씀입니다. 이름은 큰 재산보다 값지고 명성은 은보다 금보다 낫다. 서로 마주치는 부자와 가난한 이, 이들을 모두 지으신 분은 주님이시다.


S#5        효원가 저택 2 (이하 루바토) 거실 /D

젊은 부자의 모던하고 고급스러운 거실에 앉아 있는 엠마 수녀와 희수.


엠마/희수(소리) **아멘~**

엠마(소리)   희수 자매님은 금이나 은보다 은총을 택할 자신이 있습니까? 오늘은 우리 이 얘기를 나누어봐요. 자매님이 절대 버릴 수 없는 나의 것이 무엇인지… 정말~ 내 거!가 뭐가 있는지…


희수, 거실을 둘러본다. 품위 있는 그림들 사이로 하준·지용·희수의 행복한 가족사진, 배우 시절 화려한 희수 사진, 젊은 시절 지용의 승마 사진, 유년 시절 지용·진호·진희가 젊은 한 회장과 함께 찍은 사진, 3~4세 정도의 하준이 찍은 사진 등이 보여지며.

| 엠마 | 우리 희수 자매님만의 '내 건' 뭐가 있어요? |
|---|---|
| 희수 | …내 거… (생각하고 뭔가 말하려는 여운이 길어지면서) |

S#6    S.H 뮤지엄 밖 + 안 /D

화려한 외경이 보이는. 함께 뮤지엄 주변을 둘러보는 서현. 관계자들로부터 이것저것 설명을 듣고 있다. "2층의 절반이 다 화장실인 건 건축가들도 첨이라 당황하더라고요." "공연 보고 나와서 불편하지 않게. 특히 여자 화장실…" "모든 것이 첨이 되도록 만들어주세요." 등등. 공사 관계자들과 뮤지엄 안으로 들어가는 서현. 옆에 서 비서 수행 중이고. 뮤지엄 안은 마무리 작업이 한창이다. 서현, 행복한 시선으로 보고 있다.

| 서현 | 내 이름이 브랜드화된 멀티컬처 콤플렉스잖아요. 공연장과 전시장이 함께 있는 만큼 둘 다 완벽해야 해요. 현장 상황 데일리로 보고해주세요. 제가 직접 핸들링할 거니까. |
|---|---|

이때 서현의 전화가 울린다. 전화 받는 서현.

| 서현 | 여보세요? (듣는) 아, 네, 튜터요. 제가 아니라 저희 동서가 구하는 겁니다. 확실한 사람이죠? (듣는) 알겠습니다. (전화 끊는다) |
|---|---|

뮤지엄을 흐뭇하게 보고 있는 서현의 모습에서.

S#7    동 저택 내 정원 /D

성경 공부가 끝나고 희수와 걷고 있는 엠마 수녀. 캐주얼한 대화
가 한창 무르익은 듯.


엠마    일신회 후원금이 작년보다 훨씬 규모가 커졌어요.

희수    다행이에요.

엠마    (끄덕이는) 감사할 따름이죠.

희수    우리 애기 엄마들 정말 멋있어요. 혼자서 아빠 없이 스스로 키우
       겠다고 결심했잖아요, 어린 나이에.

엠마    끝까지 키워내야 될 텐데요… 세상의 편견과 맞서 싸우고. 쉽지
       않은 길입니다.

희수    그러니 멋지단 거예요. 쉬운 길을 가지 않으니까…

엠마    (웃으며) 가보실 거예요, 유치원?

희수    그럼요. 우리 애들 오늘 유치원 첫날이잖아요.

엠마    맞아요. 그 후원도, 저희가 만난 지도 벌써 5년이 됐네요.

희수    (미소) 오늘은 제 차로 직접 수녀님 모실게요.

엠마    영광이네요. (웃는)



S#8    동 성당 관할 유치원 밖 /D

희수와 엠마 수녀, 편안한 웃음 가득한 채 유치원에 들어가려는
데 보이는 사내들이 유치원에 들어와 난장을 치고 있고 유연은
끌려 나와 저항하다 바닥에 넘어진다. 어린 수녀가 엠마 수녀를
발견하고 울먹이며 뛰어온다.

| 엠마 | 무슨 일이에요? |
|---|---|
| 어린 수녀 | 원장님, (우는) 저 사람들이 갑자기 들어와 김 선생님을 데려가겠 다고… |
| 엠마 | 뭐? (하고는 그들 쪽으로 향하는) |
| 어린 수녀 | (엠마를 따라가고) |

희수의 시선이 자연스레 유연과 사내들 쪽으로 향한다.

| 엠마 | 지금 뭐하시는 겁니까? 나가주세요. 유치원에서 이러시면 어쩝 니까? |
|---|---|
| 사내1 | 저희 지금 업무 중이라서요. (하자) |
| 희수 | (나타나) 부끄럽지도 않아요?! 애들 앞에서? |
| 사내1 | (희수에게 다가와 젠틀하게) 방해하시면 곤란한데… |
| 희수 | 난 그쪽이 곤란한데… |
| 사내1 | (싸하게 보는) |
| 희수 | (물러남 없이 노려보다 유연을 당겨 자신의 뒤로 보내고 핸드폰 드는) 여기 성 수동 현화유치원입니다. 불법 추심에 무고한 시민 협박에 무단 침입 신고 좀 하려고요. 빨리 와주세요. 도주 우려가 있어서요. (전화 끊고는 그런 사내들에게) 교육 현장이잖아요. 애들한테 준법정 신을 가르쳐야 해서. 조금만 기다리세요. 오래 안 걸려요. |

CUT TO

일각에 앉아 얘기 중인 엠마 수녀와 희수. 희수의 시선은 유연 에게.

| 엠마 | 아버지가 사채 빚이 많나 봐요. 동생이 셋이나 되고. 사정이 딱해요. |
|---|---|
| 희수 | 대체 빚이 얼마길래… |
| 엠마 | 저런 사채 빚 원금 보면 얼마 안 돼요. 없는 사람들은 그 돈 때문에 자살하고 죽이고 한답니다. |
| 희수 | (맘이 무거운) |

희수, 유연을 짠한 시선으로 보면- 유연이 망가진 텃밭의 모종을 다시 만지는 모습.


| S#9 | 카덴차 다이닝 홀 /E |
|---|---|
| 서현 | 그래서 그 여자애를 새로운 메이드로 들이자고? |
| 희수 | 오갈 데가 없나 봐요. 엠마 수녀님 말씀 들어보니까 사람이 되게 성실하고 착하대요. |
| 서현 | 그렇게 괜찮으면 동서가 데리고 있지 왜? |
| 희수 | 그 생각도 했어요. 유치원 교사였던 친구니까. 근데 효원가 내부 문제인데 형님 허락 받아야죠. 일단 형님이 한번 봐주세요. 하준이 튜터는 구하셨어요? |
| 서현 | (의미심장한) 응. 아주 괜찮은 사람! |

| (인터컷 1) | 카덴차 외경 - 루바토 외경 /E |
|---|---|
| | 먹구름이 깔린 하늘. 카덴차에 있는 서현의 모습. 루바토에 있는 희수의 모습이 교차되는 위로. |

| | |
|---|---|
| 엠마(N) | 예술과 음악을 사랑한 명예회장이 세계적인 건축가를 시켜 완성한 이 효원가의 대저택은 큰 집은 카덴차, 작은 집은 루바토라고 불렸습니다. |
| (인터컷 2) | 카덴차 내 /N<br>피 묻은 카덴차 거실 바닥 **O.L** 깨끗한 동 바닥을 걷는 서현의 발걸음과 얼굴 위로. |
| 엠마(N) | 사건은… 카덴차에서 났습니다. |
| S#10 | 어딘가 /N<br>천둥 번개 치는 밤거리를 걷고 있는 누군가. 틸트업하면 보이는 우산을 들고 걷고 있는 자경. 번개가 치자 드디어 자경의 얼굴이 보인다. 아름답지만 비밀을 간직한 듯한 얼굴. 번개에 놀라지도 않고 폭풍 속에서 조금도 흔들리지 않는다. 차갑고 강단 있게 서 있는 자경에게 점점 줌인하는 위로. |
| 엠마(N) | 철저한 카스트가 존재하는 곳이었어요. 하지만 그녀가 나타나고 모든 게 달라졌어요. 그 카스트가 붕괴되기 시작했습니다. |
| S#11 | 효원가 철문 앞 /D<br>여전히 비 오는 아침. 곧 그칠 듯 약한 보슬비 내린다. 검은 세단이 조용히 효원가 철문 앞에 선다. 검은 세단에서 내리는 자경. |

효원가의 거대한 철문 앞에 선 자경.


S#12    루바토 내 2층 - 거실 /D

아름다운 모습의 희수, 2층에서 내려오는데 수영이 다가온다.


수영    언니 그분 오셨어요!


S#13    동 저택 다이닝 홀 /D

희수, 환하게 웃으며 누군가를 보고 있다. 카메라 그런 희수의 시선을 따라가면 다름 아닌 유연이다. 희수, 태블릿에 전송된 유연의 이력서를 살펴보고 있다.


희수    스물일곱인데 사회생활 경험을 정말 많이 했네요.

유연    학자금 융자 받은 거 갚아야 해서 밤낮없이 일했습니다.

희수    전 그 경험을 높이 사서 말씀드린 건데…

유연    의중 이해했습니다.

희수    (첫눈에 맘에 든다) 애들 과외교사도 오래 하셨네요.

유연    네. 제가 애들을 좀 잘 봐요. 동생이 셋인데 막내가 아직 초등학생이에요. 제가 동생들 거의 키웠거든요.

희수    어떡해. 떨어져 있을 수 있겠어요? 여기서 숙식 해결하면?

유연    이사 갈 집에 방이 모자라서요. 저한테는 오히려 좋은 조건입니다.

희수    우리 하준이 맡기면 딱 좋겠는데.

| | |
|---|---|
| 유연 | 이름이 하준이예요? 사모님 닮았음 잘생겼겠어요. |
| 희수 | (표정, 미소) |
| 유연 | 저 정말 열심히 할게요. 그리고 사모님 너무 좋은 분 같아요. 저한테 좋고 싫고 선택의 권리가 있는 건 아니지만. |
| 희수 | 왜 없어요. 유연 씨 의사 너무 중요하죠. |
| 유연 | 감사합니다. |
| 희수 | 근데 저희 큰집, 그러니까 형님 집에 어서를 구하는 상황이라서요. |
| 유연 | (못 알아듣는) |
| 희수 | 회사의 크고 작은 회의나 손님들이 다 형님 댁에서 모이다 보니까 하우스 가이드 일을 해줄 젊은 메이드가 필요하거든요. |
| 유연 | 아 네⋯ 전 무슨 일이든 상관없습니다. |
| 희수 | 아 참⋯ 오늘 튜터 면접 있댔는데? (핸드폰으로 시간 확인하고는) 지금 하겠다. 형님한테 얘기해볼게요. (핸드폰 들어 서현에게 전화 거는 데서) |

S#14      카덴차 내 다이닝 홀 /D

희수와의 통화를 끝낸 서현. 서현 옆의 서 비서가 서현에게 페이퍼 이력서를 건넨다. 냉철하게 살펴보는 서현. 맞은편에 앉아서 그런 서현을 보는 자경.

| | |
|---|---|
| 서현 | 케어할 아이가 여덟 살 남자애예요. |
| 자경 | 네. |
| 서현 | 아이 엄마는 제가 아니라 제 동서고요. |

| 자경 | 네, 알고 있습니다. |
|---|---|
| 서현 | 추천해주신 이연그룹 사모랑 제가 오래 알고 지낸 관계라서요. 이연그룹 자제들 보딩스쿨 갈 때까지 매니징해주셨다던데, 맞나요? |
| 자경 | 네, 맞습니다. |
| 서현 | (자경의 단정한 모습이 몹시 맘에 든다) 그러지 말고 우리 집에서 일하시는 건 어때요? 이력이 업무에 비해 과하신 건 사실이지만… 강자경 씨가 맘에 들어서 하는 소리예요. 이 집에 게스트가 많이 방문해요. 저도 업무를 집에서 많이 보는 편이고요. 그래서 그분들 맞이할 젊은 하우스 가이드가 필요해요. 세크러테리 개념으로. 강자경 씨가 그 일을 맡아주신다면 메이드 업무는 빼겠습니다. |
| 자경 | (맘을 알 수 없는 표정으로 그런 서현 보는) |
| 서현 | 동서가 방금 적당한 튜터를 구한 거 같아서요. |
| 자경 | (그 소리에 표정 싸해지는데) |

이때 거실로 들어오는 진호. 그런 진호를 보는 자경. 자경, 진호를 보자 자리에서 일어나 인사한다. 진호, 습관처럼 예쁜 여자를 보자 한 눈으로 스캔한다. 그런 진호의 시선 읽은 서현.

| 서현 | 무슨 일이에요? |
|---|---|
| 진호 | 진희가 온대서. 여기서 얘기하려고 했는데… 내 서재에서 할게. (나가자) |
| 서현 | (진호의 행동이 심기에 거슬렸다) 원래 계획대로 작은집으로 가세요. 튜터…하세요! |

| | |
|---|---|
| 자경 | (만족스럽다) 알겠습니다. |

S#15   루바토 다이닝 홀 /D

전화 받고 뾰로통해진 희수.

| | |
|---|---|
| 희수 | 알았어요, 형님. (전화 끊는) 미안해요, 유연 씨… 큰집으로 가서야 할 거 같아요. |
| 유연 | (섭섭한) |

S#16   카덴차 현관 /D

서현도 다이닝 홀로 가기 위해 하이힐 신고 자경과 함께 현관에 서 있다.

| | |
|---|---|
| 서현 | 작은집에서 일하면서 문제가 생기면 무조건 나한테 보고하세요. |
| 자경 | 그러겠습니다. (고개 숙여 인사하는) |
| 서현 | (자경이 현관에 세워둔 명품 우산을 발견하고) 강 선생님? |
| 자경 | 네? |
| 서현 | 저거. (하고 우산 가리키며) |
| 자경 | 비가 그쳐서 깜빡했습니다. |
| 서현 | 한정판이네요. |
| 자경 | 가짜예요. |
| 서현 | (자경이 들고 있는 가방에 시선 간다. 역시 명품이다) 루이스드벨이네요. |

| 자경 | (들킨 듯 겸연쩍어하며 그 우산 챙겨 나가자) |
|------|------|
| 서현 | (예사롭지 않은 듯, 의심하는 눈길) |
| 자경 | (집 밖으로 나와 이내 싸해지며 미처 몰랐던 우산, 가방을 바라본다) |

S#17    동 저택 건물 밖 일각 /D

유연과 자경, 각자의 건물로 향하는 발걸음이 묘사되는 위로.

| 엠마(N) | 두 사람은 자신의 운명대로 자신이 가야 할 곳으로 갔습니다. 비록 인간이 알지 못하는… 신의 뜻으로 만들어진 운명이었지만…. |
|------|------|

카덴차로 들어가는 유연과 루바토로 들어가는 자경의 모습이 교차되는.

S#18    루바토 내 다이닝 홀 및 현관 /D

꽃과 식물들이 다이닝 식탁에 크게 펼쳐져 있다. 희수가 먼저 식물을 들고 과감히 줄기를 잘라 신선한 물에 담근다. 기분 좋은 희수, 옆에 있는 장미를 들어서 다듬으려는데 장미 가시에 손이 찔려 피가 난다. 카메라 그런 희수의 손과 희수의 불편한 표정을 보여준다.

-현관-

자경이 드디어 집 안에 발을 들인다. 의미심장하게 보여지는 자경의 발, 그리고 굳게 닫히는 현관문.

-다이닝 홀-

희수, 자신의 피 난 손을 보고 있는데 어떤 느낌이 들어 고개를 든다. 희수의 시선에 보이는 자경의 모습. 뒤로는 안으로 들여 안내한 메이드 4가 보인다. 그런 희수와 자경 두 사람의 얼굴이 교차되는 위로.

| 엠마(N) | 그곳이 천국인지 지옥인지… 그 사람이 천사인지 악마인지… 그들은 그땐 몰랐습니다. |
|---|---|

| 자경 | (고개 숙여 인사하는) 안녕하세요, 사모님. |
|---|---|
| 희수 | (일어나서 미소로 자경을 맞이한다) 강자경 씨? |
| 자경 | (희수를 보는 복잡한 심경이 한눈에 표현 안 될 정도다) |
| 희수 | (그런 자경의 표정 알아차리지만 연유는 알 길이 없는데) … 서희수예요. 반가워요. |

희수의 경계심 없는 호감 있는 미소와 자경의 표정이 교차된다. 이때 다이닝 홀로 들어오는 지용. 돌아보곤 흠칫하는 자경. 자경을 알아차리지 못하는 (듯하는) 지용. 지용, 자경의 시선에 아랑곳하지 않고 희수의 뺨에 키스한다. 보고 있는 자경.

| 희수 | (넥타이 바로 매주는) 일찍 들어왔네? 아 참, (미소) 자기야 인사해. 새로 오신 튜터. |
|---|---|
| 자경 | 안녕하세요, 강자경입니다. |

| 지용 | (별 관심 없는) 네, 우리 아들 잘 부탁드려요. |
| --- | --- |
| 자경 | 최선을 다하겠습니다. |
| 지용 | (그대로 돌아서 간다) |
| 희수 | (그런 지용의 태도에 뭔가 미안한 듯) 낯을 워낙 가려서… 앉으세요. |

지용 밖으로 나가고, 그런 지용에게 시선 쏠려 있는 자경의 시선
에서.


S#19     카덴차 내 양순혜 방 /D

화려한 로브에 본 적 없는 스타일링을 한 양순혜가 등장한다. 남
자 노래 강사가 오늘의 노래를 부르고 있다. 양순혜 까딱거리며
듣다가.

| 순혜 | 나 오늘 기분이 좀 블루 블루하니까 밝은 걸로 초이스해줘! |
| --- | --- |
| 노래 강사 | (그 소리에 얼른 주크박스처럼 다른 노래 부르는데- <어머나>를 성악처럼 부른 다거나) |

노크 소리 들리고 주 집사 들어온다.

| 주 집사 | 노덕이, 세정사 와서 목욕 마쳤습니다. |
| --- | --- |
| 순혜 | 나 다음 스케줄 뭐야? |
| 주 집사 | 노래 교실 마치시면 오늘은 짐에서 피티가 있습니다. |
| 순혜 | (끄덕, 노래를 들으며 같이 따라 불러본다. 손짓해가며) |
| 주 집사 | (늘 그래 왔듯 박수 쳐준다) |

| 순혜 | (노래 멈추고) 회장님 지금 어딨어? |
|---|---|
| 주 집사 | (박수 유지하며) 서재에 계십니다. |

S#20   한 회장의 서재 /D

한 회장은 없다. 비어 있는 한 회장의 방. (사실은 벙커 안에 있다)

(인서트)   벙커 안 /D

쓸쓸하게 앉아 있는 한 회장, 손에는 블루다이아 목걸이가 들려 있다.

S#21   저택 내 짐Gym /D

양순혜, 운동을 하고 있다. 운동을 마치고 나오면 지용이 서 있다. 뭔가 할 말이 있어 보이는 지용의 표정에서. 그런 지용을 의뭉스러운 표정으로 보는 순혜.

S#22   루바토 내 다이닝 홀 /D

자경에게 손수 만든 홍콩 와플을 접시에 담아 대접하는 희수.

| 희수 | 드셔보세요. 우리 애가 좋아해서… 제가 자주 만들어요. |
|---|---|
| 자경 | (먹어보는) 맛있네요. |
| 희수 | (맛있다니 기분 좋다) 우리 하준이 입도 짧고… 낯도 많이 가려요. (다가와 자경의 손을 잡는) 잘 부탁드려요. |

| 자경 | 네… |
|---|---|
| 희수 | 뭘 자꾸 물어보고 간섭하고 이런 걸 썩 안 좋아하고요. 좀 자유분방한 노마드 타입이라 얼핏 보면 버릇없어 보일 수도 있는데 절대 그렇지 않아요. |
| 자경 | (끄덕이는) 네. |
| 희수 | 제가 아이 식성, 취향, 특이 사항, 일목요연하게 적어서 드릴게요. 스터디하세요. |
| 자경 | 그러겠습니다. |
| 희수 | 아 참, 오늘 저녁에 가족들 만찬이 있어서요. |
| 자경 | 네. |
| 희수 | 어른들끼리 만찬이라… 하준이 잘 부탁드립니다. |
| 자경 | 알겠습니다. |

하는데 현관문이 열리고 수영이 하준을 데리고 집으로 들어온다. 수영이 다가온다. 희수가 하준을 덥석 안는다. "왔어요, 우리 왕자님?" 수영, 자경을 본다.

| 수영 | 안녕하세요, 오수영입니다. |
|---|---|
| 자경 | (무시하고 하준 보며 반갑게) 네가 하준이구나. 잘 부탁해. (방긋) |
| 하준 | 안녕하세요. (하고는 희수 보며) 엄마~ 배고파. |
| 희수 | 안 되지 배가 고프면~ (하고 금지옥엽처럼 손을 잡고 다이닝 홀로 향하는데) |
| 수영 | (핸드폰 울려 받는) 언니, 디자이너 선생님 오셨어요. |
| 희수 | 그래? (메이드 4에게) 하준이 4시 타임 간식 주세요. |
| 메이드 4 | 네. (하고 하준을 데리고 다이닝 홀로 향한다) |

디자이너와 어시스트 두 명이 들어온다. 수영이 그들을 안내하고, 그들 희수가 입을 드레스들을 행거에 걸어서 가져와 희수의 선택을 기다린다. 희수, 환하게 웃으며 옷을 고른다. 그런 희수를 보는 자경의 눈빛, 이글거린다. 희수가 자경을 보려 하면 얼른 표정을 미소로 전환한다. 희수, 결국 아주 밝고 튀는 드레스를 선택한다.

| | |
|---|---|
| 수영 | 안 될 텐데, 그런 튀는 컬러? |
| 희수 | 안 되는 건 도전해보는 맛이 있지! 이걸로 할게요. (미소 짓는) |

S#23      카덴차 드레스룸 /D

서현, 윤기 흐르는 고급스러운 그레이 혹은 블랙과 화이트가 매치된 의상- 드레스룸 주얼리 섹션을 열자 보이는 너무나 비싸 보이는 불가리풍 화려한 액세서리들이 찬란하게 빛나며 그녀의 선택을 기다리고 있다. 무채색 옷에 대한 불만을 풀기라도 하듯 너무나 화려한 액세서리를 고르는 서현. 역시나 양복을 폼 나게 입고 그런 서현의 뒤에서 거울을 통해 자신의 모습을 보는 진호. 서현의 진호를 향한 존대식 어투는 예의보단 차가움이다.

| | |
|---|---|
| 진호 | 오늘 자리 배치 누가 했어? |
| 서현 | (귀걸이 하며) 동서가요. 지난번 어머님 생신 때 내가 했잖아요. |
| 진호 | 그럼 아버지 맞은편엔 지용이가 앉겠네? |
| 서현 | 다행이죠. 당신이 앉으면 아버님 기분만 나쁘실 텐데. 아버님 혈압 수치 높아졌어요. 심장 약도 한 단계 올렸고요. |

| | |
|---|---|
| 진호 | 나도 그 자리 앉기 싫어. 혈압은 나도 높아. (휙 밖으로 나간다) |
| 서현 | (거울 통해 자신의 모습을 알 수 없는 표정으로 보는) |

S#24     효원가 정문 및 파티 정원, 주방 등 /D

시큐리티들의 삼엄한 경계를 뚫고 열리는 장엄한 철문을 통과하는 파티 케이터링 차들. 차에서 내려지는 음식 재료 및 꽃들, 펜트리에서 쉴 새 없이 식기와 잔들 꺼내지고. 메인 테이블 위 꽃, 좌석표, 메뉴, 테이블웨어 등이 세팅된다. 고급스러운 퀴진 하나씩 준비되고, 플로리스트, 정 셰프, 주 집사, 메이드들의 모습 분주하다.

S#25     카덴차 메인홀 계단 /D

반대로 극적으로 조용한 카덴차 저택 내부(S#1 사고 현장). 성태, 한 회장 양복을 받쳐 들고 계단을 올라간다.

S#26     카덴차 내 한 회장 방 /D

주치의 혈압 재고 있다. "스트레스 받지 마세요. 혈압이 많이 높아지셨습니다" 등. 권위 있는 한 회장의 모습. 성태, 정중히 들어오고.

S#27     저택 내 파티 정원 / 몽타주 성 / N

- 6명의 관현악단이 아름다운 앞 신의 클래식 음악을 연결해 연주하는.
- 마치 손님을 환대하듯 환상적인 꼬리를 아름답게 확 펼치는 애완 공작새 노덕이.
- 시중드는 메이드가 가족 숫자보다 많고.

고급스러운 턱시도 차림의 한 회장과 우아한 한복을 입은 양순혜 여사가 걸어온다. 한 회장이 상석에 앉고 옆자리에 양순혜가 앉는다. 저 멀리서 걸어오는 희수와 지용, 그리고 서현과 진호. 진희와 정도. 당황하는 서현과 더 당황하는 진호 (자신이 회장의 맞은편에 배치된). 지용은 한 회장 첫 옆자리, 양순혜 여사 앞자리다. 한 회장 맞은편 자리에는 진호가 앉는다. 희수와 서현, 서로 마주 보고 앉는. 희수, 서현을 향해 생긋 웃는다. 서현, 온화하게 그 미소 받아준다. 희수, 드디어 자신의 외투를 벗자 드러나는 경쾌한 드레스. 모두가 무채색 의상을 입고 있는 가운데 홀로 생생히 빛나 보이는 희수의 모습. 일제히 그런 희수를 당황스러운 시선으로 본다.

| 희수 | 누군가는 용감하게 다른 걸 시도해야 하잖아요. |
|---|---|
| 일동 | (품위와 고상함으로 미소를 유지, 무슨 생각인지 알 수 없는 표정들) |
| 희수 | 사실 우리 집안 콘셉트~ 너무 무겁잖아요. 왜 꼭 무채색 옷만 입어야 되죠? |
| 지용 | (그런 희수를 사랑스럽게 보는) |
| 한 회장 | (그런 희수를 귀엽다, 끄덕이는) 모든 혁명은 작은 것에서 시작하지. |
| 희수 | (미소 짓는) 그냥 드레스코드예요, 아버님. 혁명까진 원치 않아요. |

셰프와 메이드들이 음식 서빙을 시작한다. 주 집사를 포함하면 총 7명의 메이드들이 함께. 일반 식당에선 본 적 없는 최고급 퀴진들이 서빙되는 모습이 컷 처리된다. 스푼 등 커트러리 하나하나 격조가 남다르다. 모든 유텐실이 금테를 두르고 있는. 메이드들은 마치 투명인간처럼 조용히 일한다.

-정원 일각-

그런 그들을 보고 있는 어떤 시선이 있다. 다름 아닌 자경이다. 자경, 혼란한 정원, 아무도 그녀에게 시선 주지 않는 틈을 타 한 발 한 발 카덴차로 향한다.


S#28   카덴차 안 /N

카덴차 안으로 침입자처럼 들어와 여기저기 살펴보는 자경. 자경, 다이닝 홀로 들어가 서빙 대기 중인 와인과 와인 안주 하몽이 담긴 플레이트를 보고 있다. 아무도 손대지 않은, 정갈하게 세팅된 하몽을 손으로 휙 집어 들어 입에 넣는다. 씹지도 않고 꿀꺽하는 순간, 누군가 그런 자경 앞에 나타난다. 다름 아닌 유연이다. 서로가 낯선 두 여자.


| | |
|---|---|
| 유연 | (인사하는) 안녕하세요? |
| 자경 | (인사 받으며 입에 하몽을 물고 묘하게 보며) 누구세요? |
| 유연 | 새로 온 메이드 김유연입니다, 사모님… |
| 자경 | (그 소리에 하하하하 웃으며) 나 사모님 아닌데… |
| 유연 | 아, 네… |

| 자경 | (묘한 표정으로) 근데 그 소리 듣기 좋다~ |
|---|---|

이때 메이드 3(주희)이 들어오고 텐션이 깨진다. 주희, 안주를 훼손한 자경을 보고 미간 뭉갠다.

| 주희 | 이거 먹었어요? |
|---|---|
| 자경 | 응. 먹는 건데 먹으면 어때서. (하고 하몽 한 점 더 입에 넣고 나간다) |
| 주희 | (황당해서 보는) 어머 어머, 뭐야 저 사람… |
| 유연 | (모든 게 이상한 듯 병!한) |

S#29    다시 디너 장소 /N

주희와 성태, 와인과 안주를 세팅한다. 와인이 제공된다. 기품 있고 꼿꼿하게 허리를 편 남자 메이드(이하 성태)가 와인을 능숙하게 다루는 모습 위로.

| 한 회장 | 자, 건배하자! |
|---|---|

잔을 들어 건배를 외치며 와인을 음미하는 그들. 진호, 알코올에 감흥하는.

| 순혜 | (빈정의 끝판으로) 이거 김미자가 젤 좋아하는 와인이었지 아마? |
|---|---|
| | (화난다. 와인을 원샷해버리는) |
| 일동 | (어색한 웃음으로 상황에 대처한다) |
| 진희 | 7학년 땐 하준이 유학 무조건 보내야 하는 거 알지? 작업 중 |

이야?

희수 …

진호 좋은 날이야… 싸움 거니?

순혜 뭐가 좋은 날인데? 김미자 생일이?

일동 (그런 순혜 보는)

한 회장 (인상이 서서히 안 좋아진다)

지용 (분위기 잡을 생각으로) 오늘 정 셰프 스테이크 초이스 정말 좋은 데요?

진희 (딱 각 잡고) 너 혹시 하준이가 친아들 아니라서 그런 거 아니지?

일동 (진희가 건드린 역린에 얼어붙는, 그리고 한 회장 눈치를 보는)

지용 (진희 보며) 그만해, 누나.

한 회장 (여유 있게 냅킨으로 입을 닦으며) 두면 곪는 것보단 터트리는 게 낫다. 계속해. 나 신경 쓰지 말고.

희수 (표정 굳다가 이내 다정한 표정으로) 하준이… 제 아들이에요, 형님.

진희 여긴 다른 세계야. 니가 결혼 전 뒹굴었던 영화판이 아니라고. 하준이가 니 친아들이었어도…

서현 (듣다 못해) 수혁이 제 친아들 아니지만 전 외국인학교 보냈고, 7학년에 유학 보냈습니다. 절차대로.

진호 (점입가경에 싸해지는)

서현 문제의 본질에 접근해야죠. 아가씨가 그런 식으로 시작하면 그 누구도 설득 못 해요.

진희 (작은 소리로) 또 가르치네.

희수 그 어린걸 엄마에게서 떼어놓고 혼자 외국에서 살게 할 순 없어요. 엄마 떨어져 상처 받으며 배우는 것들이 뭐 그리 가치 있겠어요.

| | |
|---|---|
| 서현 | 수혁이도 하준이도 보통 사람들처럼 살 수 없는 운명이야. 그런 감정적인 이유… 하준이 미래에 좋지 않아. |
| 희수 | … |
| 서현 | 하준이 라크로스 미리 시키고 7학년 땐 유학 보낼 생각해. |
| 지용 | (희수가 어떤 대답을 할지 살피는) |
| 희수 | (애써 밝게) 형님… 하준이 문제는 제가 결정할게요. (미소) 그렇게 하게 해주세요. 제 아들이잖아요!!! |
| 일동 | (아무 반박 못 하는) |

차가운 침묵 속 <사계, 겨울> 3악장이 연주되고 있는데.

| | |
|---|---|
| 지용 | (분위기 바꿀 생각으로) <사계, 겨울> 3악장을 들으면 정말 얼음이 어는 느낌이 들지 않아요? |
| 한 회장 | (끄덕이는) … 얼음이 녹으면 어떻게 되는지 알아? |
| 정도 | (넉살 좋게) 물이 되죠. |
| 희수 | 봄이 오죠, 아버님. |
| 한 회장 | 그렇지. 그렇지. 하하… 역시 우리 희수야. |
| 순혜/진희 | (못마땅) |
| 서현 | (맘을 알 수 없는 표정) |
| 한 회장 | (분위기 바꾸려는 듯) 다가올 인생의 봄을 기대하며 모두 건배하자. |

와인 잔을 부딪히는. 그들이 쓰는 잔은 뭐가 달라도 다른 모양인 지 쨍그랑 소리도 유난히 맑고 고급스럽게 울린다. 그때 한 회장 일어나서 자세를 잡는다.

| 한 회장 | 오늘 난 그 사람을… 떠나보내줄 생각이다. |
|---|---|
| 순혜 | (놀라서 보는) |
| 한 회장 | 이제 그 사람 생일에 이렇게 파티하는 것도 오늘이 마지막이야. 그리고 내가 오늘은 아주 중요한 걸 누군가에게 선물할 생각이다. |

한 회장의 발언에 긴장하는 사람들. 각자의 기대와 욕망으로 반짝이는 눈빛들.

S#30      동 저택 내 일각 /N

차 비서와 주 집사, 그리고 성태가 뒤따라오는- 손에 화이트 실크 장갑을 착용하고 블루다이아몬드 목걸이를 보석 프레임에 곱게 눕혀서 마치 아기 다루듯 귀하게 들고 밖으로 나가는.

S#31      동 저택 정원 /N

차 비서 블루다이아몬드 목걸이를 한 회장에게 건넨다. 한 회장 일어나 블루다이아몬드 목걸이를 그들에게 보여준다. 일동 단박에 그 가치를 알아보고 탄성을 지른다.

| 한 회장 | 이건 내가 이번에 뉴욕 크리스티 경매장에서 낙찰 받은 블루다이아몬드야. |
|---|---|

그 찬란함에 경외감까지 드는… 블루다이아몬드의 광채와 위

엄에 파티에 참석한 효원가 사람들의 자세가 흐트러지기 시작
한다.

한 회장    내가 오늘 이 블루다이아몬드를…

이때 차 비서가 급하게 한 회장에게 다가와 귓속말하는.

한 회장    (서서히 표정이 얼어붙는)
일동      (그런 한 회장 표정에 함께 동화되어 표정 조금씩 경직되는)

희수, 지용, 서현, 진호, 양순혜, 진희, 정도의 표정들.

한 회장    (비보에도 불구, 맘 추슬러보는)
지용      (한 회장 걱정되어 그대로 일어나는 순간)
한 회장    (그대로 쓰러진다)

일제히 놀라는 사람들, 한 회장 옆에 있던 지용이 한 회장을 부
축하고 파티는 이내 아수라장이 되어버린다. 한 회장 쓰러지는
모습을 보고 있는 자경. 그렇게 디졸브.

S#32     병원 VVIP 병실 내 응접실 /N
의사와 간호사 나가는데서. 지용, 그들을 보낸 후 문 닫고 자리
에 앉는. 테이블에 심각한 표정으로 앉아 있는 진호와 진희. 그
들 맞은편에 서 있는 차 비서와 최 변호사.

| 진호 | (짜증 섞인-) 그러게. 전문경영인 체제 난리 치더니, 이게 뭐야. 그 자식 관상부터 안 좋다 그랬지 내가? |
|---|---|
| 진희 | 개자식, 진짜 얼마나 해 처먹은 거야. |
| 지용 | 기자들은 막았습니까? |
| 차 비서 | 늦었습니다. 효원 연관 검색어에 조향건설 입찰 비리 벌써 뜹니다. |
| 최 변호사 | 회장님이 탈세 배임 횡령으로 유죄라고 해도 회장직 유지에는 문제가 없습니다. 시행령상 공범이 주식 5%를 보유한 기업체여야 하거든요. 아, 그리고 처벌은 김 대표가 받지 회장님이 받을 가능성은 현행법상 없습니다. 하지만 (병실 쪽 보며 조심스레) 공백이 길어지실 수 있어 임시 대표이사를 선임하는 절차는 바로 준비하셔야 할 것 같습니다. |
| 진희/진호 | (대표이사 선임이라는 말에 문득 고개 든다) |
| 지용 | (O.L) 차근차근 준비합시다. 법무팀, 회계팀 회의 소집해요. (일어나는) |
| 차 비서 | 네, 상무님. |

차 비서와 최 변호사, 지용을 따라 병실 밖을 나가고. 진호와 진희는 마뜩잖은 시선으로 보는.


S#33    병원 VVIP 병실 /N

웨딩 피로연장 같은 꽃장식이 가득한 병원 안. 한 회장, 의료 기계를 주렁주렁 달고 누워 있다. 주치의 김 닥터, 서현과 희수, 그런 한 회장을 걱정스러운 표정으로 보고 있는데. 라크메의 <꽃

의 이중창>이 축음기 모양의 블루투스에서 흘러나온다. 화려
한 착장의 순혜, 분이 안 풀린 모습. 화면 확장되면 꽃들이 들어
온다.

**CUT TO**

라넌큘러스, 릴리안셔스, 피오니, 오키드, 수국 등 고급스러운
꽃들에 둘러싸인 한 회장의 모습 위로.

서현     (싸한) 병원에 꽃 반입 금진데… 왜 저러시나 몰라.

희수     아버님이 백설공주도 아니고 이렇게 누워 있는 사람을 꽃으로
에둘러 쌀 필요가 있어요? (이건 아니지 않나?)

서현     문병 온 게스트들 보라고 하는 거겠지.

희수     (어이없다 허~) …어머님답네요.

서현     (병실 나가는)

희수     (꽃에 파묻힌 한 회장 보며 작은 소리로) 꽃 향기에 질식하겠네~~


S#34     카덴차 내 회장 서재 /N

회장의 서재 밑바닥의 비밀 금고. 차 비서, 무릎을 꿇은 채 손에
들고 있던 시크릿 마그네틱을 그 비밀 금고 철문에 대고 문을
열자 보이는 엄청난 양의 희귀 보석들. 그 안에 안치되는 블루다
이아몬드 목걸이. 문이 닫히는. 그리고 그 마그네틱을 힘겹게 철
문에서 떼어 손에 들고 있다.

| | |
|---|---|
| 차 비서 | (곤란한 듯) 이걸 어디다 보관해야 할지… |
| 순혜 | (그대로 뺏으려 하자) |
| 차 비서 | 사모님 죄송합니다. 저 회장님께 혼납니다. |
| 순혜 | 지금 뭐하잔 거야… 그럼 쓰러진 회장님 입속에라도 넣어둘래? |
| 차 비서 | … |
| 순혜 | 내놔. |
| 차 비서 | 죄송합니다. |
| 순혜 | 이 시키가… (하면서 차 비서의 머리통을 때리려 하는데) |
| 차 비서 | (요령껏 크게 몸 움직이지 않고 익숙한 듯 잘 피한다) |

양순혜, 약이 바짝 올라 손을 올려붙이려 몸을 뻗다 휙 넘어지려
하는데. 들어오던 진호가 극적으로 그런 양순혜를 잡아준다.

| | |
|---|---|
| 진호 | 엄마 뭐하는 거야. 지금 이러지 마. 시기 안 좋아. (차 비서에게) 그 마그네틱은 그럼 아버지 병실 금고에 넣어둬요. 최 변호사 입회 하에… 병실에 CCTV 있으니까 됐죠, 그럼? |
| 차 비서 | 네, 전무님. (숙이는) |

차 비서 나가는데 발로 걷어차는 양순혜, 그 바람에 뾰족한 슬리
퍼가 휙 벗겨진다.

| | |
|---|---|
| 순혜 | 미친 영감탱이. 나 다 알아!! 블루다이아 목걸이 하준 에미 주려 고 했을 거야. |
| 진호 | 제수씨가 한 게 뭐 있다고 그걸 줘? |
| 순혜 | 오늘 그년 생일이잖아, 김미자. |

| 진호 | 그러니까 지용이 친모 생일이라서 죽은 김미자에게는 줄 수 없고, 그 며느리인 제수씨에게 준다고? |
|---|---|
| 순혜 | (작은 소리로) 입조심해. 김미자는 그냥 니 아버지 애첩인 거까지만 하랬지. 지용이 친모는 나야!! |
| 진호 | (한심하다는 듯) 그게 억지 부린다고 될 일이야? 우길 게 따로 있지! |
| 순혜 | (씩씩대는) |

카메라 틸트다운하면 서재 바닥의 비밀 금고 속- 마치 중세시대 왕실의 보물함처럼 번쩍이는 보물들 사이 유독 신묘한 광채를 내며 빛을 뿜어내는 블루다이아 목걸이.

S#35    루바토 내 하준의 침실 - 침실 밖 /N

하준, 블루투스 이어폰으로 음악을 듣고 있다. 간식 가져오다 큰 볼륨에 놀라는 희수.

| 희수 | (하준 이어폰 귀에 꽂고 그 큰 볼륨에 기가 막힌) 너 이렇게 볼륨 크게 해 놓고 음악 듣지 말랬지? |
|---|---|
| 하준 | 데쓰맨 알아, 엄마? |
| 희수 | 데쓰맨? |
| 하준 | 아니면 루기랑 저스트원은? 다음 내 생일 때 이 래퍼들 불러줄 수 있어? |
| 희수 | 루기랑 저스트원이 요즘 니가 좋아하는 래퍼니? |
| 하준 | 응. 짱이야. |

| 희수 | 너 힙합 듣는 거 아버지 알면 화내신다? 클래식부터 듣고 힙합으로 가야 돼, 이 집안은. 너도 알잖아. |
|---|---|
| 하준 | 아버지 알아. |
| 희수 | 알아? |
| 하준 | 응. |
| 희수 | 근데 화 안 내셔? |
| 하준 | 안 내시던데? 너 엄마 닮았구나… 이러시던데 그냥? |
| 희수 | (표정이 굳어진다) |


S#36     루바토 내 침실 /N

희수, 침실로 들어온다. 지용은 김 박사와 통화 중이다. "네, 경과 지켜봐주세요." 끊는. 희수, 그런 지용 보는.


| 희수 | 아버님 괜찮으시겠지? |
|---|---|
| 지용 | 경과 지켜봐야지. 원래 혈압이 있으셨으니까. |
| 희수 | 당신은 돌아가신 어머님 생각 안 나? 오늘 어머님 생신이잖아. |
| 지용 | (말을 아끼는) |
| 희수 | 그래도 어머님은 사시는 동안 아버님 사랑 받으셔서 행복하셨을 거야. |
| 지용 | (맘 아픈) 그럼 뭐해~ 평생을 숨어 사셨는데. |
| 희수 | 자기야, 우린 숨어 사는 게 아닌 거 같니? 자기네 식구들은 그걸 모르더라. 우리도 숨어 살아. (고심 끝에 물어보는) 자기야… 나 뭐하나 물어보면 안 돼? |
| 지용 | 새삼스럽긴. |

| | |
|---|---|
| 희수 | …하준이 …낳아준 분… 어떤 사람이야? |
| 지용 | (그 소리에 웃음이 걷히는) 이미 세상 떠난 사람 얘기를 왜 해? |
| 희수 | 그래서 나도 이제야 용기 내서 묻는 거야. 말 안 하고 두면 우리 사이에 틈만 더 커질 거 같아서… |
| 지용 | … |
| 희수 | 여덟 살밖에 안 된 하준이가 힙합을 들어. 바이올린보다 기타를 배우고 싶어 해. 그게… 날… 닮은 거야, 아님… 그 여자, 아니 그 분을 닮은… 거야? |
| 지용 | … |
| 희수 | 당신이 그랬다며, 니 엄마 닮았다고… |
| 지용 | …당신 닮았단 소리야. |
| 희수 | (끄덕이는) 그래 그 소리지? 알았어. 더 안 물을게. 괜히 물은 거 같아. 그렇지만 이해해줘. 새엄마 콤플렉스, 그거 당신은 몰라. |
| 지용 | 아니야. 이해하고 고마워. 그리고… 미안해. |
| 희수 | 됐어. 마지막 건 하지 마. 내가 선택한 거잖아. 미안한 건 빼. 고마운 거까지만 해줘. 근데 알고는 있어라. 우리 아들 키우기 너무 힘들어. |
| 지용 | (환하게 웃는) 알지. 근데 다 당신 닮아서 그렇다니까. |
| 희수 | 계속 이러네. 우리 엄마 나 되게 쉽게 키웠거든. |
| 지용 | 내가 장모님한테 들은 얘긴 다른데? |
| 희수 | 자기야… |
| 지용 | 응. |
| 희수 | 나 좀 꽉 안아줘. |

지용, 희수를 꽉 안아준다. 행복한 두 사람의 모습에서.

S#37        동 저택 메이드 집합소 /N

주 집사 앉아 있으면, 주희가 자경을 고자질한다.

주희        그 여자 너무 이상했어요, 헤드님. 왜 회장님이 그 와인을 드시
자마자 쓰러졌겠어요? (괜히 혼자 음모론을 제기하는)

주 집사    그러니까 니 말은, 그 튜터가 회장님이 드실 와인에 독이라도 탔
단 거야?

주희        가능성이 없진 않죠.

주 집사    개소리 집어치우고 그 와인 있던 자리에 집어넣어! (나가는)


S#38        카덴차 내 진호의 서재 /N

진호, 전화 받고 있다. "그래 그럼, 그 자식만 구속되는 선에서
끝난단 거지?" 끄덕이며 전화 끊는 진호. 서랍을 열고 은밀하게
뭔가를 꺼낸다. 다름 아닌 즉석복권이다. 복권을 긁는 진호. 꽝
이자 "또 꽝이야?" 하는데 문이 열리고 서현이 들어온다.

서현        김 박사님이랑 통화했어요. 금방 깨어나실 거 같진 않아요.

진호        …

서현        내일 회사 가서 조향건설 입찰 비리 서류 다시 살펴봐요. 마지막
도장 누가 찍었는지도.

진호        지용이가 다 처리할 건데 뭐.

서현        (차갑게) 그래서 집에서 복권이나 긁고 있을 거예요?

진호        나한테 애정 있는 줄 알겠네. 관심 끊어. 그 관심 나 말고 수혁이
한테 좀 줘.

| 서현 | 아무리 서방님이 대표이사 되는 수순이라도 루저보단 헬퍼 스탠스라도 취하든가 아니면 테이블을 엎어보든가… |
| 진호 | (생각하나 가닥 못 잡는) … |

하는데 들리는 외부 마찰음. 진호와 서현 동시에 대화 멈추고 밖으로 나가보는.

| S#39 | 동 저택 2층 복도 일각 / N |

양순혜가 와인 병을 그대로 집어던진다. 와인 병이 깨지면서 주희의 치마에 와인 칠갑이 돼 있다.

| 순혜 | (분이 안 풀려) 내가 뭐랬어. 그 와인 병 버리랬지? 왜… 왜… 왜 그걸 다시 킵해? 왜 왜 왜 내 말 안 들어? 김미자 그년이 젤 좋아하는 와인이라고 그걸 왜 왜… (높아진 텐션에 더 이상 오디오가 발사되지 않고 있는) |

주 집사 포함해 서 있던 메이드들 그대로 엎드려 조아리고는 벌벌 떨고 있다. 양순혜 소리 지르다 혼절하기 직전이다. 붉게 물들어 서 있는 주희에게 다가온 서현과 진호. 뛰어 들어온 남자 메이드 성태가 얼른 사태를 수습한다.

| 진호 | 미스터 김, 애 다친 데 없나 확인하고… 혹시 모르니까 빨리 병원 데리고 가. (손짓하며 대충) |
| 성태 | 네, 전무님. |

성태, 주희 다친 곳이 없나 살핀다. 주 집사가 샤워타월로 주희
의 몸을 닦아준다.


서현        (미치겠다. 상황 수습해야 하는데)

주희        (다소 억울해 주 집사 보는)

주 집사     (그 시선 무시하고)

순혜        (대뜸 서현에게) 너 아랫것들 교육을 어떻게 시키는 거야?

서현        (차갑게) 어머님 그만하세요. 지금 어머님 목소리 녹음되고 있
           어요.

순혜        (당황하는)

주 집사     (몸 닦아주다 더 당황한다. 흠칫)




S#40       동 저택 서현의 서재 /N

서현 앉아 있고 맞은편에 벌벌 떨며 서 있는 주 집사. 테이블 위
에는 주 집사의 핸드폰이 올려져 있다. 양순혜가 패악을 부릴 때
마다 녹음해온 녹음 파일이 돌아간다. "야 이 새끼야." "저 날아
가는 비둘긴 뭐야? 누가 우리 집 하늘에 비둘기 들어오게 하랬
어?! 우리 노덕이 기분 나쁘게!! 앞으로 집 단속 똑바로 해!!" 패
악 부리는 내용이 어처구니없는 와중에 서현 차분한 표정으로
그 오디오 파일 끄는.


주 집사     (꿇어앉는다) 사모님 죽여주세요.

서현        (꿇어앉는 행동 불편해 의자 빼주며) 앉으세요.

주 집사     (의자에 앉는)

| | |
|---|---|
| 서현 | 왜 그랬어요? (차분히) |
| 주 집사 | 평소에 왕사모님이 말씀이 너무 빠르셔서 다시 돌려 들으려고 녹음해왔습니다. |
| 서현 | (그저 변명이다) … |
| 주 집사 | 한 번만 봐주세요. |
| 서현 | 그럼요. 봐드려야죠. |
| 주 집사 | … |
| 서현 | (손에 끼고 있는 반지를 빼서 건넨다) |
| 주 집사 | (헉~ 싫은데) |
| 서현 | 인사동 오 선생님한테 가면 현금으로 바꿔줄 겁니다. 4캐럿인데 영국 여배우 데미 로저스가 끼던 결혼반지라 리세일하면 8억은 족히 받을 거예요. |
| 주 집사 | 저기… 사모님… 이건 너무 과합니다. |
| 서현 | 이런 걸 원하는 게 아니었나요? |
| 주 집사 | (겁에 질린) 사모님… |
| 서현 | 아 참, 아버님이 강남 트레곤펠라 주실 때 쓴 계약서 검토 다시 해봐요. 집 안에서 일어난 모든 일은 비밀을 철저히 엄수한다는 원칙이 조항에 있지 않나요? |
| 주 집사 | (놀란다) |
| 서현 | 계약 위반하셨어요, 주 집사님. 그 아파트는 돌려주셔야겠네요. |
| 주 집사 | 죄송해요. 한 번만 용서해주세요. 다시는 이러지 않겠습니다. |
| 서현 | (그런 주 집사 흘겨보면서) 파일 다 저한테 넘기세요. |
| 주 집사 | 그럼요. (하고 핸드폰으로 그 파일을 전송하려 하자) |
| 서현 | 지금 저랑 거래하자고요? |
| 주 집사 | … |

| 서현 | (주 집사 손에 들고 있는 핸드폰을 뺏는다) |
|---|---|
| 주 집사 | (절대 뺏기면 안 되는데, 비통한 표정인) |
| 서현 | (뒤돌아 나가며) 녹음은 주희가 한 걸로 정리합니다. |
| 주 집사 | (고마운) 감사합니다, 사모님. |

S#41    동 저택 순혜의 침실 /N

양순혜, 화려한 로브 차림으로 돋보기 낀 채 태블릿으로 인터넷 고스톱을 치고 있다. 그 앞에 서현이 서 있다.

| 순혜 | 젠장 6억 5천 잃었네. |
|---|---|
| 서현 | (그런 양순혜 한심하게 보며) 파일도 다 지우고 잘 마무리했습니다. |
| 순혜 | 그러니까 주희 냔이 녹음을 했단 거지? 왠지 고냔 눈에 거슬리더라. 내가 잘 골라냈네. 아주 날을 잘 잡았어. 난 역시 사람 보는 눈이 있어. 주 집사는 애들 관리를 어떻게 하는 거야? |
| 서현 | 어머님~ |
| 순혜 | (서현 보기보단 태블릿에 집중한 채) 왜. |
| 서현 | 앞으로 메이드들 앞에서 그런 행동 하지 말아주세요. |
| 순혜 | (그제야 서현 보며) 뭐? |
| 서현 | 아직도 아버님을 사랑하세요? |
| 순혜 | 그 양반이 아직도 김미자를 사랑하겠지. 죽었으니 더 낭만이 됐어. 죽은 냔 상대하는 팔자돼봐. 어디 눈에 뵈는 게 있는지. |
| 서현 | (더 상대하고 싶지 않다는 듯) 쉬세요. (하고 나가는 데서) |

| S#42 | 카덴차 다이닝 홀 /N |
|------|------|

커피를 마시며 티타임을 가지고 있는 희수와 서현. 놀라는 희수의 표정에서.

| 희수 | 허~ 와인 병을 던졌다고요? 그러다 사람 다치면 어쩌려고. 어머님이랑 아가씨는 치료를 왜 안 받으시는 거죠? |
|------|------|
| 서현 | 진짜 정신 치료가 필요한 사람들은 정신과에 가지 않아. 그들에게 피해 받은 사람들이 가는 거지. |
| 희수 | 밖에 나가선 가면 쓰고 안에서 일하는 사람한테만 그러는 거 너무 치사해요. 다들 비겁한 선택적 분노장애예요. 너무 동물적이야. 강. 약. 약. 강. |
| 서현 | 어머님 이제 동서네 머물지 않고 여기 계실 건가 봐. |
| 희수 | 그쵸? 아버님 안 계시니 어머님 이제 카덴차에 머무실 건가 봐요. (생긋) 그 바람에 전 편해졌지만 형님이 고생이시네요. |
| 서현 | (돌아버릴 거 같지만 표정 관리한다) 수혁이 오면 좀 덜하겠지. 그래도 손주 앞에서 체면이라는 게 있으니까… |

| S#43 | 어느 차 안 /D |
|------|------|

성태가 운전하고 수모 당한 주희는 뒷자리에 타서 훌쩍이고 있다.

| 주희 | 억울해… 난 헤드님이 시킨 대로 한 건데. |
|------|------|
| 성태 | 주희 씨 다 잊어요. 보상은 충분하게 받을 거니까. 입만 털지 말아요, 밖에서. 그럼 다 황되는 거 알죠? |

| 주희 | 보상이 중요한 게 아니에요. (훌쩍) |
|---|---|
| 성태 | (황당) 그럼 뭐가 중요해요? |
| 주희 | 내가 왜 짤려야 되냐고요. |
| 성태 | … |
| 주희 | 거기 얼마나 재밌는데. 부수입 짱에 볼거리 핵잼에… 완전 다이 |
| | 내믹하단 말이에요. |
| 성태 | (어이없는) 네? |
| 주희 | 그리고 곧 도련님도 귀국하신단 말예요. 나 도련님 보고 싶은 |
| | 데… 아아아아… 그 할망구 진짜 죽이고 싶어. 난 그냥 시킨 대 |
| | 로 한 건데… (우는) |
| 성태 | 그러니까요. 자고 있는 재벌의 코털을 건드린 거 같아요. |
| 주희 | 아앙… |
| 성태 | (처연히 작은 소리로) 아, 불쌍해~ |


S#44      카덴차 팬트리 /D

잠을 못 잔 듯 피곤해 보이는 유연. 유연이 주 집사에게 인사
한다.


| 주 집사 | 잠 잘 못 잤어요? |
|---|---|
| 유연 | 네, 낯설어서 잠을 잘… 못 잤습니다. |
| 주 집사 | 일하는 사람 낯빛이 어두우면 근무 환경이 힘들어서 그렇다고 |
| | 방문하는 손님들이 생각할 겁니다. 잠은 약을 먹어서라도 제대 |
| | 로 자요. |
| 유연 | … (언짢다) |

| 주 집사 | 오늘 업무에 대해 브리핑하지… 김유연 씨는 이 카덴차에 방문하는 게스트 접대와 안내, 그리고 1층 게스트룸과 2층 계단과 도련님 방 청소 담당한다고 얘기한 거 기억하죠? |
|---|---|
| 유연 | 네. |
| 주 집사 | 오늘 도련님이 오시니까… |
| 유연 | 도련님요? |
| 주 집사 | (한숨) 회장님, 전무님, 큰사모님, 왕사모님, 그리고 곧 귀국하시는 전무님 아들은 도련님이라고 불러야 해요. |
| 유연 | (그 소리에 피식 웃음이 새나온다) 도련님… |
| 주 집사 | (그 웃음이 불쾌한 듯) 왜 웃어요? |
| 유연 | 그냥 요즘 세상에 그런 호칭이 존재한다는 게 웃겨… (하는데) |
| 주 집사 | 야! |
| 유연 | (놀라는) |
| 주 집사 | 여긴 어나더월드야! 니가 겪은 바깥세상과 다르다고! 엄연히 고용주와 피고용인, 철저한 갑을 관계야. 그거 모르고 까불면 너 다쳐! |
| 유연 | (그 소리에 정신이 번쩍 든다) 네, 명심하겠습니다, 헤드님. |


S#45        카덴차 내 다이닝 홀 /D

심각한 표정으로 두 손을 이마에 대고 고민 중인 진희. 서류를 검토 중인 진호. 머릿속에 데이터가 다 정리된 진희.


| 진희 | 작년 주총 수준으로 소액주주들이 참석한다고 했을 때 적어도 우리가 지분 35프로는 확보해야 된다는 계산이 나와. 오빠… 나 |
|---|---|

밀어줘. 능력은 내가 오빠보다 훨씬 좋잖아. 그럼 뭐 지용이 시키게?

진호   (그런 진희 마뜩잖아 노려보다가) 어차피 지용이 판이야. 이사회에서 결정 나. 주총에서 대표이사 선임하게 안 둔다고.

진희   (인정하는 부분이다) 아, 짜증 나, 진짜. 임원들 전부 지용이 편이야.

진호   난 깜이 아니라 쳐도 수혁이는 달라. 수혁이가 물려받게 해야지.

진희   수혁이 겨우 스물여섯이야. 평사원으로 입사시킬 건데 언제 완장 차? 내가 왕관 쓰고 있다 수혁이한테 넘길게. 됐지?

진호   널 뭘 믿고?

진희   그럼 지용이한테 주겠다고? 지용이한테 하준이 있는 거 까먹었니? 아버지가 서희수 얼마나 이뻐하게?

진호   (답답한) 주총이든 이사회든 답이 안 보여…

진희   그러게…


S#46   루바토 저택 내 현관 앞 / D

등교하는 하준. 가방을 멘 하준의 손을 잡은 희수의 손. "오늘은 수영 이모 대신 엄마가 같이 갈게." 활짝 웃는 하준. 하준의 손을 잡고 걸어가는 희수. 자경… 그런 하준과 희수를 본다. 웃는 자경. 저택 정원 쪽으로 향한다.


S#47   노덕이 정원 /D

공작새 노덕이에게 모이 주는 순혜. 그러다 원거리에 있는 자경이 눈에 보인다. 그런 자경을 보고 눈빛이 묘해지는 순혜. 그대로 시선 외면한다.

S#48    카덴차 내 수혁의 방 /D
문을 열고 들어오는 유연, 조용히 둘러본다. 낯선 대저택에서 처음으로 설명 못 할 안정감을 느끼는 유연. 유연, 정신을 차린 듯 가지고 들어온 수혁의 침대 시트와 베개 시트를 교체한다. 끙끙대며 시트를 씌우고는 피곤한지 릴렉스되는 날숨을 내쉬고 수혁의 침대에 머리를 기댄다. 수혁의 베개 근처다. 그렇게 자기도 모르게 새근새근 잠들어버리는 유연.

S#49    카덴차 저택 밖 – 건물 안 + 밖 /D
- 문이 열리고 고급 리무진이 들어온다.

-카덴차 메인홀-
우아한 실내복으로 갈아입고 수혁을 맞이하기 위해 계단을 내려가는 서현.

-저택 밖-
리무진이 건물 앞에 서고 기사가 문을 열어주면 왕궁의 왕자처럼 차에서 내리는 수혁. 차가운 표정에 고급스러운 귀티가 한눈에도 보이는 효원가의 황태자다. 진호가 그런 수혁을 맞이한다. 그런 두 사람을 뒤에서 바라보고 있는 서현. 냉랭하게 눈인사를 나누는 서현과 수혁.

S#50          동 메인홀 /D

서현과 수혁, 그리고 성태가 짐을 들고 들어온다.


서현          2층 올라가봐. 쓰던 그대로야.
수혁          네.


(인서트)       수혁의 방 /D

유연, 자고 있다가 반사적으로 그대로 눈을 뜨고는 화들짝 일어
난다.


유연          어머… 미쳤나 봐. (그대로 밖으로 나가는)



S#51          동 저택 계단 /D

유연은 급하게 계단을 내려가고 수혁은 2층으로 올라가다 중간
지점에서 딱 마주 선 두 사람. 역설적이게도 수혁은 유연을 올려
다보고 유연은 수혁을 내려다본다. 수혁과 유연, 눈이 깊게 마주
치고 그렇게 서로를 보는. 수혁의 시선에서 보이는 유연. 머리가
헝클어진. 유연, 당황한 듯 그대로 뛰어 내려가는. 수혁, 그런 유
연을 돌아다보지 않고 잠시 멈춰 선다. 그러다가 자신의 방으로
향한다.



S#52          동 저택 다이닝 홀 /N

식사 준비가 한창인 주방에 얼른 와서 식사 준비를 돕는 유연.

화려한 음식들이 왜건 위에서 식탁으로 날라진다. 함께 음식 준비를 하는 서현. 최고급 실내복 차림의 서현, 유연을 찬찬히 본다.

서현   김유연 씨?

유연   네, 사모님.

서현   왕사모님께 인사드렸어요?

유연   아뇨, 아직요. 별다른 오더가 없으셔서.

서현   인사드리세요. 정중하게.

유연   네.

서현   목소리 큰 거 싫어하십니다.

유연   네.


S#53   양순혜의 침실 /N

양순혜와 조우하고 있는 수혁.


순혜   (다중인격자도 아니고 어쩌나 다른 모습인지 손주 앞이라 무게 잡는) 그래, 한국 잘 들어왔다.

수혁   할아버지 아프신데 들어와야죠…

순혜   (한 회장 이야기에 또 괜히 기분 안 좋아진다)


이때 노크 소리 들리고 유연이 들어온다. 그런 유연을 보는 수혁, 그리고 양순혜.

| 유연 | 안녕하세요, 김유연입니다. 사모님이 왕사모님께 인사드리라고 |
| --- | --- |
| | 해서. |
| 순혜 | 어디 감히 부르지도 않았는데, 쉬고 있는 침실에 들어와? |
| 유연 | (얼어붙는) |
| 순혜 | 내가 없을 때, 청소할 때나 들어와야지! 못 배웠어?!! |

수혁, 유연이 당황스러운 표정으로 서 있자 함께 당황하고. 순혜는 수혁의 당황한 모습 보고는 이크~ 하는 표정으로 급정색해서…

| 순혜 | (소리 낮춰) 당장… (한 박자 쉬고 헛기침) 나가~ |
| --- | --- |
| 유연 | 네. (하고 숙이고 나간다) |
| 순혜 | (끄응) … |
| 수혁 | (그런 유연이 신경 쓰인다. 닫힌 문만 보고 있는) |

S#54    동 저택 내 정원 /N
희수와 지용, 하준이 행복하게 가족 밤 데이트를 하며 카덴차로 향한다.

| 지용 | 아버지 누워 계신데 이렇게 가족 만찬 해도 되는 건가 싶어. |
| --- | --- |
| 희수 | 그래도 효원의 장손이 귀국했는데 디너를 안 할 순 없잖아. 형 |
| | 님, 예법의 교과서잖아. 알아서 잘해놓으셨을 거야. |
| 희수 | 아 참, 이번 튜터는 맘에 들어? |
| 지용 | 겪어봐야 알지. 한 번 봐서 뭘 알아? |

| 희수 | 이번엔 제발 오래 일했음 좋겠네. 자긴 암튼 너무 까다로워. |
|------|--------------------------------------------------------|
| 지용 | 나도 제발 오래 일했음 좋겠다. |
| 희수 | 사람이 단단해 보여. |
| 지용 | 단단해 보이는 게 뭐야? |
| 희수 | 뭐 느낌이 그렇다고. 근데 당신 새로 온 튜터한테 좀 다정하게 대해줘. 갑질처럼 보일까 봐 그래. |
| 지용 | 갑질은 무슨~ |
| 희수 | 그러니까… 오해 안 받게 좀 친절하게 대해줘. 나한테만 친절하지 말란 말이야… |
| 지용 | (피식) 알았어~ 노력할게. |


S#55    카덴차 내 다이닝 홀 / N

상석에 앉은 양순혜, 바로 옆자리는 수혁, 맞은편에는 하준. 진희와 정도까지 효원가 패밀리가 다 모여 식사 중이다. 진희와 정도, 냉전 중인 듯. 식사 시중을 들고 있는 메이드들 중에 보이는 유연. 그런 유연에게 묘하게 시선이 가는 수혁. 유연이 머리에 묶고 있는 귀여운 딸기 방울이 눈에 들어온다.


| 일동 | (기도하려는데) |
|------|----------------|
| 순혜 | 그냥 먹자. 나 기도 안 해. 불교로 개종할까 싶다. |
| 일동 | (기도 툭 멈추고 순혜 보는) |
| 순혜 | 회장님이랑 나 천국에서 만나면 어쩌니? 그거 피하려고 그런다, 왜? |
| 희수 | (미소) 어머님 천국 갈 자신 있으세요? |

| 수혁 | (그 소리에 피식) |
| 순혜 | 너 뭐 믿고 며칠 전부터 자꾸 나대? |
| 희수 | 뭐 믿긴요. 우리 수혁이, 하준이 믿고 이러죠. 어머님 애들 앞에 있으면 관리하시잖아요. 소리도 안 지르시고. |
| 수혁 | (그 소리에 유연을 본다) |
| 유연 | (수혁과 눈이 딱 마주친다) |
| 순혜 | (끄웅) |
| 지용 | 수혁이 할아버지한테 인사드렸어? 병원 들렀니? |
| 수혁 | 네. 귀국하자마자 인사드리고 왔습니다. 김 박사님과 얘기도 나눴고요. |
| 일동 | (잠시 진지해지는) |
| 진호 | (수혁에게) 너 미국에서 MBA 하기 전에 회사에서 인턴이라도 해. |
| 수혁 | (말 없는) |
| 진호 | 왜 대답이 없어? |
| 수혁 | (진호 말엔 대꾸도 하기 싫다) |
| 지용 | 수혁이 뭐 하고 싶은 게 따로 있니? |
| 수혁 | …제가 하고 싶다고 할 수 있는 게 아니잖아요. 다 짜여진 코스대로 가는 건데… 유학도 제가 원해서 간 것도 아니고. |
| 서현 | … |
| 지용 | 전략기획팀 인턴십으로 일해보는 건 어때? 니 계획이 뭐든, 니 생각이 뭐든, 조직 생활 경험해보는 건 도움이 될 거야. 아직 시간도 많으니까… |
| 일동 | (수혁의 대답을 기다리는) |
| 수혁 | …알겠습니다. 그럴게요. |
| 진호 | (자기보다 자기 아들과 친밀해 보이는 지용에게 묘한 모멸감이) |

희수는 서현 표정 살피고, 서현은 표정 변화 없이 품위 있고 절 도 있게 식사 중.

| | |
|---|---|
| 순혜 | 수혁이 빨리 결혼시킬 생각이다. 영원그룹 노 회장 장손녀… 일 전에 서광그룹 딸 결혼식에서 보니까 애가 참하더라. |
| 서현 | 미국에서 만난 친구라고 했지? |
| 수혁 | 보스턴 커뮤니티에서 몇 번 만났어요. |
| 순혜 | 우리 수혁일 맘에 들어한다는구나. 안 그런 여자애가 어딨겠냐 만. 아무튼 좋은 색싯감 있을 때 잡아야 해. |
| 지용 | 본인 의사가 중요하죠. 넌 맘에 드니? |
| 수혁 | 아뇨. 뭐… (피식) 잘 모르겠어요. 맘에 드는 여자가 어떤 여잔 지… 만나본 적이 없는 거 같아서… |
| 지용 | 그럼 안 되지. 보면 가슴이 뛰는 여자 없었어? |
| 수혁 | (생각해보니 없었던 거 같다. 무심코 유연을 찾는데 보이지 않는) |


S#56 　　　메이드 공간 /N

세탁실 건조기에서 갓 꺼낸 뽀얀 수건들을 호텔 비치용처럼 개 고 있는 카덴차 메이드들과 루바토 메이드들. 은밀한 수다를 떨 고 있다. 그 가운데 보이는 유연. 수건 개는 방법을 터득 중인.

| | |
|---|---|
| 메이드 4 | 그러니까 수혁 도련님 친엄마는 도련님 열 살 때 집을 나갔단 거잖아. |
| 메이드 2 | 그렇다니까요… 한 전무님이 한때 알코올중독이었는데… 술 먹 으면 물건 부수고 폭언하고 했다잖아요. 지금은 큰사모님 땜에 |

1　　　낯선 사람들 The Strangers

술 딱 끊고 인간 됐죠.

성태 　근데 왜 지금 큰사모님한텐 꼼짝 못 해요?

메이드 2 　큰사모님이 재벌 집 딸이잖아요. 뼛속까지 귀족. 누울 자리 보고
　　　　　발 뻗는 거죠.

메이드 5 　근데 큰사모님은 왜 저런 덜떨어진 한 전무랑. 것도 애 딸린 이
　　　　　혼남이랑 결혼한 걸까요?

메이드 1 　재벌 결혼이 남녀가 사랑해서 하겠어? 기업끼리 돈을 사랑해서
　　　　　하지?

유연 　（그들 얘기 듣고만 있는）

메이드 1 　그런 거 보면 이 집안 며느리들 대단해. 자기 자식 아닌 애들을
　　　　　다 키워주고 있는 거 보면.

메이드 4 　회장님 대물림이지… 한 상무님도 혼외자잖아.

성태 　（한숨） 불쌍하다~ 다들~

메이드들 　（그런 성태 어이없게 보는데）


문이 확 열리며 주 집사가 들어온다. 일제히 놀라 당황한다.


주 집사 　식사 끝났어.


일제히 군기 바짝 든 군인처럼 일어난다.
쨍그랑 깨지는 소리들(E).


S#57 　동 저택 다이닝 홀 /N
　　　　　진희가 접시 던지며 패악을 부리는. 멀찍이서 보고 있는 메이드

들. 겁에 질렸지만 박살 날 때마다 물건값을 계산한다. 메이드 1, "저거 디자이너 접신데 한 피스 150." 메이드 2, "저거 헤르메스 컵인데 네 개 깼어요. 그럼 240?" 메이드 1 "어머 저건 무형문화 재 소춘화 선생님 건데. 큰사모님 아끼시는 건데…" 하는 순간 진희 마치 그건 아는 듯이 던지지 않고 옆에 두는.

| 진희 | Who was it? 누구야 누구냐고!! 니가 지금 발코니 나가서 몰래 통화하던 기집애야? |
|---|---|
| 정도 | 아, 진짜. 나 테니스 동호회 총무라고 몇 번 말해? |
| 진희 | Liar!!! Bastard! (하고는 뭔가 또 던지려는 순간) |
| 서현(V.O) | 무슨 짓이에요, 이게? |

서현의 화난 표정과 등장에 사건이 일단락되는. 뒤따라 들어온 희수.

CUT TO

희수와 서현, 나란히 앉아 있고. 맞은편에 씩씩대며 앉아 있는 진희.

| 진희 | 다 새로 사다 놓을게. 백화점 물건만 골라서 깼으니까 걱정 마. |
|---|---|
| 희수 | (기가 막힌 듯 피식) |
| 서현 | 아가씨, 이제 저희 집에 오지 마세요. 여기가 어디라고 감히 내 집안 물건을 던져요? |
| 진희 | (입이 열 개라도 할 말이 없다) |

| 서현 | 어머님이랑 아가씨 번번이 그러는 거 저 더 이상 못 보겠어요. 아가씨 이러는 거 소문이라도 나면 효원 기업 이미지 끝이에요. |
|---|---|
| 진희 | 언니가 걱정하는 게 기업 이미지예요? 자기 이미지잖아? |
| 서현 | 말조심해요. 나 엄연히 손위예요. 왜 이래요, 교육 못 받은 사람처럼. |
| 진희 | 그래요… 언닌 그렇게 가면 쓰고 살면 얼굴 안 무거워요? |
| 서현 | 아가씬 그렇게 발가벗고 다니면 안 창피해요? |
| 희수 | (싸움이 커질 기미가 보이자) 아버님 편찮으신데 이러지 말아요, 우리. (진희에게) 그리고 형님, 상담 한번 받아보세요. 계속 이렇게 사실 순 없잖아요. |
| 진희 | 뭐야? (기가 막힌) 너 요새 까분다? 그리고 정신과 의사 뭐 믿고 내 사연 줄줄이 토해내? 소문나면 니가 책임질 거야? |
| 희수 | 정신과 의사 말고 제가 정말 믿을 만한 상담사 소개해드릴 테니까 그분 한번 만나보세요. 제가 부탁드려볼게요. |
| 진희 | 싫어. 안 해. 그 사람은 또 뭐 믿고? 난 세상 그 누구도 안 믿어. |
| 희수 | (작은 한숨) |
| 서현 | (상종 못 하겠다) 이 집에 오려면 나 없을 때 와요! (일어난다) |


S#58 　진호 서재 /N

정도와 얘기 중인 지용과 진호.


| 정도 | 나 더 이상 이렇게 못 살아… 이혼은 죽어도 안 해준대. 변태 아니야? 괴롭히는 게 목적인? |
|---|---|
| 지용 | 제가 누나랑 잘 얘기할게요. 매형도 감정적으로 일처리하지 마 |

세요.

진호가 뭔가 말하려고 하면, 정도 벌떡 일어나 나간다. 진호 황당한. 이때 울리는 지용의 핸드폰, '하준' 뜬다.

하준(F)  아빠 나 배 아파. 엄마 전화 안 받아.
지용  많이 아파?
자경(F)  먹은 게 체한 거 같습니다.
지용  … (자경의 목소리에 표정 당황하는)


S#59  루바토 하준의 방 /N

하준의 등을 두드려주며 손을 따주는 자경. 하준, 그제야 소화가 된 듯 트림을 한다. 이때 문을 열고 들어오는 지용.

지용  하준아 괜찮아?
하준  응, 이제 괜찮아.
자경  저녁 먹은 게 소화가 안 된 거 같아요. 제가 손을 따줬습니다.
지용  앞으로 손 따고 이런 거 하지 마세요. 엄연히 주치의가 있습니다.

하는데 들어오는 희수.

하준  엄마.
희수  괜찮아?

| 자경 | 죄송합니다. 급한 나머지… |
|------|------|
| 희수 | 아니에요. 괜찮아요. 체하면 손 따고 이런 거 안 해봐서 그래요. |
| | (남편의 반응이 머쓱하다) |
| 지용 | (밖으로 나간다) |
| 희수 | (자경에게) 나가보세요. |
| 자경 | (아쉬운) 네, 사모님. |


S#60         카덴차 내 여러 곳 /N


-진호의 서재-

진호, 기분이 여러모로 나쁘다. 결국 복권을 꺼내 긁는데 또 꽝이다.


-서현의 서재-

서현, 주 집사에게서 뺏은 핸드폰 갤러리를 뒤지기 시작한다. 서현 뭔가를 발견하고 눈이 커진다. 충격받은 서현. 그렇게 한참을 멍!하게 있던 서현, 자신의 핸드폰을 들어 희수에게 전화한다.


서현         동서, 나야. 아까 동서가 얘기한 그 믿을 만한 상담사, 나 좀 소개시켜줘. 나… (모처럼 맘을 털어놓는) 멘탈 관리가 필요해.


S#61         루바토 내 욕실 /N

희수, 샤워가 끝난 듯 터번을 두르고 가운 차림으로 서현과 통화 중이다.

| 희수 | 그러실래요? |
| 서현(F) | 누구야? 의사 아니라며? |
| 희수 | 형님도 아시는 분이에요. 엠마 수녀님!! |

S#62    카덴차 내 유연의 방 - 수녀원 (교차편집) /N

유연, 자신의 침대에 누워 엠마 수녀랑 통화한다. 누가 들을까 소리 죽여. 그리고 주위 눈치까지 본다.

| 유연 | 근데 수녀님, 이 집 되게 이상해요. |
| 엠마 | 참고 견뎌. 재벌 집은 안 이상한 게 이상한 거야. |
| 유연 | 돈 있는 사람들은 걱정도 없고 화도 없을 줄 알았는데 그게 아닌가 봐요. |
| 엠마 | 더 지옥이야. |
| 유연 | ????? 네? |
| 엠마 | 재벌들은 만족을 몰라서 먹어도 먹어도 배가 고파… 결국 그 멈출 줄 모르는 탐욕이 그 사람들을 지옥에 빠지게 하지… |
| 유연 | …근데 수녀님은 재벌 집을 어떻게 그렇게 잘 아세요? |
| 엠마 | …난… 잘 알아. (눈빛, 표정) |

S#63    카덴차 내 수혁의 방 /N

아름다운 클래식 음악이 나오고 있는 (리스트의 <사랑의 꿈> 정도)

어린 수혁을 안고 있는 수혁의 친모 사진 액자를 보고 있던 수혁, 그 사진을 그대로 뒤로 돌려 숨긴다. 맘을 잡고 싶은 수혁, 외면한다. 머리 뒤에 손깍지를 끼고 침대에 벌렁 눕는데 뭔가가 손에 잡힌다. 확인하면 다름 아닌 유연의 딸기 방울 고무줄이다. 그 방울을 보고 있는 수혁의 묘한 표정. '이게 여기 왜 있지?'

(인서트)　　동 회차 S#55 플래시백 /N

유연에게 묘하게 시선이 가는 수혁. 유연이 머리에 묶고 있는 귀여운 딸기 방울.


-다시 현재-

수혁, 떠올리며 손에 들고 있는 그 방울을 보는 데서.



S#64　　　　루바토 내 여러 곳 /N

희수, 하준의 방에서 나와 자신의 침실로 향하다 1층 불이 켜져 있어 시선 둔다. 계단을 한 발 한 발 내려가는 희수의 발. 계단 어딘가에서 탁 멈춘다. 틸트업하면 희수의 벙!찐 표정. 1층 거실 어딘가에서 파티 때 희수가 입었던 드레스를 입고 가벼운 춤을 추고 있는 자경의 모습이 보인다. 희수, 그 기묘한 광경에 잠시 할 말을 잃다가 서서히 내려가면. 자경이 그런 희수를 본다. 동작을 멈추는 자경. 자신을 봐온 희수를 향해 겸연쩍은 미소를 짓는다.

희수　　　뭐… 하시는 거예요?

자경　　　아, 세탁실에 갔는데 메이드들이 세탁 맡기려고 둔 이 드레스가

　　　　　　　너무 예뻐서…

희수　　　그거 제 옷인데요.

자경　　　(어머) 사모님… 죄송해요. 저는 너무 예뻐서 그냥 한번 입어봤어
　　　　　　　요. 다시 둘게요.

　　　자경, 그 소리 하고는 희수의 드레스를 그 자리에서 벗는다. 자
　　　경, 드레스를 벗으면 실키한 란제리가 드러나고. 아무렇지 않게
　　　속옷 차림 그대로 드레스를 들고 1층 세탁실로 향하는 자경. 그
　　　런 자경을 보고 있는 희수, 너무 이상한데.

(인서트)　　동 저택 지용의 서재 /N
　　　- 지용, 자신의 젊은 시절 승마복 차림의 사진을 보고 있다. 복잡
　　　　한 지용의 표정.

　　　- 희수, 뒤돌아가려다 1층으로 아예 내려와서는 멈춰 서서 부
　　　　른다.

희수　　　선생님!

자경　　　… (대답 없다)

희수　　　강자경 선생님!

　　　하자 자경 단정한 튜터 복장으로 갈아입은 채 다시 희수 앞에
　　　등장한다.

자경　　　네, 사모님.

성안당 e러닝

국가기술자격교육 **NO.1**

합 격 이 **쉬 워** 진 다,
합 격 이 **빨 라** 진 다!

당신의 합격 메이트,
성안당
이러닝

bm.cyber.co.kr

단체교육 문의 ▶ 031-950-6332

## ◆ 소방 분야

| 강좌명 | 수강료 | 학습일 | 강사 |
|---|---|---|---|
| 소방기술사 1차 대비반 | 620,000원 | 365일 | 유창범 |
| [쌍기사 평생연장반] 소방설비기사 전기 x 기계 동시 대비 | 549,000원 | 합격할 때까지 | 공하성 |
| 소방설비기사 필기+실기+기출문제풀이 | 370,000원 | 170일 | 공하성 |
| 소방설비기사 필기 | 180,000원 | 100일 | 공하성 |
| 소방설비기사 실기 이론+기출문제풀이 | 280,000원 | 180일 | 공하성 |
| 소방설비산업기사 필기+실기 | 280,000원 | 130일 | 공하성 |
| 소방설비산업기사 필기 | 130,000원 | 100일 | 공하성 |
| 소방설비산업기사 실기+기출문제풀이 | 200,000원 | 100일 | 공하성 |
| 소방시설관리사 1차+2차 대비 평생연장반 | 850,000원 | 합격할 때까지 | 공하성 |
| 소방공무원 소방관계법규 문제풀이 | 89,000원 | 60일 | 공하성 |
| 화재감식평가기사·산업기사 | 240,000원 | 120일 | 김인범 |

## ◆ 위험물 · 화학 분야

| 강좌명 | 수강료 | 학습일 | 강사 |
|---|---|---|---|
| 위험물기능장 필기+실기 | 280,000원 | 180일 | 현성호,박병호 |
| 위험물산업기사 필기+실기 | 245,000원 | 150일 | 박수경 |
| 위험물산업기사 필기+실기[대학생 패스] | 270,000원 | 최대4년 | 현성호 |
| 위험물산업기사 필기+실기+과년도 | 350,000원 | 180일 | 현성호 |
| 위험물기능사 필기+실기[프리패스] | 270,000원 | 365일 | 현성호 |
| 화학분석기사 필기+실기 1트 완성반 | 310,000원 | 240일 | 박수경 |
| 화학분석기사 실기(필답형+작업형) | 200,000원 | 60일 | 박수경 |
| 화학분석기능사 실기(필답형+작업형) | 80,000원 | 60일 | 박수경 |

| 희수 | (이랬다 저랬다 정신없게 하는 그녀를 본다) |
|---|---|
| 자경 | (환하게 웃으며 희수 보는) 다 자고 있어서 한 짓인데… 죄송합니다, 사모님. 앞으로 절대 (의미심장한) 사모님 거! 손대지 않을게요. |
| 희수 | …그래요. 그래야 서로 오해할 일이 없을 테니까… 주무세요. 얼른. |
| 자경 | 네. |

돌아서는 희수. 희수의 표정엔 불쾌한 기색이 역력하고 희수의 귓등을 때리는 자경의 묘한 콧노래 소리. 희수, 묘하게 거슬린다. 그런 희수의 표정에서.


S#65    동 저택 사건 현장 /N

선혈이 낭자한 저택 홀. 어둠 속에 뻗어 있는 사람 손. 쓰러진 누군가의 모습이 어둠 속에 희미하게 보여진다. 누가 죽었는지 알 수 없는 그 위로.


| 엠마(N) | 그 사람은 과연 죽어야 될 사람이었을까요? 확실한 건… 누군가에겐 분명 죽어 마땅한 사람이었을 거란 겁니다. 그 누군가에게는… |
|---|---|

< 1회 엔딩 >

# 이카루스의
# 날개

The Wings of Icarus

S#프롤로그    카덴차 사건 현장 /N

사건 당시. 어둠 속… 2층 난간에서 추락하는 사람의 모습이 동적으로 보여진다. 충격적이다. 하지만 어둠 속, 실체는 불분명하고. 누가 떨어졌는지 알 수 없는.

엠마(N)    사건은 카덴차에서 일어났습니다. 처음 발견했을 땐 두 사람이 쓰러져 있었습니다…

그 위로 타이틀 인. 이카루스의 날개.

S#1    희수의 침실 /D

희수, 침대에 누워 잠을 청하지만 자신의 드레스를 입고 춤을 추고 있던 자경의 모습이 지워지지 않고.

S#2    서현의 서재 /N

서현, 주 집사의 핸드폰 속 영상을 보고 안절부절못한다.


S#3          유연의 방 /N

모두가 잠든 밤. 수혁은 작지만 정갈한 유연의 침대에 앉았다가
드디어 눕는다. 그리고 옆으로 돌아눕는다. 유연의 베개에서 느
껴지는 설명 못 할 안온함. 그렇게 고요하게 생각에 잠긴다.


(인서트)      (플래시백) 효원가 정원 /N

밤의 정원을 걸어가는 유연과 수혁. 유연이 살짝 앞서 걷고 있
다. 그 순간, 바람이 불어오고 유연의 머리가 흩날린다. 그 흩날
리는 머리 향기에 잠시 눈을 감는 수혁.


S#4          수혁의 방 /N

수혁의 큰 침대에 누운 유연. 너무 큰 침대가 낯설지만 가슴 깊
이 편안함을 느낀다. 행복한 표정의 유연, 본격적으로 잠들기 위
해 돌아눕는다.


유연          (혼잣말) 뭐야… 이렇게 좋은 방에서 왜 잠을 못 잔단 거야.


S#5          유연의 방 - 수혁의 방 (교차) / N → D

- 작은 유연의 침대에서 마치 엄마 배 속의 태아 같은 자세로 잠
  든 수혁. 새근새근 세상 모르는 아기처럼 잠들어 있다.

- 수혁의 침대에서 세상의 모든 근심 내려놓고 편안히 잠든 유연.

그렇게 아침이 온다. 끝날 것 같지 않은 긴 밤을 끝내는 아침이.


S#6　　수혁의 방 /D

새벽의 푸르고 청량한 기운이 감돈다. 잘 자고 상쾌하게 일어나는 유연. 일어나서는 딸기 방울로 머리를 묶는 유연. 침대에서 일어나자마자 눈에 보이는 눕혀진 액자. 그 액자를 보는 유연. 보면 수혁의 어릴 적 사진으로 엄마와 함께 안고 있는 사진이다. 사진을 보며 작게 미소 짓는 유연. 그러곤 그 사진에 호~ 하고 입김을 한번 불고 깨끗하게 닦아서 곱게 세워놓는다. 뿌듯한 유연.


S#7　　카덴차 내 다이닝 홀 /D

재벌가의 아침 모습. 테이블 세팅하는 메이드들, 유연 평온하고도 즐거운 표정으로 식사 자리를 세팅한다. 식탁에는 양순혜, 진호, 서현이 앉아 있다. 그리고 수저와 테이블 세팅은 되어 있지만 사람 없는 자리 하나.

| 순혜 | 수혁이가 웬일로 아침 식사 자리에 늦는 거냐? |
| 서현 | 자고 있을 겁니다. 이제 시차 적응이 된 모양이네요. |
| 진호 | (뒤에 있는 유연에게) 깨워서 데려와. |

| 유연 | (그 소리에 긴장하는. 수혁의 방에 가도 없을 테니. 그때) |
|---|---|
| 순혜 | 뭐. 잘 자는데… (숟가락 들고) 정셉! 난 수프 안 먹어. 고기만 줘. |

순혜 앞에 스테이크가 놓인다. 핏물이 흐르는 스테이크를 뜯어 먹는 순혜. 수프와 샐러드를 먹는 서현. 한식 상을 받아 먹는 진호. "술 안 먹어도 국은 해장국이라고 했지 내가?" 구시렁 반찬 투정. 서현, 그런 진호에게 안 좋은 시선 보내자 꿍~ 하는 진호. 그렇게 각기 다른 세 사람의 식사가 대접되며 아침 식사 전경.


**S#8**      동 저택 내 유연의 방 /D

숙면을 취하고 깬 수혁. 어이없는지 실소만 난다. 이거 뭐야 싶은데. 작은 침대 난간에 기대앉아 마른세수하고 웃는다. "하, 뭐야…"


**S#9**      루바토 거실 일각 /D

희수가 아름다운 모습으로 외출을 준비한다. 그런 희수를 보고 있는 자경의 시선. 수영이 핸드폰으로 기사에게 연락하는.

| 수영 | 김 기사님, 사모님 지금 나가십니다. 2시 30분에 하원갤러리, 5시 전에 모든 대외 업무 끝나십니다. (전화 끊는) |
|---|---|
| 희수 | 내일 스케줄을 오늘로 다 바꾼 거야? |
| 수영 | 네. 내일 수혁 도련님 약혼할 분 처음 온대요. 그래서 일단 여자들만 카덴차에서 다 모인대요. |

| | |
|---|---|
| 희수 | 그럼 나 너무 예쁘게 하고 가면 안 되겠다. 그녀를 돋보이게 하려면? |
| 수영 | 언니 미모 좀 자제하세요. |
| 희수 | (너스레) 그게 되니? 세상에 안 되는 것도 있단다~ 다녀올게… (하다 뒤돌아서 자경을 보는) 강자경 씨… |
| 자경 | 네. |
| 희수 | 저 어젯밤에 좀 놀랐잖아요. |
| 자경 | ??(보면) |
| 희수 | 외국에서 오래 지내셔서 그런가 영혼이 자유로우신가 봐요? |
| 자경 | (알아듣고 창피한 듯) 죄송합니다, 사모님. 주의하겠습니다. |
| 희수 | (털어버린다. 미소) 하준이 오면 저한테 문자 주세요. 그리고 바이올린 레슨 전에 꼭 에이원 우유 먹여주세요. 25도 정도로요. 전자레인지에 데우시면 안 돼요. |
| 자경 | 네, 사모님. 그러겠습니다. |
| 희수 | (그런 자경에게 경계심 없이 웃으며) 자경 씨 다리 너무 예뻐요. |
| 자경 | … |
| 희수 | 젊었을 때 운동하셨어요? |
| 자경 | …말을… 탔습니다. (표정) |
| 희수 | … (별로 놀라지 않는) 말근육이구나? (미소) 아! 이런 이야긴 친한 사이만 해야 하나? |
| 자경 | … |
| 희수 | 우리 그러지 말고 오늘 밤에 술 한잔할까요? 일 빨리 끝내고 환영회 겸 친목의 시간을 한번 가져보자고요. |
| 자경 | 네. (표정) |

희수, 또각또각 즐거운 걸음으로 나간다. 그런 희수 보는 자경.


S#10        카덴차 내 드레스룸 /D

고급 실내복 차림의 서현은 사이드 테이블에 앉아 아이패드로
갤러리 그림들을 보고 있다. 진호는 출근 준비를 하고 있다.


진호        수혁이 자식은~ 야망이 큰 거야 아님 감정이 없는 거야. 저 나
이에 좋아하지도 않는 여자랑 결혼하라는데 좋다 싫다 반응이
없어.

서현        (그 말에 대꾸할 생각 없다) 아버님 쓰러진 거 쇼니 어쩌니 말 많아
요. 지금 우리 집안에 안 좋은 시선들이 몰려 있어요. 처신 잘하
세요.

진호        무슨 처신?

서현        여자 술 도박… 하지 말라고요.

진호        …

서현        … (에효, 말을 바꿔준다) 들키지 말라고요.

진호        (그제야) 응.

서현        (짜증 난다. 아이패드를 테이블 위로 올려둔다)


카메라 서현이 이제껏 봐온 아이패드 화면에 **C.U** 하면.


(인서트)        아이패드 모니터 화면

- 미국 신시내티주립대 상담심리학 학사 석사 학위.

- 대교구청 임명 상담심리 전문가.

그리고 서서히 줌인되는 엠마 수녀의 환하게 웃고 있는 얼굴.


S#11      카덴차 내 서현의 서재 /D

서현 출근 전, 자신의 서재에 들어와 문을 잠근다. 그리고 주 집사의 핸드폰을 조심스레 꺼낸다. 그리고 영상을 하나 보는데.


(인서트)      동영상 화면 /D

정원 어딘가 - 이제껏 본 적 없는 서현의 감정적인 표정. 촉촉한 눈과 떨리는 음성으로 마주 선 누군가에게⋯ (누군가는 보이지 않고)


서현      우리 더 이상 보지 않는 게 좋겠어⋯ (연인에게 말하듯)


-다시 서재-

깜짝 놀라 영상 꺼버리는 서현. 혼자서 괴로워한다. 그리고 전화 거는.


서현      동서, 엠마 수녀랑 나 일단 한번 만날게. 내가 스케줄 확인해서 가능한 시간 알려줄게⋯ 그분 카덴차에 들여도 되는 사람이지?


S#12      하원갤러리 복도 /D

희수, 서현과의 통화를 끝내고 표정 언짢다.

| 희수 | (혼잣말) 아무튼 뭐든 자기가 세상의 중심이야. 이 집 사람들은. 상대방 스케줄은 관심도 없어요~ |
| --- | --- |

S#13    하원갤러리 /D

자폐 아동들의 그림과 작품들을 자신의 SNS를 통해 보여주고 있는 희수와 돋보기를 끼고 그 작품들을 보고 있는 서진경. 작품들이 대단하다. 찬사를 보내는 서진경.

| 희수 | 어메이징하죠? |
| --- | --- |
| 서진경 | 믿을 수가 없다, 진짜. |
| 희수 | 이 그림 한번 보세요. 얘는 열 살인데 펜이나 연필로만 그리는 친구거든요. 시간을 주제로 그리랬더니 시계의 뒷면을 그렸어요. |
| 서진경 | 어머… 시간의 감춰진 의미를 봤단 거야? |
| 희수 | 네. 시선이 다르다니까요. |
| 서진경 | 이 화가들이 모조리 다 자폐 아동들이란 거지? |
| 희수 | 네. 부산 전시회 그림들이고요. 서울 쪽 지부랑 같이 콜라보해서 우리 한번 해봐요. 대표님… 우리… 이 친구들 꿈을 이루어줘요. 전 이 전시회 다녀와서 다시 심장이 뜨거워졌어요. 전 제 심장 뜨거워지게 한 사람은 반드시 책임져야 되거든요. 한 남자는 그래서 제가 데리고 살고 있잖아요. |
| 서진경 | 무조건 하지. 희수야, 근데 니 동서 말이야. 서현갤러리 대표. 너가 나랑 이러는 거 알면 싫어할 텐데? |
| 희수 | 형님은 이런 전시회 관심 없으실 텐데? 워낙 유명 작가들이랑 |

해외 아티스트 중심이라… 데미안 쿤스 전시회 준비하시던데?
그리고 복합 문화 공간 런칭 땜에 너무 바쁘세요.

S#14          서현갤러리 내 /D
서현, 갤러리 부관장에게 전시 스케줄 보고 받고 있다. 아이패드
로 전시 일정 살피는.

부관장        아 참, 방금 갤러리스트 단체방에 올라온 내용인데 서희수 씨가
             후원하는 자폐 아동 작품을 하원갤러리에서 전시하나 봐요.
서현          (그 소리에 그대로 반응해 신경질적인 표정이 되는) 정말이야? (작은 소리로)
             하나는 알고 둘은 몰라 아무튼. 곧 기자들 연락 올 거야. 대응 잘
             해. 노코멘트로~ (일어나 나간다)

S#15          루바토 내 하준의 방 /D
자경, 하준 등교시킨 후인 듯 하준의 책상을 정리하고 있다. 자
경, 서서히 표정이 어두워진다. 그런 자경의 표정 따라가면 하준
이 쓴 시. '이제 우린 끝이야. 막다른 길에 다다른 내 맘을 아무도
들어주지 않아. 우리에겐 미래는 없어. 원망과 복수만 가득해.'
자경 그 시를 보는. 이게 뭐지? 싶은 찰나에 핸드폰이 울려 받
으면.

자경          여보세요?
주 집사(F)    매주 수요일 아침 10시에 메이드 집합이 있다는 보고 못 받았습

니까?

자경　(그 소리에 인상 팍 쓰는데서)


S#16　카덴차 내 1층 메이드 공간 /D

카덴차의 메이드 1·2와 유연, 그리고 성태, 루바토의 메이드 4·5
와 수영이 일렬로 모여 있다. 자경을 기다리고 있다. 주 집사 기
분이 확 나쁜데 자경이 싸한 표정으로 걸어 들어온다. 주 집사,
그런 자경을 보는.


자경　…무슨 일이죠?

주 집사　(기가 막힌) 강자경 씨, 여기 오기 전에 어느 집안에서 일했지?

자경　(그런 주 집사 강렬한 눈빛으로 보는)

주 집사　우린 효원의 다운언더이자 효원의 동맥입니다. 일사불란한 비
　　　　상연락 체제, 그리고 신속한 문제 해결, 그리고 우리가 모시는
　　　　분들을… (하는 순간)

자경　난, 하준이…

일동　(그런 자경에게 집중한다. 당황하는 표정들)

자경　(애써 맘을 다스린다) 그 아이만 신경 쓸 겁니다. 집안 대소사에 관
　　　　련된 비상연락에 저를 호출하지 말아주세요.

주 집사　이봐. 당신 개념이 아예 없네.

자경　(O.L) 나한테 그 무엇도 명령하지 말아요!

일동　(놀란다)

수영　(예전부터 이상했다)

자경　(눈언저리 꿈틀대는) 감히 나한테… 이래라 저래라 하지 말란 말이

에요!!!

그런 자경의 서슬에 마른침 삼키는 주 집사. 자경, 다시 표정 원 위치하고 차분하게.

자경        하준이 학습 준비물 챙겨야 됩니다. 이만 가볼게요.

자경, 그렇게 밖으로 나가고 남겨진 사람들 벙! 찐다. 주 집사 헉! 한다.

주 집사      (흥분하면 사투리 나오는) 시방 저 물건이 뭐라냐~


S#17      동 저택 일각 /D
             자경, 카덴차를 벗어나는데 저택 안으로 들어오는 진희. 자경, 마치 진희를 알아본 듯 흠칫하다 고개 숙인다.

진희        (자경이 누군지 모른다) 누구…?
자경        (맘을 추스르고 몸 돌려 표정 관리하는) 새로운 하준이 튜터입니다.
진희        (아래위로 훑어본다)
자경        (가려는데)
진희        (갸우뚱) 잠깐!!
자경        (멈춰 서는)
진희        우리 어디서 본 적 없어?
자경        (표정) 그럴 리가요.

| 진희 | 그러게 본 적이 있을 리가 없지… 생활 바운더리가 다른데… |
|---|---|
| 자경 | … (표정) |
| 진희 | 본 듯해서 해본 소리야. |
| 자경 | … (표정) |
| 진희 | 하준이 케어 잘해. |
| 자경 | (그 소리에 인상 확 찌푸리는) |
| 진희 | 반쪽짜리라 애가 좀 부실해… |
| 자경 | … (오늘 하루 참느라 애먹는) 무슨 소리신지… |
| 진희 | (무시하는 말투와 눈빛) 넌 몰라도 돼. 가봐. |
| 자경 | … (뒤돌아서 가는. 표정) |

S#18　　　동 저택 내 거실 /D

진희와 마주 앉아 품종 귀한 과일들을 먹고 있는 양순혜.

| 진희 | 지용이로 가는 거 같아. 곧 이사회 열려. |
|---|---|
| 순혜 | (끄응) |
| 진희 | 지용이가 대표직 맡는 꼴을 어떻게 봐? |
| 순혜 | (과일이나 먹고 있는) |
| 진희 | 엄마도 말좀 해봐. 걱정 안 돼? 상관없어? |
| 순혜 | (시치미) 지용이가 깜인 건 사실 아니냐? |
| 진희 | 그래서 엄마가 그토록 혐오하는 김미자가 낳은 아들한테 효원을 주자고? |
| 순혜 | 목소리 안 낮춰? 수혁이와 결혼시킬 애랑 저녁 약속 잡았다. 약혼이라도 미리 시켜놔야지. |

| 진희 | 그 집, 우리 회사 지분 얼마나 있지? 엄마, 설마 오빠 밀어주려는 건 아니지? (코웃음) 그건 불가능한 거 알지? |
|---|---|
| 순혜 | (맘을 숨기고 말을 아끼는) |

이때 진희의 전화가 울린다. 핸드폰 받는 진희.

| 진희 | 여보세요? (듣는, 비즈니스 얘기다) 회계감사가 내일모레야. 매출 장부 박 이사랑 최 전무가 더블 체크했어? (듣는, 짜증) SNS에서 우리 빵 평가? (듣는) 어디? (화나는) 끊어봐. |
|---|---|
| 순혜 | 무슨 일인데? |
| 진희 | 베이커리… 이거 진짜 노답이야. 호텔을 날 주지 호텔은 오빠 주고 왜 난 이렇게 일 많은 빵집을 줘서… 아빠는… |
| 순혜 | 이런~ 니 오빠 호텔은 전국에 세 개뿐이고 니 빵집은 삼천 개야. 올 때 크림빵이나 한 열 개 챙겨와. 당 당긴다. |


S#19   동 저택 수혁의 방 /D

수혁 슈트 자켓을 입으려는데 보이는- 자신이 뒤집어둔 엄마 액자가 세워져 있다. 수혁, 그 액자 보는 표정과 시선에 금이 가 있는 수혁, 그대로 액자를 확 덮는다.


S#20   카덴차 복도 /D

즐거운 표정으로 일하고 있던 유연. 멋지게 차려입은 수혁과 마주친다. 둘만의 비밀이 생겨서 어제와 다른 친밀감을 느끼고 작게 미소 짓는 유연. 하지만 차가운 표정의 수혁.

| | |
|---|---|
| 수혁 | 넘지 마. |
| 유연 | ?! |
| 수혁 | 선 넘지 말라고, 마음대로. |
| 유연 | ?? |
| 수혁 | 방을 바꿔 잔다고 내 방 물건까지 허락한 건 아니야. 함부로 손 대지 마! |

수혁 그렇게 차갑게 유연을 지나가버린다. 남겨진 유연, 차가운 수혁의 모습에 놀랐다.

S#21 　　차 안 - 수녀원 일각 (교차) / D

서현 뒷자리에서 차가운 얼굴로 앉아 인터넷 기사를 검색하고 있다. '효원 정서현' 기사가 떠오르면 보이는 서현의 사진과 기사들. 그중 보이는 '결혼 전 부친 정윤섭 회장이 물려준 자신의 이름을 딴 서현갤러리를 통해 세계적인 유명 작가를 선보인다. 여느 재벌가 며느리와는 다른 행보- 홍콩 바젤 페어 직접 출장.' 다른 페이지 넘기면 'S.H뮤지엄 개관 준비, 여성 경영인 도약.' 그리고 다른 기사를 보면 진호와 행복하게 골프복 차림으로 웃고 있는 사진.

이때 전화가 울린다. 서현, 전화 받는.

| 서현 | 여보세요. |
| --- | --- |
| 엠마 | 서희수 씨한테 연락 받고 전화드려요. 꼭 연락드려보라고 해서. |
| 서현 | 누구시죠? |
| 엠마 | 저 엠마 수녀예요. |
| 서현 | 네… 수녀님. 안녕하세요, 정서현입니다. |
| 엠마 | 오늘 제가 댁에 잠시 들러도 될까요? |
| 서현 | (곤란한 표정인데) |
| 엠마 | 어차피 갈 일이 있어서… 잠시 들를게요. 인사나 나누면 좋겠다 싶어서. |
| 서현 | 네, 그러세요. (끊는. 혼잣말로) 서희수… 은근히 제멋대로지. (피식) (기사에게) 맥퀴니스 플라워샵에 들러주세요. |

S#22    어느 베이커리 /D

진희, 눈에 살기 가득해 서 있다. 효원의 자회사 중 하나인 베이커리 본점이다. 파티셰와 직원 8명 정도가 손 모으고 벌벌 떨며 서 있다.

| 진희 | 우리 크림빵이 왜 SNS에서 평가가 안 좋아졌지? 똑바로 안 만들지?? |
| --- | --- |
| 점장 | … |
| 진희 | (남자 점장의 가슴팍을 주먹으로 팍팍 내리치며) 야! 뭐라고 말을 해보라고!! 너 문 닫아. 손님 못 들어오게 문 닫아!!!! 빨리! SHUT DOWN! CLOSE THE DOOR!!!!! |

직원 하나가 가게 문을 닫는다. 'CLOSE' 팻말로 바꾸고. 진희, 흥분이 점점 올라온다. 서 있던 직원들, 그 기세에 눌려 사색이 된다.

진희     (크림빵을 차례로 먹어보며 바닥에 팽개친다) 이건 크림이 너무 많고! 이건 또 왜 이렇게 없어? 공갈빵이야? 아주 막 만들지? 여기가 구멍가게야? 크림빵 맛이 왜 다 달라?!!! 누구야 만든 사람?

직원     (손 드는) 저, 접니다.

진희     계량 제대로 안 하고 막 만들지? 눈대중으로? 그 눈알 뭘 믿고!!

그래도 계속 화가 올라오는 진희. 결국 크림빵 두 개를 양손에 꽉 쥐고 텐션을 만렙까지 끌어올린다. 진희의 손에서 터져 흘러내리는 크림들. 진희, 그대로 그 크림빵을 바닥에 던진다. 흥분한 진희를 말리려는 점장. 그런 점장을 밀면서 진희와 점장 둘 다 크림 떡칠된다. 그러다 진희, 옆에 있는 페이스트리를 집어든다.

진희     (뒤에 나오는 광고와 싱크로를 이루며 마치 광고 모델처럼 행동한다. 귀엽게) 살짝만 건드려도 파사삭~ 부서지는 결~ (태세 전환하며) 이라고 했잖아!!! 근데 가죽 같잖아!! (점장에게) 대답해! Answer! 말해! 말해! 말하라고!!! (흥분해서) I told you speak! speak! Speak!!!

S#23     카덴차 홀 /D

피곤해 보이는 표정의 서현이 작약 꽃을 들고 들어온다. 주 집

사, 서현에게 다가온다. 서현, 주 집사 본다. 두 사람, 시선 마주
치는데 어색하다. (핸드폰 동영상 사건 관련) 메이드들, 하던 일 멈추
고 그대로 서현에게 다가가 머리 조아리고 인사한다. 유연도 고
개 숙이고 인사한다. 서현, 꽃을 주 집사에게 건넨다.

| | |
|---|---|
| 서현 | 꽃병 투명한 거 말고 매트한 걸로 해줘요. 웅산 선생님 유작 도 자기요. |
| 주 집사 | 네, 사모님. 그리고 엠마 수녀님 기다리고 계십니다. |
| 서현 | …죄송하지만… 돌아가라고 해주세요. 제가 오늘은 너무 피곤 하네요. |
| 주 집사 | …네. |

S#24    카덴차 내 응접실 /D

간단하게 차와 토스트를 먹고 있던 엠마 수녀. 주 집사, 들어와
선 말을 전한다.

| | |
|---|---|
| 주 집사 | 죄송합니다. 큰사모님이 오늘 피곤하셔서 상담이 힘들다고 하 시네요. |
| 엠마 | (어이없지만 익숙한 듯 빙그레) 그래요. |

엠마 수녀, 차를 마저 마시고 미니 에쉬레 버터와 잼을 자신의
버킨백에 담아서 나간다. 그런 엠마 수녀를 어이없는 표정으로
보는 주 집사.

서현과 마주 앉아 차를 마시고 있는 희수. 서현, 희수에게 정색
하고 쏟아낸다.


서현     동서… 나 좀 섭섭해. 그런 좋은 취지의 전시를 왜 하원에서 해?

희수     들으셨군요, 형님? 근데 그 전시는 메이저 전시가 아니라 중간
         에 스케줄 없을 때 며칠 대관해서 하는 거예요. 형님 갤러리랑은
         컬러도 안 맞고 해서요.

서현     나한테 먼저 상의했어야 하는 거 아니야?

희수     사실은… 거절 당할까 봐 안 했어요.

서현     나를 배려하겠다는 마음과 거절 당했을 때의 불쾌감… 저울에
         달아보고 내린 결정이야?

희수     아뇨, 그런 거 없었어요. 전 그렇게 약지 못해서…

서현     그 약지 못한 걸 꾸짖는 거야. 그게 언론에 나가는 순간, 우리 집
         안은 호사가들한테 갈기갈기 씹혀. 첫째 며느리 갤러리 두고 다
         른 갤러리에서 자폐아 작품 전시를 하는 전직 여배우 서희수. 동
         서간의 불화. 쓰러진 회장. 누가 후계자가 되냐… 동서, 관심 받
         고 싶었어?

희수     (달래듯) 형님, 말씀이 지나치시네요. 왜 그렇게 확대 해석하세
         요? 저 배우였어요. 관심요? 그거 받을 만큼 받았어요.

서현     …

희수     제 결정이 그렇게 형님 심기를 불편하게 한 일인지 다시 한번
         생각해보겠습니다. 오늘 중요한 손님 오시니까 옷 갈아입고 다
         시 건너올게요. (나가면서) 오해 더 하지 마시고요. (미소)

희수, 일어나 예의 갖춰 서현에게 인사한 후 프레임 아웃.
서현의 싸한 표정에서.


S#26        동 저택 정원 /D
희수, 기분이 안 좋아 걷고 있으면 성태가 버기카를 타고 따른다.


성태        사모님, 타고 가세요.
희수        됐습니다. 바람 맞으면서 좀 식혀야 해서요. (에어팟으로 음악 듣는)
성태        네, 그럼. (하고 버기카를 돌린다)


넓고 아름다운 정원을 걷는 희수.
그리고 아름다운 새장에 갇혀 있는 공작새 노덕이.


S#27        카덴차와 루바토 밖 - 안 여러 곳 /N
저택의 가로등이 탁탁탁 켜지기 시작한다. 저택 게이트는 굳게 닫히고. 천장에 분홍색 라이트가 들어오면 퍼펙트 에어솔루션이 돌아간다. 산소가 공급되기 시작한다. 천장에서 뿌려지는 산소 CG. 주 집사, 극도로 심플한 리모컨으로 농도 맞추고, 집 곳곳의 온습도계에서 숫자 보인다. 다이닝 홀에 줄지어 놓여 있는 가장 비싼 생수들.


엠마(N)      그들은 우리가 마시는 공기와 다른 산소를 마셨고, 다른 물을 마셨습니다. 일반 공기 대비 15배 높은 산소포화도, 또 남극 빙하를 녹인 생수를 마셨죠.

-카덴차 내 운동 공간-

산소가 파악~ 분사되는. 화면 확장되면 서현, 저녁 운동 중이다. 빙하수 마셔가며 개인 필라테스 강사에게 자세 교정을 받으며 운동 중인 서현. 행복해 보이지 않는.

엠마(N)  높은 산소 농도만큼이나 그들이 지탱해야 할 삶의 농도 역시 짙었습니다.

-동 저택 수영장 근처 놀이터-

희수, 줄넘기를 하고 있다. 뭔가 힘든 듯 보이는.

-진호의 서재-

산소가 파악~ 분사되는. 진호, 여전히 복권을 긁고 있다. 또 꽝이다. 서재 문을 열고 그런 진호를 보는 서현.

진호  (혼잣말) 이거 되는 사람이 있긴 해?

엠마(N)  물론, 그 농도가 모두 같은 것은 아니었지만요.

-지용의 서재-

산소가 공급되고 있다. 지용, 자리에 앉아 누군가와 통화 중이다. 심각한 지용의 표정.

-수영장-

자경이 수영을 하고 있다.


엠마(N)    산소의 농도만큼 짙은 비밀을 가진 사람들도 있었고.


S#28    동 서재 /N

양순혜, 바닥에 납작 엎드려 비밀 금고를 다른 마그네틱, 금 수
저 등을 이용해 낑낑대며 열어보려 한다. 순혜, 노래를 부른다.
"다이아 다이아 블루다이아~" 그런 양순혜의 거대한 욕망의 엉
덩이가 화면 가득해지면서.


엠마(N)    고급 산소를 마시면서 하는 짓은 아황산가스 같은 사람도 있었
습니다.


S#29    어느 도로 서현의 차 안 /N

차를 몰고 어디론가 가고 있는 서현.


S#30    루바토 저택 앞 /N

줄넘기를 하고 있는 희수. 가운 차림의 자경, 희수에게 다가간
다. 희수, 땀으로 흥건히 젖은 채 멈춘다. 들숨 날숨하는 희수
와 젖은 몸으로 머리를 닦는 자경의 모습이 아이러니하게 교차
된다.

| 자경 | 뭐 스트레스 받는 일 있으세요? |
|---|---|
| 희수 | 어떻게 아셨어요? |
| 자경 | 사모님 배우일 때 인터뷰요. 스트레스 받으면 줄넘기 하신 |
| | 다고… |
| 희수 | 하하~ 맞아요. |
| 자경 | 이제 재벌가 사모님이신데 격에 맞는 운동을 하셔야죠. |
| 희수 | 운동에 격이 어딨어요? 그리고 재벌가 사모~의 격이 뭔데요. 난 |
| | 날~ 지킬 거예요. 이것도 그것 중 하나예요. 여기선 그게 젤 힘들 |
| | 어요. (줄넘기 챙겨 안으로 들어가려다 뒤돌아보며) 수영복 예뻐요. (하고 |
| | 가자) |
| 자경 | … (남겨진 채, 표정) |

S#31      서현의 차 안 - S.H뮤지엄 로드 /N

직접 운전해 뮤지엄으로 향하는 서현. 차를 주차하고는 차에서
내린다. 뮤지엄 안으로 들어간다. 환하게 불이 켜지고 자신의 꿈
이 실현되는 시뮬레이션이 환상적으로 펼쳐진다. 리프팅 무대
가 회전하는. 뿌듯하게 보고 있는 서현.

객석 어딘가에 앉아 생각에 잠긴 서현의 모습 위로.

(인서트)      플래시백 (동 저택 티가든) /D

한 회장, 서현과 마주 앉아 체스를 두고 있다.

한 회장      친정아버지에게 증여받은 회사 주식을 그렇게 일괄 처분하고

　　　　　　그 문화사업을 추진하겠단 거냐?

서현　　　아버님, 저는 문화와 예술이 특권층의 전유물이 되지 않길 바라요. 장사를 하는 게 아니라 가치를 창조하고 싶어요. 그게 결국은 제 경영의 원칙이 될 겁니다.

　　　　　　자신의 꿈이 이루어지는 무대를 상상하며 보고 있는 서현의 뿌듯한 표정.


(인서트)　카덴차 메인 정원 /D

서현(소리)　우리 더 이상 보지 않는 게 좋겠어…

　　　　　　그러다 문득 떠오르는 누군가. 서현의 눈이 쓸쓸해진다.


서현　　　(혼잣말로) 너도… 지금 잘하고 있는 거지?



S#32　　　루바토 내 다이닝 홀 /N

　　　　　　희수와 자경, 마주 보고 와인을 건배하고 있다. 자경의 눈에 보이는 희수의 손에 낀 다이아 반지.


희수　　　궁금해요. 자경 씨가 어떤 사람인지…

자경　　　(옅은 미소)

희수　　　사적인 거 물어도 돼요?

자경　　　네.

희수　　　결혼하셨어요?

| | |
|---|---|
| 자경 | …아뇨. |
| 희수 | 그러셨구나… 그래도… 사랑은 해보셨죠? |
| 자경 | …그럼요. 죽을 만큼… 사랑해봤습니다. |
| 희수 | 아픈 사연이 있으셨군요. |
| 자경 | … |
| 희수 | 이젠 그 사랑 잊으셨어요? |
| 자경 | 아뇨… 아무리 시간이 지나도 잊히지… 않네요. |
| 희수 | 그런 사랑을 왜 끝내셨어요? |
| 자경 | 녹아버릴 날개를 가지고… 태양을 사랑했거든요. |
| 희수 | 어머! 나 이 이야기 알아! |
| 자경 | (뭘 안다는 건지 살짝 긴장) |
| 희수 | (공감되는 표정으로 자경을 향해 미소 짓는) 이카루스잖아요~! 그 얘기 되게 낭만적이라고 생각해요. 자경 씨 멋지다! 우리 건배해요. |
| 자경 | (건배한다) |
| 희수 | 그 아픈 사랑도 자경 씨를… 기억할까요? |
| 자경 | … |
| 희수 | (자경의 답을 기다리는) |
| 자경 | 글쎄요… (하고 와인을 원샷으로 마신다) |
| 희수 | (그런 자경을 깊게 보는) 그 사랑… 후회하진 않으세요? |
| 자경 | 사랑을 후회하진 않지만 그 시절로 돌아가면… |
| 희수 | … |
| 자경 | 다른 결정을 할 생각입니다. (눈빛) |
| 희수 | (그 말에 자경을 아프게 보는) … 더 안 물을게요. 너무 깊어지네. |
| 자경 | (위로할 길 없이 쓸쓸해 보이는, 와인 마신다) |
| 희수 | 건배해요, 우리. |

두 사람, 와인 잔 쨍그랑 부딪힌다.


　　　　루바토 내 지용의 서재 /N

지용이 회사 관련 자료를 보고 있으면 발그레 기분 좋아 보이는 희수가 들어온다. 그런 희수를 사랑 가득한 채 보는 지용. 지용에게 다가오는 희수. 서로 바라보는 두 사람. 지용, 희수에게 키스하려다…


지용　　　술 마셨구나?

희수　　　새로 온 튜터랑 한잔했어.

지용　　　(표정)

희수　　　나 이제 잘 건데, 당신은 일해~ 나 자는데 들어오지 말고 별채에서 자.

지용　　　(오늘은 도저히) 안 되겠네. 당신 재워주고 일할게.

희수　　　아, 됐어.


지용, 희수를 안아올려 서재 밖으로 나간다. 여전히 서로 뜨겁게 사랑하는 희수와 지용.


　　　　동 저택 어딘가 /N

지용이 희수를 안고 침실로 들어가는 모습을 일각에서 보는 자경. 두 사람을 보고 있는 자경의 표정, 속을 알 수 없는 차가운 표정.

S#36 　　　　희수 침실 드레스룸 /D

희수, 풀 착장 중. 옆에서 희수 시중을 들고 있는 수영.

수영　　　언니…

희수　　　(귀걸이 등 마지막 점검을 하며 시선을 수영보단 거울에 주는)

수영　　　새로 온 튜터요.

희수　　　…

수영　　　뒷조사해보셨어요?

희수　　　형님이 그런 거 제대로 하고 뽑으셨겠지~ 뭘 걱정해?

수영　　　사람이 좀 비밀 같은 게 있어 보이지 않아요?

희수　　　비밀이면 비밀이지 비밀 같은 건 또 뭐니?

수영　　　오늘 카덴차에서 메이드 소집 때 나타나서 자기한테 명령하지 말라고 한마디 쏘아붙이는데 소름 돋았어요.

희수　　　사람이 좀 특이하긴 하더라… 좀 자유분방한 느낌? (하던 동작 멈추고 그런 수영 보는) 근데 너 고자질하지 마. 버릇돼.

수영　　　나 그런 버릇 없어요, 언니.

희수　　　니 버릇 말고 내 버릇 말이야. 니가 그러니까 다른 고자질도 부탁하고 싶어진단 말이야.

수영　　　이를테면?

희수　　　그 튜터를 잘 살펴보고 뭐… 이상한 거 있음 나한테 보고해? 뭐 그런 고자질 같은 걸 막 부탁하고 싶어진단 말이지.

수영　　　들어주고 싶단 말이지.

| 희수 | 얘는 말귀 한번 잘 알아듣는단 말이지. |
|---|---|
| 수영 | 언닌 너무 사람에 대한 경계가 없으세요. 너무 사람을 잘 믿어. |
| 희수 | 내 살아온 데이터가 말해줘. 나 그렇게 뒤통수 심하게 맞아본 적도 없거니와~ 내가 그 사람을 믿어주면 그 사람도 내 믿음의 방향대로 변하더라고. (거울 보며 생긋) |

S#37    루바토 드레스룸 안 - 동 복도 /D

희수, 완전히 탈바꿈한 의상과 화장을 한 채 현관으로 향한다.
하준의 방에서 나오던 자경, 그런 희수를 본다. 희수, 그런 자경
의 시선 느끼고.

| 희수 | (경계심 없어 보이는) 자경 씨도 건너갈래요? |
|---|---|
| 자경 | 어딜요? |
| 희수 | 우리 조카요. 이 집안 장손. 약혼할 여자가 온다잖아요. 여자의 예리한 촉으로 한번 봐줘요. 의견이 많이 모여야 좋은 거니까. (하고 앞서가는) |
| 수영 | (그런 자경 옆으로 스윽 다가와 작은 소리로) 멀찌감치서 구경하란 얘기예요. 식사 자리에 동석하란 소린 아니에요. |
| 자경 | (그 소리에 표정 차가워지며) |
| 희수 | 가요. (뒤돌아 웃음 지으며) |
| 자경 | 아뇨. 전 제 일 하겠습니다. (쓴 미소로) |

희수를 보는 자경의 표정. 이 뒤바뀐 운명…

S#38      카덴차 현관 밖 /D

아림을 기다리는 주 집사와 유연.


주 집사    손님을 뒤에 모시고 세 걸음 앞서 걷다 문을 열어드리고 안으로
          모셔. 문을 열고서도 고개는 30도 숙여야 해.
유연      네…
주 집사    그럼 스마일~


리무진이 도착하고 수혁의 약혼녀인 노아림이 리무진에서 내린
다. 머리부터 발끝까지 고상하고 귀티나는 아림의 아름다움을
한참 보는 유연. 다가가서 예의 바르게 인사하는 유연.


유연      들어가세요.
아림      (너무나 친절하고 싹싹한) 네, 감사합니다.


S#39      동 저택 안 /D

수혁이 2층에서 내려온다. 수혁의 눈에 들어오는 아림의 환한
웃음. 아림을 따르는 기사가 선물을 들고 들어온다. 한없이 해맑
아 보이는 아림. 그런데 왜 그 옆에 서 있는 유연에게 더 시선이
가고 눈에 밟히는지 모르겠다.


          CUT TO


다이닝 홀에 앉아 있는 효원가 여인들. 아림이 선물들을 건넨다.

| 아림 | (상석에 앉은 양순혜에게는 보석 가득 박힌 클러치백을 준다) 이건 할머님 거예요. 일본 디자이너 에리코 마타이한테 제가 직접 부탁했어요. 그리고 이건 어머님 거⋯ (하고 서현에게는 고급 와인을 선물한다) |
|---|---|
| 서현 | 이거 빈티지라 경매 받은 걸 텐데. |
| 아림 | 네, 맞아요, 어머님⋯ 어머님 워낙 와인 좋아하시는데 다 가지고 계실 거 같아서⋯ 맘에 드세요? |
| 서현 | 센스 있다, 아림 씨⋯ 고마워요. 와이너리 제일 센터에 보관할게. |
| 아림 | 그리고 이거 (하고 희수에게도 선물 건넨다) 저희 어머님도 저도 작은어머님 팬이라서요. 이거 작은어머님 좋아하시는 줄리안 무어 배우 친필 사인이 적힌 만년필이에요. |
| 희수 | 어머~ 내 거도 준비하셨어요? (받아 들고) 감동. 고마워요, 아림 씨⋯ |
| 아림 | 그리고 이건 고모님 거⋯ (하고 진희에게 건네는) 이번 시즌 지노 컬렉션 리미티드 에디션 귀걸이예요. |
| 진희 | 어머⋯ rare하기도 해라. Thank you! |

그 모습을 뒤에 서서 보고 있는 유연. 선물 증정이 끝나고 아림이 수혁을 보고 환하게 웃는다.

| 서현 | 이 선물에 비할 저녁이 될진 모르겠지만~ 즐겨주세요. |
|---|---|
| 아림 | 영광입니다. 사실 전⋯ 수혁 씨 얼굴 보는 게 선물이에요. |
| 진희 | (습관화된 시비) 작은올케는 이런 거 첨이지? 그때 약혼식 안 했잖아. 우리 집안에서 약혼식 없이 결혼한 건 첨이자 마지막일 걸 아마? 흑역사지. |

| | |
|---|---|
| 희수 | (여유 있게) 흑역사가 아니라! 레전드죠!!! |
| 일동 | (그런 희수 보는) |
| 희수 | 뭐가 불안하길래 결혼 전에 약혼까지 하며 서로를 묶어요? 그렇게 자신이 없나? (여유 있게 음료 마시며 미소) |
| 진희 | (할 말 없는) |
| 아림 | (병찐) |
| 수혁 | (희수를 멋지다는 듯 보는 표정) |

유연도 그런 희수를 선망하는 시선으로 본다.


S#40    루바토 내 하준의 방 - 현관 /D

자경이 하준의 교과서들을 살펴보고 있다. 하준이 수영의 손을 잡고 들어온다. 현관에서 소리가 나자 반응해 그대로 하준에게 가는 자경. 그런 자경에 비해 하준은 자경을 여전히 낯설게 보고 있다.

| | |
|---|---|
| 자경 | 하준이 왔니? |
| 하준 | (대답 없이 방으로 들어간다) |
| 자경 | (따라 들어간다) |


S#41    동 저택 하준의 방 안 - 밖 /D

하준이 옷을 갈아입으려는 듯. 교복 재킷을 벗자 받아 드는 자경. 방 밖에서 들키지 않게 묘하게 보고 있는 수영. 자경, 하준 방에서 발견한 그 이상한 시를 보고 마치 아들 혼내는 엄마처럼.

자경    하준아… 너 이 시 뭐야? 네가 쓴 거니?

하준    (하던 동작 멈추고 그대로 자경 보는) 제가 쓴 건 맞는데… 왜 함부로
        보세요?

자경    함부로 본 게 아니고 그냥 있길래 본 거야… 너 왜 이런 걸 써?

하준    (뭐야? 싶은)

자경    (담담히 캐내듯) 누가… 너… 괴롭히니? 혹시 누가… 학교에서, 아
        니면… (결국) 이 집에서 누가 너를… 아프게 하니?

밖에서 몰래 보고 있던 수영의 눈이 커진다.

하준    이거 랩 가사예요. 제가 좋아하는 래퍼 타냐 신곡 가사예요. 외
        우려고 적어둔 거예요. 적으면 잘 외워져서.

자경    (그 소리에 안도하는) 그렇구나. 난 또… 그래~ 그렇지… 다행이야.
        와플 만들어줄까?

하준    됐어요. 바이올린 선생님 오세요.

자경    알아. (하고 하준을 아깝게 보며 머리를 쓰다듬는다)


S#42    카덴차 다이닝 홀 /D
        행복한 디너. 아름다운 음악. 상류층 여자들의 가식적인 웃음과
        화려한 음식들. 디저트를 서빙하는 유연. 유연이 아림의 자리에
        디저트를 놓고 뒤로 물러난다. 수혁의 시선은 어느덧 뒤에 서 있
        는 유연을 보고 있다.

| 아림 | 샴페인 슈거볼 너무 맛있어요. |
|---|---|
| 서현 | 입에 맞다니 다행이네요. |
| 희수 | 우리 수혁이랑 미국에서 첨 만난 거예요? |
| 아림 | 네, 작은어머님. 보스턴 체스 동호회에서 만났어요. |
| 순혜 | 우리 수혁이 체스 대회 챔피언이잖아. |
| 아림 | 체스를 잘 둬서 반한 건 아니고요… 하도 저한테 관심이 없어서. 약이 바짝 올라서… 그렇게 저 혼자 감정 키웠어요. |
| 순혜 | 저런 저런… 우리 집안 남자들이 좀 그래. 여자한테 관심이 좀 없어. |

그 소리에 메이드들도 세상 저런 거짓말을 싫어 새나오는 헛웃음을 참는. 심지어 서현과 희수도 표정 관리 안 된다.

| 순혜 | 너 이제 그럼 안 된다? |
|---|---|
| 수혁 | … (영혼 없는) 네. |

수혁, 별 감정 없이 대답하면서 시선은 뒤에 서 있는 유연에게 향한다. 수혁이 유연을 볼 때와 유연이 수혁을 볼 때 계속 시간차가 생겨 시선이 아쉽게 엇갈린다. 수혁은 왜 자꾸 저 여자를 보게 되는 건지 자기도 모르겠다. 그런 자신을 깨닫고 얼른 시선 거두고 아림에게 애써 웃음 던지는 수혁. 만찬을 실컷 즐긴 그들.

| 순혜 | 그나저나 배부르다. 의사 양반이 밥 먹고 나선 좀 걸어야 오래 산다던데. |
|---|---|

| 희수 | 그럼 우리 다 같이 산책 좀 할까요? (수혁 보며 장난스레) 여자들끼리만~ |
|---|---|
| 아림 | 네, 좋아요. 오면서 봤는데 정원도 참 예쁘더라고요. |

S#43    루바토 내 다이닝 홀 /D

자경, 하준에게 저녁을 먹이고 있다. 생선을 발라 하준의 밥 위에 올려준다.

| 자경 | 맛있어? |
|---|---|
| 하준 | 네… |
| 자경 | 잘 먹네… (그런 하준을 보며 행복하게 웃는다) |

자경, 하준을 따뜻하게 보고 있다. 그런 자경의 모습을 뒤에서 보고 있는 수영의 표정.

S#44    동 저택 정원 /D

양순혜와 진희가 앞서고 그 뒤로 서현과 아림이 뒤따른다. 희수는 이들과 좀 떨어져서 정원을 걷고 있다. 이때 희수의 핸드폰이 울려 확인하는.

| 수영(소리) | 그 튜터 하준이를 진심으로 아끼는 거 같아요. |
|---|---|

희수, 그 문자 읽고 피식 웃는데.

| 순혜 | 이제 들어가자. 나 힘들어서 못 걷겠다. |

걸음 재촉하는 여인들의 뒷모습에서.


S#45          카덴차 전경 /D


S#46          루바토 내 드레스룸 - 순혜의 방 /D
지용을 출근시키는 희수.


| 희수 | 당신 요즘 너무 무리해. 어제 서재에서 밤새운 거야? |
| 지용 | 회계감사 자료에 김 대표 배임건 소송 문제에⋯ 일이 산더미야. |

이때 화장대 위에 올려진 희수의 핸드폰이 울린다. 전화 받는 희
수. (이하 교차)


| 희수 | 여보세요? |
| 순혜 | 나다! (목소리 격앙된) |
| 희수 | 네, 어머님. 잘 주무셨어요? |
| 순혜 | 너 당장 여기 건너와. 나 좀 보자. |
| 희수 | 네, 근데 저 아침 좀 먹고 갈게요. 어머님. |
| 순혜 | 당장 와. 당장, 당장, 당장!!! |

그렇게 끊어진 전화기 빤하게 보는 희수.

| 지용 | 오라셔? |
|---|---|
| 희수 | 당장 오라시길래 아침 먹고 간다고 했어. 지금 가면 텐션이 10이고 한 시간쯤 있다 가면 텐션이 8 되거든? |
| 지용 | 그럼 두 시간 있다가 가… 텐션이 6 될 때… |
| 희수 | (절레) 아니지, 아니지… 두 시간 있으면 텐션이 15가 되지… |
| 지용 | (알아들었다) 뭔지 알겠다. |
| 희수 | 그렇지? 근데 또 무슨 일로 그러시지? |

지용의 핸드폰이 울린다. 전화 받는 지용. 눈이 커진다.

| 지용 | 뭐라고? 사내 게시판? (듣는) 누나가? |
|---|---|
| 희수 | (그런 지용 보는데 핸드폰 문자 알림음 울린다. 확인하는) |
| 지용 | (전화 끊고 긴박하게 나가며) 누나가 사고 친 거 같아… |
| 희수 | (핸드폰에 시선 두는) 그런 거 같네. |


S#47    서현의 서재 - 진호의 서재 /D


-서현의 서재-

책상 앞에 앉아 있는 서현. 서현의 책상 위엔 아이패드와 핸드폰이 올려져 있다. 옆에는 서 비서. 서현의 아이패드엔 점장이 크림빵을 뒤집어쓴 사진이 리얼하게 보인다.

| 서현 | (여유롭게) 한진희 자책골이네. |
|---|---|
| 서 비서 | 홍보팀 부를까요? |

| 서현 | 아니. 뭐~ (일어선다) |
|---|---|

-진호의 서재-
진호, 골치 아픈 표정으로 앉아 있다. 서현이 들어온다. 진호의
핸드폰이 울린다. 확인하면 '진희'다. 받지 않는 진호.

| 서현 | 사내 게시판에선 내렸는데 피해자가 기자한테 연락을 했대요. |
|---|---|
| 진호 | (미치겠다) 아, 진짜 기집애. 결국 사고 치네. |
| 서현 | 아가씨가 해결하게 돼요. 한 번은 터질 일이었으니까. |

S#48   진희의 집 다이닝 홀 /D

진희, "내 전화 다 피해." 전화기 내려놓고 아아아아~ 절규하고
있다. 식탁 위에 있는 물건들을 집어 던지고 패악을 부린다. 그
런 진희를 보고 있는 정도… 놀랍게도 고소한 듯 피식 웃는다.
그런 정도의 웃는 모습을 발견한 진희, 그대로 정도에게 주전자
를 집어 던진다. "야 이 개자식아" 정도, 그 주전자에 맞는다. 피
를 흘리는 정도. 놀라는 메이드들. 그들 사이를 그대로 헤집고
후다다닥 못 참고 나가는 진희.

S#49   카덴차 내 거실 /D

양순혜, 머리에 구루프 말고 오만상. 화려한 로브 차림으로 두
손을 발발 떨며 씩씩댄다. 주 집사, 눈치를 보고 서 있는데 진희
가 들어온다. 주 집사, 두 여자 사이에서 답답하고 공포스럽다.

그때 희수가 들어온다. 들어온 희수를 보고 한시름 놓는 주 집사, 바로 나간다.


희수　　부르셨습니까, 어머님?

순혜　　너 나가서 막아. 뭔 얘긴지 알지?

희수　　어머님, 갑질을 한 건 막을 사안이 아니라 사과를 해야 할 사안이에요. (진희 보고) 일단 피해 당사자에게 직접 진심으로 사과부터 하세요.

진희　　그 자식이 나 엿 먹으라고 게시판도 모자라 기자한테 바로 찔렀어. 내가 왜 사과를 해? 그렇게 날 싫어하는 놈한테.

희수　　형님… 그 사람이 형님을 어떻게 좋아할 수 있겠어요? 억울함과 분노뿐일 거예요. 너무나 당연한 감정이고요.

진희　　뭐? 지가 억울한 게 뭐가 있어? 일을 제대로 안 했는데.

희수　　사람한텐 지켜야 할 예의라는 게 있어요. 누가 형님한테 크림빵 던지면 기분이 어떠시겠어요?

순혜　　(버럭) 누가 우리 딸한테 감히 크림빵을 던져?!

희수　　감히라뇨! 그분도… 남의 집 귀한 아들이고 아빠고 그래요.

순혜　　…

진희　　알았어… 돈 주면 되잖아. 돈으로 해결해!

희수　　(어이없는) …

순혜　　넌 기자나 만나. 기자가 너만 보겠대.

희수　　(체념하듯) 괜찮으시겠어요? 효원 며느리 십계명! 어떤 언론과도 인터뷰하지 않는다… 어기는 건데?

순혜　　니가 뭐 그렇게 우리 집안 법도 지키고 살았다고 그래?

희수　　알겠습니다. 만날게요. 제가 만난다고 사건의 근본이 해결되는

|       | 건 아니지만…                                              |
|-------|--------------------------------------------------------|
| 진희   | 야, 사건의 근본을 해결하고 와야지!                            |
| 희수   | 전 사건 당사자가 아니에요. 이건 형님이 해결하셔야 해요. 사과로! |
| 진희   | 내가 사과 안 한다고 했지! 안 해!!                            |
| 희수   | (체념) …그래요. 형님은 계속 그렇게 사세요. 전 제가 할 수 있는 걸 할게요. |
| 진희   | 너 잘해라~                                                |
| 희수   | … (그런 진희 안쓰럽게 보는) 형님 제발 치료 받으세요. 자꾸 그러시면 병원이 아니라… 감옥에 가실 수도 있어요. |
| 진희/순혜 | 야!                                                    |
| 희수   | (무시하고 돌아서다) 어머님도요.                               |


S#50      희수의 차 안 /D

희수, 뒷자리에 앉아 기자를 만나러 가는 길. 수영, 그런 희수 옆
자리.


| 수영 | 언니, 근데 기자가 언니를 왜 만나겠다고 했을까요? |
|------|----------------------------------------------|
| 희수 | (고민이 많은) 어제 효원의 그 위대한 큰며느리한테 하나 배운 게 있어. 닥치기 전 뭘 겁내서 시도 안 하면 안 된다더라. 일단 만나 봐야지. 거절하고 안 만나면 그쪽은 갑질로 오해할 거야. 뭐든 그쪽 입장에서 생각해보면 결정이 쉬워. |

호텔 스위트룸 /D

오픈된 스위트룸에 기자 두 명이 와 있다. 노트북 가지고 온 윤
석호 기자와 카메라맨. 멋진 세미정장 차림에 선글라스 쓴 희수
가 등장해 여유롭게 인사한다.


희수      그럼 시작할까요? (선글라스 벗고 여유롭게 카메라 쪽으로 웃어 보이며)

윤 기자    그 기사와 트레이드하려면 상당히 센 걸 주셔야 될 텐데…

희수      (여유 있게 웃으며) 트레이드할 생각 없는데…

윤 기자    ??

희수      기자님이 왜 저를 보자고 하신 건지 들어보려고 왔습니다.

윤 기자    사실… 효원 홍보팀에서 금지시킨 건데!

희수      (표정)

윤 기자    아드님요. 결혼한 지는 6년 되셨는데 여덟 살 된 아들이 있으시
         단 루머…

희수      (표정 싸해지는) 그거군요. 그걸 크림빵이랑 트레이드하자고 절 보
         자고 하신 거고요.

윤 기자    막아드릴 수 있어요. 그걸 주시면.

희수      (눈빛, 표정)

윤 기자    아들이 여덟 살 맞나요?

희수      … (표정)

윤 기자    (대답 기다리는)

희수      (당당히) 네, 맞아요. 저는 결혼한 지 6년째고, 제 아들은 여덟 살
         입니다.

윤 기자    (의외의 대답에 당황하는)

희수      기자님, 아이 있으세요?

| 윤 기자 | 네. |
|---|---|
| 희수 | 아이가 18개월 만에 낳아준 엄마를 잃었어요. 근데… (의연한 미소) 진짜 엄마를 만났어요. 그래서 행복하게 6년을 살았습니다. 낳아준 엄마가 아니란 걸 알고 있을 수도 있지만… 그걸 생각할 필요가 없을 만큼 둘은 진짜 서로가 소중해요. 근데요… 그 사실이 (진지하지만 날카롭게) 신문에 났어요. 그럼… 그 아이가 어떤 상처를 받을지 상상해보셨어요? |
| 윤 기자 | … |
| 희수 | 그 아이가… 기자님 아이라고 … 생각해봐주세요. |
| 윤 기자 | (공감했다. 기자 수첩을 거둔다) |
| 희수 | 크림빵 기사 얼마든지 내세요. 그런 갑질하는 재벌 이제 없어져야죠. 시대가 어떤 시댄데… 너무 올드하잖아요? (일어나서 나간다) |

S#52      호텔 일각 /D

방에서 나온 희수, 상심으로 눈시울 붉어진.

S#53      동 저택 정원 /D

성태, 게이트에서 엠마 수녀를 버기카에 싣고 운전 중이다. 무전기로 루바토에 엠마 수녀가 곧 도착함을 알리는 성태.

| 성태 | 엠마 수녀님 2분 후 루바토 도착 예정이십니다, 오바~~ |
|---|---|
| 엠마 | (그런 성태 보며) 종교 있어요? |
| 성태 | (생각해보다 끄덕) 있다고 볼 수 있죠. 예수님 팬이에요. |

| 엠마 | (미소) 그러시군요. |
|---|---|
| 성태 | 근데 밥은 절밥이 맛있더라고요. |
| 엠마 | … (끄덕) 건강식이죠… 채식 위주니까. |
| 성태 | 전 교회는 안 가요. 직거래를 하고 있어요. 예수님과 다이렉트로. |
| 엠마 | ??? |
| 성태 | 교회가 중간 마진을 너무 남기는 거 같아서요. |
| 엠마 | (마구 웃는다) 형제님 재밌으시네요. 여기서 일하는 건 재밌어요? |
| 성태 | 수녀님은 수녀를 재밌어서 하세요? |
| 엠마 | … |
| 성태 | 재밌는 일은 아니잖아요, 피차. |
| 엠마 | (그런 성태 재밌다. 미소, 다 도착했다) |

S#54    루바토 내 희수 서재 /D

엠마 수녀가 차를 마시고 기다리고 있으면 희수가 들어온다. 언제나 그렇듯 두 사람 따뜻한 허깅을 나누고.

CUT TO

희수, 아빠 다리를 하고 차를 마시고. 맞은편에 엠마 수녀는 희수의 얘기를 다 들은 듯.

| 엠마 | 저런… 맘이 얼마나 아팠을까, 우리 자매님. |
|---|---|
| 희수 | (미소) |

| 엠마 | 근데… 한지용 형제랑은 어떻게 만나게 된 거예요? |
|---|---|

| (인서트) | (회상) 외국의 스시집 (6년 전) /N |
|---|---|

자그마한 스시집. 금발의 요리사가 스시를 만들고 있다. 수수한 차림의 희수. 하지만 그럼에도 빛나는 아우라. 희수, 복잡한 표정으로 스시집에 들어오는데. 스시를 먹고 있는 지용. 자리가 없고. 스시집 특성상 지용의 옆자리에 앉게 된 희수. 서로 바라보게 된 두 사람. 첫눈에 강렬한 끌림. 서로에게서 시선을 떼지 못한다. 희수, 쑥스러운 듯 고개 숙이고… 지용은 당황해 차를 마시다 사레가 들린다. 희수, 그런 지용이 웃긴지 작은 미소. 그렇게 두 사람 시선이 얽히고. 여배우와 순수한 청년의 만남 같은 영화 <노팅힐> 분위기. 그 장면 위로 지원되는.

| 희수(소리) | 영국 여행을 떠났었어요. 영화제에서 상도 받고 다 이룬 거 같았지만 인생의 허무함이 몰려오던 시절이었죠. 연기에 대한 부담과 사람들의 관심에 지쳐 있기도 했고요… 거기서 그이를 처음 만났어요. 난 정말 몰랐어요. 그 사람이 어떤 집안 사람인지. 그 사람이 그랬거든요. 자기가 가난한 유학생이라고… 실제로 런던 어느 서점에서 아르바이트를 하고 있었다니까요? |
|---|---|

-희수의 서재-

| 희수 | 거기 매일 가서 읽지도 않을 영어책을 얼마나 샀게요. 제가 뭘 결심한지 아세요? 그래… 저 남자 내가 먹여살리자. 내가 데리고 살자, 그냥~ |
|---|---|

엠마 수녀와 희수, 그 소리 후 소리 내서 웃는다. 그러나 희수, 서
서히 눈망울이 촉촉해진다.


희수　　근데 결혼하고 보니까… 이 서희수를… 너무 아무것도 아닌 취
　　　　급을 하더라고요. 배우 커리어 때문에 포기한 대학도 흠이 돼서
　　　　돌아오고… (표정, 눈빛) 제가 그동안 제 힘으로 이룬 건 아무것도
　　　　아닌 것으로 취급을 하고…

엠마　　그래서 그들이 던진 돌은… 어떡하셨어요?

희수　　(야구 포수처럼 돌 잡는 포즈 취해) 포수처럼 딱 그 돌을 잡아서 던진
　　　　사람들한테 그대로 날렸죠? 발 앞에 탁 떨어지게 아슬아슬~

엠마　　잘했어요. 너무 장해. 너무 이뻐… 근데… 희수 자매님은 남편을
　　　　정말 사랑하세요?

희수　　그럼요. 그 남자를 어떻게 사랑하지 않을 수 있어요? 온몸이 방
　　　　패가 돼서 날 막아주고 온 영혼이 검이 돼서 날 위해 싸워줬
　　　　는데…

엠마　　(미소 짓고)

희수　　나밖에 모르는 남자예요. 내가 행복하면 자기도 행복하고 내가
　　　　불행하면 자기도 불행한…


총소리. (E)



S#55　　어느 평원 /D

총을 쏘는 지용의 눈빛에서 시작하는~ 말을 타고 클레이 사격
중인 지용. 탕탕탕. 조준하는 것마다 초전박살나며 낙하한다. 찬

란한 빛이 그의 눈을 부시게 하는데… 이때 환상처럼 등장하는 그녀. 말을 타고 긴 머리 휘날리는 어느 여인의 초상. 느린 화면- 총을 거두고 깊은 눈으로 그 여인을 떠올리는 지용. 지용의 복잡한 마음. 다시 총을 들어 클레이가 없는 허공을 마구 쏘고 있다. 너무나 모순되는 희수의 목소리가 그가 쏜 총에 맞을 듯이.


S#56    효원호텔 와인바 /N

혼자 술을 퍼먹고 있는 진호, 이미 취했다. 이때 이마에 반창고 붙인 정도가 그런 진호 옆에 앉는.


진호     (정도 보며) 너 처맞았니?

정도     (짜증) 사람처럼 살고 싶어요.

진호     (공감 백배) 나도… (벌컥벌컥 마시는)

정도     (병 뺏으며) 술 마시면 안 되잖아요. 술 먹지 마세요. 개 되시면서…

진호     (다시 뺏으며) 개가 어때서.

정도     뭐래.

진호     나도 이렇게 될 줄 몰랐어… 내가 이렇게 끝없는 열등감에 시달릴 줄 몰랐다고~ 지용이랑 맨날 비교되는 내 심정 자넨 몰라. 회사 가면 이사들 나 무시하는 시선… 씨x(삐) 같아, 진짜.

정도     형님, 저 형님 얘기 들어줄 기분 아니고요. 제 얘기 좀 하려고 왔습니다. 저, 형님 동생이랑 이혼하게 도와주세요, 제발.

진호     걔 너 좋아해… 이혼하지 마, 새끼야. (갑자기 눈물을 쏟아낸다) 나랑 진희가… 사랑을 못 받고 자라서…

| | |
|---|---|
| 정도 | 아, 진짜… 왜 이래요. 자기 연민 진짜… 딱 싫어요. (외면하자) |
| 진호 | (고개 자기 쪽으로 돌려) 내 첫 마누라, 나 버렸잖아… 얼마나 내가 싫었음 자기 자식까지 버리고 집을 나갔겠어. |
| 정도 | (가슴팍 팍팍 치며 절통한) 내가 지금 수혁이 친엄마랑 같은 심정이에요. (술을 벌컥) |
| 진호 | (슬픔이 멈추는) 그러니까 내 동생 버리지 마. 너 걔 버리면 진희도 나처럼 버릇 딱 고칠 거야. 새사람 될 거라고. |
| 정도 | (어이없다) 말이 앞뒤가 하나도 안 맞잖아요. 그 여자, 사람 만들려면 결국 이혼이 답이네. |
| 진호 | (듣고 보니 그렇네) 그렇네. 그건 그런데… 이혼하지 마. |
| 정도 | 뭐 어쩌란 거야, 진짜… 아, 왜 그래요, 다들. 나한테~ |


S#57        루바토 내 /N

지용이 퇴근한다. 불이 꺼져 있는 집 안. 지용, 들어오다 자경과 어딘가에서 부딪힌다. 두 사람의 시선이 얽히다가 이내 외면하고 서재로 들어가려는 지용.

| | |
|---|---|
| 자경 | 작은사모님… 피곤한지 쉬고 계십니다. 하준인… 이제 잘 준비 다 끝냈습니다… |
| 지용 | …알았어요. |
| 자경 | 제가 뭐 도와드릴 거라도? |
| 지용 | …됐습니다. |
| 자경 | 그럼 전 이만~ |

그렇게 어색한 두 사람. 무슨 사연인지 도무지 알 수 없는데.


S#58        카덴차 홀 /N
            문이 열리며 정도가 진호를 부둥켜안고 들어온다. 서현, 그 꼴
            보자 화가 머리끝까지 난다. 정도, 그런 서현 눈치 본다.


진호        야 정서현! 남편 왔는데 뭐하고 있어?
정도        죄송해요. 멈추게 했어야 했는데.


            술에 취한 진호. 하지만 막상 서현의 포스에 주춤한다. 그러다
            진호, 적당하게 장식대에 있던 도자기 꽃병을 휙 던져 박살 낸
            다. (서현이 아끼는 꽃병)


진호        정서현! 너 나 무시하지마!
서현        (미동도 표정 변화도 없이) 괜찮아요. 그만 댁으로 돌아가세요.
정도        (그 차가움의 플로우를 같이 타는) 네.


            서현 그렇게 그곳에서 벗어나고, 일동 서현이 시키는 대로 각자
            의 방향으로 해산하는. 진호는 홀로 남아 계속 깨부순다.


            그런 진호의 모습 위로 울려 퍼지는 클래식 음악.


S#59        서현의 서재 /N

상황을 애써 외면한 채 클래식을 들으며 마음 다잡는 서현. 그러다 벌떡 일어나서 어딘가로 나간다.


S#60      수녀원 /N

밤이 깊은. 톤 다운된 트렌치코트를 입은 서현이 문을 두드린다. 그리고 엠마 수녀가 나온다. 밤늦은 시간임에도 인자한 미소로 서현을 맞이해준다.


S#61      카덴차 내 거실 /N

주 집사가 카덴차로 들어오면. 바닥에 널브러진 진호를 발견하고 놀란다.


주 집사    미스터 김! 미스터 김! (불러도 대답 없다) 성태야!!! (여전히) 전무님 일어나세요. 지금 다 자고 있어요. 혼자 힘으로 일어나셔야 돼요. (미치겠다)


          (시간 경과)


메이드들과 주 집사가 진호 사지를 나누어 잡고 1층 게스트룸에 우겨 넣는다.


S#62      카덴차 내 다이닝 홀 /N

진호 때문에 엉망이 된 홀을 치우는 메이드들. 그러면서 은밀한 담화를 한다. 유연은 뚝 떨어져 치우고 있다.

메이드1     (꽃병을 치우며) 아이고, 큰사모님이 픽한 꽃병인데…

성태     여기 사는 사람들 알고 보면 죄다 불쌍한 사람들이에요.

메이드1     됐어. 불쌍한 사람들 뒤치다꺼리하는 우리가 제일 불쌍해.

성태     (은밀히) 저기~ 하준 도련님 낳아준 친엄마는 정말 죽었어요?

메이드2     교통사고로 죽었대.

메이드1     아휴… 팔자도 드럽다, 그 여자.

성태     작은사모님도 그거 아세요?

메이드1     당연히 아시지. 그래서 하준이 더 아끼고 사랑하잖아. 다시 못 만날 엄마를 가진 애라고.

메이드2     난 수혁 도련님이 더 불쌍해. 하준이는 지 엄마 죽어서 못 본다 쳐도 우리 도련님은 멀쩡히 살아 있는 엄마를 못 보고 살잖아요.

성태     그러게요. 여기 사는 사람들 죄다 불쌍해요.

메이드1     넌 아까부터 웬 재벌 불쌍하단 소리야. 니가 더 불쌍해.

성태     (불쌍) 난 원래 불쌍한거고.


유연, 우연히 그 소리 듣고는 그대로 철렁! '아까 그 사진이 엄마구나.' 엄마를 보고 싶어도 못 보고 사는구나 싶어서 맘이 쓰이는 유연.



S#63     수녀회 응접실 /N

아늑하고 고요한 수녀회 응접실. 작고 은은한 촛불과 그 앞에 자애로운 마리아상이 보인다. 그리고 마리아처럼 자애로운 표정의 엠마 수녀.

엠마　　자매님… 편안히 눈 감아요.

서현　　(눈을 감는다)

엠마　　마음을 옷장이라고 생각하고 한번 그 문을 열어보세요.

(인서트 1)　　어두운 어딘가 /N

너무 고급스러운 옷장이 보인다. 그 앞에 선 서현. 떨리는 손으로 옷장 손잡이에 손을 뻗지만 차마 열지 못한다.

엠마(소리)　　그 옷장을 여셔야 합니다.

서현, 떨리는 손으로 그 문을 연다.

엠마(소리)　　그 안에… 무엇이 있나요?

-다시 응접실-

서현, 그동안 지켜왔던 자신의 철옹성이 무너진 듯 감고 있는 눈이 떨린다. 옷장 문 안에는 물감이 묻은 흰 셔츠가 걸려 있다.

(인서트 2)　　숲 속 어딘가 /D

그 흰 셔츠를 입고 긴 머리 소녀와 함께 어디론가 뛰어가는 젊은 서현. 두 사람은 행복해 보인다. 어느 나무 아래 손을 맞잡은 두 소녀. 서현의 얼굴을 쓰다듬는 수지최. 두 사람의 모습. 젊은 서현이 젊은 수지의 이마에 키스를 한다.


-다시 응접실-
의자에 편안히 앉아 있는 채로 눈을 뜨는 서현의 표정.

엠마(N)　　그날… 큰사모님은 그 무거운 가면을… 벗었습니다.


S#64　　카덴차 유리 정원 /N
수혁, 유연에게 매몰차게 했던 것을 후회하는 듯 서 있다.


S#65　　유연의 방 안 - 밖 /N
여전히 잠이 오지 않는 유연. 일어나 괜히 머리를 빗어본다. 그런데 조심스레 문 두드리는 소리가 난다. 유연, 문을 열고 나가 보면 복도 벽에 기대어 서 있는 수혁. 두 사람, 그렇게 시선 맞추고 보고 있는데.


수혁　　바꿔서 자.
유연　　안 돼요, 이젠.
수혁　　내가… 니 방에서… 첨으로 푹 잤거든…
유연　　…
수혁　　자게 해줘…
유연　　안 됩니다.

두 사람, 시선이 진하고도 격동적으로 얽히고.

수혁      부탁이야.

유연      (할 수 없다) …오늘이 마지막이에요. (문을 열어 수혁 들이는)

수혁      (가만히 유연을 보다가 들어가며) 그건 모르지. (하는데)

유연      저기요. 내가… 만만해요?

수혁      (멈추고 유연 보다가) 아니… 전혀~

그런 두 사람을 우연히 보게 된 누군가의 시선.


S#66      카덴차 홀 /N

상담을 마치고 늦은 밤 카덴차로 돌아온 서현. 그런데 인기척이
들리는 2층 양순혜 침실 앞. 그 소리에 위를 올려보는 서현. 멈춰
서는 서현의 발걸음.


S#67      양순혜의 침실 밖 - 안 /N

자경, 양순혜 방으로 들어와 문을 닫는다. 기다리고 있었다는 듯
한 양순혜. 어두운 스탠드 불빛 아래, 자경의 얼굴이 불빛과 어
둠의 음영 속에 뒤섞여 부서진다. 가까이 다가와 자경의 얼굴을
확인하자 눈가 꿈틀거리는 양순혜. 그런 양순혜를 보며 설명할
수 없는 기괴함이 묻어나는 표정으로 미소 짓는 자경.

| S#68 | 카덴차 복도 /N |
|---|---|

2층으로 올라온 서현. 좌우 문 하나씩 다 보여진다. 서현의 시선이 되어 보여지는 두 개의 방.

| S#69 | 수혁의 방 - 유연의 방 /N |
|---|---|

수혁, 자신의 몸을 다 펼 수 없는 작기만 한 유연의 침대에서 옆으로 웅크린 채… 마치 엄마 품속의 아기처럼 그렇게 잠이 든다.

| (인서트) | 수혁의 방 /N |
|---|---|

수혁의 방에서 결국 잠들어 있는 유연의 모습.

가만히 한쪽 방문 앞에 서 있다가 결국 어느 방으로도 들어가지 않고 노크하려는 손을 거두고 자신의 방으로 다소 빠른 걸음으로 돌아가는 서현. 자경도 다시 루바토로 돌아간다.

| S#70 | 루바토 내 하준의 방 안 - 방 밖 /N |
|---|---|

희수, 방에 들어와 자고 있는 하준을 귀한 듯 본다. 그러다 잠 깰까 살며시 볼에 뽀뽀하는 희수. 이불도 잘 덮어준다. 미소가 퍼져 나오는 희수. 하준을 바라보는 따뜻하고 안타까운 시선. 희수가 방을 나가면 자경의 시선이 뭔가 날카롭다. 희수, 깜짝 놀란다.

| 희수 | 깜짝이야. 안 가셨어요? |
|---|---|

| | |
|---|---|
| 자경 | 하준이 잠들었는지 보고 가려고요. |
| 희수 | (따뜻하게 웃는) 고마워요. 근데 굿나잇 키스는 엄마가 해야죠. |
| 자경 | (표정) |
| 희수 | 주무세요. |

희수, 루바토 복도를 걸어 자기 방 쪽으로 향한다. 자경, 닫힌 하준의 방을 보다가 날숨 후 걸어 나간다. 그러다 지용의 서재 앞에 선다. 살짝 열린 문틈으로 지용의 모습을 보는 자경.


S#71  지용의 서재 /N

지용은 누군가와 통화 중이다.

| | |
|---|---|
| 지용 | 네, 이사님 그렇게 결정했습니다. 제 뜻에 따라주세요. 네. (전화 끊는, 표정 단호한, 일어나 나가는데서) |


S#72  희수의 방 /N

희수, 착잡한 심정. 그렇게 침대에 누워 잠을 청한다. 심난한 하루였다. 그렇게 눈을 감는 희수의 모습에서.


S#73  루바토 정원 /N

루바토 밖으로 나온 자경. 보면 지용이도 밖에 있다. 모두가 잠든 밤에 오직 둘만 있다. 차가움 속에 묘한 케미가 도는 두 사람.

하지만 무슨 사연인지 도무지 알 수 없다. 그때 지용과 자경, 스치고 지나가는데 지용이 자경에게 깍듯이 목례한다. 자경, 지나치며 그런 지용의 행동에 어이없는 듯 피식 웃는다. 그리고 보여지는 지용와 자경이 스치고 지나가며 두 사람의 새끼손가락 묘하게 휘익 부딪힌다.

< 2회 엔딩 >

3

# 회색의
# 영역

Fence Sitter

카덴차 내 여러 곳 /N

어두운 카덴차 내 계단을 오르는 어떤 소리 죽인 발걸음. 다름 아닌 성태. 계단에 붙어 있는 커다란 회색 그림 앞에 멈추는 성태. "이거 나를 때 내가 있었어…" 핸드폰 검색하는- 고 설윤태 화백 유작 제목 <회색의 영역> 가격 15억.

성태    (가격에 소리 지를 뻔, 입에 물고 있던 플래시를 뺀다. 침이 흐르고)

성태, 그렇게 2층 한 회장 서재로 향하는. 그렇게 멈춰 서서 문을 열어보지만 잠겨 있다. 절망하고 돌아서는 성태. 그런 성태가 지나간 자리에서 떨어진 어딘가에 잠옷 차림으로 이제껏 다 지켜본 듯 서 있는 주 집사의 한심해하는 표정 위로.

엠마(N)    세상엔 검은색도 흰색도 아닌 회색의 영역이 존재합니다. 처음부터 회색이 아니었던… 검기도 희기도 한 회색이…

어둠 속 < 회색의 영역> 그림을 비춘다. 시간이 경과되면서 아침이 오고 아티스틱한 그레이한 그림에서 타이틀 인.

S#2        효원그룹 밖 /D
          대규모 폭격이 예상되는 폭풍 전야의 긴장된 분위기. 검은 세단
          들이 전투기처럼 줄줄이 위엄 있게 도착한다. 각각의 차량에서
          지용, 진호, 진희 등 고위 중역들 위엄 있게 내린다.

S#3        효원그룹 이사회실 /D
          이사들 회의가 끝나고 그 가운데 보이는 진호, 진희, 그리고
          지용.

이사 1      이사회 결의 사항을 말씀드리겠습니다. 효원그룹의 신임 대표
          이사로는 현 효원호텔 한진호 전무이사를 추대하게 됐음을 공
          지합니다.

          예상치 못한 결과에 놀라는 진호와 진희, 그리고 포커페이스를
          유지하는 지용. 박수 치는 이사들.

S#4        루바토 내 다이닝 홀 /D
          마치 안주인처럼 여유 있게 왕실 잔에 커피를 마시고 있는 자경.
          다른 손으로는 전화를 하고 있다.

| | |
|---|---|
| 자경 | 그래, 알았어. (미소, 전화 끊는) |

그런 자경의 강렬한 표정이 화면을 가득 채우면서.

| | |
|---|---|
| S#5 | 카덴차 내 다이닝 홀 /D |

상석에 앉아 껄껄껄 웃고 있는 양순혜. 애매한 표정으로 맘을 숨기고 마주 앉아 있는 희수와 서현. 양순혜의 옆에 최 변호사가 서 있다.

| | |
|---|---|
| 순혜 | 이사회가 한 결정이니까 다들 분란 없이 따르자고. 이사들 불러 저녁이라도 하는 게 맞지 않겠니? |
| 서현 | (별로 좋을 것도 없는 얼굴로) 아버님 부재가 길어질 때를 대비해 임시로 맡은 자리예요. 소란 떨지 말았음 좋겠어요. |
| 순혜 | (그런 서현 마뜩잖아 꼴쳐보는) |
| 희수 | 축하드려요, 형님. |
| 서현 | (딱히) 고마워. |
| 희수 | 어머님도요. |
| 순혜 | 축하는 무슨 축하. 난 누가 되든 상관없었어. 그래도 장자인 진호가 되는 게 집안 순리긴 해. 하하하. |

그런 세 사람 각자의 감정들이 컷 처리되다 서서히 줌아웃되면서.

희수, 들어와 턱 하고 자리에 앉는다. 기분이 좋지 않은데. 노크 소리 나고 자경이 차를 트레이에 받쳐 들어온다. 희수, 그런 자경 보고는 이내 표정을 누그러뜨린다.

자경　　드세요, 사모님. 재스민 차예요.

희수　　고마워요. (차 마시는)

자경　　마음 다스리는 데는 재스민 차가 좋아요.

희수　　??

자경　　한지용 상무님이 대표가 안 되셔서 지금 속상하신 거 아니에요?

희수　　(그런 자경의 반응과 직접적인 질문이 동시에 당황스러운)

자경　　(차분히 차를 마신다)

희수　　왜 제가 속이 상할 거라고 생각해요?

자경　　… (표정)

희수　　그리고 저희 집안 문제를 어찌 그리 다 알고 계세요?

자경　　아이 정서를 위해 효원에서 일어나는 모든 일은 매일 매 시간 검색합니다. 알아야 한다고 생각하거든요.

희수　　(그제야 맘의 문을 열며) 그래요. 가식 떨지 않을게요. 속상해요. 욕심 없는 남자인 건 알았지만…

자경　　…남편에 대해 다 안다고 생각하세요?

희수　　그럼요. 적어도 저한텐 다 들켜요.

자경　　…

희수　　전 그 남자가 가진 모든 걸 봤거든요.

자경　　(표정) 보여주는 것만 봤다고 생각 안 해보셨어요?

희수　　(그제야) 무슨 소리예요?

| 자경 | 그냥… 제 경험상 드린 말씀입니다. 보이는 게 다가 아니더라고요. |
|---|---|
| 희수 | (그런 자경을 시선 길게 보다) 그럼요. 보이는 게 다가 아니죠. |

이때 두 여자의 텐션을 깨며 희수의 전화가 울린다. 지용이다. 전화 받는 희수.

| 희수 | 여보세요? 점심? 각오해. 나 들을 말 많다? (전화 끊자) |
|---|---|
| 자경 | (그런 희수를 보는데서) |


| S#7 | 카덴차 내 서현의 서재 안 - 밖 /D |
|---|---|

서현, 아무래도 뭔가 이상하다. 서 비서, 서 있다. 서현의 묘한 표정 위로.

| 서현 | 이사회에서 왜 한지용을 밀지 않고 한진호를 민 걸까… |
|---|---|
| 서 비서 | 한지용 상무님이 이사들에게 그렇게 부탁하셨답니다. 한진호 전무를 대표로 추대해달라고. |
| 서현 | (의심 가득) 그러니까 왜 이사들에게 그런 부탁을 한 거냐는 거지. (하다가) 서 비서 나가봐. 오늘 바젤 페어 홍콩 티케팅 알아봐. 우리 쪽에서 몇 명 갈 건지도 그쪽에 리포팅하고. |
| 서 비서 | 네. (나간다) |

서현 그러다 호출기 누른다. 곧 유연이 들어온다. 유연, 들어와 목례 후 두 손 모으고 서 있다. 서현, 유연에게 하얀 봉투 건넨다.

| 서현 | 받아요. |
|---|---|
| 유연 | (뭔지 확인해보고 놀란다) 저한테 이 돈을 왜…? |
| 서현 | (알 수 없는 표정으로 침묵하다가) 회장님 서재… 전무님 서재… 어머님 침실… 청소하면서 뭔가 발견되면 나한테… 알려줬음 좋겠어요. |
| 유연 | (갑작스러운 제안에 당황 중) |
| 서현 | 수혁이도 거기 포함시킬게요. |
| 유연 | …!! |
| 서현 | 일을 잘하면… 인센티브도 당연히 있고요. |
| 유연 | (금전적 제안에 놀란다) |
| 서현 | 잘해봐요, 우리. |
| 유연 | (얼떨떨해서 적당한 반응을 못 찾는 중) |
| 서현 | 나가봐요. |
| 유연 | 네… (일단 목례 후 나가본다) |
| 서현 | (유연을 손 안에 넣을 생각이다. 의미심장한 표정) |


S#8     유연의 방 /D

방 안으로 들어오는 유연. 돈 봉투를 열어본다. 갑자기 생긴 돈에 당황스럽다. 그래도 일단 돈이니까… 에이프런 호주머니에 쏙 찔러 넣는 유연. 생각이 많아진다.


S#9     카덴차 정원 /D

순혜, 행복에 겨워 콧노래를 부르고 있다. 순혜, 장윤정의 <꽃>

을 오늘의 음악으로 선택했다. 무한반복 재생 중인. 중간에 가사 생각 안 나면 주 집사가 업무의 일환인 듯 도와준다거나. 전반적으로 흥에 겨운 순혜. 공작새 노덕이에게 모이를 주며 엉덩이를 실룩이며 콧노래를 부른다. "당신의 꽃이 될래요. 니이라이라이라야… 사랑의 꽃씨를 뿌려~" 옆에서 그런 순혜를 도와 코러스 넣으며 조심스레 화음을 돕고 있는 주 집사.

| | |
|---|---|
| 순혜 | (노덕이에게 다정하게) 노덕아~ 꼬리 펴줘… 날개 펴줘… |
| 노덕이 | (반응 있을 리 없다) |
| 순혜 | (감정 기복, 빈정 상해) 고연 거 같으니… 꼬리 펴! 펴! |
| 주 집사 | (더 역정 내기 전에 진정시켜야 해서) 왕사모님 밖에서 음성 높이시면… 안 되십니다. |
| 순혜 | (화가 누그러지지 않는지) 꼬리도 안 펴면 저게 무슨 공작이야 닭이지! (그러다 화는 주 집사에게 튀어) 애들 단속 잘해. 그때 나한테 쫓겨난 그년처럼 내 목소리 녹음하고 그딴 짓 못 하게 알았어? |
| 주 집사 | (흠칫, 찔리는) 그럼요… 왕사모님. |
| 순혜 | (끄응) 나 빵 줘~ |

S#10    순혜의 방 /D

메이드 1이 크림빵으로 탑을 쌓아 왜건에 싣고 들어온다. 턱 하니 앉아서 빵을 우와스럽게 먹는 순혜.

| | |
|---|---|
| 순혜 | 주 집사, 인터넷 돌려서 기사 난 거 나한테 좀 보여줘. 우리 진호 대표 취임 기사 말이야. (어그적어그적 크림빵을 먹으며) |

| | |
|---|---|
| 주집사 | 저 지금 핸드폰 없습니다. |
| 순혜 | 왜? |
| 주집사 | 업무 중에 핸드폰 못 들고 다닙니다, 이제. (하고는 무전기 건넨다) 앞으로 집 안 메이드들 이걸로 호출하세요, 왕사모님. 1번부터 4번까지 버튼 누르시면 됩니다. 메이드 번호는 눌러보시면 아실 테니 시험 삼아 해보세요. |
| 순혜 | (말 끝나기 무섭게 1번 누르자) |
| 주집사 | (메이드복 주머니에서 진동벨이 울린다) |
| 순혜 | (만족스럽다) 시스템 업그레이드야? 좋네. 진작 이래야 했어. (하면서 티비 켠다) |

순혜, 여전히 크림빵을 입에 묻혀가며 우왁스럽게 먹으며 자연스레 티비 보는데. 뉴스에서 크림빵 뒤집어쓴 점장의 모습 위로 '효원 장녀 재벌 갑질 상상 초월.' 크림빵 집어 던지는 진희가 티비에 나온다. 순혜 또한 똑같이 그대로 포효한다. "아아~" 입에 잔뜩 묻은 크림빵.


S#11    어느 고급 스시집 룸 /D

주문한 스시가 서빙되고, 소스를 발라 희수에게 건네는 다정한 지용.

| | |
|---|---|
| 희수 | 당신은… 내가… 하준이 얼마나 사랑하는지 알아? |
| 지용 | 알아. |
| 희수 | 당신은 하준이 사랑해? |

| | |
|---|---|
| 지용 | 무슨 질문이 그래? |
| 희수 | 당신은 하준이 생각을 하나도 안 하는 거 같아서 그래. |
| 지용 | 무슨 말이야? |
| 희수 | 왜 대표이사직을 일부러 아주버님한테 양보하냐고. |
| 지용 | … (표정) |
| 희수 | 설득력 있는 이유를 얘기해줘. 그래야 당신을 이해할 거 같으니까. |
| 지용 | 어차피 하준인 후계 구도에서 밀려. |
| 희수 | (인상 쓰는) |
| 지용 | 하준인… 나랑 입장이 같잖아. |
| 희수 | 지용 씨. |
| 지용 | 니 아들이 아니야! |
| 희수 | (기가 막힌) 어머… |
| 지용 | 내 말 끝까지 들어. 하준인 밖에서 낳은 아들이야. 기자들이 까지 않아도 회사 이사들은 다 아는 얘기야. 오픈 시크릿. 내가 대표이사가 되면 하준이한테 관심이 쏠릴 거고… 그럼 자연스럽게 하준이 문제 불거지고, 그럼 우리 하준이 상처 받아. (자신의 상처) 하준이한테 내 상처… 주고 싶지 않아. |
| 희수 | (그런 지용에게 더 이상 쏘아붙이기 미안하지만 서운하다) |
| 지용 | (그런 희수 보며 작은 미소로 분위기를 바꾸자) |
| 희수 | 애가 커가면서 그 꿈의 크기가 어떨지 어떻게 알아? 기회가 왔을 때 스스로 거부하는 거랑 애초에 거부당하는 거랑은 너무나 달라. 난 인권 감수성 있고 리더십 뛰어난 지도자로 우리 하준일 양육하고 있다고. 당신은 왜 협조를 안 해? 난 내 아들한테 줄 수 있는 건 다 주고 싶어. |

| 지용 | (자기도 모르게) 그 왕관이 탐나는 건 당신 아냐? |
|---|---|
| 희수 | (그 소리에 눈가 꿈틀) 지용 씨. |
| 지용 | (실수한 듯) 미안해. 내 말은… |
| 희수 | 내가 애를 앞세워서 내 욕심 챙기려는 거 같아? 당신까지 나한테 이러면 안 되잖아? 내가 하준이를 위해 어떻게까지 했는지 알기나 해…? 하… 오늘 스시 너어무 비려. 못 먹겠어. (하고 일어나 나가는) |
| 지용 | 조금 기다려. 내가 다 생각이 있으니까… |
| 희수 | (그때까진 몰랐다. 그게 무슨 소린지. 나가며 다시 뒤돌아) 근데… 우리 하준이 내 아들이야! |
| 지용 | (남겨져 와사비 듬뿍 찍은 스시를 혼자 먹는, 표정 싸해진) |


S#12          스시집 밖 /D

문 쪽을 돌아보는 희수. 희수, 지용의 말에 너무 속상하다.

| 희수 | (마음 추스르며 혼잣말로) 다들 너무해. |

희수, 그렇게 속상한 마음을 뒤로하고 서 있으면. 희수의 차가 다가와 선다. 기사, 내려 뒷문 열어 희수를 차에 태우는데서.


S#13          루바토 내 지용의 서재 안+밖 /D

자경, 지용의 서재로 들어와 방을 둘러본다. 묘한 미소를 지은 후 책상을 만져보고 자리에 앉아보는. 이때 희수가 집 안으로 들어와 2층을 오르는 동선과 자경의 행동이 교차되는 긴장이 이어진다. 희수, 열린 서재 틈 사이로 보이는 자경의 모습. 문을 열면. 자경이 놀라고. 그런 자경과 눈이 마주치는 희수.

희수    뭐하세요, 지금?
자경    오셨어요, 사모님? (일어나는) 하준이 교재 없어진 거 찾다가 혹시나 하준이가 이 방에 뒀나 하고…
희수    (전화가 온다) 오늘 처리해야 할 일이 많아서요. 하준인 카덴차에 못 오게 해주세요.

희수, 묘하게 찝찝한 그 상황에 핸드폰 울리면, 지용의 서재를 나오며 각오한 일인 듯 담담히 전화 받는.

희수    여보세요?
순혜(F)  (패악) 너 내가 해결하랬잖아!!! 이런 것도 해결 못 하믄서 무슨 톱스타야!!!!
희수    바로 건너가겠습니다. 얼굴 보고 말씀하세요. 그래야 더 속 시원하실 거예요. (전화 끊고 표정)


S#14    카덴차 내 양순혜 방 /D
처연히, 그러나 당당하게 서 있는 희수. 정신줄 놓고 왔다 갔다 패악을 부리고 있는 양순혜. 그 파마머리에 크림이 묻어 있지만 누구 하나 닦아주지 못하는 난폭한 모습 위로.

| 순혜 | 너 얘기해봐. 너 우리 효원 며느리 십계명까지 거스르면서 기자 만나게 해줬으면 이 기사는 안 나오게 막았어야지… |
|---|---|
| 희수 | 제가 막을 수 없다고 이미 말씀드렸잖아요, 어머님. |
| 순혜 | (부르르) 니가 그 기사 내도 된다고 했대매. 제정신이야? |
| 희수 | … |
| 순혜 | 왜 말 안 해? 내 복장 터지는 꼴 볼래?!! |
| 희수 | 그 기사와 트레이드할 만한 큰 기사를 저한테 요구했어요. |
| 순혜 | 그게 뭔데? 뭔데 그게? 줘~ 주라고… |
| 희수 | (아무 말 하지 못한다) |
| 순혜 | 뭘 요구했는데? 니 남편이랑 부부 사이? 아니믄 뭐… |
| 희수 | … |
| 순혜 | 언제는 할 말, 못 할 말 다하고 살더니 지금은 왜 암 말도 못 하니? 왜 니 연애사라도 묻디? 말해주지 그랬어!! 원래 배우하던 냔이 부끄러운 게 어딨어? |
| 희수 | (수치스럽지만 입 꾹 다물고 있다) |
| 순혜 | 지금 우리 진호가 대표이사가 된 중요한 타이밍에 이런 기사로 똥물 튀면… 어쩌란 거야, 대체. |
| 희수 | 어머님은 결코 이해하지 못하실 거라 말씀드리지 않겠습니다. 그냥 야단맞을게요. |

순혜, 그 소리에 대체 뭐야 하듯 눈 동그랗게 뜨고 보다가 에라이 하듯 다시 패악질 하며 난리 치는. 희수, 그저 듣고 있다. 그런 두 사람의 대조된 모습 위로.

| 엠마(N) | 비록 아무도 알아주는 사람이 없어도… 서희수 씨는 하준이를 |
|---|---|

지키기 위해서라면… 무엇이라도 할 수 있는 사람이었습니다.


S#15          효원베이커리 본사 앞 /D
              진희가 초췌한 몰골과 수수한 옷차림으로 밖으로 나오면 집 앞
              에 기자들이 진을 치고 있다. 진희, 고개를 푹 숙이고 멈춰 선다.
              기자 1 "크림빵 갑질에 대해 한 말씀해주시죠?" 기자 2 "효원베
              이커리 불매 운동이 벌어지고 있는 건 아십니까?" 기자 3 "국민
              적 공분이 일어나는 재벌 갑질, 지금 반성은 하십니까?"

진희           (90도로 숙인다) 죄송합니다. 진심으로 사과드립니다. 죄송합니다.
              (머리를 조아리며 연신 죄송하다를 연발할 뿐)


              그런 진희에게 플래시 세례가 쏟아진다.


S#16          서현의 갤러리 /D
              서현 앉아 있고, 서 비서가 옆에 서 있다.

서현           그럼 그 기자가 동서에게 뭘 원한 거지?
서 비서         하준이를 걸고넘어진 거 같습니다.
서현           !!
서 비서         하준이가 친아들이 아니라는 기사를 내려고 했답니다. 작은사
              모님은 하준이가 상처 받는 것보다 효원가가 타격 받는 걸 선택
              하겠다고 한 모양이에요.

| 서현 | (남의 아들 키우는 같은 입장인데 그런 회수 공감 안 된다) …서희수 참, 나랑은 너무 다르네. 알았어. |
| 서 비서 | (목례 후 나간다) |

이때 갤러리 부관장이 뛰어온다.

| 부관장 | 대표님 좀… 가보셔야 될 거 같은데… |
| 서현 | (침착하게 그런 부관장 보는) |

| S#17 | 갤러리 밖 야외 전시장 /D |

서현, 도착해서 보면 초등학교 4학년 정도 되는 여자아이와 아이의 엄마가 얼굴이 허옇게 돼 죄인처럼 서 있다. 보면 예술 작품인 의자를 여자아이가 앉아서 휙휙 흔들고 놀다가 훼손시켜 놓은. 얼룩에 왼쪽 다리가 부러져 휘어진. 아이는 좀 중량감이 나가는 외모다.

| 애 엄마 | (벌벌) 정말 죄송합니다. 오늘 학교에서 체험학습 과제를 줘서 모처럼 월차 내고 애를 데리고 나왔는데… 이게 그냥 의자인 줄 알았나 봐요. |
| 서현 | (그 의자 한 번, 아이 한 번 시선 주다가) 너 되게 씩씩한가 보구나. |
| 애 엄마 | (거의 울 지경인데) |
| 부관장 | (짜증스레 흘기며) 미술 작품이라 만지지 말라고 크게 써놨는데 그걸 안 본 모양이에요. |
| 서현 | 글씨… 못 본 거야? 아니면 보고도 그런 거야? (다정하게) |

| | |
|---|---|
| 아이 | (기어 들어가는 목소리로) 만지지 말란 게 앉지 말라는 소리인지 몰랐어요. |
| 서현 | (그 소리에 피식) 그러니까 만지는 건 안 돼도 앉는 건 된단 소리인 줄 알았던 거야? |
| 아이 | (끄덕) 네… 앉으면 이상한 소리가 나는 의자라고 생각했어요. |
| 서현 | (뭔가 느끼는 게 있는지 미소) 미안해. 우리가 설명이 부족했어. 우리가 잘못했어. 여기 실컷 보고 사진도 찍고 그러고 가. |
| 애 엄마 | (놀라서 서현 보는) |
| 부관장 | 2억짜리 작품인데. 19만 달러~ 그냥 보내신다고요. (애 엄마 흘겨보며) |
| 서현 | 엄연히 우리 잘못이에요. (애 엄마에게) 아이랑 좋은 시간 보내세요. |

서현과 부관장 벗어난다. 걸어가며.

| | |
|---|---|
| 서현 | 저 의자를 스토리텔링해서 S.H뮤지엄에 보내. 거기 야외 테라스 카페에 스페셜 체어로 사용하면 되니까. 복합문화 공간의 취지와 딱 맞아떨어지지 않아? 아티스트에게 대금 결제해. 구매자는 S.H뮤지엄으로 해서. |

S#18     효원그룹 내 구내식당 /D

대표이사가 구내식당에서 밥 먹는 퍼포먼스 중인 진호. 최 변호사가 그런 진호의 사진을 찍어주고 있다. 목에 힘 잔뜩 들어가 있는데 아무도 진호에게 관심이 없다. 그런데 저만치 떨어진 어느 곳에서 지용이 밥을 먹고 있다. 지용의 자리는 사람들로 버글 버글. 그런 지용을 보고 있는 진호의 기분 상한 표정.


S#19    효원가 철문 /D
        차에서 내리는 진희. 그런 진희에게 또 따라붙으며 터지는 플래시 세례. 당황하는 진희. 당황한 진희를 슈트 상의로 멋지게 감싸는 누군가. 다름 아닌 성태. 온몸으로 진희를 감싸는 성태. 그렇게 카메라 세례를 피한다.


S#20    동 저택 내 정원 /D
        버기카에 진희를 태우고 카덴차 저택으로 향하는 성태.


진희    야! 이 버기카 너무 흔들려.
성태    (놀라서 차 세우는)
진희    (성질 내며 차에서 내리는) 따라오지 마.
성태    (불쌍하게 보며, 들릴 듯 말 듯) 불쌍해…


S#21    순혜의 방 /D
        순혜, 진희와 드디어 싸운다.


순혜    내가 뭐랬어? 교양있게 행동하랬지?!!! 화를 참을 줄 알아야 인간이라고 했지!!!

| 진희 | 내가 누굴 보고 배웠는데!! |
|---|---|
| 순혜 | 나한테 배웠단 거야? |
| 진희 | 몰랐어? 엄마 비호감이야!! |

순혜, 그 소리에 화가 나 자기가 먹던 크림빵 던진다.

| (인서트) | 동 저택 일각 /D |
|---|---|

퇴근하던 서현, 순혜 방 쪽에서 들리는 고성에 얼른 발걸음 향한다.

| 서현 | (들어와서는) 그만하세요, 제발. 소문내고 싶으세요? |
|---|---|
| 순혜 | 저게 나한테 비호감이란다. |
| 서현 | … |
| 진희 | 이게 다 그 기집애 때문이야. 새언니, 올케랑 얘기해봤지? 서희수 왜 그랬대? 걔 나한테 평소에도 콤플렉스가 많았다고. 아이 쌍… 나 이렇게 된 게 고소한 거지, 맞지? |
| 서현 | 그런 거 아닙니다. |
| 진희 | 그럼 뭔데. |
| 서현 | … |
| 순혜 | 뭔데? |

서현, 진희와 순혜의 다그침에 대답 없는 표정 위로.

| 엠마(N) | 큰사모님은 그랬습니다. 서희수를 편들지도 않았고 이해하지도 않았습니다. 그저 지켜볼 생각이었습니다. 어떤 분쟁에도 끼어 |
|---|---|

들 생각이 없었으니까요. 그때까진 그랬습니다.

서현  아무튼 더 이상 시끄럽게 하지 마시고 돌아가세요. 아가씨 이 집에 오지 말라고 말씀드렸죠. 오지 마세요, 당분간.

진희  뭐야? 아아! (퍼질러 앉아 울기 시작한다) 나 어떡해… 아아아아~


S#22  루바토 거실 /D

수영의 손을 잡고 하준이 들어온다. 그런 하준을 보며 다시 얼굴에 미소 짓는 희수.


희수  하준이 왔니?

하준  (희수 눈 보지 못한다)

희수  하준아 엄마 좀 봐줘~ 엄마 오늘 너무 힘들었는데 힘 좀 줄래?


하준의 포옹을 기다리는 희수. 하지만 하준의 눈빛을 보면 영혼 없는 것처럼 공허하다. 희수의 말이 하나도 들어오지 않는 듯하다. 이전과 달라진 하준의 눈빛에 당황하는 희수. 하준, 그렇게 가버린다. 희수가 하준을 따라가려는데, 그 옆에 있던 자경이 희수를 말린다.


자경  혼자 있고 싶다고 할 땐… 혼자 두는 것도 좋습니다.


희수, 하준이 이런 적이 처음이라 당황스럽다. 그저 자경을 볼 뿐.

S#23  카덴차 내 여러 곳 (현관 - 진호의 서재 - 복도) /E

진호, 골프를 마치고 골프복 차림으로 집에 들어온다. 성태가 진호의 골프 장비 들고 따라온다. 진호, 자신의 방으로 콧노래 부르며 들어간다. 진호, 자신의 서재 서랍장 안에 둔 수북한 복권을 미련과 아쉬운 표정으로 한참 보다가 그대로 쓰레기통에 버린다. 나름 큰 결심했다는 듯 콧노래 부르며 밖으로 나간다.


-현관-

수혁이 퇴근한다. 슈트 차림이다.


-2층-

수혁이 자신의 방으로 가는데. 서재에서 나오던 진호와 부딪힌다. 마치 손님 보듯 어색하게 보고 꾸벅 인사하는 수혁.

진호  야 너 아빠가 대표 됐는데 아빠한테 축하한다 이런 소리조차 안 해?
수혁  (아무 말 없이 들어가버린다)
진호  (화난다) 저 새끼가~


그런 진호와 수혁의 관계를 보고 있는 서현. 진호, 내심 기대하는 눈빛으로 서현을 본다. 하지만 서현도 그냥 들어가버린다.


S#24  서현의 서재 /N

서현, 집 안에서 일어난 일들이 골치 아프다. 영문으로 된 복합

문화 공간 관련 아티클을 읽으며 공부하는 서현. 그러다 찾아보는 해외 전시된 어느 그림들. 눈빛이 묘해지는 서현.

서현        (핸드폰 들어) 작품 하나 사야겠어. 갤러리도 내 이름으로도 아
           닌… 서 비서 이름으로 하나 구매해. 내가 선물할게. 머지않아
           작품값이 엄청나게 뛸 거야… (웃는) 내가 작가 링크 보내줄게.

           서현이 보고 있는 작가 이름 보인다. SUZY CHOI. 서현의 사연
           많은 눈빛.

(인서트)     카덴차 메인 정원 /D
           서현의 얼굴을 쓰다듬는 수지최의 손길. 두 사람은 손을 꼭 잡
           는다.


S#25       수혁의 방 - 유연의 방 /N

           -유연의 방-
           침대에 누워 생각에 잠겨 있는 유연. 그러다 머리맡에 둔 돈 봉
           투 다시 열어보는. 머릿속이 복잡해 잠들지 못한다.

           -수혁의 방-
           수혁, 누워 있지만 잠이 오지 않는. 그대로 일어난다. 계단을 내
           려간다. 그렇게 유연의 방으로 가는 수혁. 유연의 방 문 앞에 선
           수혁. 노크하려다 헛기침을 두 번 한다. 기다려도 문이 열리지

않자.

수혁                 자?
유연(소리)            잘 겁니다.

수혁, 그 소리에 떠나지 않고 닫힌 문만 바라보고 있다. 그런데
그때 문이 열리고 유연 말간 얼굴로 수혁을 본다. 수혁, 그런 유
연을 본다.

유연                 (피곤) 이 시간에 왜 여기서 이러고 있어요?
수혁                 잠이 안 와…
유연                 그건… 내가 해줄 수 있는 일이 아닙니다. (하는데)
수혁                 (유연을 바라보며) …나랑 산책할래?

유연, 그 소리에 수혁 보는데. 밖에서 인기척이 들리자 유연, 순
간적으로 수혁을 안으로 당겨 방 안으로 들인다.

S#26               유연의 방 안 - 밖 / N
갑작스레 방 안으로 당겨 들어와진 수혁. 유연과 수혁 가까워진
서로의 신체 거리에 당황하는 눈동자. 하지만 숨을 죽이고 있는
유연을 따라 얌전히 있는 수혁. 바깥 소리가 줄어들자 수혁 조심
스레…

수혁                 (유연을 내려다보며) 우리가… 들키면 안 되는 그런 건가?

| 유연 | 네! 전… 제가 짤려서 한 달 월급이라도 구멍 나면… 그건 저한 테 큰일입니다. 뭐 말해도 제 상황 이해 못 하겠지만. |

수혁과 유연 서로 보는데 노크 소리 들린다. 놀라는 수혁과 유연.

| 주 집사(소리) | 잠깐 나와 ~ |
| 유연 | 네, 헤드님. (하고 나가는) |

남겨진 수혁, 나가지도 못하고 유연의 침대에 걸터앉는다.

| (인서트) | 동 저택 다이닝 홀 /N |

야간 배송된 전복을 냉장고에 넣고 있는 유연. 주 집사도 함께 돕는. 주 집사에게 수혁이 자기 방에 있는 게 들킬까 긴장하는 유연.

| S#27 | 희수의 방 안 /N |

퇴근한 지용. 그런 지용을 보는 희수. 어색한 두 사람. 분위기를 먼저 깨는 지용. 지용, 사람 좋게 웃으며 희수에게 다가와 볼 키 스한다. 받아주는 희수, 표정 뚱한데.

| 지용 | 우리 희수, 아직도 기분이 안 좋네. 얼굴에 다 써 있거든? |
| 희수 | …하준이가 좀 이상해… |
| 지용 | 어떻게 이상해? |

| | |
|---|---|
| 희수 | 기분이 안 좋아 보이는데… 나한테 말을 안 해. 나한테 여태 비밀 안 만들었거든. |
| 지용 | (방심 속에 자연스레 튀어나오는) 이제 걱정하지 마. 강 튜터가 있잖아. |
| 희수 | (표정 눈빛) 무슨 말이야. 튜터가 있다고 걱정하지 말라니. |
| 지용 | (수습하는) 아니~ 전문가잖아. |
| 희수 | 튜터는 아이를 양육하는 사람이 아니야. 부모를 도와주는 거지. 그거 당신이 한 소리 아니야? |
| 지용 | 그렇긴 한데… 내 말은 강 튜터는 믿을 만한 거 같아서. |
| 희수 | (묘한 찜찜함) 대체 뭘 보고 그런 생각을 했어? |
| 지용 | 아니 뭐… 그냥. 하준이한테 진심 같아. |
| 희수 | (아, 그 소리구나) 그건 좀 더 지켜보자. 내가 보기엔… 좀 과해. 내 영역까지 건드는 기분? |
| 지용 | … |
| 희수 | 아무튼… (하는데) |
| 지용 | 하준이만 생각해. |
| 희수 | ?? |
| 지용 | 그냥 하준이가 좋은 쪽으로만 생각하라고. (넥타이 풀며 가보는) |
| 희수 | (남겨진 채 기분, 표정) |

S#28    유연의 방 - 수혁의 방 /N

유연, 들어오면 수혁이 유연의 침대에서 자고 있다. 한숨 쉬는 유연. 수혁의 빈 방으로 가지만 들어가지 않는 유연.

S#29　　　루바토 내 희수의 침실 - 복도 /N

곱게 잠들어 있는 희수. 이부자리를 보면 희수의 옆자리는 사람이 빠져나간 듯한. 희수, 잠결에 옆자리로 돌아눕는데 지용이 없다. 희수, 본능적으로 눈을 뜬다. 지용의 자리가 빈 걸 보고 그대로 일어나는 희수.

-루바토 복도-

어둠 속을 걸어가는 희수. 길고 어두운 복도를 조심스레 걸어간다. 그리고 작게 열려 있는 하준의 방. 그 틈새로 보이는- 희수의 눈이 커진다. 희수의 시선에서 보이는- 자경이 하준의 발을 만지며 눈가 뜨거운. 희수, 그 기묘한 상황과 광경에 눈동자 커지고 긴장이 증폭되는. 희수, 결국 문을 열려고 하는 순간, 누군가 희수의 어깨를 뒤에서 잡는다. 희수, 놀라서 뒤돌아보는데. 보면 지용이다. 지용, 샤워 가운을 입고 있는 젖은 모습.

희수　　　아, 놀라라!
지용　　　뭐해, 여기서?
희수　　　당신은 자다 말고… 뭐한 거야?
지용　　　잠이 안 와서… 목욕 좀 했어.

-하준의 방-

인기척 들은 자경, 만지고 있던 하준의 발에서 스르르 떼어내는 손.

희수　　　(작은 소리로) 저기 좀 봐…

지용, 시선 두면 자경이 하준의 이불을 덮어주고 담담한 표정으로 책상을 정리하는.

지용   잘 구한 거 같아, 이번 튜터.

희수   (의뭉스럽게 그런 자경에게서 시선을 못 떼고)

지용   (그런 희수의 어깨 감싸고 방으로 데리고 가는 위로)


S#30   카덴차 홀 /N

자신의 방에서 나와 카덴차 홀 계단에 앉아 있는 유연. 후드 모자를 뒤집어쓰고 눈을 감아본다. 근데 들려오는 바람 소리. 무서운 바람 소리가 위이잉 울린다. 무서워서 주변을 두리번거리는 유연. 어둡고 텅 빈 홀이 무섭다. (나중에 살인 사건 일어나는 장소) 왠지 누군가 그런 자신을 보고 있는 듯한 시선이 느껴진다. 기분 탓인지, 대저택에 압도되는 무서움 때문인지 몸서리치며 벗어나는 유연.


S#31   유연의 방 /N

유연, 소리 죽여 문을 열고 들어가면. 수혁은 깊은 잠에 빠져 깨울 수 없다. 아기처럼 잠든 수혁의 모습을 바라보는 유연. 잘 자는 모습을 보니 자기도 모르게 미소가 나오는 유연… 유연은 결국 잠든 수혁을 깨우지 못하고 그냥 바닥에 누워 옆으로 웅크린다. 다른 높이에서 잠든 그 두 사람의 모습에서.

S#32          메이드 공간 /D
아침 일과로 해독주스를 만드는 유연.


S#33          동 저택 정원 /D
수혁도 일어나 아침 정원을 걷고 있다. 유연이 유리 정원을 닦고
있다. 수혁, 유연의 모습을 본다. 반짝이는 아침 햇살을 받으며
유리 정원을 투명하게 닦고 있는 유연.


(인서트)       (플래시백) 유연의 방 /N
수혁, 몸을 뒤척이다 눈을 뜨면 보이는 유연이 바닥에서 불편
하게 자고 있다. 수혁, 그대로 일어난다. 언짢지만 미안하고 복
잡한 감정이다. 그렇게 자고 있는 유연을 찬찬히 보고 있는 수혁
의 시선. 수혁, 유연을 그대로 안아 올려 침대에 옮긴다. 유연, 잠
결에 살짝 깬다. 수혁과 유연, 서로 초근접해 보고 있다. 자기 얼
굴 앞에 있는 수혁의 얼굴. 꿈인지 환상인지 구분이 잘 안 가는
유연. 유연, 그렇게 자고 있다. 그런 유연의 모습을 내려다보는
수혁. 수혁, 그렇게 밖으로 나간다. 디졸브.


S#34          유연의 방 /D
유연, 본능적으로 알람이 울리기 전에 알람을 끈다. 시간을 확인
하면 새벽 5시. 유연, 자리에서 일어나는데 보면 침대. 뭔가 이
상해 아래를 내려다보는데 수혁은 없다. 유연, 멍하게 어젯밤 일
을 생각해본다.

(인서트)    동 장소 /N

수혁, 유연을 그대로 안아 올린다. 유연, 잠결에 깨고. 서로 초근
접해 보고 있다.


-다시 현재-

어젯밤 일에 얼굴 붉어진 유연. 꿈이었나? 애써 정신 차리려 머
리를 털어내며 밖으로 나간다.


-정원 일각-

그런 유연을 바라보고 있던 메이드 2가 바쁜 걸음으로 카덴차에
들어간다.



S#35       서현의 서재 /D

서현, 차가운 표정으로 이야기를 듣고 있다. 앞에는 메이드 2가
조아린 채 서 있다.


서현        그럼 어제는 밤새 같이 있었다는 거야?

메이드 2    네. 도련님이 밤 11시쯤 유연이 방에 갔는데, 새벽녘에야 다시 도
          련님 방으로 갔습니다…

서현        (표정 숨기며 끄덕이는) 알았어.

메이드 2    (목례 후 나가려는데)

서현        잠깐! 주 집사가… 동영상을 녹화하고 이 집에서 일어나는 소릴
          녹음한단 건 어떻게 안 거야?

메이드 2    (흠칫)

| | |
|---|---|
| 서현 | 괜찮아. 말해봐. |
| 메이드 2 | 우연히 주 집사님이 보고 계신 동영상을… 봤습니다. |
| 서현 | (표정 관리하다 삐져나오는 불안한 시선 처리) |
| 메이드 2 | (그런 서현 보는) |
| 서현 | 동영상… 뭐를 보고 있었어? |
| 메이드 2 | 내용은 못 봤습니다. 그냥 이 집 안이 배경인 것만 얼핏 봐서… |
| 서현 | 알았어. 나가봐. |

S#36  카덴차 내 한 회장 서재 /D

주 집사, 한 회장의 서재 어딘가에 셔츠 단추만큼 작은 몰래카메라를 달고 있다. 이때 또 들리는 양순혜의 하이피치.

| | |
|---|---|
| 순혜(소리) | 나 이제 크림빵 안 먹어!!! 후식 다른 걸로 내와! 정셉, 정셉! |

주 집사, 소리에 놀라 가슴을 쓸어내린다.

S#37  서현의 서재 /D

유연이 서현에게 줄 해독주스를 들고 들어온다. 건네고 나가려는데. 서현, 유연에게서 뭔가 떠보려는 듯이.

| | |
|---|---|
| 서현 | (유연에게) 나한테 뭐 말할 것 없어요? |
| 유연 | … |
| 서현 | (의미심장하게 보는) |

| 유연 | (고민하다가 결국 수혁의 편에 선다) …없습니다. |
| 서현 | 정말… 없어요? |
| 유연 | …네… |
| 서현 | 자기가 한 짓 자기가 책임져야 될 겁니다. 이 집에선. |
| 유연 | … |
| 서현 | (말 대신 눈빛과 고갯짓으로 나가보라는. 그리고 이내 싸한 눈빛) |

뒤돌아 나가는 유연의 모습. 결정적인 순간에 결국 수혁의 편을
들고선 왜 그랬지 싶은 유연의 표정에서.


S#38    루바토의 다이닝 홀 안 /D
희수, 모처럼 앞치마 하고 있다. 희수 가족, 아침밥 먹고 있다. 밥
알 세며 먹는 하준. 하준의 숟가락에 갈빗살 올려주는.

| 하준 | 그냥 내가 먹을게. |
| 희수 | (표정) |
| 하준 | (희수 보지 않고) 엄마가 그랬잖아. 초등학교 들어가면 혼자 먹어야 된다고. |
| 희수 | 그래도 엄마가 올려주는 건 먹어주지 좀? |
| 하준 | 엄마나 먹어요. (희수 눈 못 마주치고 그저 밥숟갈 밀어넣는) … |
| 희수 | (그런 하준이 이상하다) 하준아, 무슨 일 있었어? |
| 하준 | …나 그만 먹을래. |
| 희수 | 왜 그래~ 아침은 꼭 먹어야 된단 말이야. |
| 하준 | …맛없어. |

하준, 그렇게 나가면 현관 옆에 서 있던 자경이 그 상황 보고 있다. 하준을 따라 나선다. 그런 하준의 뒷모습을 보던 희수, 불안한 듯 따라 나간다.


S#39    루바토 내 주차장 - 차 앞 /D

희수    오늘 하준이 케어는 내가 합니다.

자경    하준이가 원하지 않는 것 같습니다만… 오늘은 등교도 제가 시킬게요.

희수    (이 여자 뭐야 왜 이래?) 하준아, 가자.


희수, 차에 타서 출발해버린다. 남겨져 있는 자경 표정 안 좋고.


S#40    루바토 전용 차 안 /D

김 기사, 운전하고 뒷자리에 나란히 앉은 희수와 하준. 하준에게 선물 건네는 희수. 보면 데쓰맨 사인 시디다.


희수    니가 좋아하는 데쓰맨 사인 시디!

하준    (시큰둥하다)

희수    어머? 나 이거 받느라 힘들었단 말이야.

하준    (에어팟 끼고서 그저 노래 듣는다)


대화 없이 가는 둘. 희수, 이럴 땐 하준이를 어떻게 다루어야 할지 몰라서 답답하다.

(시간 경과)

학교 앞에 도착하고 하준이 내린다. 희수의 시선으로 보이는 하준의 축 늘어진 어깨. 차가 떠나려는데 희수, "김 기사님 잠깐만요." 차가 멈춰 서는데서.


S#41  학교 교문 밖 일각 /D
지나가던 지원과 아이 1이 하준의 어깨에 덥석 어깨동무한다.

아이 1   너 엄마 사인 받아 왔냐? 우리 엄마가 서희수 사인 갖고 싶어 한댔잖아.

하준     (반응 없다)

지원     왜?? (비웃듯) 친엄마 아니라서 안 해준대?

이제껏 하준을 뒤따르던 희수, 그 상황 듣고 보았다. 어느새 희수 그 자리에 와 있다. 앞에 와 있는 희수를 보고 놀라는 하준과 아이들. 엄청 화나 보이는 희수. 아이들 그렇게 도망간다. 희수, 하준의 우울함의 근원을 알았다. 그렇게 한참 하준을 보던 희수, 하준을 격하게 껴안는다. 애들에게 화를 내기보다는 하준의 감정을 먼저 챙긴다.

희수     하준이 너! 왜 엄마한테 말 안 했어? 너 엄마랑 비밀 안 만들기로 약속했잖아.

하준     (혼자서 꿍꿍 앓고 있던 문제가 공개되자 눈물 흘리는) 어떻게 말해? 뭐라고 말해? 그 말을 했다가… 엄마가 가짜가 될까 봐… 무서웠단 말이야.

희수 내가 왜 가짜야? 엄만 하준이 엄마 맞고 너의 유일한 엄마야. 엄마가 하준이 진짜 엄마야. (표정 바꿔 씩씩하게 하준 손을 잡고 교실로 향한다) 가자. 오늘은 엄마가 우리 하준이 교실까지 데려다줘야지.

하지만 여전히 하준이는 우울하다. 그런 하준이 땜에 마음 무너지는 희수.


S#42 동 학교 복도 /D
희수, 담임과의 상담 후 화가 잔뜩 나 빠른 걸음으로 학교를 빠져나가는 모습 위로.

담임(소리) 하준이를 생일에 초대 안 한 이유가 하준이 엄마는 친엄마가 아니라서 그랬다는 소리를 지원이가 했다고 하네요.

희수, 기분 나쁘다. 잔뜩 미간에 금이 가 있는 희수의 표정. 그러다 어딘가에 전화한다.

희수 어, 수영아 난데… 내가 지금 하준이 반 학부모들끼리 좀 만날까 하거든? 하준이 하교 좀 부탁해.

무언가를 준비하는 듯한 희수의 모습에서.

S#43        브런치 카페 밖 + 안 /D

희수가 카페로 들어간다. 기품 있어 보이는 30대 학부모 3명이 앉아 있다. 희수, "안녕하세요" 환하게 인사하고 자리에 앉고. 카페 밖에서 보이는 그런 그녀들의 대화 모습이 시간 경과로 보인다. 곧 희수가 카페를 나온다. 희수, 미소 짓던 표정이 단정해지면서 옷매무새 만진다.


S#44        어느 집 앞 /D

선글라스 쓰고 있던 희수. 곧 문이 열리고 가정부가 나온다. 선글라스 벗는 희수. 희수 알아보는 가정부, 놀란다.

희수        (웃으며) 저 누군지 아시죠?
가정부      그럼요, 배우 서희수 씨…
희수        그건 제대로 아는 게 아니고요. 하준이 엄마예요. 지원이 어머님께 그렇게 전하세요. 하준이 엄마가 사인해주러 왔다고요.


S#45        동 저택 정원 /D

희수와 마주 앉아 있는 지원모(40대).

지원모      (희수 시선 피하는 감정인)
희수        왜 사람 보는데 유령이라도 본 것처럼 무서워하세요? 아, 지원이가 그랬다네요. 우리 하준이 진짜 엄마는 죽었다고.
지원모      (당황하는)

| 희수 | 지원이가 왜 개념 없이 그런 소릴 했을까요? |
|---|---|
| 지원모 | 누구 보고 개념이 없다는 거예요? 사실이잖아요. 하준이 엄마 죽은 거. |
| 희수 | (눈빛, 감정 동요됨 없이) 엄마가 개념이 없구나? 그런 말 함부로 하면 어떻게 되는지 모르세요? |
| 지원모 | 없는 사실 지어낸 것도 아닌데 어떻게 될 게 뭐 있어요? (차분히) |
| 희수 | 그럼… 어떻게 되는지 우리 한번 볼까요? 서희수 건드리는 건 괜찮아. 내가 배우 생활할 때 다져놓은 내공이 있어서. 근데 당신이 건드린 건 서희수가 아니라 하준이 엄마야. 나 지금 완전 빡쳤거든? |
| 지원모 | (희수의 서슬에 놀라는) |
| 희수 | 당신들 한국 땅 떠나게 해줘요? 이거 학폭으로 문제 삼아봐? |
| 지원모 | (학폭 소리에 당황하는) |
| 희수 | 이제 초등학교 1학년인 당신 애가 언어폭력 가해자 프레임으로 세상을 출발하게 하고 싶나 보지? |
| 지원모 | (눈동자 떨리는) |
| 희수 | 애를 낳으면 엄마인 줄 알아? 애 인생 드라이브를 그런 식으로 하는 게 엄마라고 할 수 있나? |
| 지원모 | (그 서슬에 눌리는) |
| 희수 | 우리 하준이한테 사과하라고 해요! |
| 지원모 | !! |
| 희수 | 남의 자식 눈에 눈물나게 할 땐 이 정도 각오는 했어야죠. 엄마라면!! |
| 지원모 | … |
| 희수 | 우리 하준이, 그럼 다 용서할 거예요. 내가 그렇게 키웠거든. 용 |

서할 줄 아는 애로. 시간 많이는 못 줘요. 난 우리 아들이 1분이라도 더 아픈 거 싫거든.

하는데 지원모에게 날아오는 문자들 '생일 파티 못 가겠어요 -정원 엄마' '그날 일이 있어서 못 가겠네요. -현서 엄마' 표정 뭉개지는 지원모.

희수         (조용히 통보하듯) 이번 지원이 생일 파티는 없어질 거 같은데 어쩌죠? 아이들이 안 올 거 같은데… 그날 효원월드 VIP 패스로 놀이기구를 타고 있을걸요? 지원이만 빼고?

지원모       …

희수         사과만 하면 파티는 하실 수 있을 겁니다. (나가며 선글라스 쓰는)


S#46        동 차 안 /D
            차에 올라탄 희수. 그제야 긴장이 풀리며 설움이 몰려온다. 선글라스를 벗고는 눈물을 삼키는 희수의 얼굴에서.


S#47        어느 승마장 /D
            하준이가 승마 수업을 받고 있다. 하준이 말을 타고 있는. 그런 하준이를 대견스럽게 보고 있는 자경.


S#48        동 승마장 다른 일각 /D

흥분한 말의 눈. 갑자기 달리기 시작하는 하준의 말. 잡고 있는 말고삐를 놓치는 코치. 하준에게서 시선을 놓치지 않던 자경, 그대로 옆에 있던 말을 잡아타고 하준의 말을 따른다. 하준의 말과 자경의 말의 추격전이 이어진다. 자경의 승마 솜씨는 놀라운 수준이다. 그대로 하준의 말을 세우는 자경의 말. 하준이 떨어지려 하자 자경 온몸으로 하준을 받아내고 자신의 품에 쓰러지게 하고선 구른다. 이 와중에도 자경은 하준을 꼭 감싸 하준이만은 다치지 않게 한다.

자경     (하준을 감싸 안으며) 이제 괜찮아…


S#49     루바토 홀 /D

하준이와 자경이 들어온다. 다정해 보이는 두 사람. 희수, 하준에게 다가간다.

희수     (다정하게) 하준아~ 오늘 승마 수업 어땠어? 별일 없었어?
하준     …없었어.
희수     (하준 반응이 쌔하고 이상해서 자경을 본다)
자경     (희수에겐 차갑고 단호하게) 없었습니다. (그러다 이내 표정 관리하며) 하준이 승마에 소질 있어 보여요. (애정을 담아) 하준인 이제 그만 들어가 쉬어.
하준     (희수를 두고 자경 말을 순순히 따른다) 네.
희수     (기분 나빠 하준이를 따라 들어가려는데)
자경     영어 캠프 O.T 있는데 사모님이 다녀오실래요?

| 희수 | ??? (기분 나쁜) |
|---|---|
| 자경 | 하준이 오늘 기분이 안 좋아요. 제가 옆에 있을게요. |
| 희수 | (어이가 없다) 그게 무슨 말씀이세요? 강 선생님. 있어도 엄마가 옆에 있어야죠. |
| 자경 | 별 도움 안 될 것 같아서요. |
| 희수 | (미간 뭉개지며) 뭐라고요? |
| 자경 | (표정 관리하며) 제가 전문 튜터잖아요. |
| 희수 | (안 되겠다 싶은) 저랑 얘기 좀 해요. |

S#50 　　　루바토 희수 서재 /D

희수, 서재로 들어와 소파에 앉는다. 자경, 희수가 있는 곳으로 온다.

| 희수 | 지금… 뭐하잔 거예요? |
|---|---|
| 자경 | (수습해야 한다) 하준이 학교에서 있었던 일… 들었습니다. |
| 희수 | 강 선생님… 제 아들 각별하게 생각하는 마음 너무 고마워요. 고마운데… (한 호흡 쉬고) 제가 예민한 건지 아님 오해하는 건지 모르겠는데… 선을 넘는 기분이네요. 선 지켜주세요. 지금 엄마의 영역 침범하셨어요!! |
| 자경 | … (인정도 부정도 않은 채 표정 관리 중) 아픈 아이잖아요. |
| 희수 | (표정) 누가요, 우리 하준이가요? |
| 자경 | 네. |
| 희수 | 왜 그렇게 생각해요? |
| 자경 | 아무리 사모님이 잘해주셔도 친엄마의 온기와는 다를 거니까. |

| 희수 | (여기서도 비밀이 터졌구나. 속상하다) 하… 저기… 어디서 무슨 소리를 들으셨는지 모르겠지만요… |
|---|---|
| 자경 | (O.L) 숨긴다고 숨길 수 있는 일이 아닙니다. 결혼한 지 6년 되신 사모님께 여덟 살 된 아이가 있습니다. 이걸 세상이 모를 거라고 생각하세요? |
| 희수 | 이봐요, 강자경 씨. 세상이 알건 말건 난 내 아들 지켜야 돼요. 난 끝까지 그걸 공론화시키지 않을 겁니다. 내가 그걸 내 입으로 인정하는 순간, 우리 하준이는 상처 받아요. 세상이 다 알아도 나와 내 아들만 서로에게 진짜면 돼요. |
| 자경 | 그게 정말 아이를 위하는 거라고 생각하세요? |
| 희수 | 낳아준 엄마가 죽었다는 걸… (눈시울 붉어지는) 아이가 알게 하라고? |
| 자경 | 만일 죽지 않았다면요. |
| 희수 | (이 무슨 소리지 싶어 자경을 보며) 무슨 소리예요? |
| 자경 | (얼른 감정 추스르고) 죄송합니다. 전 그냥… |
| 희수 | 진짜 엄마가 여기 있어요. 낳아준 엄마가 불의의 사고로 죽었어도 내가 진짜 엄마인 이상 하준이는 내가 지켜요. |
| 자경 | … |
| 희수 | 누가 뭐래도 하준이는 내 아들이에요. 난 그 아이가 아프면 칼에 베인 듯이 심장이 아파요… |
| 자경 | (희수의 말을 들으며, 진심을 들으며 울컥한다. 눈동자가 요철처럼 흔들린다) 하준일… 진심으로… 사랑하세요? |
| 희수 | (1초의 망설임도 없이) 그럼요. 난 하준이를 위해선 뭐든 할 수 있어요. 어떤 오해도 굴욕도 다 감당할 수 있다고요. 그러니까 제발 우리 하준이한테 강 선생님이 알고 있는 걸 내색하지 마세요. |

| | |
|---|---|
| 자경 | (그 뜨거운 마음이 고맙다. 자기도 모르게) 고맙습니다. |
| 희수 | (뭐지, 저 소리? 고맙다니…) |
| 자경 | (수습하듯 일어나는) 그럼 전 캠프 O.T 다녀오겠습니다. |
| 희수 | (남겨진 채, 표정) |


S#51          서현의 서재 앞 /D

유연은 아침부터 서현의 서재 앞에 서 있다. 밤새 고민한 듯 한 숨도 못 잔 얼굴. 유연, 방문을 노크하려다 차마 못 하고 그 앞을 맴돌고 있다. 그러는 중에 외출복 차림의 서현이 밖으로 나온다.

| | |
|---|---|
| 서현 | …할 말 있어요? |
| 유연 | 네… |
| 서현 | (유연의 말 기다리는) |
| 유연 | 저기요, 사모님… (하고는 에이프런 주머니에서 돈 봉투 꺼낸다) 저… 이 돈 못 받을 거 같아요. 죄송합니다. |
| 서현 | (그런 유연 쌔하게 보다가 다시 속을 알 수 없는 표정으로) 필요할 겁니다, 곧. (하고 봉투 받지 않고 사라진다) |
| 유연 | (무슨 말인가? 싶어 굳어진 채) |


S#52          동 저택 현관 /D

서현, 외출한다. 메이드 2가 서현을 따라와 그런 서현에게 배웅 인사를 하려 하자.

| | |
|---|---|
| 서현 | …나한테 얘기한 대로… 어머님께 그대로 전해! |
| 메이드 2 | (각오한 듯 끄덕) |

서현의 단호한 표정 위로.

| | |
|---|---|
| 엠마(N) | 자신의 손에 피를 묻히는 건 그들 모두 원치 않았습니다. 그들도 그땐 몰랐을 테죠. 그렇게 모두의 손에 피가 튈 줄은. |

S#53   하준이 방 /D

희수가 방으로 들어가면 하준이 이불을 뒤집어쓰며 침대로 들어간다. 희수, 맘이 무너진다. 하지만 하준의 기분을 좋게 풀어주려고 노력하는 희수.

| | |
|---|---|
| 희수 | (작게 소곤) 하준아~ 우리 이 집 사람들 아무도 몰래 치킨 시켜 먹을까? 하준이가 먹고 싶다면… 엄마가 삼엄한 경비를 뚫고 공수해올게! |
| 하준 | (이불 속에서) 됐어. 그러지 마. |
| 희수 | 아들… 시간이 더 필요한 거야? 대신 길게 우울하기 없기다? |
| 하준 | (대답 없다. 우울한데) |

S#54   루바토 거실 + 루바토 전용 차 /D

희수, 우울한 마음에 거실에서 붉은 장미를 다듬는다. 그 표정 위로.

자경(소리)    만일 죽지 않았다면요!! 만일 죽지 않았다면요!!!


희수, 그러다 장미꽃 머리를 부러뜨린다. 계속되는 심난한 마음.



S#55    하준의 방 /D
하준, 이불 속에서 빼꼼 고개를 내민다. 표정 여전히 좋지 않다.


(인서트)    승마장 내 의무실 /D
하준의 몸을 다 살펴본 자경. 다행히 하준은 괜찮다.


하준    정말 안 아파요?
자경    응. 안 아파. 니가 안 다쳤잖아. 그럼 된 거야.
하준    엄마도 아니면서… 왜 엄마같이 해요?
자경    …
하준    고맙습니다…
자경    하준아… 오늘 있었던 일 우리 둘만의 비밀이다.
하준    엄마한테도요?
자경    응. 하준이가 위험했던 거 알면 엄마가 속상해하실 거야.
하준    (생각해보는) …
자경    (하준의 대답을 기다리는)
하준    네.


하준, 다시 이불을 얼굴 위까지 올린다.

-희수의 차 안-

김 기사가 운전하는 차를 타고 O.T 가는 자경의 깊은 표정.


S#56　　　　카덴차 내 정원 /N

정원의 식물들도 보고 공작새 노덕이에게 먹이도 주는 지용. 그

런 지용에게 다가온 진호.


진호　　　　너… 왜 나한테 대표이사 자리 양보한 거야?

지용　　　　…

진호　　　　있는 그대로 얘기해.

지용　　　　그게 맞는 자리니까. 서로 맞는 자리에 있는 게 세상이 평화로운

　　　　　　법이잖아. 지금은… 형 자리가 맞아.

진호　　　　(의미심장) 지금은? 그럼 나중에 니가 다시 가져가기라도 하게?

　　　　　　니가 결정권자다 이거냐? 너 머리 좋다고 세상이 그렇게 니 계

　　　　　　산대로 굴러가는 거 아냐. 건방진 놈…

지용　　　　(알 듯 모를 듯한 표정으로 미소 짓고 진호의 어깨를 툭)

진호　　　　새끼가… (지용의 속을 모르겠다)


S#57　　　　루바토 거실 /N

메이드 4의 마중으로 환하게 웃으며 들어오는 엠마 수녀. (여전히

버킨백을 손에 들고)

엠마        이쁜 우리 자매님 무슨 일 있죠? 얼굴에 써 있어.

희수        암튼 수녀님은 못 속여.

엠마        무슨 일이에요?

희수        하준이 때문에요. 하준이가 좀 이상해요, 요즘…

엠마        (따뜻하게 희수 보며) 우리 사모님은 하준이가 전부야, 아무튼.


일 끝내고 다시 루바토로 들어오는 자경. 원거리의 엠마 수녀를 발견하고 표정이 경직되는. 엠마 수녀와 자경, 자연스레 서로 시선 부딪힌다. 자경, 엠마 수녀에게 목례한다. 엠마 수녀, 미소와 인사로 자경을 대한다.


희수        선생님 인사하세요. 여긴 저희 자선단체 일신회 재단 이사장님 이신 엠마 수녀님. 여긴 하준이 튜터인 강자경 선생님.

자경        (작게 인사한다) 안녕하세요.

엠마        네, 안녕하세요. 우리 하준 왕자님 잘 부탁드립니다.

자경        네, 최선을 다하겠습니다.

희수        자경 씨 오늘 수고 많으셨어요. 하준이 당분간 제가 케어할까 해 서요. 며칠 집에 휴가 다녀오세요.

자경        하준이 지금 예민하잖아요. (세지 않게) …그럴 생각 없습니다.

희수        (끄덕이는) 그래요.


그렇게 자경을 지나쳐가던 엠마 수녀. 익숙한 음성에 발걸음이 뚝 멈춘다. 그녀의 달팽이관을 치며 복기되는 한 여인의 전화 목소리.

| (인서트) | 수녀원 /D |
|---|---|
| 엠마 | (통화 중) 회원님, 이렇게 후원만 하지 마시고 저희 모임에도 나오시고 재단에도 한번 방문해주세요. |
| 자경(F) | 그럴 생각 없습니다. (같은 워딩 같은 말투) |

엠마 수녀, 그런 자경을 보는 눈빛에서.


| S#59 | 하준의 방 - 동 저택 일각 /N |
|---|---|

희수, 들어오면 하준이 책상에서 숙제를 하고 있다. 희수, 방해하기 싫은 듯 하준이 머리 쓰다듬고 볼에 뽀뽀하고 밖으로 나간다. 그런 희수의 모습을 먼 거리에서 보고 있던 자경. 희수가 나가자 드디어 하준의 방으로 들어간다. 하준이가 희수가 사준 데쓰맨 시디를 보고 있는데. 그 손놀림을 딱 막는 자경.

| 자경 | 하준아… 기분 안 좋을 땐 이런 가사 우울한 음악 듣지 말자. |
|---|---|
| 하준 | (그런 자경 한참 보더니 끄덕인다) 네. |
| 자경 | (흡족한) |

하준, 이어폰을 꽂고 다른 음악을 듣고 있다. 왠지 쓸쓸한 모습. 자경, 불쑥 하준을 안아준다. 하준, 멈칫하다 굳어진 채 그렇게 자경의 품에 안겨 있다. 자경, 하준에게 말편자 목걸이를 선물로 건넨다. 하준, 뭔가 싶은데.

| 자경 | 이거 행운의 상징이야. 이걸 지니고 있으면 어떤 액운도 물리칠 |
|---|---|

수 있대.

하준 　(그런 자경 보는)

자경 　나도 이걸… 누군가에게 선물로 받았어.

하준 　…

자경 　이게 다시… 너에게 돌아갈 줄은 몰랐지만. 받아줄래?

하준 　…??

자경 　근데 하준아~ (표정 섬뜩해지는) 너 학교에서 괴롭힌 애… 이름이
　　뭐라고 했지?


비 오는 소리(E)



S#60　　지원의 집 /N

문이 열린다 S#44에 나온 가정부가 등장한다. 우산을 쓴 자경이
싸한 표정으로 가정부와 뭔가 얘기한다.


**CUT TO**


지원모가 나온다. 자경, 그런 지원모를 노려본다.


자경 　지원 어머니?

지원모 　그런데(요)

자경 　(하기 무섭게, 그대로 지원모의 뺨을 올려붙인다)

지원모 　(헉 놀라기 무섭게)

자경 　(한 대 더 올려붙인다)

놀란 지원모와 아직도 분노에 찬 자경의 표정.


S#61 서현의 갤러리 + 야외 전시장 /N

그 문제의 작품 19만 달러 의자를 조심스레 옮기고 있는 작업 인부들. 작품이다 보니 3명의 인부가 곱게 패킹해 들고 가고 있다. 그 모습 보고 서 있는 서현. 의자 하나를 셋이 옮기는 상황에 미소 지으며.


서현    아트와 퍼니처의 차이는 옮길 때 혼자 옮기냐 셋이 옮기냐인 걸 지도.

서 비서  대표님 여기. (하면서 아이패드 건넨다)

서현    (보면- 자신의 미담이 SNS에 올라왔다. "정서현 대표 노블리스 오블리제 2억 의자 예술품 망가뜨린 어린 학생에게 오히려 사과.") 원한 건 아닌데 이게 한진희 크림빵 사건을 중화시킬까 아니면 언론 플레이한다고 욕을 먹을까… (피식)


S#62 동 저택 정원 /N

수혁, 배낭을 메고 나가는데 유연이 보이자 무의식적으로 시선이 따라간다. 유연, 수혁과 눈이 마주치자 작게 인사 건넨다. 수혁, 유연에게 다가오는.


수혁    나, 오늘 집에 안 들어와.

유연    네… 잘 다녀오세요.

| 수혁 | 나 없는 동안에… 잠 못 자겠으면… 내 방 가서 자… |
|---|---|
| 유연 | 아뇨. 그럴 일 없어요. |
| 수혁 | (툭~ 차가운 톤으로) 나 없어도 잘 지내고 있어… 잘 먹고… 잘 자고… |
| 유연 | (뭐야~ 싶다, 다가가는) 저기요… 우리 친구 아니거든요. |
| 수혁 | 친구하자고 한 적 없는데? (휙 가는) |
| 유연 | (남겨져 어이없다) |

S#63  루바토 복도 /N

전화를 끊은 희수. 몹시 불쾌한 내용을 들은 듯. 안 좋은 표정으로 복도를 걸어간다.

S#64  루바토 내 자경의 방 /N

그대로 자경의 방문을 연 희수. 자경, 당황하지 않는다.

| 희수 | 지원 엄마 찾아가셨다면서요! |
|---|---|
| 자경 | … |
| 희수 | 왜 그러셨어요? 그건 내 일이지. 강 선생님이 할 일이 아닙니다. 내가 선 지키라고 했죠! |
| 자경 | (눈꼬리 꿈틀대며) 그럼… 제대로 하셨어야죠. |
| 희수 | 뭐라고요? |
| 자경 | 하준일 정말 사랑하는 거 맞아요? 하준이를 가슴으로 좋아하는 게 아니라 머리로 좋아하니까 그렇게 이성적으로 대처하신 거 |

|      | 잖아요. 진짜 엄마라면 못 그래요. |
|------|------|
| 희수 | 무슨 말이에요, 지금 그게? |
| 자경 | 진짜 엄마는 그렇게 이성적으로 대처가 안 된단 말이에요. |
| 희수 | (표정, 눈빛) 자경 씨… 애 낳아본 적 있어요? |
| 자경 | !! |
| 희수 | 꼭 애를 낳아본 사람처럼 얘기하네요? |
| 자경 | … (좀 추스르는 감정선으로) |
| 희수 | 나 더할 나위 없이 감정적이었어요. 그 여자 앞에서 창피할 만큼. 그런데 아이의 튜터일 뿐인 당신이!! 무슨 자격으로 엄마 이상의 감정 놀음을 하고 있는 겁니까? 이전 집에서도 이렇게 월권하셨어요? |
| 자경 | … (일단 듣고 있는) |
| 희수 | 이게 지금 얼마나 큰 문제로 번지고 있는지 알아요? 정신 차리고 선 지키세요… 당신은… 그냥 일개 고용인일 뿐입니다. |
| 자경 | (모멸감 느끼는, 눈가 꿈틀댄다) … |
| 희수 | (끝까지 반성하는 기미가 보이지 않자) 제가 좀 생각을 해봐야겠어요. |
| 자경 | 뭘요? |
| 희수 | 강 선생님과 제가 이렇게 한 공간에서 같이 있을 수 있을지… |
| 자경 | (결국) 죄송합니다. |
| 희수 | 볼게요. 정말 죄송한 건지. 상황 모면을 위해 일단 하는 소리인 건지. |

두 여자 날 선 채 서로 바라보는 위로.

| 엠마(N) | 효원가 사람들은 서서히 회색이 되어가고 있었습니다. 검은색 |
|------|------|

엔 흰색이 섞이기 시작하고… 흰색엔 검은색이 물들면서… 그
들이 깨닫지 못하는 사이에…

(인서트)    의미심장하게 줌인되는 카덴차 내의 15억 그림 <회색의 영역>

서현, 퇴근해서 계단으로 올라가다 멈춰 서서 그 그림을 의미 깊
게 본다. 자신의 모습 같은 그림 앞에서 눈동자가 갈등으로 흔들
린다.

< 3회 엔딩 >

# 좁은 문

Strait is the Gate

S#1  수녀원 밖 /N

어두운 밤, 그리고 그 밤을 밝히는 가로등 조명 아래 조그만 문 하나. 두껍고 클래식한 나무문이다. 마치 관 사이즈 같은 고딕 양식의 문이 굳게 닫혀 있다.

엠마(소리)  너희는 좁은 문으로 들어가라. 멸망으로 이끄는 문은 넓고 길도 널찍하여 그리로 들어가는 자들이 많다.

그 소리 위로 의미심장하게 줌인되는 문. 다름 아닌 엠마 수녀가 있는 수녀원의 문이다. 그 클래식한 분위기의 문 위로 타이틀 인.

S#2  한 회장의 병실 /N

누군가 들어온다. 한 회장, 꽃들에 둘러싸여 누워 있고, 들어오는 사람은 다름 아닌 엠마 수녀다. 한 회장의 손을 꼭 잡고 미소 지으며 한 회장을 바라보는 엠마 수녀.

| 엠마(소리) | 생명으로 이끄는 문은 얼마나 좁고 또 그 길은 얼마나 비좁은지, 그리로 찾아드는 이들이 적다. 마태복음 7장 13절에서 14절~ |
|---|---|

| S#3 | 루바토 계단 + 주차장 /N |
|---|---|

희수, 옷을 입은 채 그대로 밖으로 나간다. 수영, 뒤따르며 핸드폰 거는. 희수는 표정에 긴장이 역력하다.

| 수영 | 김 기사님, 사모님 지금 나가십니다. (전화 끊고는 다른 전화) 경호실장님 대기해주세요. 사모님 팔로우하십시오. |
|---|---|

그런 희수의 모습을 멀리서 보고 있는 자경, 자신이 저지른 일의 여파에 관심이 없는 표정이다.

-주차장-

희수의 차가 부웅~ 간다.

| S#4 | 어느 지하 주차장 /N |
|---|---|

고급 건물의 지하 주차장으로 보이는 어딘가. 두 대의 세단에 나란히 켜진 헤드라이트가 동시에 꺼진다. 희수를 엄호하던 경호 차량이 어딘가에 주차한다. 희수, 자신의 차에서 내려 지원모가 타고 있는 차로 향한다. 그 차에 타는 희수. 지원모와 희수, 뒷좌석에 나란히 앉아 있다. 서슬 퍼렇게 앉아 있는 지원모. 운전기사로 보이는 이가 차에서 내리고 둘만 남는다.

| | |
|---|---|
| 희수 | (난감하다, 고개 숙여 사과한다) 죄송합니다, 지원 어머님. |
| 지원모 | (볼이 발갛게 부어 있다) 일단 병원에서 진단서 끊어왔습니다. (하고 진단서 건넨다) 치아가 아파요. 신경을 다친 거 같다네요, 의사가. |
| 희수 | 죄송합니다. 뭐라 드릴 말씀이 없네요. |
| 지원모 | 나도 애 엄마라 이해하려 했습니다. 그리고 내 아들한테 사과까지 하게 했어요. 당신이 무서워서가 아니라 같은 애 엄마라 공감해주는 차원으로다… 근데 감히 아랫사람을 시켜 폭력을 써?(진희 사건과 관련해 비웃듯) 그 집안은 폭력 없인 아무것도 해결이 안되나 봐요. |
| 희수 | (한숨, 질끈, 참는) 진심으로 죄송합니다. 믿으실진 모르겠지만 제가 시킨 일이 아닙니다. |
| 지원모 | (발끈, 말이 되는 소릴 해라) 그럼 누가 시켰단 거예요? |
| 희수 | 아무도 시킨 사람 없습니다. |
| 지원모 | (어이없다) 뭐? |
| 희수 | 하준이 튜터의 과한 충성심입니다. |
| 지원모 | 기가 막히네, 진짜. 그 집안은 아랫사람 교육을 어떻게 시킵니까? 어퍼upper 포지션 명령 없이 감히 그런 짓을 한다는 걸 지금 나더러 믿으라는 거예요? |
| 희수 | (미간을 찡그린다) |
| 지원모 | 이거 그냥 못 넘어갑니다. |
| 희수 | 원하는 대로 다 해드리겠습니다. 하지만 아이들은 상처 받지 않았음 좋겠어요. 지원이도 하준이도 이제 이 문제의 피해자가 되면 안 되잖아요. 어른들 잘못에 애들이 상처 받아선 안 되니까요. 어떻게 하면 맘이 좀 풀어지시겠어요? |
| 지원모 | 일단 그 미친 여자, 나한테 찾아와 무릎 꿇고 사과하고… 나한테 |

똑같이 맞으라고 하세요.

희수　이렇게까지 하셔야겠어요? 아이 문제가 아니라 어른들끼리 일
　　　어난 문젠데 이성적으로 대처하실 수 있잖아요, 지원 어머니.

지원모　어른들끼리 일어난 문제라고요? 아뇨… 그거 아닌 거 같은데?
　　　아무리 생각해도 도저히 이해가 안 돼요. 어떻게 일개 튜터가 그
　　　렇게 감정적일 수 있어요? 마치 (맞아 그래) 엄마 같았어요. 자식
　　　일에 이성 잃은 엄마 말입니다.

희수　(눈빛, 표정)

지원모　도저히 잊히지가 않아, 그 눈빛.

희수　(표정이 묘하고 모호해진다. 자신도 동감하는 바라서)


S#5　　카덴차 내 /N

서현이 주 집사와 마주한다.

서현　얘기 좀 해요.

주 집사　(각오한 듯) 네. (조아린 후 따른다)


S#6　　서현의 드레스룸 /N

외출했던 서현은 액세서리를 빼고 있고, 주 집사는 옆에 서
있다.

서현　몇 년 일했지, 주 집사?

주 집사　올해로 10년째입니다.

| 서현 | (의미심장한) 오래됐네. |
|---|---|
| 주 집사 | 네, 그렇네요. |
| 서현 | (의미심장한) 모르는 게 없겠네요, 이 집에 대해선? |
| 주 집사 | … |
| 서현 | 근데… 모르는 게 없는 사람의 그 끝은… 모르죠? |
| 주 집사 | (숙인 채 눈을 깜빡이는) |
| 서현 | 아드님도 효원호텔에서 일하고 동생도 효원미디어에서 근무하죠? |
| 주 집사 | 네. |
| 서현 | 가족이 같이 오래 일해야죠? 새어나간 소문의 불씨가, 모르는 게 없는 주 집사에게서 시작됐다고 생각되면… 모두 힘들어질 테니까. |
| 주 집사 | 명심하겠습니다. |
| 서현 | 저번에 주희 씨 나가고, 오늘 유연 씨 나갔고… 애들 입조심시켜요. |

나가는 주 집사 표정 섬뜩하고, 서현 액세서리 서랍을 닫는다. 그런 서현의 표정 위로.

| 엠마(N) | 큰사모님은 마치 체스판을 움직이는 체스 플레이어 같은 사람이었요. 그 집안의 모든 사람들을 보이지 않게 컨트롤하고 있었습니다. |
|---|---|

S#7         루바토 복도 / N

202 × 203

복도를 지나가는 희수. 들어오는 자경과 마주친다.

| | |
|---|---|
| 희수 | 지원 엄마 만나고 왔어요. |
| 자경 | … |
| 희수 | 뭐래는지 알아요? 때린 대로 맞고 무릎 꿇고 빌라고 하더라고요. |
| 자경 | 제가 해결하겠습니다. |
| 희수 | (어이없다) 이건 강 선생님한테 하는 말이 아니라 우리 집안, 아니 나에 대한 모욕인 거예요. 아시겠어요? |
| 자경 | … (표정) |
| 희수 | 집은 어떻게 알고 찾아갔어요? |
| 자경 | 김 기사님한테 여쭤봤습니다. |
| 희수 | (골치 아프고 짜증 난다) |
| 자경 | (차분) 무릎 꿇겠습니다. |
| 희수 | (보다가) 보세요, 강 선생님! 그건 제가 싫어요. 저랑 일하는 사람이 그런 일 겪게 둘 수 없어요. 무릎을 꿇다뇨. 안 될 말이에요. |
| 자경 | (희수의 인간성을 다시 느낀 복잡한 감정) …제가 해결할 테니 사모님은 신경 쓰지 마십시오. |
| 희수 | (그런 자경을 보는 표정) 어떻게 해결할 건데요? |

S#8 　　카덴차 메인 정원 /N

성태의 시선- 원거리에서 보이는- 자경이 누군가를 기다린다.
꼭 남편 기다리는 부인의 모습이다. 뒤이어 보이는 지용. 카덴차
에서 나와 정원을 거쳐 자경 쪽으로 다가오는 지용. 마주 보며

자연스럽게 서 있는 두 사람. 당황하는 성태. 아무래도 심상찮은 두 사람. 자경과 지용은 그렇게 집 안으로 함께 들어간다.


S#9      **수혁의 방 /N**

서현, 빈 수혁의 방을 열어본다. 아무도 없는 걸 확인하고 다시 나간다.


S#10      **카덴차의 아침 전경 /D**


S#11      **카덴차 내 수혁의 방 앞 /D**

양순혜가 수혁의 방에서 유연이 잠을 잤단 사실을 메이드 2에게 밀고 받았다. 서슬 퍼런 양순혜 앞에서 유연, 사시나무 떨듯 떨고 있다.


순혜      진짜야? 너 진짜 이 방에서 잤어?

유연      …

순혜      니 주둥이로 빨리 대답해! 우리 수혁이 방에서 잤어?

유연      (결국) 네.

순혜      (그대로 유연의 빰을 때린다)

유연      (맞고는 그대로 휘청)

순혜      이 더러운 게… 야 너 우리 수혁이 방에서 감히… 드러운 몸으로 너 같은 게…

| 유연 | 죄송합니다. 그렇지만 제가 맞을 정도로 잘못하진 않았습니다. |
|------|------|
| 순혜 | (그 소리에 열불 나 유연을 한 대 더 치려 하자) |

희수가 달려와 그런 양순혜를 말린다.

| 희수 | 제발 이러지 마세요, 어머니. |
|------|------|
| 순혜 | 이거 놔… 우리 수혁인 안 돼… 니 시아버지, 니 남편, 니 시아주버님… (숨 넘어갈 판) 다 그랬는데 수혁이까지 그렇게 둘 거 같아? 안 돼! 저 년 당장 치워! (희수 향해) 니가 저 년 데려왔지? 니 손으로 버려. 당장 버려. 당장 당장 당장!!!! |

희수의 난감한 표정, 유연의 자포자기한 표정.


S#12    루바토 내 희수의 서재 /D

얼굴이 발갛게 부어오른 유연의 뺨을 얼음 마사지 해주는 희수.

| 희수 | 내가 대신 사과할게요. 미안해요. |
|------|------|
| 유연 | … |
| 희수 | 왜 거기서 잤어요? 괜찮아요. 나한테는 얘기해도 돼요. 둘 사이에 무슨 일이 있었던 거예요? |
| 유연 | 무슨 일이랄 것도 없어요. 그냥 방만 바꿔 잤어요… |
| 희수 | 방을 왜 바꿔 잤어요? |
| 유연 | 방을 바꿔 자야… 잠이 온다고 해서… (혼자서 작게) 그러면 안 됐는데… |

| 희수 | (어머 어쩜 그렇지 더 들어보는) …? |
|---|---|
| 유연 | 이상하게 서로의 방에선 잠이 잘 오더라고요. 그래서 바꿔 잤어요. 안 되는 걸 알면서도… 잠시… 정신이 나갔었나 봐요. |
| 희수 | …큰일났네 정말… |
| 유연 | (무슨 말인가 싶어 보는) |
| 희수 | 서로의 방이 안식처가 됐다는 거잖아요… (안타까운 눈으로 보는) |
| 유연 | … |
| 희수 | 나 그거 뭔지 알거든요. |


S#13    자경의 방 /D

자경, 화장을 하고 외출용 옷으로 갈아입는다. 거울을 보는 자경의 눈빛과 담대한 표정. 거울 속에 보이는 자경의 새로운 얼굴. 진하게 화장한 살벌하고 화려한 재벌가 사모님 모습이다. 그런 두 얼굴의 자경이 콘트라스트되면서.


S#14    지원모의 집 /D

문이 열린다. 지원모 눈이 커진다. 문밖에 자경이 서 있다. 자경, 예의 바르게 인사한다. 지원모 한 대 칠 듯 표정이 상기되어 있자.


| 자경 | (작게 숙이며) 전화 안 받으셔서 결례 무릅쓰고 이렇게 찾아왔습니다. |
|---|---|
| 지원모 | 결례? (코웃음) 지금 결례라고 했어? |

| 자경 | … |
|---|---|
| 지원모 | 왜 왔어? 합의해달라고? (코웃음) 경찰서에서 보자고! |
| 자경 | 잠시… 들어가도 될까요? 뭘 하시든 제 사과는 받아주세요, 사모님. |
| 지원모 | (그런 자경 한참 보다가 안으로 들이듯 문을 좀 더 열어준다) |
| 자경 | (안으로 들어가는) |


S#15    동 저택 안 정원 /D

마주 앉아 있는 지원모와 자경. 자경, 집을 둘러본다. 지원모 앞에만 음료 든 글라스가 있다. 지원모, 그런 자경을 무시하듯 훑어보다가.


| 지원모 | (본색을 드러낸다) 왜 오버했어? 튜터 주제에 왜 자기 일처럼 오버했냐고. 너 보너스 더 받고 싶었니? |
|---|---|
| 자경 | 죄송합… (하는데) |
| 지원모 | (호령하듯) 꿇어! |
| 자경 | (눈 하나 깜짝 하지 않고 그런 지원모 보는) |
| 지원모 | 안 들려? 꿇어, 당장! 그리고 맞아! (자경의 반응이 없자) 야!!!!! |
| 자경 | 뒷일 감당할 자신 있으세요? |
| 지원모 | 뭐야? |
| 자경 | 결혼 전에 플로리스트하셨던데… |
| 지원모 | (뭐야 애? 하듯 보자) |
| 자경 | 신분세탁하셨더라고요. 좀 더 확실하게 하시지. |
| 지원모 | (서서히…) |

| | |
|---|---|
| 자경 | 이름 바꾼다고 모를 거 같아요? 히드라 에이스였다면서요? |
| 지원모 | (갑자기 얼굴이 사색이 되는) |
| 자경 | 남편도 거기 손님이었어요? |
| 지원모 | (헉) |
| 자경 | 이런 상류사회 애들이 다니는 학교 엄마가 왜 그렇게 격 떨어지는 일진 놀이를 하나 싶어, 내가 뒷조사를 좀 했지! |
| 지원모 | (사색이 되어 자경 보는) |
| 자경 | (눈빛 확 변해) 니 아들이 니가 과거에 뭘 했는지 아니? …알게 할까? 초등학교 2학년 책에 그렇게 나오긴 해. 직업에 귀천이 없다! 아이도 배운 대로 생각하는지 확인해볼까, 우리? 한 번만 더 까불면 내가! 니가 받은 남자 1번부터 60번까지 그 신상을 다 털어서 니 아들 이메일로 쏠 거야. |
| 지원모 | … (입술이 흙빛이 되어가고) |
| 자경 | 한 번만 더! 내 아들! |
| 지원모 | (허걱) |
| 자경 | 1등 한 게 질투 나서 그딴 더티 플레이하는 날엔. |
| 지원모 | (허걱) |
| 자경 | 니 아들 영혼은! 내 손에 부서져! 명심해! (그대로 일어나 나간다) |

지원모, 충격과 공포로 벌벌 떨고 있다.


S#16    성북동 길 /D

자경, 성북동 길을 걸어 내려온다. 그 복잡한 마음을 꽉 누르고 그렇게 걷는 자경의 모습 위로.

| (인서트) | (플래시백) 어딘가 /N |
|---|---|
| 자경 | (맞은편에 누군가 앉아 있는) 내 아들··· 그냥··· 한번 안아볼 수 있게 만 해줘. 그거면 돼. |

자경, 눈이 빨개져 그렇게 걸으며··· (마음의 소리) "그거면 될 줄 알았어. 근데··· 아니야."

S#17  카덴차 내 다이닝 홀 /N

시간이 경과된. 수혁이 다이닝 홀에서 물을 마시고 있다. 싸한 집 안 분위기. 수혁의 눈치를 보는 메이드들.

| 수혁 | 무슨 일 있었어요? 얘길 해보세요, 무슨 일이 있었는지. |
|---|---|
| 주 집사 | (대답 대신 수혁의 눈치를 보며 곤란해하는데서) 왕사모님이 아셨습 니다··· |
| 수혁 | 그래서요? |
| 주 집사 | 왕사모님이 쫓아내셨습니다. |
| 수혁 | 어디로 쫓아냈어요? |
| 주 집사 | 그건 저희도 잘··· |
| 수혁 | 설마 때렸어요? |
| 주 집사 | 네··· 때리셨어요. 작은사모님이 데리고 가셨지만 루바토엔 없 는 걸로 압니다, 도련님. |

수혁이 다이닝 홀에서 뛰쳐 나가는데서.

S#18     수녀원 내 엠마 수녀의 방 /N

엠마 수녀, 미사복(베일과 긴 치마, 스카플라)이 아닌 흰 잠옷 차림에 머리를 풀고 있다. 그 맞은편에 쓸쓸한 표정으로 앉아 있는 유연. 엠마 수녀, 읽어준 성경책을 덮는다. 엠마 수녀, 성경 말씀이 전혀 귀에 들어오지 않는 유연의 처연한 눈망울을 보고 있다.

엠마     혹시라도 너… 그 사람한테 딴 맘 품지 마.

유연     (그 소리에 엠마 수녀를 보는 복잡한 표정)

이때 어딘가에 둔 엠마 수녀의 핸드폰이 울린다. 엠마 수녀, 핸드폰을 받으러 움직이고, 유연, 젖은 머리를 말리고 낡은 메탈 머그컵에 가득 찬 차를 마시고 있다.

엠마(V.O)     여보세요? (듣는, 그리고 시선은 어느새 유연을 보고 있다)

유연     (그런 엠마 수녀를 보는 눈빛, 표정)

엠마     저랑 같이 있는 건 맞는데… 아니요, 지금은 너무 늦었습니다. 아침에 다시 얘기해요… 여보세요. 여보세요. (끊어진)

유연     (엠마 수녀를 보는)


S#19     수혁의 차 안 /N

수혁, 전화를 끊고는 그대로 차를 출발시킨다. 꿈틀거리는 눈가, 정신없이 움직이는 윈도 실드의 와이퍼는 수혁의 심장처럼 빠르게 역동한다.

| S#20 | 동 수녀원 /N |
|---|---|

그 좁은 문이 열린다. 엠마 수녀, 손에 들고 있는 랜턴으로 누군지 살피면. 서 있는 이는 다름 아닌 수혁이다. 비는 세차게 내리고. 슬픈 눈망울로 그렇게 서 있는 수혁, 엠마 수녀를 보자 고개 숙여 인사한다.

| 수혁 | 안녕하세요. 한수혁입니다. |
|---|---|
| 엠마 | (누군지 알겠다는 듯 끄덕이는) 네. |
| 수혁 | 작은어머님께 들었습니다. 여기 김유연 씨 와 있죠? |
| 엠마 | 전화로 말씀드렸는데 안 들으시고 끊으시더니… 내일 아침에 오시면 될 것을… |
| 수혁 | 폐가 안 된다면 들어가도 될까요? |
| 엠마 | (거절) 안 됩니다. 수녀들이 사는 곳이에요. 어엿한 금남의 구역입니다. 잠시 밖에서 기다리세요. (문을 닫으려 하자) |
| 수혁 | (그 문 탁 잡으며 결연한 표정으로) 꼭 데리고 가게 해주세요. |
| 엠마 | (수혁의 그 눈빛 알아차리고) 알았어요. |

| S#21 | 수녀원 방 /N |
|---|---|

엠마 수녀가 랜턴을 들고 어느 방문을 끼익 열지만… 유연이 없다. 엠마 수녀, 유연이 나가고 없는 것을 확인하고 눈이 커진다.

| S#22 | 수녀원 인근 일각 - 차 안 /N |
|---|---|

와이퍼가 쉼 없이 움직이는 위로 수혁의 눈동자도 불안하게 움

직인다. 수혁의 시선으로 우산을 쓰고 걸어오는 엠마 수녀의 모습이 보인다. 운전석에서 내리려고 문을 열자 엠마 수녀, 차 문을 다시 닫고 창문 열라는 손짓한다. 창문 열리고.

엠마    이리로 오신다는 거 알고 피한 거 같네요. 전 기도실에서 기도 중이어서 나가는 걸 못 봤네요.

수혁    (실망) 어디로 갔을까요?

엠마    짐을 다 챙겨서 간 거 보면 여기로 다시 올 거 같지 않아요.

수혁    (절망적인)

엠마    찾지 않으시는 게 좋을 겁니다. 형제님을 위해서, 그리고 유연이를 위해서도. (하고 뒤돌아서려는데)

수혁    집을 알고 싶어요. 그 사람 집… 가르쳐주세요.

엠마    모릅니다.

수혁    (미치겠는데)


S#23    순혜의 방 /N

차분하게 마주 보고 대화 중인 지용과 순혜.


지용    아버지 뵙고 왔습니다.

순혜    차도는 있디?

지용    아뇨. 대비해야 하지 않을까 싶습니다.

순혜    니 애비, 유언장에 대해… 넌 뭐 아는 게 있냐?

지용    그건 최 변호사만 알고 있습니다. 근데 제가 어떻게…

순혜    (눈빛 확 달라져) 약속 지켜줘 고맙다.

| 지용 | … (인사한다) 주무세요. |

지용, 그렇게 문 닫고 나간다. 순혜, 닫힌 문 한참 본다. 문밖의
지용, 알 수 없는 표정.


S#24     동 호텔 와인바 /N

진호, 진희의 남편 정도와 술 마시고 있다. 정도의 술잔이 부러
운 듯 입맛 다시는 진호.

| 진호 | 야 근데… 지용이 이 새끼 정말 우리랑 한 번을 안 노냐… |
| 정도 | 처남 여자 있나? |
| 진호 | 퍽이나… 지 마누라밖에 모르는 팔불출이. |
| 정도 | 형님 요새 서래마을 안 가세요? 취선당요. 형님의 장희빈, 거기 살잖아요. |
| 진호 | 유효 기간 지났어. 걔는 20분 이상 대화가 안 돼. 대화가 안 되면 질려요… 난 대화를 중시한다고 그 무엇보다. |
| 정도 | (절실하게 감정 이해된다) 그럼요. 그거 알죠. 한국말인데 전혀 안 통하는! 둘이 있어도 혼자 있는 듯한 고독! |
| 진호 | (갑자기 표정 바꿔 정도 꼴쳐보는) 내 아무리 너랑 같은 노선 타는 측면이 있긴 하지만 엄연히 난 내 동생 편이야. |
| 정도 | 정말 동생을 사랑하면 저랑 이혼하게 도와주세요. 빈껍데기인 나랑 살지 말라고 진지하게 얘기해주세요. |
| 진호 | (서글픈) 근데 참 나랑 진희는 왜 이러냐… 둘 다 고독해요. 그렇다고 둘이 맘이 맞지도 않아. |

| | |
|---|---|
| 정도 | 처남은 참 별종이긴 해. 그죠? 형제 같지가 않아요. |
| 진호 | 엄마 다른 게 크긴 해. 일단… 지용이 자식은 진짜 속을 모르겠어. 애가 탁해요~ |

S#25    카덴차 서현의 서재 /N

서현, 안경을 쓰고 뮤지엄 현장 관련 동영상을 보고 관련 자료를 스터디하고 있다. 이때 노크도 없이 수혁이 들어온다. 비를 맞은 듯 젖어 있다. 그런 수혁 보는 서현. 수혁을 보자 안경을 벗는.

| | |
|---|---|
| 수혁 | 김유연 씨 다시 데려오겠습니다. |
| 서현 | (냉정하고 차게) 그럴 수 없어. |
| 수혁 | 제가 어떻게 되든 상관없잖아요? |
| 서현 | 누가 봐도 해야 할… 엄마로서의 본분? 의무? 정도는 해야 되지 않겠니? 비록 스텝맘이지만… |
| 수혁 | 이럴 때… 엄마들은 어떻게 하는데요? |
| 서현 | …노아림이랑 약혼을 시키겠지? |
| 수혁 | (시니컬하게) 그거면 됩니까? |
| 서현 | (한참을 수혁 보다가) 너도 어쩔 수 없는 이 집안 남자들 노선을 타는 거니? |
| 수혁 | … |
| 서현 | 두 여자!!! |
| 수혁 | …어쨌든 난 그 사람! 다시 데려올 겁니다. (획 나가는) |
| 서현 | (남겨진 채 쌔하다 이내 안경 쓰고 다시 작업에 몰두한다) |

S#26          유연의 집 앞 /N

유연의 집 낡은 현관문 앞. 멈춰 서서 서울의 허망한 달을 쳐다
본다. 그러다 엠마 수녀에게 톡을 보낸다.


유연(소리)      죄송해요, 수녀님. 말도 없이 나와서. 저 거기 그만둘래요.



S#27          카덴차 저택 내 정원 /N

유연이 보던 그 달을 자신의 저택에서 보고 있던 수혁. 그냥 쓸
쓸하게 유리 정원으로 향한다. 화도 나고 쓸쓸도 한 복잡한 맘으
로. 수혁이 혼자 앉아 있으면 빼꼼히 문을 여는 성태.


          CUT TO


수혁      집에 잘 곳이 없어서 우리 집에서 숙식을 해결한 거라고요?
성태      (끄덕이는) 그러니까 집을 찾아가봤자 소용이 없을 거예요.
수혁      (미치겠는)
성태      아버지가 빚이 많아서 사채업자들한테 쫓기고 있었대요. 여기
          서 월급 받아서 그 빚 갚고 있다던데.
수혁      (무너지듯 표정이 어둡다)
성태      혹시 도련님… 유연이… 좋아해요?
수혁      그런 거 아니에요. 미안한 거지. (진짜 미안한) 아, 진짜 어떻게 사
          람을 때려?
성태      그러게요. 너무해요.
수혁      (괴로운데)

| 성태 | (위로하고 용기 주는) 힘을 내세요. 예수님이 그러셨어요. 두드려라, 그러면 열릴 것이다. 구하라, 그럼 구할 것이다. |
| --- | --- |
| 수혁 | 교회 다녀요? |
| 성태 | 아뇨. 예수님 좋아해요. 저랑 마인드가 맞아서. 유연이 집 주소는 제가 알아봐드릴게요. |

하는데 성태의 호출기가 울린다. 일어나는 성태. 수혁의 어깨를 툭툭 친다. "힘내요" 하고는 유리 정원을 나간다. 수혁, 남겨져 괴로운.

S#28    카덴차 내 /D

서현과 마주 앉아 있는 자경. 차를 마시고 있다.

| 서현 | 어때요? 일은 할 만하세요? |
| --- | --- |
| 자경 | 그럼요. 모든 것이 흡족합니다. |
| 서현 | 저희 어머님께 정식으로 인사드리셨어요? 아직 안 드린 거 같던데. |
| 자경 | (마른침을 삼키다 이내 침착해) 인사드렸습니다. |
| 서현 | 그래요? |
| 자경 | 네. |
| 서현 | 어머님은 강자경 선생님 이름도 모르고 있던데… |
| 자경 | … |
| 서현 | 말씀드렸다시피 힘든 일 있음 꼭 저한테 얘기하세요. 다른 어떤 문제든 저랑 의논해주세요. 제가 소개한 분이라 제가 책임질 부 |

분이 있어서… 드리는 말씀입니다.

자경 (알아듣고) 그럼요. 명심하고 있습니다.

서현 가보세요.

자경, 일어나 문을 나선다. 자경과 서현의 표정이 제각각 의뭉스럽고 모호한.

S#29 동 저택 1층 다이닝 홀 /D

순혜, 거실 어딘가에 앉아 있다 호출하자 메이드 2가 쪼르르 달려온다.

순혜 정셉한테 오늘 점심 알리오 올리오로 해달라고 해줘. 난 노덕이 보러 갈 거야.

이때 자경이 2층에서 내려온다. 순혜와 가까워진다. 맘모스빵을 손에 들고 우왁스럽게 먹던 순혜, 내려오던 자경과 눈이 마주친다. 순혜, 그런 자경 다시 봐도 무서운지 시선 피하고. 자경, 자연스럽게 인사한다. 순혜, 뭔가 겁에 질린 듯 굳어져 끄응~ 하는. 그런 두 사람을 교차로 보고 있는 메이드 2, 뭔가 있다 싶다.

(인서트) (플래시백) 양순혜의 침실 (2회 S#67 확장 신) /D

양순혜의 침실로 들어오는 자경. 놀라는 양순혜. 두 사람의 표정이 교차되면서. 양순혜, 자경을 보자 서서히 눈이 커지는.

| | |
|---|---|
| 자경 | 원하시는 대로 한진호를 대표이사로 만들어드렸습니다. 하지만 어디까지나 임시입니다. 방심하지 마세요. |
| 순혜 | (한없이 긴장해서 떨고 있는) |

-다시 현재-

회상에서 깨어나는 순혜. 맘모스빵의 팥 앙금이 입 언저리에 덕지덕지 붙어 있다. 메이드 2, 그런 순혜 눈치 보며 빠져나온다. 서현에게 가는 듯.

| | | |
|---|---|---|
| S#30 | | 서현의 서재 /D |
| 서현 | | … (작은 소리로) 강자경… 뭔가 찜찜해… (메이드 2에게) 루바토 팀 호출해. 동서 모르게~ |
| 메이드 2 | | 네, 사모님. (재깍 나가는) |

| | |
|---|---|
| (인서트) | 루바토 내 일각 /D |

루바토 거주 메이드 4·5, 그대로 카덴차로 향하는.

-다시 서현의 서재-

서현, 앉아 있으면 들어와 서현에게 목례하는 메이드 4·5. 서현, 두 사람 보는.

| | |
|---|---|
| S#31 | 저택 내 짐 /D |

희수, 개인 필라테스 레슨 중이다.

진희, 울고 있다. 식탁에는 코 푼 휴지가 가득이다. 열린 노트북으로 보여지는 진희 관련 인터넷 뉴스 기사. '한진희 효원베이커리 대표, 결국 대표이사 사임.' '효원베이커리 불매 운동 멈추나?' 진희, 클릭하다 보면 보이는 기사 '한진희의 남편 박정도, 그는 누구인가? 비운의 재벌가 사위.' 진희와 정도의 결혼식 사진. 정도의 얼굴은 블러 처리되어 있다. '서울대 공대 출신 엘리트, 재계 서열 86위 연진식품 차남.' 진희, 정도 사진을 보자 화가 치미는데 진호에게 전화가 온다. 전화 받는 진희. 마스카라는 번져 있고.

| | |
|---|---|
| 진호(F) | 모든 경영 일선에서 물러나. 효원베이커리는 일단 지용이가 맡을 거야. |
| 진희 | (미치겠다. 씩씩댄다) 지용이 자식… |
| 진호(F) | 너 땜에 어제 오늘 우리 회사 주가가 곤두박질쳤다고. |
| 진희 | 오빠… 근데… (뚜뚜뚜뚜) 오빠… 오빠… |

진희, 미치겠다. 흥분한 채 그대로 일어나는데서.

희수, 필라테스 개인 수업이 끝나고. 생화를 꽂은 히비스커스 차를 건네는 수영. 수영이 건네주는 로브를 위에 걸치고 카우치에 앉는데 진희가 쳐들어온다. 뒤따르는 메이드들, 당황하는.

| 진희 | 너 나한테 이럼 안 되지. 니가 그 기사만 막아줬어도 일이 이렇게 커지지 않았어. 내가 그 베이커리를 어떻게 키워놨는데. 그 잘못 하나로 왜 내가 이룬 모든 게 다 물거품이 되어야 하냐고. 왜… (미치겠는) |
| --- | --- |
| 희수 | (머리 아픈) |
| 진희 | 너 나한테 콤플렉스 있지? 내가 모를 줄 알아? 지용이도 너도 나한테 묘한 자격지심 있잖아. |
| 희수 | (기가 막힌) 누가 누구한테… (진희 똑바로 보며) 미러링해드려요?? |
| 진희 | 뭐? |
| 희수 | (단전부터 호흡을 끌어모으더니 눈빛 변해) 자격지심 있는 게 누군데? |
| 진희 | (처음 보는 희수의 하이피치에 당황하는) |
| 희수 | 가정교육 못 받은 중학교 2학년 같은 짓을 저지른 게 누군데! 니가 저지른 그 몰상식한 행동 하나로 회사 이미지에 내 이미지까지! 터진 크림빵 꼴이 됐어 지금! 어디서 적반하장이야? 내가 그렇게 만만해? 잘못은 니가 하고 왜 나한테 덮어씌우는데? 너 주제 파악해!! (분기탱천해서 오버액션하는) |
| 진희 | (그런 희수의 액션에 겁먹어 움찔하는) |
| 희수 | 니가 정신이 아픈 사람인 거 같아 내가 참았는데 이젠 못 봐줘. 한 번만 더 나한테 이렇게 소리 지르고 무식하게 행동하면 나 너 한 대 친다? |
| 진희 | (기가 막혀 입이 안 다물어지는) |
| 희수 | 뭘 봐? 당장 내 집에서 나가! 너 땜에 열 받는 이 시간도 아까워. 나가 당장! |
| 진희 | (옆에 있는 수영 보며 도움을 구하는 눈빛으로) 얘… 정신이… |
| 희수 | 수영아~ 이 사람 문 밖으로 치워. |

| | |
|---|---|
| 진희 | (천지가 뒤바뀐 당혹감으로 그런 희수 보며) |
| 희수 | (또 갑자기 돌변해서는 여유 있고 품위 있게 머리를 정리한다) 아~ 오랜만에 하려니 힘드네. (화낼 거 다 내고 나긋나긋하게) 제 연기 어떠셨어요, 형님? |
| 진희 | (희수의 양면적인 모습에 할 말을 잃은) 뭐라고…? |
| 희수 | (상냥한 미소로) 이게 형님 모습인데… 더 해볼까요? |
| 진희 | (무서워서 더하기 전에 나가는) 허… 미쳤나 봐… |
| 희수 | 앞으로 할 말 있으시면 카덴차 말고 루바토로 오세요. 저 올라갈게요? (하고 프레임 아웃되면) |
| 진희 | (풀썩 주저앉아 병해서!) 허어. |
| 수영 | 사, 사모님… |
| 진희 | (아기처럼 울기 시작한다) 으이이… |


S#34    동 저택 희수 드레스룸 /D

희수, 메이크업 담당자에게 메이크업을 받고 있다. 옆에 서 있던 수영.


| | |
|---|---|
| 수영 | 언니, 연기력 안 죽었던데요? 멋졌어! |
| 희수 | 그런 거 멋져 하면 안 돼. 이성과 감성의 밸런스 있는 대화로 해결하는 게 멋진 거야. 근데 한진희는 그게 안 되잖아. 결국 내가 똑같아질 수밖에. |
| 수영 | (메이크업에게) 자폐아동 미술 전시회예요. 너무 진하면 안 돼요. |
| 메이크업 | 네. |
| 수영 | 아 참, 하준이는 학교 끝나고 강자경 선생님이 데려갈 거예요. |

|  | 저는 오늘 아버지 생신이라… |
|---|---|
| 희수 | 그래… (하는데 울리는 핸드폰) 네… 최 변호사님 (자경의 뒷조사가 끝났다) 강자경 씨에 대해 알아보셨어요? |

S#35    희수의 차 안 /D

하원갤러리 전시회 가는 희수. 최 변호사와 통화 중이다. 희수의
진지한 표정 위로.

| 최 변호사(F) | 강자경 씨 튜터 겸 가디언 경력은 10년이 넘습니다. 최근 이력이 이연가인데요. 캐나다까지 따라가서 5년 동안 이연가 자제들 보딩스쿨 풀 팔로우했습니다. 그만큼 자기가 맡은 아이들에 대한 애착과 책임감이 있는 것으로 유명하다고 합니다. 아 참, 갑상선 치료 때문에 일을 몇 년 쉬었다고 하네요. |
|---|---|

희수 "네 감사합니다. 최 변호사님." 전화 끊으며 혼잣말로 "책
임감~" 끄덕이는. 뭔가 안심되는 희수 표정. 다소 누그러져 기사
에게 말을 건다.

| 희수 | 기사님. |
|---|---|
| 김 기사 | 네, 사모님. |
| 희수 | 앞으로 누가 제 동선에 대해 물으면 저한테 허락 받고 가르쳐주세요. |
| 김 기사 | (무슨 말인지 못 알아듣는 표정으로 희수 보는) |
| 희수 | 강자경 선생님한테 지원이 엄마… 제가 며칠 전 들른 성북동 집 |

어딘지 가르쳐주셨다면서요.

김 기사     (당황해서) 저 가르쳐드린 적 없는데요, 사모님. 그런 걸 사모님 허락 없이 어떻게 제가 함부로 발설합니까? 그런 적 없습니다, 사모님.

희수     (모를 일이다. 도대체 뭐지)


S#36     효원호텔 내 뷰티센터 상담실 /D

재벌가 여인들만 상대하는 비밀 피부과. 가운을 입고 상담을 받고 있는 진희. 의사, 진희의 얼굴을 보면서.

의사     줄기세포 이식 다시 하셔야겠어요. 오늘 혈액 채취하고 가세요.

진희     (프리미엄 카드 건네며) 3회차 한꺼번에 1억 그어줘.


진희가 상담실을 나가면서 복도에서 부딪히는- 다름 아닌 서진경.


진희     (대충 인사한다)

서진경     진희야.

진희     (돌아보면)

서진경     힘내.

진희     ???

서진경     남 얘기 오래 안 가. 곧 조용해지니까 힘내라고.

진희     (기분 나쁜) 나 괜찮거든요?

서진경     뭐가 괜찮아. 척 좀 하지 마. 삼척동자도 그 동영상 보고 키득

거리는데… 뭐가 괜찮아 괜찮길. 크림빵이 실검 1위를 며칠 했는데…

| 진희 | 애초에 나 위로할 생각 없었죠? |
| 서진경 | 이혼 준비나 제대로 해. 니 남편 맞고 사는 거 모르는 사람 없어. |
| 진희 | 억울해. 안 때려 나, 사람~ 비폭력주의자라고. 물건만 부수지~ |
| 서진경 | 엎어치나 메치나야. |
| 진희 | (울상이 되는) |
| 서진경 | 다른 사람은 몰라도 난 니 편이야. 난 니가 어릴 때 착한 걸 봤잖아. 또 니가 우리 형님보다 날 잘 따랐잖아? (진희의 어깨를 두드리며 상담실로 들어간다) |
| 진희 | (어릴 때 얘기에 쓸쓸한 표정이 되는) |


S#37    유연의 집 인근 동네 /D

수혁이 핸드폰 검색으로 찾아온 유연의 동네. 더 이상 구글 맵도 작동하지 않는. 계단이 높은. 수혁, 세상에 이런 동네가 있다니 하는 표정으로 계단을 오른다. 최고급 명품 슈트를 입고 명품 구두를 신은 수혁의 착장과 계단의 부조화가 그렇게 지속되다가 어느덧 유연의 집 앞에 도착한다. 안으로 들어가는 수혁.


S#38    유연의 집 안 /D

수혁, 들어와 집을 살핀다. 조악하기 짝이 없다. 유연의 막내 남동생으로 보이는 남자 아이(열두 살)가 방에서 나온다. 수혁, 그 아이에게 시선 가는. 남자 아이, 수혁을 멀뚱히 보다가.

| 수혁 | 여기가… 김유연 씨 집 맞니? |
| 아이 | 네. |
| 수혁 | (맞구나) 혹시 김유연 씨 지금 집에 있어? |
| 아이 | 아뇨. 없는데. |
| 수혁 | 김유연 씨랑… (어떻게 아는 사이냐) |
| 아이 | 우리 큰누난데요. |
| 수혁 | (끄덕이는) 아아… |
| 아이 | 누구세요? |
| 수혁 | 아… 난 누나를 좀 만나야 되는 사람이야. |
| 아이 | 우리 누나 되게 좋은 회사에 취직해서 거기 가야 볼 수 있어요. |
| 수혁 | … |
| 아이 | 미국에 있는 회사라서 집에 못 와요. 돈도 대따 많이 벌어요. 누나가 1년만 고생하면 이사 갈 수 있댔어요. |
| 수혁 | (그 소리에 가슴이 답답해지는) |
| 아이 | … (그런 수혁 보는) |
| 수혁 | 부모님 계시니? |
| 아이 | 아버지는 일하러 가셨고 엄마는 병원에 있어요. |
| 수혁 | … |

수혁, 고개를 떨군 채 서 있다. 전화기 들어 전화 걸어본다. 전화기 꺼져 있다. 답답한 수혁.


S#39    하원갤러리 /D
조각상이 오버랩되는 자폐아동이 그린 슬픈 자화상. 자폐아동들의 다양한 그림들이 전시되어 있다. 관람 중인 아이들과 하준이 반 친구 엄마들, 그리고 상류층 여인들. 그림 앞에서 아이들과 인증샷을 찍고 있다. 일신회 11명 멤버들도 보인다. (성경 공부 3인 멤버 포함) 희수와 서진경, 뿌듯하게 웃으며 아티스트들인 자폐아동과 엄마들 등과 이야기를 나누는 모습이 스케치된다. 엠마 수녀도 그들과 함께 보이고. 1층에는 다과 테이블이 마련되어 있는 등. 이때 하준의 손을 잡고 등장하는 자경. 그런 자경을 보게 된 엠마 수녀의 표정. 뒤이어 등장하는 너무나 멋진 지용. 얽히기 시작하는 시선들. 하준이 지용을 보자 뛰어간다. "아빠~" 하준을 안아주는 지용. 지용의 시선은 저만치 그런 자신을 보고 있는 희수에게 향한다. 지용, 희수에게 다가가 안아준다. 주변 사람들 격한 반응.

지용      장하다, 서희수… 멋진데?

희수      사람들 보는데…왜 이래.

지용      뭔 상관이야. 내 여자 내가 안는데.


그런 지용을 보고 있는 자경의 시선. 그런 자경의 시선을 보게 되는 엠마 수녀. 어딘가에 보이는 지원의 손을 잡고 등장하는 지원모, 엄마들 틈에 끼어 제대로 저자세로 나대지 않고 있다. 그런 지원모를 보게 된 희수. 지용에게 지원모를 시선으로 가리키며.


희수      (작은 소리로) 내가 얘기한 지원이 엄마야. 얘기했잖아, 강 선생이 따귀 때렸다는. 우리, 저 엄마한테 딱 엎드리자. (나서는)

| 지용 | (희수 행동 시선 따라갈 뿐) |
|---|---|
| 희수 | 지원 어머니… (다가가서 저자세를 취하려는데) |
| 지원모 | (극도로 겸손한 자세로) 어머, 하준 어머님. 이렇게 초대해주셔서 너무 감사드립니다. 진심으로 영광입니다. |
| 희수 | (지원모의 자세 변화에 당황한다) |
| 지원모 | 그럼… 잘 보고 갈게요. (지원의 손을 끌고 얼른 다른 쪽으로 향한다) |
| 희수 | (병. 그러다 주변 보면 지용이 없다) 어디 갔어, 이 사람은 또? |

-다른 일각-

지원모가 어떤 그림을 보고 있다. 지원이 지원모에게 작은 소리로 묻는다.

| 지원 | 엄마, 하준이 엄마 정말 죽었어? |
|---|---|
| 지원모 | 아니야. (엄하게) 너 어디 가서 그 소리 절대 하면 안 돼. 하준이 엄마… 절… 대 안 죽었어. |
| 지원 | 그럼 하준이 엄마, 저 아줌마 맞아? (희수 향해) |
| 지원모 | (잠시 그 소리에 눈꼬리 꿈틀대다, 제대로 쐐기를 박듯) 그럼! 저 아줌마 맞아! |

| 엠마(N) | 그렇게 그들은 자신들의 비밀을 남의 비밀로 돌려막기하며 살았습니다. 하지만 절대 돌려막을 수 없는 비밀도… 있었습니다. |
|---|---|

| S#40 | 동 갤러리 1층 일각 /D |
|---|---|
| | 다과 테이블 가장자리에 마주 서 있는 자경과 지용. 엄연한 거리 |

앞에서 서로 시선 엇갈리며 부딪히듯 보고 있다. 두 사람의 그 복잡한 시선들이 일촉즉발의 긴장을 주고 있다. 그들을 보고 있는 듯한 또 다른 시선. 이때 갤러리 문이 열리자 두 사람의 시선은 그곳으로 향한다. 등장한 사람은 다름 아닌 서현이다. 서현을 보게 된 자경과 지용.

| | |
|---|---|
| 지용 | 형수님 오셨어요? |
| 자경 | 오셨습니까, 사모님? |
| 서현 | (두 사람 보는 시선, 표정) 왜 두 분만 여기 이렇게 계세요? |
| 지용/자경 | … |
| 서현 | …저 올라가볼게요. |

S#41    동 갤러리 2층 /D
서현이 올라오자 그런 서현을 보고 반가워 뛰어가는 희수.

| | |
|---|---|
| 희수 | 형님~ (서현의 팔짱을 낀다) 우리 형님 오실 줄 알았어. |
| 서현 | 이래야 호사가들 입방아에 안 올라. 동서간에 사이 좋다는 걸 보여줘야지. 아가씨가 사고를 좀 크게 쳤어야지. |
| 희수 | (못 말린다) 쇼윈도 부부는 들어봤지만 쇼윈도 동서는 못 들어봤네. 좋아요. 해봅시다. |

희수, 서현 팔짱 끼고 전시 관람한다. 그런 두 사람 모습을 사진 찍는 상류층 여자들. 엠마 수녀, 서현에게 다가간다. 두 사람, 서로 인사 나눈다. 그사이 희수는 지용을 찾으러 가는 듯 프레임

아웃된다. 그러다 서현, 어느 그림에 다가가자 눈빛이 복잡해진다. 그 그림 앞에서 그대로 굳어지는 서현.


S#42       동 갤러리 일각 안 - 밖 /D

-밖-

희수, 전화기 들어 지용에게 전화 건다. "어디 갔어, 대체…"

-안-

문이 닫힌다. 지용과 자경, 서로를 바라보다 결국 뜨겁게 키스한다. 자경과 지용, 서로의 몸을 떼고 뜨겁게 바라보고 다시 키스하는데. 지용의 핸드폰이 울린다. 지용 전화 받으려는데, 자경 그런 지용의 전화를 뺏어 옆 테이블에 던진다. 그렇게 던져진 핸드폰. 아름다운 재즈 음악 <플라이 투 더 문Fly to the moon>이 울리고.

-밖-

희수, 어디선가 들리는 남편의 핸드폰 벨소리. 희수, 전화를 들고 소리 나는 쪽을 향해 걸어간다. 희수의 발걸음과 두 사람의 키스가 긴장감 속에 교차되고. 긴장된 상황에 역설적으로 흘러나오는 로맨틱한 핸드폰 벨 음악이 처절하다. 소리는 점점 가까워진다. 희수와 자경, 간발의 차이로. 희수, 그 문 앞에 다가서는데 자경이 핸드폰을 들어 전원을 끈다. 소리가 뚝 끊어짐과 동시에 희수의 어깨를 치는 손. 문 앞 손잡이를 쥐고 있던 희수가 손을 떼고 뒤돌아선다. 보면 엠마 수녀다.

-안-

지용, 핸드폰 들어 다시 켜서 보면 부재중전화 '내 사랑'이다. 보고 있는 자경의 표정.


S#43　　하원갤러리 그림 전시실 /D

서현, 굳어져 보고 있는 그림에 줌인하면. <좁은 문>. 그 안에 거대한 코끼리 한 마리가 갇혀서 울고 있다. 캡션 <좁은 문>. 서현 그 그림 보자 눈시울 붉어진다. 보고 있는 희수의 눈빛도 촉촉해진다.


엠마(N)　　그 그림은 많은 사람의 마음을 변화시켰습니다. 좁은 문에 갇혀 울고 있는 코끼리는 우리 모두의 가슴에 있을지 모르니까요. 그리고… 그 마음을 행동에 옮긴 사람은 따로 있었습니다.


(인서트)　　유리 정원 /D

수혁의 무거운 표정. 그때 울리는 핸드폰. 확인하면 '작은엄마'다.


-교차편집 유리 정원 / 동 갤러리 일각-

수혁　　(전화 받는) 여보세요?
희수　　나야, 수혁아.
수혁　　네, 작은엄마.

| 희수 | 유연 씨 어디 있는지 알아. 방금 수녀님한테 들었어. |
|------|-----------------------------------------------|
| 수혁 | (표정, 눈빛) |
| 희수 | 지금 영화관에서 심야까지 알바하고 있대. |
| 수혁 | … |
| 희수 | 수혁아… 심장이 시키는 대로 해. |
| 수혁 | …어느 영화관이에요? |


S#44        동 갤러리 /D

걸으며 얘기 중인 서현과 서진경.


| 서진경 | 의미 있는 전시회 작품들을 이렇게 좋은 가격에 사줘서 나도 고무적이야, 정 대표. |
|--------|------------------------------------------------------------------|
| 서현 | 좋은 일 하시는데 힘을 보태야죠. 숙부님 건강하시죠? |
| 서진경 | 그럼. |
| 서현 | 인사 한번 드리러 갈게요. |
| 서진경 | 언제든. |
| 서현 | 이해해주세요. 숙모님이라고 부르지 못하는 상황… |
| 서진경 | 됐어. 안 바라. 그런 거. |


걷고 있는 두 사람 모습과 갤러리 전경 위로.


| 엠마(N) | 전혀 상관없어 보이는 갤러리 대표 서진경은 효원가와 아주 가까운 사이였습니다. 서진경의 남편은 양순혜 여사의 친오빠였습니다. 하지만 아무도 그녀를 외숙모라 부르지 않았어요. 재벌 |
|---------|------------------------------------------------------------------|

의 첩이 겪는 유일한 설움이자 자유였죠.


S#45    동 갤러리 1층 - 2층 /D

다과 파티를 벌이며 여유로운 상류층 사람들의 모습, 몇몇이 그림을 문의한다. 아티스트와 자연스럽게 그림을 사려는 사람들이 매칭되고, 희수도 함께한다. 희수가 올라오면 그런 희수를 향해 윙크 날리는 지용.


희수    (지용에게 다가와) 어디 갔었어? 전화도 안 받고?

지용    회사일로 여기저기 통화하느라고 전화 못 받았어. 나, 들어가볼게.

희수    저녁에 늦어?

지용    일찍 갈게. 오늘 하준이랑 수영하는 날이잖아.

희수    알았어. 가봐. (하고 넥타이 바로 매준다)

지용    나 조용히 나갈게.


지용이 나가고 희수, 그런 지용의 뒷모습을 쫓다 우연히 시선 두면. 지원모가 자경을 멍하게 쳐다보고 있다. 자경이 그런 지원모를 보자 지원모 얼른 겁먹은 듯 시선 돌린다. 그런 두 사람을 보게 된 희수. 도대체 어떤 일이 있었길래~ 희수의 표정, 딱딱해진다. 그리고 희수의 시선으로 보이는 자경과 하준의 친밀한 모습.


S#46    동 갤러리 내 어딘가 /D

모든 게 마무리된 듯 평화로운 일신회 성경 모임이 진행 중이다. 엠마 수녀가 중심에 있고 희수, 서진경, 미주, 재스민.

엠마  오늘 행사도 잘 끝났고 말씀 공부도 여기서 마칠게요. 오늘의 말씀을 마지막으로 함께 낭독하겠습니다. 에베소서 5장 33절.

일동  여러분도 저마다 자기 아내를 자기 자신처럼 사랑하고, 아내도 남편을 존경해야 합니다. 아멘.

작게 박수치는 여인들. 엠마 수녀, 환하게 웃는다.

엠마  이번 한 주, 이 말씀을 명심하시고… (하는데)

재스민, 갑자기 깊은 한숨 후 눈물을 글썽인다. 희수와 일동, 그런 재스민에게 집중한다.

재스민  수녀님, 저 고백할 게 있어요.

엠마  네, 재스민. 말씀하세요.

재스민  남편이 죽었음 좋겠어요.

일동  (허걱)

재스민  그래서… 블랙 추리닝 (굴리며) 사서 선물로 줬어요. (교포인 재스민은 중간중간 영어를 쓰는)

일동  (뭔 소리지)

재스민  남편이 밤마다 밖에 나가서 조깅을 해요. 블랙 추리닝을 입고 뛰면 차에 치여 죽기 쉽잖아요.

일동  (병)

| 엠마 | 그래서 남편이 그걸 입고 나가서 조깅을 하나요? |
|---|---|
| 재스민 | 아뇨… (아쉬운, 눈물 맺힌) 사이즈를 잘못 사서… 돼지 같은 게 살만 쪄서… 못 입어요. (엠마 수녀에게 털어놓고 나니 속이 시원) 알아요, 나 비치bitch인 거… 그렇지만 남편이 정말 미워요. 너무 당당하게 바람피우고 절 무시한다고요. |
| 엠마 | 자매님들 우리 재스민을 위로할 말이 없을까요? |
| 서진경 | 그래도 남편이 죽길 바라는 건 안 돼, 재스민. 벌 받아~ |
| 희수 | 안 되죠, 절대. 어떻게 남편이 죽었으면 좋겠단 생각까지 할 수 있어요? 있을 수 없어요. |
| 미주 | 차라리… 맞바람을 피우는 건 어때, 재스민? |
| 일동 | (그런 미주 보는) |
| 엠마 | (별 반응 없이 찻잔 속 스푼을 빙빙 돌리며 듣는) |
| 미주 | 같이… 바람을 피워! |
| 재스민 | … (헐) 오 마이 갓! Are you serious? |
| 미주 | (끄덕) 시리어스. 죄질이 덜 나쁜 죄를 지으란 얘기야. 용서하고 살란 소리 못 해. 그건 재스민을 모르는 사람이나 할 수 있는 얘기지. |
| 엠마 | (차분하고 고상하게 이어받아) 법이 처단 못 하는 괘씸함에 대해 어느 정도 개인적인 심판이나 징벌은 허용돼야 한다고 생각합니다. 트렌드가 바뀌었어요. 주님 그렇게 꽉 막힌 분… 아니에요. 하지만 그건 답이 아니에요. |
| 재스민 | 그럼 어찌 해야 할까요, 수녀님. |
| 엠마 | 남편이 죽었으면 좋겠다고 하셨죠? |
| 재스민 | (죄의식 가득하지만 인정하는) 네. |
| 엠마 | 그럼… 죽었다 생각하고 사세요. 유령이라고 생각하면 좀 애틋 |

| 일동 | 하지 않을까요? |
| | (벙찐) |
| 엠마 | 밥도 제삿밥이다 생각하고 매일 진수성찬 차려 밥 중간에 숟가락 꽂아주시고, 매일매일 정성을 다해보세요. |
| 미주 | (낭창하게) 그러다 사이좋아지면 어떡해요? |
| 엠마 | (끄덕이는) 그땐 다시 살리면 됩니다. 그게 바로 구원이죠. 구원의 문은 좁지만 열려 있습니다. |

듣고 있는 희수의 싱거운 미소 위로.

| 엠마(N) | 성경 공부 모임은 자선단체 일신회에서 시작되었습니다. 최상류층 사람들이 만든 미혼모 후원재단 다움센터의 열두 명의 후원자들. 바로 일신회였습니다. |

| S#47 | 동 수녀원 /D |

엠마 수녀, 낡은 컴퓨터로 일신회 자선모임 열두 명의 명단을 확인하고 있다. 엠마 수녀 "강자경"을 입으로 읊조리며 찾지만 강자경은 보이지 않는다. 그런 엠마 수녀 눈동자 위로 지원되는 자경의 모습과 음성.

| (인서트) | (플래시백 3회 S#58) /D |
| 자경 | 그럴 생각 없습니다. |

-다시 현재-

| 엠마 | 그럴 생각 없습니다… 분명 같은 목소리였는데… 그분 이름이 뭐였더라~ |
|---|---|

엠마 수녀, 컴퓨터로 회원 리스트 찾다가 서서히 C.U '이혜진'.

| 엠마 | 맞아. 이혜진! 강자경이 아니야. …이혜진… |
|---|---|

S#48    진희의 집 /D

진희, 술만 마시고 있다. 이때 정도가 집으로 들어와 그런 진희를 한심하게 본다.

| 진희 | 너 내가 치 떨리게 싫댔지? |
|---|---|
| 정도 | 응, 싫어. |
| 진희 | 그럼 나도 그만큼 니가 싫어질 때까지 기다려. |
| 정도 | 싫어. 못 기다려! 소송 걸면 언론에 니가 나한테 한 추잡한 짓 다 까발려져. 너한테 불리해. 그냥 이렇게 헤어지자. 우리 뭐 심플하잖아. 애도 없고. |
| 진희 | (정도를 꼴쳐본다) 바람둥이 새끼. |
| 정도 | (기가 찬) 바람둥이가 폭력보다 낫지 않아? 그리고… 위자료도 줘. 재산 분할도 제대로 했음 해. (일어나는데) |
| 진희 | 위자료를 니가 줘야지 왜 내가 줘~ (하며 씩씩거리는데) |
| 정도 | 돈도 니가 많고 잘못도 니가 하고. 그러니 니가 줘야지. |

S#49　　　동 호텔 로비 /D

엘리베이터를 타고 내려오는 진희. 사람들이 알아볼까 피해의
식으로 선글라스를 쓰고 스카프로 얼굴을 다 가리고 핸드폰 통
화 중이다.


진희　　오빠, 나야. 오늘 호텔에 있는 날이지? 오빠 있는 거 다 알고 왔
　　　　어. 피할 생각하지 마. 나 지금 호텔 뷰티센터야. 얘기 좀 해.



S#50　　　동 호텔 커피숍 /D

진희와 마주 앉아 있는 진호. 직원, 커피 내려놓는.


직원　　대표님, 더 필요한 거 없으십니까?
진호　　없어요.
직원　　그럼~ (하고 멀어지면)
진호　　(습관적으로 그 여자 직원의 뒤태를 살핀다) 쟤 어떠니? 난 요새 저런 평
　　　　범한 얼굴에 묘하게 끌린다. 이쁜 여자 하도 봐서 그런가… 감흥
　　　　이 없어.
진희　　(관심 없는) 아빠한테 이 호텔을 달라고 졸랐어야 했는데.
진호　　호텔이 쪼코렛도 아니고 조른다고 주니?
진희　　내가 베이커리를 어떻게 키웠는지 알지? 억울해 진짜.
진호　　지용이 베이커리에 관심 없어. 근신하고 있으면 다시 주겠지.
진희　　제법 대표 같다?
진호　　그렇지? 적성에 맞는 거 있지.
진희　　근데 지용이는 왜 그렇게 순순히 물러난 거래?

| | |
|---|---|
| 진호 | 그러게 말이야. 이사들 일일이 설득해 날 밀어줬다잖아. |
| 진희 | … (한숨) 음흉한 자식. 그 자식은 속을 모르겠어. |
| 진호 | 너 정도랑 계속 살 거야? |
| 진희 | 이혼 절대 안 해줘. 그 새끼 행복한 꼴 나 못 봐. |
| 진호 | 니 옆에서 늙어 죽을 때까지 불행해라? |
| 진희 | (갑자기 훌쩍) 사랑 받고 싶어, 나도… |
| 진호 | (한숨) 그건 포기해. 누가 널 사랑해? |
| 진희 | (버럭) 야! 니가 그러고도 오빠니? |
| 진호 | 너도 나처럼 임자 만나면 그 버릇 고쳐… 내가 정서현 앞에선 꼼짝 못하잖아. 수혁 엄마한테는 막했는데 희한하게 정서현 앞에선 그게 안 돼. |
| 진희 | 그거 술 끊어서 그런 거잖아. |
| 진호 | 아니야. 뭔가 다른 게 있어. 너도 천적을 만나보면 알 거야. |
| 진희 | 됐고~ 나 서희수 가만 안 둬. |
| 진호 | 사이좋은 사람이 하나도 없냐, 넌? 제수씬 왜 또? |
| 진희 | 나한테 막말하고 무시했다니까? 아 그 기집애 진짜… 그 기집애 엄청 컸다니까. 지용이가 이쁘다 이쁘다 하니까. |
| 진호 | 이쁘잖아 제수씨? |
| 진희 | 뭐? 억울해… |
| 진호 | 너 나 좀 도와줘. |
| 진희 | 오빠가 나 좀 도와줘. |
| 진호 | 니 지분 나 정식 대표될 때 행사하는 거 잊지 마! |
| 진희 | 오빠 거기 오래 못 있어. |
| 진호 | 아 진짜… 우리가 이러니까 지용이한테 안 되는 거야. |

수혁이 매장 안으로 들어와 카운터 직원에게 묻는다.

수혁    저기… 김유연 씨 언제 와요?

수혁의 기다림이 시간 경과로 오버랩되며 표현된다. 손님이 들
어올 때마다 수혁 반쯤 일어나고, 마침내 유연이 캐주얼한 차림
으로 출근한다.

수혁    내가 잘못했어. 미안해.
유연    (그제야 그런 수혁 보며) 그쪽이 왜 나한테 사과를 해요?
수혁    …!! 니가 나 땜에… (맞았잖아)
유연    일해야 돼요.
수혁    (뻘쭘하다)

유연 일에 열중이고, 수혁은 하염없이 유연을 기다린다. 시간이
경과돼도 유연이 자신을 봐주지 않자 다시 유연에게 다가가는
수혁.

수혁    (손님처럼) 햄버거랑 콜라 주세요.
유연    (그런 수혁 보는데서)

수혁, 햄버거를 먹으며 유연을 보고 있다. 유연은 수혁에게 신경
도 안 쓰고.

(시간 경과)

마감 청소를 하는 유연. 바 테이블에 앉아 있는 수혁에게 다가간다. 수혁, 자고 있다. 수혁 옆자리에 앉는 유연. 수혁이 잔다고 생각해 조용히 혼자 할 말 다해보는 유연.


유연    나도 자존심이란 게 있고, 건들면 기분 나빠. 억울하기도 하고. 질투란 것도 하고, 슬프기도 하고… 니들이 느끼는 거 나도 다 느낀다고. 그런 꿀알바 자리… 나라고 미련이 없겠니? (하는데)

수혁    (눈 감은 채) 그러니까 들어가자고.

유연    (당황해서) 잔 거 아니에요?

수혁    너는 자는 사람한테 그렇게 장황하게 떠드니?

유연    자니까 떠들었지.

수혁    (그런 유연 보는)

유연    (그런 수혁 보는)

수혁    방해하지 않을게. 그 꿀알바 계속해.

유연    (한숨) 그 집… 기분 나빠요.

수혁    나도 그 집 기분 나빠.

유연    … (어이없다)

수혁    니네 집 갔다 왔어.

유연    (들킨 듯 창피한)

수혁    너 찾느라 고생한 날 봐서… 못 이긴 척 들어가줘.

유연    …

수혁    때린 사람은 발 뻗고 자는데 넌 밖에서 왜 이 고생이야?

유연    …

| 수혁 | 미안해. |
|---|---|
| 유연 | (그런 수혁 보는) |
| 수혁 | 새어머니한테 얘기했어. 너 데리고 들어갈 거라고. |
| 유연 | … |
| 수혁 | 너 안 들어가면 나도 삼시세끼 햄버거 먹으면서 여기 있지 뭐. |

다시 눈 감고 버티기 하는 수혁. 유연, 그런 수혁을 본다. 그런 둘을 보여주며 카메라 빠지면.


S#52     서현의 서재 /N

서현, 와인을 마시고 있다. 서현의 시선은 서재에 걸린 그림에 향해 있다. 다름 아닌 하원갤러리 전시회에서 구입한 <좁은 문>이다.

| 서현 | (혼잣말) 갇혀 있을 수밖에 없는 코끼리도 있는 거야. |
|---|---|

이때 노크 소리 들리고 진호가 들어온다. 그런 진호 보는.

**CUT TO**

서현과 진호 마주 앉아 있다.

| 진호 | 나 요새 정말 일 열심히 해. 얼마나 갈지 모르지만. |
|---|---|
| 서현 | 자리가 사람을 만든다니까 달라지길 바라요. |

| 진호 | 정 대표~ 나에게 당근과 채찍을 줘. 채찍만 주지 말고. |
|---|---|
| 서현 | 우린 참 언밸런스해요. 당신은 이 집 안에서 일어나는 일을 하나도 모르고 있고 난 덕분에 모든 걸 알아야 하고… |
| 진호 | (멍청) 또 무슨 일 있어? |
| 서현 | 집 안에서고 회사에서고 절친 하나를 만들어보는 건 어때요? |
| 진호 | 나랑 감성 비슷한 사람 찾기가 쉽나 어디. |
| 서현 | (어이없게 보는) |
| 진호 | (징그럽게 웃으며) 나랑 정 대표가 절친이 되면 좋지 않겠어? |
| 서현 | 그건 힘들 거 같아요. (하고 일어나 나간다) |
| 진호 | 참 하… 못됐어, 진짜~ |

S#53    루바토 내 수영장 /N

지용이 하준과 함께 수영을 하고 있다. 그 두 남자를 보고 있는 자경. 세 사람 마치 한 가족 같다. 선베드에 타월을 준비해서 깔아두고 사진을 찍는 자경. 이때 그 세 사람을 하나의 프레임에 넣고 보고 있는 희수, 기분 묘해진다. 그렇게 그들에게 다가오는 희수.

| 희수 | 이제 그만~ 왕자님. |
|---|---|
| 하준 | 아, 싫어. 선생님이 더 놀아도 된댔는데… |
| 지용 | 왜 우리 한창 신났는데. |
| 자경 | 아직 시간 괜찮은데요. |
| 희수 | (단호하게) 밤바람 차. 얼른 나와. 감기 걸려! (시선 자경에게 두는) 선생님 저 좀 봐요. |

| | |
|---|---|
| 자경 | 네. (표정) |
| 지용 | (그런 희수와 자경을 번갈아 보는 젖은 표정에서) |

S#54    루바토 내 희수의 서재 /N

희수와 자경, 마주 앉아 있다.

| | |
|---|---|
| 희수 | 강자경 선생님. |
| 자경 | 네. |
| 희수 | 나가주셔야겠어요. |
| 자경 | (당황스럽게 떨리는 눈빛) |
| 희수 | 아무래도 이쯤에서 그만두시는 게 서로를 위해 맞는 일 같습니다. |
| 자경 | 지원 어머님 일 때문에 그러시나요? |
| 희수 | 네, 사실 그것도 이유긴 하지만… 더 중요한 건 제 맘이… 불편해요. 선생님이 이상하게 신경… |
| 자경 | (O.L) 거슬리시나요? |
| 희수 | (쓴웃음) 다른 표현을 찾고 있었는데… |
| 자경 | 괜찮으시겠어요? |
| 희수 | 뭐가요? |
| 자경 | 하준이요. |
| 희수 | 그럼요. 학교 선생님 1년마다 교체되는 거랑 다를 바 없어요. |
| 자경 | …그거랑은 애착 관계가 다를 텐데요. |
| 희수 | 그 부분요. 그 애착… 저는 불편합니다. |
| 자경 | …알겠습니다. 제가 그렇게 불편하시면… 나가겠습니다. |

희수     급여는 이번 달 말까지 일하신 걸로 계산해서 드리겠습니다.


S#55    루바토 내 침실 /N

희수, 들어와 자려고 침대 안 자리에 들어가는. 지용은 취침 독서 중이다. 희수, 그런 지용을 일견하고 망설인다. 지용, 시선 여전히 책에 두면서.


지용    뭐 할 말 있어?

희수    응. 물어볼 거 있어.

지용    살살 물어. 꽉 물면 아파.

희수    (장난 아닌데) 하준이… 낳아준 분 말이야… 교통사고로 죽었다고 했지?

지용    (담담히) 응.

희수    어떻게 만났어, 두 사람?

지용    … (그제야 책을 덮는)

희수    얘기하기 싫은 거 물었구나. 됐어. 나도 꼭 알고 싶은 건 아니… (하는데)

지용    승마 코치였어. 내 말 조련사이기도 했고.

희수    말?

지용    응.

희수    그랬구나.

지용    나도 한 가지 물어봐도 돼?

희수    응.

지용    아까 강 선생하고 무슨 얘기했어?

| | |
|---|---|
| 희수 | 그만두라고 했어. |
| 지용 | (놀라지만 아닌 듯하게) 왜? |
| 희수 | 그냥… 사람이 좀… 과해. 하준이에 대한 애정이 지나쳐. 몸에 밴 프로 의식이라기엔 상식을 벗어나. 당신이 들으면 내가 오버한다고 하겠지만… 이상하게… 나랑 하준이 사이에 끼어 있는 기분이야. 웃긴다. 내가 이런 생각하는 거 자체가 화나. 못 들은 걸로 해줘. 아무튼 불편해. |
| 지용 | 당신 개인적인 감정 하나로 사람을 함부로 자르면 어떡해? |
| 희수 | (그런 지용의 반응에 당황하는) 왜 이래, 지용 씨? |
| 지용 | (너무했다 싶은지 경각되어 추스른다) 누나 일도 있고 부리는 사람 함부로 내보내고 이런 거… 하준이 정서에도 안 좋아. |
| 희수 | 저번 튜터는 아무것도 아닌 일로 당신이 내보내놓고 이번엔 왜 그래? 내가 이럴 땐 이유가 있는 거야. 존중해줘. (눕고는 등 돌린다) |
| 지용 | (그런 희수 보다 답답한 듯 일어난다. 침실을 벗어나자) |
| 희수 | (지용의 태도가 좀 이상하다. 감고 있던 눈을 뜬다) |

S#56      자경의 방 - 서현의 서재 (교차) /D

자경과 서현, 통화한다.

| | |
|---|---|
| 서현 | (S.H뮤지엄 시공 화면 보면서) 여보세요. |
| 자경 | 저예요, 사모님… 저 그만둬야 될 거 같아요. |
| 서현 | (딱 신경 써 그 전화 통화에 집중하는) 무슨 일 있어요? |
| 자경 | 제가 작은사모님 심기를 건드린 거 같아요. 아무래도 자격 미달인가 봐요. 죄송합니다. |

| 서현 | …알겠습니다. 동서가 내린 결정이니 저도 그렇게 알고 있을게요. (전화 끊는. 혼잣말) 거슬리네, 애. |

| S#57 | **자경의 방 /N** |

자경, 전화 끊고는 결심이 선 듯 일어나 옷장에 넣어둔 옷을 꺼낸다. 짐을 쌀 것처럼 보이는 그녀의 행동에서.

| S#58 | **루바토 내 욕실 /N** |

지용, 스트레스 받은 표정으로 거울 속 자신의 모습을 본다. 옆에 둔 지용의 핸드폰에서 문자 알림음이 울린다. 지용, 읽어본다. '나더러 나가래.' 지용, 핸드폰 내려놓고 미간 찡그리는.

| S#59 | **유연의 집 근처 골목 계단 /N** |

거리두기 하고 걷는 두 사람. 유연은 피곤이 가득한 수혁을 뒤로하고 계단을 걸어 올라가고 있다.

| 유연 | 언제까지 따라올 건데요? |
| 수혁 | 너가 내 사과 받아줄 때까지. |
| 유연 | … |
| 수혁 | (막아서면서) 나 때려. |
| 유연 | … |
| 수혁 | 나 땜에 맞았으니까 나 때려. |

| 유연 | …그쪽 할머니가 때렸는데. |
|---|---|
| 수혁 | …대신 내가 맞을게. |
| 유연 | (한참 수혁을 보다 소매를 걷고) |
| 수혁 | (움찔) |
| 유연 | (비웃듯) 쳇, 맞아본 적은 있어요? (하고 내려가면) |
| 수혁 | 어디 가게… |
| 유연 | (걸어가며) 집. |
| 수혁 | (따르며) 어느 집? |
| 유연 | …그쪽 집. |
| 수혁 | (안도, 미소) 같이 가자~ |


S#60      카덴차 앞 /새벽

수혁의 차, 어느덧 저택 앞에 도착했다. 카덴차로 들어가는 길.


| 수혁 | 고마워. |
|---|---|
| 유연 | 집에는 들어갈 거지만 나랑 얽히지 말았음 좋겠어요. |
| 수혁 | … |
| 유연 | 봤다시피 우린 세상이 달라요. 내 세상은… (한숨) 피곤하고 숨<br>막혀. |
| 수혁 | …니 눈에… 내 세상은 좋아 보여? |
| 유연 | … (헛웃음) |
| 수혁 | 들어가자. 기분 나쁜 집~ |

　　　　순혜의 방 /새벽

순혜, 쿨쿨 자고 있다. 노크 후 수혁이 들어온다. 자다가 깬 순혜.
수혁, 순혜의 침대 바짝 다가온다.


| 수혁 | 할머니… |
|---|---|
| 순혜 | (깨면서 끄응~) |
| 수혁 | 할머니가 쫓아낸 사람 다시 데리고 들어왔어요. |
| 순혜 | (잠이 확 깬다. 버얼떡 일어나는) 뭐야? |
| 수혁 | (불쑥) 노아림이랑 약혼할게요. (체념하듯) 그럼 되는 거잖아요? 그러니까 그 사람 건들지 말고… 가만두세요. |
| 순혜 | 싫어. 건들 거야. 난 걔 여기 못 둬~ (침대에서 나와 기세가 등등) |
| 수혁 | 아뇨. 그 사람 여기 계속 있을 거고. 난 노아림이랑 약혼할 거고. 그러니까 그 사람 절대 상처 주지 마세요. |
| 순혜 | (발끈) 수혁아. |
| 수혁 | 제가 그 사람 방에서만 잠이 와요. 제가 시작했어요. 날 때려요, 할머니. |
| 순혜 | 니가 그럴 리가 없어! 그 불여우가 꼬드긴 거지! |
| 수혁 | (버럭) 그런 거 아니에요. |
| 순혜 | 너 저런 것들 불쌍하게 보지 마. 저렇게 사는 게 팔자인 것들이니까. |
| 수혁 | (맘 아프지만 더 이상 말이 안 통하겠다 싶어 체념하듯) 그러니까… 가만히 두시라고요. 안 그럼 저… 노아림이랑 약혼 안 해요. |
| 순혜 | 뭐? (더 건들면 안 되겠다는 생각에 그만한다) |
| 수혁 | 그리고 제발! 다신 여기서 일하는 사람들 그렇게 함부로 때리고 그러지 마세요. (나가는) |

| 순혜 | (뾰로통~ 다시 침대로 들어가 씩씩댄다) |
|---|---|

S#62    카덴차 전경 /D

아침이 밝아오고 철문이 열리고 정원에 스프링클러가 뿌려
지는.

S#63    루바토 내 다이닝 홀 /D

메이드 4·5, 아침 준비를 한다. 희수가 식사 준비를 거드는데. 화
난 얼굴로 희수에게 다가오는 하준.

| 하준 | 왜 선생님 내보내? |
|---|---|
| 희수 | (당황, 황당) 하준아. |
| 하준 | 엄마는 왜 착한 선생님 잘라? 고모하고 똑같은 사람 되는 거야? |
| 희수 | 한하준. 버릇없이 뭐야, 엄마한테 다짜고짜. |
| 하준 | (버럭) 선생님이 나 구하려고 대신 다쳤어. |
| 희수 | (놀라는) |
| 하준 | 말에서 떨어져서 다칠 뻔한 날! 구해줬단 말이야. 그런 선생님을 엄마는 상은 안 주고 왜 벌을 줘? |
| 희수 | (그 소리에 그대로 얼어붙는) |

S#64    동 저택 다이닝 홀 /D

순혜, 차를 마시고 있으면 서현이 들어온다. 일하던 메이드들,

서현이 눈치 주자 다 물러난다. 서현, 순혜 인근에 자리 잡고 앉는.

순혜     (그런 서현 보는)

서현     어머니, 강자경 씨 원래 알던 사람이에요?

순혜     강자경이 누구냐?

서현     하준이 새로 온 튜터요.

순혜     (당황하는)

서현     (그 당황하는 눈빛 캐치했다) 그만둔다네요.

순혜     (여전히 당황 중인) 그만둔대? (궁시렁) 어렵게 들어와놓고…

서현     (이상하다) 어렵게 들어오다뇨? 제가 뽑았는데.

순혜     (시선 피하는)

서현     이 집 안에… 제가 모르는 일이 있으면 안 되잖아요. 말씀을 해 보세요.

순혜와 서현, 서로 바라보는 눈빛에서.


S#65     동 승마장 /D

승마 코치와 이야기를 나누는 희수. 승마 코치가 당시 찍은 CCTV 영상을 가져와 희수에게 보여준다.

코치     이겁니다, 사모님. 마침 녹화된 CCTV가 있어서요.

희수     …

코치     사모님께 말씀드리지 말라고 해서. 죄송합니다, 사모님.

하준이 구해주는 장면 보고 안도하는. "다행이네" 하면서 동영
상 커서를 무심코 뒤로 넘기는데 희수의 눈이 커진다.

(인서트 1)  동영상 /D

너무나 야성적으로 말을 타고 달리는 자경의 모습. 자경의 말 타
는 장면을 보는 그런 희수의 모습 위로.

지용(소리)  승마 코치였어. 내 말 조련사이기도 했고.

희수, 갑자기 눈가가 떨린다. 그런 희수의 표정 위로 2회 S#9 장
면 중 두 사람의 대화가 스피디하게 인서트된다.

(인서트 2)  (플래시백 2회 S#9 중) /D

희수       자경 씨 다리 너무 예뻐요. 젊었을 때 운동하셨어요?
자경       말을… 탔습니다. (표정)
희수       말근육이구나?

회상에서 깨어나는 희수와 말을 타는 자경의 모습이 교차되
면서.

S#66      엔딩 /D

자경이 짐 가방을 들고서 루바토 저택 문을 열고 나오려는데 희
수가 나타나 자경을 다시 밀어 넣고 자기도 루바토 안으로 들어
간 다음 문을 쾅 닫아버린다. 분노에 가득 찬 희수와 자기를 밀

치고 들어오는 희수를 노려보는 자경.

희수    나가지 마!!

엠마(N)    효원가의 그 좁은 문은… 빠져나갈 수 없는 멸망의 문이었습니
다!!

닫힌 문 속의 희수와 자경이 보여지면서.

< 4회 엔딩 >

# 5

# 여섯 번째
# 감각

## Sixth Sense

S#1        **루바토 내 자경의 방 /D**

        희수가 나타나 자경을 다시 밀어 넣고 자기도 루바토 안으로 들어간 다음 문을 쾅 닫아버린다. 분노에 가득 찬 희수와 자기를 밀치고 들어오는 희수를 노려보는 자경. (4회 엔딩에서 확장되는)

| | |
|---|---|
| 희수 | 나가지 마! |
| 자경 | … (눈빛, 표정) |
| 희수 | … (눈빛, 표정) |
| 자경 | (노려보며) 나가라고 하셨잖아요. |
| 희수 | (일단 잡아야 해서 표정 관리하는) 나가지 마요. |
| 자경 | … |
| 희수 | (단호한) 내가! 뭘 좀 알아야 할 게 있어요! 그러니까… 여기 있어요. |
| 자경 | 내가 왜 그래야 하죠? |
| 희수 | 우리 하준이… 하준이 걱정 안 돼요? |
| 자경 | (하준이 이야기에) … (눈빛) 그래요. 일단 있을게요. |

| 엠마(N) | 넘지 말아야 할 선을 넘고, 가지 말아야 할 선을 넘고. 그들 모두가 그렇게… 파국을 향하고 있었습니다. |
|---|---|

희수와 자경의 치열한 눈빛과 정체 모를 표정들이 교차되면서.

S#2      저택 내 메이드 공간 /D

메이드 복장으로 단정하게 갈아입고 있는 메이드들. 효원가 뒷담화로 여념이 없다. 유연은 조용히 머리 빗고 있다.

| 메이드 1 | 진호 대표님 복권도 안 긁고 요샌 무슨 낙으로 사시나 몰라. |
|---|---|
| 메이드 2 | 새 여자 생겼겠죠. 어제도 외박했던데. |
| 메이드 5 | 큰사모님은 아예 보통 인간이랑 다른 종족인 거 같지 않아요? |
| 메이드 1 | 뼛속까지 귀족이야. |
| 메이드 4 | 그런 거 보면 지용 상무님은 진짜 씨 자체가 다른 거 같아요. 사모님밖에 모르잖아. |
| 메이드 1 | 인품 자체가 다르시지. |
| 메이드 4 | 근데 상무님도 작은사모님 전에 여자가 있었지. 죽은 하준이 친모. |
| 메이드 1 | 그니까… 그거 완전 효원가 전통이자 저주야. 결국 수혁 도련님도 그 길을 걸으려나? 결혼 따로 사랑 따로. |
| 유연 | (머리를 단정히 묶으면서 묵묵히 듣고 있다) … |
| 메이드 2 | 그건 이쪽 세계 남자들의 전통이에요. 어디 세컨드만 있게요? 퍼스트는 그냥 비즈니스! 세컨드가 실제 부인! 서드가 진짜 애인이래요. |

| 메이드 5 | 그럼 난 세컨드로 살고 싶다~ |
|---|---|
| 메이드 1 | 난 내가 남자를 세컨드까지 뒀으면 좋겠다. |
| 메이드 4 | 돈만 있음 안 되는 거 읎다~~ |

하하하하 웃는 메이드들.


S#3　　　카덴차 현관 /D

아림이 들어온다. 유연, 아림에게 인사하며 코트와 백을 받아 든다. 그리고 곧 수혁도 나와 아림을 맞이한다.

| 아림 | 할머님이 아침 먹으러 오랬거든요. |
|---|---|
| 수혁 | (끄덕이는) 네. |

유연에게 한 번 눈길을 주고선 바로 아림을 에스코트하며 사라지는 수혁. 그 뒷모습을 보고 있는 유연. 그 뒤로 그런 유연을 보는 성태.

| 성태 | 불쌍해… |
|---|---|


S#4　　　희수의 방 - 저택 정원 /D

덜덜 떨리는 희수의 손. 희수의 머릿속에 울리는 지용의 말.

| 지용(소리) | 승마 코치였어. 내 말 조련사이기도 했고. |
|---|---|

자경(소리)　　만일 죽지 않았다면요…!!

희수, 그대로 방을 나간다.

-저택 정원-
희수, 정원을 가로질러 카덴차로 향하는.


S#5　　　　카덴차 밖 - 테라스 /D
성태의 버기카에 올라타는 아림. 아림을 배웅하는 수혁과 유연.
아림, 수혁에게 웃으며 손 흔든다. 수혁, 그저 기계적으로 영혼
없이 아림에게 반응해준다. 유연, 숙이고 인사한다. 그렇게 아림
이 떠난다. 둘이 남은 유연과 수혁.


수혁　　　　(담담하면서 슬픔이 묻어나는) 이게 내 세상이야. 좋아 보여?
유연　　　　(자신의 맘을 숨기듯) 네… 좋아 보여요, 두 사람.

그렇게 말한 후 자리를 떠나버리는 유연. 그런 유연 보는 수혁.
테라스에서 이 상황을 지켜보고 있는 서현.


S#6　　　　카덴차 내 서현의 서재 /D
희수, 기다리고 있으면 서현이 들어온다. 그런 희수 보는 서현.
두 사람 마주 보고 앉는다.

| 서현 | 웬일이야? |
|---|---|
| 희수 | 물어볼 게 있어서 왔어요, 형님. |
| 서현 | 나 먼저 물어볼게. |
| 희수 | … |
| 서현 | 유연이란 애 있는 곳 수혁이한테 알려준 사람 동서잖아. 왜 그랬어? |
| 희수 | …수혁이랑 유연 씨 서로 좋아하는 거 같아요. |
| 서현 | 그러니까 하는 소리야. (한 템포 쉬고) 수혁이 약혼해. |
| 희수 | … |
| 서현 | 그 약혼, 수혁이 의지대로 하는 거야! |
| 희수 | 그게… 정말 수혁이 의지일까요? |
| 서현 | 의지? 갖고 있는 게 많을수록 의지대로 살 수 없단 거 알아? 자유는 오히려 줄어들고. 사람들은 반대로 생각하지만. 여기 사람들은 그래. 동서가 희귀 케이스지. |
| 희수 | 어쩌면 수혁이가 자기감정을 잘 몰라서 그러는 걸 수도 있어요. 나중에 자신의 진짜 감정을 알게 되면… 더 힘들어져요. 형님까지도요. |
| 서현 | 감정대로 살 수 있는 게 아니야! |
| 희수 | … |
| 서현 | 사랑한다고 다 결혼해야 한다고 생각해? 사랑하는 사람이랑 결혼해서… 행복해? |
| 희수 | (그 유의미한 질문… 생각하다 끄덕이는) 아직은요. |
| 서현 | (그런 희수 보다) 다행이네. |
| 희수 | 형님… (하고 자경 얘기 시작하려는데) |
| 서현 | (O.L) 괜히 들인 거 같아, 유연이란 애… |

260 × 261

| | |
|---|---|
| 희수 | (표정, 눈빛) 괜히 들인 사람은 따로 있어요, 형님. |
| 서현 | … |
| 희수 | 강자경! 하준이 튜터요. 어떤 루트로 저희 집안이랑 접촉한 거예요? |
| 서현 | (신경 거슬린다) 무슨 말이야? 내가 들인 거나 마찬가진데… 이연가 사모한테 직접 소개 받은 사람이야. |
| 희수 | (끄덕이는) 이연가요? |
| 서현 | … |
| 희수 | 그 사모님과 저 좀 만나게 해주세요. |
| 서현 | 어렵지 않아. 근데 왜 그런지 물어봐도 돼? |
| 희수 | 그 강자경이란 사람… 의심스러운 게 있어요. |
| 서현 | (자기도 뭔가 그런데…) 근거는 있고? |
| 희수 | (눈빛, 표정) 아뇨. 육감이에요. |
| 서현 | 육감? |
| 희수 | 장막을 걷어보면 엄청난 뭔가가 있을 거 같은 불길함이 있는 사람이에요. 심하게 거슬려요. 혹시… |
| 서현 | … |
| 희수 | (작게 혼잣말) 아니에요… |
| 서현 | 뭐야? |
| 희수 | 좀 더 알아보고 말씀드릴게요. (일어나려 하자) |
| 서현 | 나한테 얘길 좀 해주면… |
| 희수 | 일단, 이연가랑 접촉하게 해주세요. 먼저 알아볼 게 있어요. (일어나 나간다) |

남겨진 서현의 표정 위로.

| (인서트 1) | 서현갤러리 서현의 집무실 /D |
|---|---|
| 서 비서 | (자료를 건네며) 부탁하신 강자경 씨에 대해 자세히 알아봤습니다. |
| 서현 | (자료 보면 졸업장이다) |
| 서 비서 | 이력서가 다 사실입니다. 골드코스트 발달심리학 석사를 마쳤고 가족관계는 엄마와 여동생이 하나 있어요. 결혼한 적… 없습니다. |

| (인서트 2) | (플래시백 4회 S#64) /D |
|---|---|
| 순혜 | (여전히 당황 중인) 그만둔대? (궁시렁) 어렵게 들어와놓고… |
| 서현 | (이상하다) 어렵게 들어오다뇨? 제가 뽑았는데. |
| 순혜 | (시선 피하는) |

| (인서트 3) | 플래시백 (하원갤러리 전시회) /D |
|---|---|
| | 갤러리 입구로 들어오면, 자경과 지용이 잔을 기울이는 모습을 보는 서현. 서현, 아무래도 이상하다. 몰려드는 여섯 번째 감각. |

| S#7 | 동 저택 게이트 - 차 안 - 동 저택 여러 곳 /D |
|---|---|
| | 게이트 문이 열리며 달려 나가는 희수의 차 + 차 안 희수의 모습. |

| S#8 | 이연가 응접실 /D |
|---|---|
| | 희수, 앉아 있으면 다가오는 누군가. 다름 아닌 이연가 헤드 메이드다. 슈트 차림의 그녀, 희수에게 예의 갖추고 인사한다. 그 |

리고 자리에 앉는다.

| 헤드 집사 | 사모님, 안녕하세요. 헤드 집사 장혜영입니다. |
| 희수 | 네, 안녕하세요. |
| 헤드 집사 | 사모님이 지금 해외 체류 중이어서 제가 모시겠습니다. 나중에 따로 꼭 인사드리겠다고 말씀 전해달라시네요. |
| 희수 | 네. (아쉽지만) |
| 헤드 집사 | 궁금하신 게 뭔가요, 사모님. |
| 희수 | 강자경 씨란 분 아시죠? 아이들 튜터해주신. |
| 헤드 집사 | 그럼요. 저희 집 아가씨들 유학 가이드 5년 하시고 그만두셨습니다. |
| 희수 | 5년요? |
| 헤드 집사 | 첫째가 좀 일찍 유학을 해서요. 5학년 때부터 8학년 때까지 계속 옆에서 돌봐주셨어요. 둘째 보딩스쿨까지도 다 매니징해주셨어요. |
| 희수 | 이연가 오기 전에는요? 그전에는 뭐하셨는지 혹시 아세요? |
| 헤드 집사 | 그럼요. 저희 사모님 친언니분 애들 맡으셨어요. 거기서도 6년 이상 일하신 걸로 알아요. 그쪽 도련님 주니어 하이스쿨 입학시키고 바로 저희 집으로 넘어오셨어요. 이쪽이 워낙 시크릿 리그다 보니… 정확한 신원 파악 없이는 들이질 않잖아요. |
| 희수 | (들어보니 정말 전문 튜터다 싶다. 이력서대로라) 한국에는 거의 계시지 않았겠네요. 외국에만 10년 넘게… |
| 헤드 집사 | 거의 외국에 계셨죠. 한국에서 일 봐주는 튜터는 따로 계셨으니까. |
| 희수 | 아이들과 찍은 사진 좀 볼 수 있을까요? |

헤드 집사      네. 마침 저희 아가씨랑 찍어둔 사진이 있습니다.

(짧은 시간 경과)

한 장의 사진을 건넨다. 보면 아이와 함께 있는 강자경의 모습이
다. 그 사진을 찬찬히 보는 희수, 의심할 게 없다.

헤드 집사      일을 참 잘하셨어요. 아가씨가 사모님보다 선생님을 더 따를 정
도로 케어를 잘했습니다.

희수      (생각한 것과 달라 당황하는, 그러면서 안도되는 양가감정이) …


S#9      희수의 차 안 /D

희수, 차에 올라탄다. 표정 심각하다. 뭐가 뭔지 모르겠다. 도통
혼란스러운데.

희수      (자조하며) 그래, 그럴 리 없잖아. 뭘 생각한 거야, 서희수.
기사      (불안한 듯한 희수 보며) 작은사모님 괜찮으세요? 댁으로 모실까요?
희수      (이내 평소대로) 아뇨. 스케줄대로 해주세요.

(인서트)      이연가 응접실 /D

이연가 헤드 집사 희수에게 보여준 사진을 다시 앨범에 넣는데,
강자경, 진짜 자경, 여자아이들 사진 섞여 있다.

S#10 　　　　동 저택 자경의 방 /D

패킹했던 짐을 다시 푸는 자경, 회심의 미소 지어 보이고.


S#11 　　　　수혁의 방 /D

수혁, 착잡하게 앉아 있다. 그때 유연이 들어온다.


유연 　　부르셨어요.

수혁 　　좋아 보인단 말 무슨 뜻이야?

유연 　　(수혁 빤히 보는) 말 그대로예요. 보기 좋았다고요. 같은 세상 사람
　　　　이잖아요. 두 사람 잘 어울려요…

수혁 　　(다시 묻는다) 진짜…! 좋아 보였어?

유연 　　(감정 올라온다) 뭘 알고 싶은데요?

수혁 　　니 진심…

유연 　　(생각해보다) 말 안 할래요.

수혁 　　말해!

유연 　　(보면)

수혁 　　말하라고.

유연 　　그쪽 좋아하는 거 같아요.

수혁 　　(헉! 하는)


수혁·유연, 서로 긴장감 넘치게 바라본다. 결국 유연은 이 상황
이 감당 안 돼서 서둘러 나가보려는데. 수혁, 그런 유연이 나가
지 못하게 문을 막아선다. 유연, 그런 수혁을 본다. 수혁, 유연을
본다. 두 사람 심장이 터질 듯 서로 바라보는.

| | |
|---|---|
| 유연 | 비켜주세요. |
| 수혁 | 너 그래 놓고 나가면 나더러 어쩌란 건데. |
| 유연 | 진심을 말하라고 해서 말한 거뿐이에요. |
| 수혁 | (기가 막혀서 볼 뿐) |
| 유연 | 달라지는 건 없어요. 그쪽 세상 내 세상 다른 건 변할 수 없는 거고. 난 그쪽 세상 궁금해하지도 않을 거니까. |
| 수혁 | 사람 이렇게 흔들어놓고… 달라지는 게 없다? |
| 유연 | 스물여섯 살에 도련님 소리 들으며 사는 기분은 어때요? |
| 수혁 | … |
| 유연 | 최저시급이 얼만지 버스 요금은 얼만지… 학자금 대출 이자는 얼만지 핸드폰 요금은 얼만지… 그런 거 전혀 관심 없이 사는 삶은 어때요? |
| 수혁 | … |
| 유연 | 난 내 거 아닌 거 관심 없어요. 탐내지도 않을 거고. |
| 수혁 | … |
| 유연 | 흔들리지 말고 선 안에서 잘 살아요. 그게 그쪽이 할 일이니까. 내 감정은 내가 알아서 할게요. 신경 쓰지 마요. |

유연, 그대로 수혁의 바리케이드를 물리치고 밖으로 빠져나간다. 닫혀버린 문을 멍하게 바라보는 수혁의 표정에서.


-일각-

수혁의 방에서 나오는 유연을 보는 서현.

| S#12 | 화장실 /D |
|---|---|

유연, 심장 부여잡고 들어와 세면대에 기대선다. 벌렁대는 심장과 호흡을 정리한다. 그리고 헝클어진 자신의 모습을 거울로 비춰본다. 그 불안정한 모습 위로.

| (인서트) | 2회 S#39 아림과 수혁의 모습 /D |
|---|---|

누가 봐도 귀한 집 딸같이 천진난만하고 귀티 나는 아림의 해맑은 모습. 귀공자 같은 수혁과 너무나 잘 어울린다.

-다시 현재-

유연, 거울 속 자신의 모습을 본다. 일하느라고 헝클어진 머리와 얼굴에 서린 피곤함. 아림의 모습과 대비되는 유연의 모습. 유연, 착잡한 마음을 뒤로한 채 메이드답게 검은 실핀으로 삐져나온 잔머리를 정리한다.

| S#13 | 동 저택 내 수혁의 방 /D |
|---|---|

노크 소리 들리고 서현 들어온다. 그런 서현 보는 수혁.

| 수혁 | 무슨 일이에요? |
|---|---|
| 서현 | 저 아이를 내보낸 거… 니 할머니가 아니라 나야. |
| 수혁 | ! |
| 서현 | 이 집 안에서 내 결정 없이 그 무엇도 가능하지 않다는 거 몰랐니? |
| 수혁 | 왜 함부로 사람을 내보내요? |

| 서현 | 함부로? 지금 가장 함부로 행동하고 있는 건 너야! |
|---|---|
| 수혁 | … |
| 서현 | 내가 모든 걸 결정해! 내가 저 아이 다시 내보내길 원하니? |
| 수혁 | … |
| 서현 | 아니지? 바보 같은 짓 하지 마! 지켜볼 거니까. (하고 나간다) |
| 수혁 | … |

| S#14 | 효원호텔 - 동 호텔 커피숍 /D |
|---|---|
| | 진호, 출근한다. 직원들, 진호에게 인사하는 등. 이때 진호의 눈에 들어오는 커피숍의 그때 그 서빙하던 여직원(이하 채영). 진호, 채영에게 싱거운 웃음 후 다가간다. 채영, 진호를 보자 예의 바르게 숙여 인사한다. 그렇게 서로 눈을 맞추는 진호와 채영. |

| 진호 | 나… 카푸치노 한 잔 줄래요? 되게 뜨겁게? |
|---|---|

| S#15 | 하원갤러리 /D |
|---|---|
| | 되게 뜨거운 커피 연기가 피어올라오는 커피 잔을 들어 올리는 두 여인- 엠마 수녀와 희수. |

| 엠마 | 그러니까 자매님은 그 순간! 강자경 씨가 하준이 친엄마일 거란 생각이 들었단 거죠? (미소 띠며 말도 안 되는 소리라는 듯) |
|---|---|
| 희수 | 말 안 되는 거 알지만 그런 생각이 들었어요. 그 순간! (의미 있게) 근데 오늘 전문 튜터인 거 확인하고 나니까… 내가 진짜 말도 |

|      |      |
|------|------|
|      | 안 되는 생각을 했구나… 싶은데… 이상하게… 여전히 맘이 불편해요. |
| 엠마 | 때론 육감이 오감보다 정확할 때가 있어요. |
| 희수 | (그런 엠마 수녀를 의미심장하게 보는) |
| 엠마 | 하지만 동시에 육감은 판단 미스도 잘 난다는 게 문제예요. 어떻게 죽은 하준이 친모가 튜터로 들어올 수 있겠어요? |
| 희수 | (불안한) 하준이 친모가… 죽지… 않았을 거란 생각이 들었거든요. |
| 엠마 | (웃다가 미소 걷히고 정색한다) |
| 희수 | …저 이상하죠? (말해놓고 감당 안 돼서 수습하려 멋쩍은 미소) |
| 엠마 | (진지하게) 그 세계 사람들은… 충분히 그럴 수 있죠. 산 자를 죽은 자로… 가짜를 진짜로… 이상한 게 어느 쪽인지… 더… 알아보세요. |
| 희수 | (처음 보는 엠마 수녀의 눈빛에 놀라다가 수습하듯) 수녀님까지 왜 그러세요. 말도 안 된다고 혼내실 줄 알았는데… |
| 엠마 | … (그런 희수를 깊게 보고 있으면) |
| 희수 | 전 그냥… 그 여자가 싫어요. 제 남편의 옛사랑과 공통점이 있다는 것도 불쾌하고, 제 아들을 너무 사랑하는 것도 불안해요. 이런 의심하는 저조차 싫고… |
| 엠마 | …의심이 왜 나쁜 거죠? 무조건적으로 믿으라는 게 나쁜 거죠. 의심은 빠를수록 좋아요. 그래야 더 큰 불행을 막습니다. |
| 희수 | … |
| 엠마 | 진리가 너희를 자유케 하리라… 진실을 구하세요. |
| 희수 | !?!? |

이때 서진경 대표가 그들에게 다가와 합석한다. 긴장된 분위기 완화되는. 뒤이어 미주와 재스민도 도착한다. 인사 나누는 그녀들.

| | |
|---|---|
| 서진경 | 신인 작가랑 얘기가 길어져서… 나 늦은 건 아니지? |
| 엠마 | 정각에 오셨네요. |
| 서진경 | 들었지? 라이자호텔 황건용 대표 와이프 얘기? |
| 일동 | (모르는 이야기다) |
| 서진경 | 이번에 늦둥이를 낳았는데… 애가 부모를 아무도 안 닮아서 유전자 검사를 했다나 봐. 근데 그게 지금 증권가 찌라시에 쫙 퍼져서 주가에 영향을 주고 있대. |
| 미주 | 요즘 의사들 윤리 의식이 없어. 그게 왜 소문 나? |
| 재스민 | 근데 유전자 검사 결과는 어떻게 됐대요? |
| 서진경 | 친자가 맞대! |
| 미주 | 그렇겠죠. 그 사모가 그럴 양반이 아니지. 근데 친자가 맞는데 주가에 영향 줄 일이 뭐가 있어? |
| 서진경 | 그 사모가 그 일로 이혼 소송을 한 거지. 그 호텔 지분 40프로가 와이프 건데 영향을 안 줄 수가 없지. |
| 엠마 | (세상 잡담을 끊어야 하고) 자, 오늘 공부 시작할까요? |
| 일동 | (일제히 성경책 펴는) |

혼자 뭔가 생각에 잠겨 있던 희수. 그 소리에 핸드폰 끄려는데 희수의 핸드폰이 울린다. 다름 아닌 수영이다.

| | |
|---|---|
| 희수 | 죄송해요. (받는) 여보세요. (듣는) 응, 그래, 수영아. (듣는) 마치고 |

집에 가서 얘기해. (끊는)


S#16     승마장 /D

귀족 같은 클래식한 승마복을 풀 착장하고서 능숙하게 말을 타는 서현. 라이딩이 끝난 후 말에게 각설탕을 주는 서현. 모처럼 보이는 환한 웃음. 교관이 다가와 말을 데려간다.


교관     오랜만에 오셨네요, 대표님.

서현     (미소) 그렇네요. 김 교관님은 여전하시네요. 10년 전이나 지금이나.

교관     무슨 말씀을요. 이제 물러날 때가 된걸요.

서현     저기 김 교관님… 우리 서방님요.

교관     한지용 상무님요?

서현     8년 전쯤… 여기서 승마 가르쳐준 여자 코치 기억하세요?

교관     8년 전쯤이면… 이혜진 씨요?

서현     이름이 이혜진이였어요? (강자경이 아니다… 그러나 여전히 의심스러운) 얼굴 좀 확인할 수 있을까요?

교관     그분 여기서 6개월 정도만 일하고 그만둬서. 그래도 저희가 코치인단 자료를 보관하고 있으니까, 한번 찾아보겠습니다.

서현     찾으면 서 비서 통하지 말고 저한테 바로 연락 주세요…!!


S#17     루바토 내 자경의 방 /D

자신의 노트북 화면을 보는 자경. 보면- '이혜진' 수신. 읽지 않은 메일들 중 클릭하는 자경의 손, 발신인은 다름 아닌 엠마 수녀다.

엠마(소리)  안녕하세요, 이혜진 회원님. 다움센터 엠마 수녀입니다.

인터넷뱅킹으로 거액의 돈이 있는 자신의 계좌에서 미혼모 재단을 후원한다.

엠마(소리)  (다른 메일) 보내주신 후원금은 아래와 같이 소중하게 쓰였음을 말씀드립니다.

엠마(소리)  (다른 메일) 훌륭한 어머니가 되는 길을 응원해주시고 후원해주시는 일신회 여러분들을 위한 작은 만찬을 준비했습니다.


S#18  동 수녀원 엠마 수녀의 방 /D
엠마 수녀, 초청장 12개를 봉투에 넣어 실링 스탬프로 정성스레 인장을 찍고 있다. 그 모습 위로.

엠마(소리)  꼭 오셔서 자리를 빛내주세요. 뵙고 싶습니다. 한 번도 얼굴을 뵌 적이 없어서요.

엠마 수녀, 봉투에 적어넣는 글자 하나하나. 이, 혜, 진.


272 × 273

| S#19 | 동 저택 하준의 방 /D |
|---|---|

희수가 하준의 방에 들어오면 수영이 문을 닫는다.

| 수영 | (자경이 하준에게 건넨 목걸이 보여주며) 이거요. |
|---|---|
| 희수 | … (대수롭지 않게 보는) |
| 수영 | 이걸 강 선생님이 하준이한테 줬대요. |
| 희수 | (그 목걸이 만지며 수영의 말을 기다리는) 근데~ |
| 수영 | 제가 뭔가 이상해서 잘 구슬렸더니 강 선생님이 엄마한테 말하지 말랬다는 거예요. |
| 희수 | !! (아무래도 뭔가 이상하다. 자신의 육감을 다시 복기하는) |

희수의 시선이 된 카메라가 그 목걸이를 비춰준다. 줌인되는 목걸이.

| S#20 | 루바토 /D |
|---|---|

자경이 하준이 손잡고 루바토로 행복하게 들어오는.

| S#21 | 루바토 일각 /E |
|---|---|

희수와 자경, 다시 마주한다.

| 자경 | 하준아, 올라가. |
|---|---|
| 하준 | 네에~! |
| 자경 | 이연가 찾아가셨다면서요? |

| 희수 | !! (보는) |
|---|---|
| 자경 | (여유롭게) 제가 그 집에서 일할 때 거기 헤드 집사와 친하게 지냈거든요. |
| 희수 | …그랬겠죠. 5년이나 일하셨으니. |
| 자경 | 뭘 알고 싶으셨길래…? 저한테 물어보세요. 왜 저한테 못 물어보시고 멀리 거기까지 가셨어요? |
| 희수 | 제가 직접 확인해야 해서요. (아 참) 하준이한테 들었어요. 고마워요. 우리 하준이 지켜줘서. |
| 자경 | 제 할 일을 한 것뿐입니다. |
| 희수 | 그런 일은 당연히 저한테 보고하셔야 되는 거 아니에요? 선생님이 이러시니 제가 선생님을 못 믿는 겁니다. |
| 자경 | … |
| 희수 | 좋아요. 그건 애를 지키지 못한 죄책감 땜에 그럴 수 있다 쳐요. |
| 자경 | … |
| 희수 | (자경이 하준에게 건넨 말편자 목걸이 탁 펼쳐 보여주는) 하준이한테 왜 이런 걸 주셨을까요? |
| 자경 | (목걸이 보는 순간 눈빛 흔들리는) |
| 희수 | (차분히) 왜 대답을 못 하세요? |
| 자경 | 하준이를 생각해서예요. |
| 희수 | (날이 선 표정으로 보는) |
| 자경 | 하준이가 다치지 않게 하려고… 그 말편자 목걸이가 지켜줄 거 같아서… 제가 말을 탈 때 그 목걸이를 하면 다치지 않았거든요. |
| 희수 | (그 소리에 자경 본다. 이러지도 저러지도 못 하고 미치겠다) 근데 왜! …하준이한테 비밀로 하라고 하셨어요? 나한테 얘기하지 말라고 하신 이유가 뭐예요? 바로 대답하세요. 머리 굴리지 말고. |

| 자경 | 이렇게 예민하게 반응하실 거 같아 그랬습니다. |
| 희수 | 이게 예민하게 반응할 문제란 건 알고 계신 거네요. |
| 자경 | 그럼요. |

희수와 자경, 둘의 깊은 시선 교차가 이어지는데.

| 자경 | 하준이는… 다른 아이들과 너무 많이 달라요… |
| 희수 | …우리 하준이가 뭐가… 그렇게 달라요? |
| 자경 | …마음이… (눈빛) 가요… 그 아이에게… 특별히… |
| 희수 | 도대체 왜요? |

자경과 희수의 텐션 높은 눈빛이 교차되고. 결국.

| 자경 | (눈가 촉촉해지면서) 사모님도 그러시잖아요. 낳지 않으시고도 하준이 진심으로 아끼시잖아요. 너무… 사랑스러워요, 그 아이… |
| 희수 | (그 소리에 무장해제되는) |
| 자경 | (일단 한 발 물러선다) 제가 과했어요, 사모님, 앞으로 조심하겠습니다. |
| 희수 | …내 새끼 과하게 사랑하는 맘을 사과 받는 심정… 아세요? |
| 자경 | … |
| 희수 | 앞으로 하준이랑 비밀 같은 거 만들지 말아주세요. 비밀은 두 사람 사이에 특별한 유대감을 만드니까. |
| 자경 | 네… 알겠습니다. (일단 한 발 물러서는 태세로 나간다) |
| 희수 | (남겨진 채 혼란스러운, 깊은 한숨) |

-서재 밖-

자경, 나와서는 주먹을 쥔 채 마른침을 삼킨다. 두 여자의 혼란 스러운 모성이 교차되면서.


S#22  서현갤러리 밖 야외 전시장 /D

일루미네이팅한 현대미술 조각 설치를 보고 있는. 부관장이 서 현에게 일상적인 업무 보고를 한다. 서현, 꼼꼼히 그림 구매 목 록을 점검하고 있는.


| 서현 | 줄리안 오피 들어왔어? |
|---|---|
| 부관장 | 네. |
| 서현 | 그럼 NBK 조기현 대표님께 연락 드려. 사옥에 걸 거니까 벽 상 태랑 조명까지 확인해. 그림 크기와 조명이 정확히 떨어지게. |
| 부관장 | 아트옥션에서 애드 발렌의 <개스 스테이션>을 35만 달러로 시 작한다고 하는데 진행할까요. |
| 서현 | 더 낮춰서 해도 된다고 해. |
| 부관장 | 네. |
| 서현 | 이승주 작가님은 금액 내리지 말고. |
| 부관장 | 네, 대표님. |


하다가 서현, 작품 목록을 살피는데 '수지최'라는 이름이 눈에 띈다. 서현의 눈빛이 일렁인다.

카덴차 내 드레스룸 /N

서현, 퇴근 후 보석 풀고 있다가 생각난 듯 핸드폰으로 수지최의
그림을 본다. 이때 퇴근하는 진호.


진호       퇴근 일찍 했네?

서현       … (핸드폰 내려놓고 대꾸도 않는)

진호       내가 항상 궁금한 게 있는데 말이야.

서현       …

진호       왜 나랑 살아?

서현       …

진호       내가 회장 자리에 오르는 걸 그닥 바라는 눈치도 아니고, 수혁이
         에 대한 사랑도 없으니 수혁일 지키려 있는 것도 아니고, 나를
         깨소금만큼도 사랑하지 않는데 왜 나랑 사냐고.

서현       …그러니까 사는 거죠. 이혼하면 당신이 말한 그 모든 게 만천하
         에 드러나니까. 가만두면 모를 것들이… 분리 작업을 하면 다 오
         픈되는 법이거든요.

진호       (기가 막힌 듯 피식)

서현       말이 나와서 얘긴데 한 번만 더 술 먹고 체통 없는 짓 하면 알코
         올중독센터에 보내버릴 거예요… 파악하고 있듯이 난 당신 회
         장 되는 거에 큰 뜻 없잖아요? 첨이자 마지막으로 봐준 거니까
         명심해요.

진호       (그런 서현 보는 원망스러운 표정)

서현       그리고 아림 씨 집안이랑 한번 만나야죠. 새엄마인 나 혼자 나갈
         순 없지 않겠어요?

진호       약혼하겠대?

| 서현 | (보며) 하게 해야죠. 그게 당신한테도 좋은 거니까. (나가는) |

S#24    진희의 집 앞 /N

진희, 차에서 내려 집으로 들어가려는데 기자(이하 임 기자) 하나가 떡 하니 서 있다.

| 임 기자 | 한진희 씨! 신일간엔터 임성수 기잡니다. 베이커리 점장이 저희 매체랑 인터뷰를 하고 싶다네요. |
| 진희 | (무시하고 빠른 발걸음인데) |
| 임 기자 | (진희 건드리는) 아아아, 베이커리 이미 놓으셨지. |
| 진희 | (빡쳐서 본다) |
| 임 기자 | 인터뷰 안 할 테니까 서희수 씨 아들 얘기만 컨펌해주시죠. |
| 진희 | (멈춰 서서 놀라서 보는) |
| 임 기자 | 친아들 아니죠? 제가 아는 게 있는데… 측근의 제보가 있어야 기사를 낼 수 있어서요. |
| 진희 | (그런 임 기자 노려보는데서) |

S#25    루바토 희수 서재 /N

희수, 따뜻한 차를 마시며 맘을 다스리는. 잠시 머리를 식히고 있다. 혼란스러운 하루였다. 이때 수영이 다가오는.

| 수영 | 언니, 상무님 안 오신다고 저녁도 안 먹고 있기예요? |
| 희수 | 그러게… |

| 수영 | 지금 뭐 먹고 싶은 거 없어요? |
|---|---|
| 희수 | …음… 홍옥…? |
| 수영 | 예? 웬 홍옥? |
| 희수 | (그러게 왜 그러지? 표정 묘해지는) |


S#26    서현의 서재 /N

서현, 서재에서 희수에게 전화 거는.


| 서현 | 동서… 난데, 좀 건너와. (전화 끊는데서) |
|---|---|


S#27    카덴차 내 티가든 /N

서현과 마주 앉아 있는 희수.


| 서현 | 그래, 장막은 걷혔어? |
|---|---|
| 희수 | 모르겠어요. 걷었는데 또 다른 장막이 있는 기분이에요. |
| 서현 | 이연가 찾아가서 속시원하게 알아내지 못했단 거야? 제대로 얘<br>길해봐. |
| 희수 | (단도직입적으로) 형님… 하준이 친모… 보셨어요? |
| 서현 | ! (의심의 퍼즐이 모여지지만 내색하지 않는) |
| 희수 | 제가 아는 건 지용 씨 승마 코치였단 것밖에 없어요. |
| 서현 | 이 집에서 하준이 친모를 본 사람은 어머님뿐이야. |
| 희수 | 네? |

(인서트 1)　칵테일 바 /N

또각또각 힐 굽 소리를 내며 누군가 걸어와 바 스툴에 앉는다. 카메라 틸트업하며 보여주는 다른 의상, 다른 분위기의 화려한 자경의 모습이다.


(인서트 2)　거리 /D

비 오는 날. 누군가에게 쫓기는 듯 불안한 눈빛과 캡모자에 마스크를 쓰고 있는 외양. 불룩 나온 배를 감싸며 오들오들 떨고 있는 8년 전의 자경. 그런 자경의 모습을 보고 놀라는 노수녀. 자경을 허름한 미혼모 센터로 들어오게 한다.


서현　　서방님이 영국에 있을 때 하준이 친모가 아이를 안고 찾아왔어. 갑작스러운 일이었지. 어머님은 하준이 친모를 집 안에 들이지조차 못 하게 하셨어. 집안 사람들과 어떤 접촉도 못 하게… 바로 과천 별장으로 보내셨어.

희수　　아니… 왜 그렇게까지 하신 거예요?

서현　　효원가에 혼외자식 문제가 터진 거니까 최대한 숨겼어야 했지. 그 문제에 대해선 극도의 히스테리가 있으시잖아, 어머님.

희수　　(지용 얘기다)

서현　　그래서 친자 확인할 동안 과천 별장에 묵게 하셨어. 거기서 무슨 일이 있었는지 누구와 함께 있었는지… 아는 사람… 없어… 어머님밖엔.

희수　　그 여자가 하준이를 두고 나갔고, 얼마 안 돼 사고가 났다고 들었어요. …하준이 친모한테 무슨 일이 있었던 걸까요…?

서현　　걷고 싶은 장막이 그거라면 어머님이 걷어주진 않을 거야.

| 희수 | 왜요? |
|---|---|
| 서현 | 당신이 한 짓이 천륜을 끊은 짓이잖아? 복기하고 싶지 않을 거야. |
| 희수 | 어머님이 천륜을 끊은 걸까요? 아니면… 그 여자가 하준이를 놓고 나간 걸까요? (생각해보다) 그 대답은 죽은 하준이 엄마만 할 수 있는 거겠죠? |
| 서현 | 그렇겠지. |
| 희수 | (끄덕이다) 형님, 그만 가볼게요. (일어나 가려는데) |
| 서현 | 동서! 혹시… 강자경이 하준이 친모라고… 생각하는 거야…? |
| 희수 | !! |

희수와 서현, 서로 복잡한 시선으로 바라보는데서.


S#28        동 호텔 칵테일 바 / N

자경이 와인을 마시고 있으면 그녀 옆에 누군가 앉는다. 다름 아닌 지용이다. 다시 양복 갈아입고 댄디한 지용의 모습이다. 다정하고 스윗한. 두 사람, 서로 바라보는 시선 뜨겁게 얽힌다.


| 지용 | (다정하게) 오래 기다렸어? |
|---|---|
| 자경 | (미소) 아니야. (바텐더에게) 다크 쇼콜라티에 올드패션 이분께 주세요. |
| 지용 | (그런 자경을 향해 미소) 생큐. |
| 자경 | 당신한테 어울릴 칵테일이야. 달지만 마지막엔 앙고 스트라비터 땜에 쓰고… 그렇지만 마시고 나면 절대 잊히지 않지. |

| 지용 | 나보단 당신한테 어울리는 칵테일인데? |
|---|---|
| 자경 | (피식) |
| 지용 | 하준이… 보니까… 어때? |
| 자경 | 미치겠어. 좋아. |
| 지용 | 그 사람이 나가라고 했다면서? 그러게 왜 그런 행동을 한 거야? |
| 자경 | (화나는) 당신 지금 내가 왜 그런 행동을 했냐고 물었어? 몰라서 물어? 내가 엄마잖아!!! 더 이상 이렇게 못 살겠어. 나… 내 거 다시 찾아야겠어. |
| 지용 | 니 거? 뭐가 니 거야? |
| 자경 | 내 아이, 내 남자, 내 잃어버린 시간… 다~ |
| 지용 | (미간 찌푸리는) 그냥 튜터로 지켜봐. 흔들지 말고. 나 복잡해지는 거 딱 싫은 사람이야. |
| 자경 | 내가 왜 그래야 돼? 하준이를 낳아준 내가 왜… 그 여자가 나가라면 나가야 하고… 있으라면 있어야 해? |
| 지용 | (그 소리에 갑자기 칵테일 돌리던 손짓이 탁 멈추는) |
| 자경 | 서희수한테 얘기할 거야… 사실대로… |
| 지용 | 그 가운데 하준이 다칠지 모른단 생각 안 해봤어? |
| 자경 | (그 소리에 질끈) |
| 지용 | 내 아이… 다치게 하지 마. |
| 자경 | 내 아이기도 해. |
| 지용 | … |
| 자경 | 당신이 날 그 집에 순순히 들인 이유가 뭐야? |
| 지용 | 하준이를 낳아준 너… 키워준 희수… 함께 하준이를 위해 공생하란 거야. 그럼 내 아들은 더 완벽해질 테니까. |
| 자경 | (그 소리에 눈가 꿈틀댄다) |

| S#29 | 카덴차 복도 /N |
|---|---|

초조한 마음으로 서현의 서재에서 나와 다시 돌아가는 희수.

| S#30 | 카덴차 내 순혜의 방 안 - 밖 /N |
|---|---|

순혜, 잠옷 차림으로 인터넷 고스톱을 치고 있다. 지루하고 무료한. 이때 노크 소리 들리고 희수가 들어온다. 그런 희수 보는 순혜의 돋보기 너머의 심술 맞은 눈동자와 표정에서.

**CUT TO**

마주 앉아 있는 희수와 순혜.

| 희수 | 어머님… 단도직입적으로 물을게요. 하준이 낳아주신 분, 이름이랑 생년월일 알고 싶어요. |
|---|---|
| 순혜 | 내가 어떻게 알아? 우리 집안이랑 인연이 끊어진 지가 언젠데 내가 걔 어디서 뭐하는지 뭔 수로 아냐. |
| 희수 | 어디서 뭐하는지 궁금하다고 한 적 없는데요. (그 소리에 눈빛, 표정) 죽었다면서요. |
| 순혜 | (당황하는) 아, 그래. 죽었어. |
| 희수 | 근데 어디서 뭘 하는지 어떻게 아냐는 게 무슨 말이에요? |
| 순혜 | 얘가 근데 이 밤에 나랑 뭐하잔 거야? 왜 시비야? 지용이 대표 이사 안 된 게 배알이 틀려 그래? |
| 희수 | 어머님! |
| 순혜 | 아 뭐~ 걔 얘기 여간 껄끄러운 게 아니라서 그래. 근데 너 갑자 |

기 왜 그래?

희수 　그분, 하준이 출생신고서에도 없어요.

순혜 　출생신고 안 하고 키우다가 데리고 왔어. 우리가 다 했어. 너한
　　　테도 얘기했었잖아.

희수 　(그 사람이 궁금하다) 어머님… 하준이를 두고 간 거… 그분의 선택
　　　이었나요?

순혜 　(성가시다는 듯) 아~ 혼자 못 키우겠다고 했어.

희수 　(순혜를 가만히 보다가) 그분 얼굴 보고 싶어요. 사진 가지고 있으
　　　세요?

순혜 　내가 걔 사진을 왜 가지고 있냐? 어? 죽은 애 사진을 왜?

희수 　(일단) …알겠습니다.


희수, 표정 싸해져 나간다. 혼란스러운 희수. 밖으로 나가서 다
시 루바토로 돌아가는.


S#31 　자경의 방 /N

방문이 열리면서 희수가 들어온다. 자경의 빗을 손에 쥐는 희수.


S#32 　루바토 가족 욕실 /N

희수의 불안한 들숨 날숨. 희수의 손은 귀여운 애기 칫솔로 향한
다. 떨리는 손으로 하준의 칫솔을 집어든 희수. 희수의 눈동자가
갈등과 혼돈으로 미친 듯 흔들리다가 이내 다시 하준의 칫솔을
꽂아둔다. '그래, 이건 아니야.' 희수의 단호함. 거울 속에 비친

자신의 모습을 보고 맘을 추스른다.


S#33        카덴차 내 순혜의 방 안 - 밤 /N

순혜, 가슴 쓸어내리다 무슨 생각이 번쩍 나서 놀라는. 순혜, 자신의 금고에서 뒤적이며 꺼내는- 오래된 사건 의뢰서 파일 속에 클립으로 붙여진 사진- 누군가에 의해 몰래 찍힌 듯 보이는 자경과 지용이 함께 있는 10여 년 전 모습. (사진 속 자경의 모습이 자세히 보이지 않아야 함)


순혜        (혼잣말) 사진 있는지 어떻게 알고 그걸 또 묻냐… 귀신 같은 것.


순혜, 증거를 처리하는 느낌으로 사진을 갈기갈기 찢은 후 휴지통에 버린다. 호출 진동기로 1번 꾹 누른다. 이내 달려 들어오는 주 집사.


주 집사        (조아리고)

순혜        (작은 소리로) 그때 그 애 말이야. 지용이랑 만났던 말 타던 애.

주 집사        하준이 친모… 말씀이십니까?

순혜        그래. 그 애 기억해?

주 집사        …아니요, 전 모르죠. 그때 회장님 독일 루움메디카 치료 받으실 때 제가 모신다고 집을 한 달 비웠을 때라.

순혜        아… 그렇지. 그땐가?

주 집사        (멕이듯) 사모님이 회장님이랑 가기 싫다고 절 보내셨잖아요.

순혜        (끄응)

| 주 집사 | 제가 독일서 왔을 때 왕사모님이 별처럼 예쁜 하준이 손을 잡고 카덴차에 들어오셨어요. 새삼 기억이 생생하네요. |
|---|---|
| 순혜 | 혹시 다른 건 뭐 더 기억나는 거 없고? |
| 주 집사 | 있을 리가요. 저야 그분 이름도 얼굴도 모르는데. 왜 갑자기… 그분 기일이라도 챙기고 싶으신 건가요? |
| 순혜 | (갑자기 인상 일그러뜨리며) 됐어. 뭘 묻고 그래. 이름이 기억 안 나서 불렀어. 이 쓰레기통이나 빨리 비워~ (보기 싫다는 듯한 표정) |
| 주 집사 | 네, 왕사모님. (쓰레기통 받아 들고 나간다) |

-방 밖-

주 집사, 방 나오는데 저 멀리서 성태와 메이드 2가 키득거리고 있다. 한심하게 두 사람을 보는 주 집사의 표정. 주 집사, 우연히 쓰레기통 안 찢어진 사진에 시선 주는데서.


S#34          하준의 방 안 /N

희수, 하준이 좋아하는 망고 팬케이크와 주스를 갖고 들어온다. 하준, 간식을 봐도 별 반응 없다. 희수, 언제부턴가 자신과 데면 데면한 하준의 표정을 살피며 조심스레 말을 건넨다. 희수, 주머 니에 넣어둔 하준의 목걸이를 꺼내 하준에게 보이며.


| 희수 | 하준아… 엄마한테 이 목걸이 얘기 왜 안 했어? |
|---|---|
| 하준 | (목걸이 보면서 불쾌한 시선이 되는) |
| 희수 | 왜 엄마한테 비밀로 한 거야? |
| 하준 | 왜 다 엄마한테 얘기해야 해? |

| 희수 | …엄마가 그랬잖아. 낯선 사람이 주는 호의나 선물 아무렇게나 받는 게 아니라고. |
|---|---|
| 하준 | 선생님이 왜 낯선 사람이야? |
| 희수 | 뭐? |
| 하준 | …엄마는… 몰라, 아무것도. |
| 희수 | 하준아! |
| 하준 | 혼자 있을래요. 그만 나가주세요. |

희수 쳐다보지도 않고 스탠드 켜는 하준. 희수, 그런 하준이 너무 섭섭하다. 그렁해 쳐다보는 위로.

S#35    지용의 서재 /N

희수, 지용의 책상에서 뭔가를 찾는다. 다름 아닌 하준이 출생신고서다. 보호자로 한지용 이름만 있다. 그리고 둘러보는 서재에 걸려 있는 사진들 하나하나. 희수의 시선이 되어 훑다가 딱 멈추는 젊은 시절 지용이 말을 타고 웃고 있는 사진. 희수의 눈이 커진다. 희수, 눈가 꿈틀댄다. 희수, 그렇게 굳어진 채 서 있다. 희수의 시선으로 지용의 목에 걸려 있는 목걸이에 C.U하는 다름 아닌 하준이에게 자경이 준 그 목걸이다. 충격 받은 희수, 그리고 사진 액자.

S#36    진희의 집 /N

진희, 손톱을 물어뜯으며 자신이 저지른 일에 괴로워 전화기 들어 (기자에게) 전화를 건다. "임 기자님 전데요."


S#37    동 호텔 스위트룸 /N

채영, 당돌하게 룸의 벨을 누른다. 진호, 문을 열어주면 채영이
다. 서로 바라보며 미소 짓는.


S#38    카덴차 서현의 서재 /N

서현, 마치 피처럼 보석이 흘러내리는 입술 그림을 보면서 전화
로 보고 받고 있다.


서현      (표정의 동요가 전혀 없다) 뭐하는 애야, 이번엔?

서 비서(F)  호텔 라운지 카페 직원입니다. 정직원은 아니고 용역으로 들어
          온 사람인데… 정리할까요?

서현      (소파 앞 그림에 시선 두며) 그냥 둬.

서 비서(F)  네?

서현      어차피 생태계엔 먹이사슬이 있고, 알아서 섭리대로 돌아가잖
          아. 세컨드 선에서 마무리될 거야.

서 비서(F)  네! 알겠습니다.


          화면 가득 떠오르는 보석을 문 여자의 입술. 서현, 전화 끊고 일
          어난다. 그리고 보면 문 앞엔 메이드 2가 서 있다.


서현      여긴 참… 아름다운 정글 같지?

| 메이드 2 | (말 없는) |
|---|---|
| 서현 | 여기서 살아남으려면 언행을 조심해야 해. 명심해. |

S#39  어느 공터 - 지용의 차 안 /N

지용, 어딘가에 차를 세운다. 지용, 캡 모자를 쓴다. 그리고 차 글러브 박스 안에서 안경을 꺼내 안경을 쓴다. 그리고 세컨드 폰을 든다. 고급 명품 양복을 벗고는 두꺼운 잠바로 바꿔 입는 지용. 다른 정체성을 가진 사람의 눈빛, 그리고 표정으로 룸미러 속 자신의 모습을 본다. 지용이 아닌 다른 사람이다.

S#40  불법 격투기장 복도 /N

어둡고 습진 복도를 걷고 있는 발걸음. 다름 아닌 지용이다. 어딘가에 탁 발걸음이 멈춘다. 도어록 비번을 누르고 안으로 들어가는. 문이 열리자 뿌연 연기로 안이 보이지 않는다. 그대로 문을 닫는 지용.

S#41  불법 격투기장 /N

어두운 지하 세계. 원래는 투견장이었던 링 안에 두 사내가 들어가 있다. 한 사내는 덩치가 크고, 한 사내는 덩치가 작다. 지용, 준비된 황제석에 앉는다. 어느 사내, 지용이 다가오자 90도로 인사한다. 지용, 메고 온 배낭을 사내에게 건넨다. 그 사내, 배낭 속 수북한 현금을 링 앞에 턱 하니 놓는다. 현금 다발을 보자 굶

주린 투견처럼 으르렁거리는 두 사내. 투견장 안에는 오로지 지용만 앉아 있고, 두 사내만 링 안에 있다. 지용, 시작하라는 듯 끄덕인다. 지용의 수발을 들던 사내가 지용의 옆자리에 조아리고 앉는다.

-링 안-

덩치 작은 사내가 덩치 큰 사내를 미친 듯이 작신작신 때리기 시작한다. 덩치 큰 사내는 이길 수 있는 싸움이지만 맞아주다시피 하고 실신할 지경까지 맞고 있다. 그렇게 무표정하게 싸움 구경을 하고 있는 지용.

싸움이 일방적이자 재미없는 듯 지루해하는 지용. 그런 지용의 표정을 보고 있던 옆의 사내, 일어나 뭔가 링 안에 있던 인간 투견에게 시선 보내면 덩치 큰 사내가 작은 사내를 드디어 때리기 시작한다.

덩치 작은 사내는 결국 피떡이 되어 쓰러진다. 지용 고개를 삑삑 돌린다. 홀쭉해진 가방. 마치 로마 황제 네로가 황제 의자에 앉아 검투사들의 결투를 보는 느낌처럼.


S#42     효원가 철문 /N

차를 타고 들어오는 지용.

S#43 　　　동 저택 거실 /N

현관문이 열리며 지용이 들어온다. 새벽이다. 그럼에도 거실에 앉아서 잠들지 않고 있는 희수를 보는 지용. 놀란다.

지용　이 시간까지 안 자고 뭐해?

희수　당신 기다렸어. 물어볼 게 있어서.


희수, 지용에게 서재에 걸려 있던 사진과 말편자 목걸이를 건넨다.


희수　이 목걸이 강 튜터가 하준이 줬더라.

지용　··· (뭔지 모르겠다)

희수　이 목걸이 몰라? (지용의 표정 살핀다) 당신 말 타는 사진··· 그 사진 속 당신이 하고 있던 목걸이야.

지용　(그제야) 아~ 강 튜터도 말 탔나 보네. 이거~ 말 타는 사람들한테 행운의 참charm 같은 거야. 같아 보여도 안의 문양은 달라. (너무나 침착하고 온화하게)

희수　(기가 막힌) 미칠 거 같아. 내가 하고 있는 이 생각들을 당신이 알면 기막혀하겠지만··· 내가 무슨 생각하는지 알아?

지용　(달래듯) 얘기해봐. 무슨 생각을 하는지.

희수　···하준이를 낳아준 분··· 정말··· 죽었어?

지용　무슨 질문이 그래? 잔인하다···

희수　··· (물러서지 않는) 잔인해봤자··· 내 상태에 비할 수 없어. 대답해줘.

지용　···그래··· 죽었어.

| | |
|---|---|
| 희수 | … |
| 지용 | 당신… 무슨 생각을 하는 거야, 대체? |
| 희수 | 하준이를 낳아준… (어이없다) 당신이 사랑했던 여자가… 강 튜터 같단 느낌을 받았어. |
| 지용 | (놀라지만 침착하게) 말도 안 되는 거 알지? 단지 우연한 느낌만으로 사람 그렇게 의심하는 거 파괴적인 행위야. 나는 물론 당신한테도. 그리고… 그 사람한테도. |
| 희수 | (그런 지용을 한참 쳐다본다) 말이 안 되는 건 알지만… 이렇게 불안한 기분이 드는 건 내 평생 정말 처음이야. |
| 지용 | 말도 안 돼. 그럼 당신 생각은 내가 당신을 속이고 그 사람을 이 집에 들였단 거야? |
| 희수 | (그 소리에 자기도 말이 안 된다는 듯) 정리해서 들으니 끔찍하네. 그럼… 그분 이름이 뭐야?! |
| 지용 | (멈칫) |
| 희수 | 하준이 낳아준 분이잖아. 이름 정도는 알고 있어야지. |
| 지용 | …이혜진! |
| 희수 | (되뇌는) 이…혜…진… |
| 지용 | (그런 희수를 안고는) 도대체 뭐가 그렇게 불안해? 내 안에… 이렇게 있는데도 불안해? (토닥이며) 날… 믿어! |

S#44     동 저택 수영장 /N

수영하고 있는 자경. 수영장에서 행복했던 세 사람 모습을 꿈처럼 떠올린다.

S#45      희수의 침실 /D

아침 햇살에 눈을 뜬 희수. 옆에는 지용이 준비한 듯한 홍옥과 메시지 카드가 놓여 있다. '수영이한테 들었어. 홍옥 먹고 싶었다며.' 홍옥을 베어 무는 희수. 희수의 힘든 상황과 달리 홍옥이 너무나 맛있다.


S#46      서현의 서재 /D

서현, 승마 마치고 들어온다. 노크 소리, 문이 열리고 유연 들어온다. 목례한다.


유연      사모님.

서현      … (보는)

유연      다시 일하게 해주셔서 감사합니다. 그리고 이 돈… (하고 서현이 준 돈 봉투 건넨다) 돌려드리겠습니다.

서현      (그런 유연을 기가 막히다는 듯 보는) 김유연 씨?

유연      네.

서현      고용인 피고용인, 계약에 관한 일반적 상식이 없는 거야 아님 뭔가 다른 패러다임으로 그 관계를 바꿔보겠다는 거야?

유연      무슨 말씀이신지…

서현      누구 마음대로 나한테 돈을 돌려주면서… 내 본질을 왜곡해? 나한테 받은 돈을 다시 돌려주면 당신이 서 있는 자리가 조금이라도 달라질 거 같아?

유연      (자존심 상해서 받아쳐보는) 저는 원치 않는 돈을 거절할 권리도 없나요?

| 서현 | 이 집에서 지낼 거면 지켜야 될 자존심과 버려야 될 자존심. 그 밸런스를 잘 유지해야 돼. 내 말 무슨 말인지 알아? |
| --- | --- |
| 유연 | … (서현의 포스와 말에 주눅 든) |
| 서현 | 내 돈은 받고… 수혁이와는 거리를 두고… 그게 그쪽이 지켜야 될 자존심의 밸런스야. 그 밸런스 못 지키면… 무너지는 거고. |
| 유연 | … |
| 서현 | 무너뜨릴 거와 지켜야 할 걸 바꿔 하고 있는 거 같아. 정신차려! (무시가 드러나는) 자신이 진짜 지켜야 할 게 뭔지 잘 봐. |
| 유연 | …!! (무참한) |

서현, 그렇게 나가버리고 혼자 남겨진 유연. 이를 꽉 깨문다. 유연, 눈가가 자존심으로 서늘해지는. 그리고 돈을 탁 올려놓고 나가는.

S#47      동 저택 여러 곳- 계단 /D

서현, 서재에서 나와 착잡한 표정으로 난간에 선다. 이때 문이 열리고 외박하고 들어온 진호가 보인다. 술 먹은 듯 얼굴이 빨간 진호. 서현, 미동도 없이 그렇게 서 있다. 서현, 그렇게 살아온 자신은 행복한지 생각이 든다.

S#48      순혜의 정원 /D

햇살 좋은 아침. 순혜, 공작새 노덕이를 몸 숙여 바라보면서. "꼬리 펴! 펴~!" 요지부동인 노덕이. 꽁한 표정으로 노려보는 순혜.

그런 순혜 옆에 다가오는 주 집사.

주 집사   마사지사 도착했습니다.

순혜       노래 강사는 몇 시에 와?

주 집사   5시입니다.

순혜       주 집사… 노덕이가 꼬리를 안 편다? 저게 왜 내 말을 안 들
         을까?

주 집사   글쎄요.

순혜       키우는 짐승한테 무시당해봤어, 주 집사?

주 집사   (황당하다)

순혜       내가 너무 오래 살았어. (하다가 노덕이에게 버럭) 나쁜노옴~ 수의사
         불러 쟤 궁둥짝 검사 좀 해봐. 왜 꼬리를 안 펴나. 주사라도 놔줘.

주 집사   (그 말 같지 않은 말 받아주는) 네, 왕사모님.

아름다운 새장 안에 갇힌 노덕의 모습. 인간보다 차라리 품위
있다.


S#49      루바토 거실 /D

         늦은 아침. 몸을 추스르고 거실로 나온 희수. 무언가 숨기는 게
         있는 듯한 수영의 표정. 그런 수영의 표정을 읽은 희수.


희수       무슨 일인데?

수영       언니…

희수       얘기해. 무슨 일이야?

| 수영 | (아이패드로 인터넷 기사를 보여주는) |
|------|---------------------------------------|

인터넷 기사. '효원가 서희수의 아들은 서희수의 친자가 아니다. 오픈 시크릿. 모두가 알지만 함구한 재벌가 시크릿 프라임 이슈.' 기사를 보는 희수의 올 것이 왔구나 하는 가슴 철렁한 표정에서.


S#50      순혜의 방 안 - 밖 /D

-순혜의 방 안-

순혜, 마사지 받다 나온 듯 얼굴엔 뭔가 잔뜩 붙어 있다. (뭔가 본 적 없는 특이한 마스크팩이면 좋겠다. 보라색이나 완전 빨간색이나 아니면 <아바타> 같은 파란색이나) 핸드폰 들고 그대로 흥분해 왔다 갔다 하고 그 앞엔 서현이 서 있다.


| 순혜 | 그 기자, 아주 그냥 기자 생활을 못 하게 막아놓을 거야. 우리 진희 기사 쓴 것도 그 새끼야. 아주 악질이라고. |
|------|---|
| 서현 | 다른 기잡니다. |
| 순혜 | (끄응) 아니 하준이도 모자라 왜 우리 수혁이까지 건드려. 용서 못 해! 너 저런 기사 하나 어찌 못 하니? 기자들이 왜 우릴 겁을 안 내냐고… |
| 서현 | 세상이 바뀌었어요. 여론은 그 누구도 함부로 통제 못 하는 세상이 됐어요. 기업도 민심에 엎드려야 합니다. |
| 순혜 | 엎드? (환장할 노릇) 아니 그러니까… 수혁이 곧 약혼할 건데 저런 |

기사가 나와서 될 일이냐고…

-순혜의 방 밖-

유연, 순혜의 하이피치 소리 다 들으며… 착잡한 기분으로 복도를 닦고 있다. 그러다 쓸쓸하게 걸어오는 수혁과 눈빛이 부딪치는 유연. 유연과 수혁, 서로를 바라보는 눈빛과 표정들이 그토록 복잡할 수가 없다. 이런 그들 사이로 순혜의 소리가 그대로 다 들린다.

순혜(소리)   우리 진호가 언제 여자를 잡았다고 그래? 지들이 봤어? 봤냐고? 그 독한 년이 수혁이까지 버리고 혼자 도망간 거지.

수혁의 슬픈 눈빛에 순간 훅하고 감정이 아픈 유연. 하지만 아무 말도 하지 못한다. 수혁, 그렇게 유연을 지나쳐 간다.

S#51   카덴차 거실 /D

진호   (수혁이 관련 기사를 읽으며 분노하는) 효원가 장손 한수혁 역시 한진호 대표의 혼외자로 알려져… (읽다가 치밀어 오르는) 이 새끼 혼외자 뜻 몰라? 결혼했다 이혼했어 이 씨…

S#52   진희의 집 /D

진희, 골프가 끝난 듯 집으로 들어온다. 메이드가 골프 가방을 들고 진희 뒤를 따르고. 그런 진희를 한심하게 보는 정도.

| 정도 | 팔자 좋네. 이 판국에 공이나 치러 다니고. |
|---|---|
| 진희 | (그런 정도 비웃듯 본다) Shut Up ! Asshole! |
| 정도 | 뉴스 봤어? 니네 집 지금 난리 났어. |
| 진희 | (정도 말 듣고 그대로 핸드폰 들어 인터넷 검색을 한다. 그 기사를 봤다) 어머… 어머… 뭐야… 나 아니야. 내가 이런 거 아니라고. 난 노 했다고. |

그런 진희의 반응 어이없게 보는 정도.

| 진희 | (핸드폰 들어 전화 거는) 기자님 이 기사 뭐야? 내가 그 기사 내라고 한 적도 없고… 그게 사실이라고 말할 수도 없다 그랬지? 이게 무슨 짓이에요? (듣는. 벙!) 나 아니야? 그럼 누구? |

S#53      자경의 방 /D

회심의 미소를 지으며 핸드폰으로 읽고 있다. 기사를 쭉 보다 맘에 걸리는 부분을 읽는.

| 자경 | 서희수의 아들 한하준의 친모는 사망한 것으로 알려졌다. (혼잣말로) 살아 있어, 이렇게~ |

S#54      희수(루바토 거실) + 지용(지용의 서재) /D

| 희수 | (망연자실해서 앉아 있는) |
|---|---|
| 지용 | (서재에 앉아 화가 난다. 분노로 눈을 꽉 감고 있다가 답답한 듯 일어난다) |

298 × 299

| S#55 | 지용의 서재 – 정원 (교차) /D |
| --- | --- |

정원을 거닐고 있는 자경, 지용에게 전화가 걸려온다.


| 지용 | 니 짓이야? |
| --- | --- |
| 자경 | (지용을 올려다보며) 내가 얘기했잖아. 하준이도 언젠가 알게 될 일이라고. |
| 지용 | 내가 하준이… 건들지 말라고 했지? |
| 자경 | 나… 하준이 다시… 찾을 거야. |
| 지용 | 그냥!! 하준이 옆에만 있고. 하준이를 위해서 존재하라고… 왜 날 화나게 만들어? |

자경과 지용, 전화를 들고 서로를 강렬하게 보면서.


| S#56 | 루바토 내 /D |
| --- | --- |

희수, 사태 수습을 고민한다. 머리를 감싸는 희수. 수영이 옆에 서 있고.


| 수영 | (희수 눈치 보며 조심히) 언니가… 가실 거예요? |
| --- | --- |
| 희수 | 아니… 니가 우리 하준이… 잘 달래서 데리고 와줘… |
| 수영 | 언니는 같이 안 가고요? |
| 희수 | 난… 지금 당장은 하준이 볼 자신이 없네. 어떻게 해야 하준이가 조금이라도 덜 상처를 받을지… 잘 모르겠어. |
| 수영 | … |
| 희수 | 나 왜 이렇게 바보 같니. 무슨 엄마가 이러니… 미치겠어, 정말. |

수영        (마음 쓰여서) 다녀올게요, 언니.

희수의 슬픈 표정이 깊어진다. 조심히 나가는 수영. 희수, 무너져 있다. 자경, 정원에서 들어온다. 절통한 심정으로 무너져 있는 희수를 보는 자경의 쌔한 표정.

S#57        카덴차 홀 /E

수혁, 내려오며 홀에 있던 서현과 눈빛이 마주친다. 수혁의 아픈 눈빛을 보자 서현의 마음도 좋지 않다.

서현        그런 기사 따위 신경 쓸 거 없어.
수혁        (지지 않고) 내 맘 따위 신경 쓸 거 없어요.

수혁, 그렇게 카덴차 밖으로 빠져나간다.
서현, 핸드폰 들어 전화 거는.

서현        나예요. (듣는) 안 그래도 그 기사 때문에요. 그 기자에 대해 알아봐요. 출처가 어딘지도 같이. 그냥 넘어갈 생각 없어요, 이번엔.

S#58        유리 정원 /E

먹구름이 낀… 곧 비가 쏟아질 것 같은 분위기의 안개가 자욱한 정원. 슬픈 마음에 엄마와의 추억이 서린 유리 정원에 있는 수혁. 그런데 유리창에 후드득 떨어지는 빗소리가 들리더니 이내

비가 쏴아아 하고 쏟아진다. 곧이어 유리 정원 문이 열리며 유연이 비를 피하러 들어온다. 비에 쫄딱 젖은 유연과 눈물 그렁한 수혁. 서로의 그런 모습을 보고 놀란다. 유연, 어색해서 바로 나가려는데.

| | |
|---|---|
| 수혁 | 우산도 없는데 어딜 가? |
| 유연 | … |
| 수혁 | 비 그치면 가. (자신의 옆자리를 내주는) |

유연, 그 소리에 벤치에 가서 앉는.

그렇게 한참 정적 속에 앉아 있는 두 사람. 그때 유연의 눈에 들어온 화단에 있는 나무 팻말. '수혁이 나무 빨리 자라라.' 적혀 있다. 그 팻말과 수혁을 번갈아보던 유연.

| | |
|---|---|
| 유연 | (불쑥) 그쪽 세상도 내 세상만큼… 후진 거 같아. |

유연, 그렇게 말해놓고 수혁을 보면 수혁의 눈시울이 잔뜩 붉어져 있다.

| | |
|---|---|
| 유연 | 울고 싶으면 울어요. 비밀 지켜줄게요. |
| 수혁 | …안 울어. |
| 유연 | 밖에 나가서 비 맞고 올래요? 잡념이 확 사라질 거예요. |
| 수혁 | (유연 보며) 김유연! |
| 유연 | (그 소리에 긴장해서 보는데) |

| | |
|---|---|
| 수혁 | 나 요새 다시 잠을 못 자. 니 생각 때문에… |

수혁과 유연, 서로를 바라보는 눈빛. 수혁·유연, 서로 분위기와 감정에 끌려 키스한다. 빗소리와 함께 디졸브.

S#59   루바토 다이닝 홀 /N

비가 내리고 어둑해진 하늘. 수영이 급한 발걸음으로 들어온다. 초조함을 숨기고 애써 밝은 모습으로 맞아주는 희수에게.

| | |
|---|---|
| 수영 | 언니… (놀라고 당황하는 표정 속에) 하준이가 없어졌어요. |
| 희수 | 무슨 말이야?! |
| 수영 | 하준이가… 하교하고 사라졌어요. 찾아봐도 아무 데도 없어요…! |
| 희수 | (그대로 무너지는) |
| 수영 | 상무님한테는 제가 전화 드릴게요. |
| 희수 | (정신없이 뛰어나간다) |
| 수영 | 어, 언니…!! |

S#60   지용의 차 안 /N

지용, 당황한 채 운전하고 있다. 그대로 자경에게 전화 거는데. 자경, 전화 안 받는. 지용, 눈가 꿈틀대며 불안이 몰려온다. 속도를 높이는 지용.

| S#61 | 서현의 서재 /N |
|---|---|

서현, 수혁이 생각에 맘이 무거워 앉아 있는데 핸드폰이 울린다.
전화 받는.

| 서현 | 여보세요? |
|---|---|
| 교관(F) | 대표님, 그때 말씀하신 이혜진 씨요. 파일을 찾아봤더니… 없습니다. |
| 서현 | … |
| 교관(F) | 저희가 5년까지는 의무 보관이고 후엔 파기가 가능하거든요. 근데 얼마 전에 본인이 파기를 요청하셨네요. |
| 서현 | !!! 얼마 전에… 본. 인. 이. 파기 요청을 했다고요? |
| 교관(F) | 네. 도움 못 드려 죄송합니다. |
| 서현 | (전화 끊는) 하~ (기가 막힌) 살아 있어. |

하는데 노크 소리와 함께 급하게 주 집사가 들어온다.

| 주 집사 | 큰사모님, 하준이가 없어졌어요!!! |
|---|---|
| 서현 | (그 소리에 인상 쓰는) 뭐!? |
| 주 집사 | 하교 후 사라졌대요. |
| 서현 | … (혹시~!!!) 지금… 강자경 씨… 어딨어요? |

| S#62 | 루바토 내 /N |
|---|---|

지용, 희수를 찾으며 급하게 들어온다.

| 지용 | 희수야. |
|---|---|
| 수영 | 큰일났어요… 지금 작은사모님 운전하면 안 되는데 하준이 찾는다고 혼자 급히 나가버리셨어요… |
| 지용 | 그게 무슨 말이야? 운전하면 안 된다니? |

S#63  지용의 차 안 /N

지용도 급히 차에 올라탄다. 심각한 지용의 표정. 지용, 전화를 건다. 급격하게 흔들리는 와이퍼. 비가 세차게 내린다.

지용  나야… 희수야 정말이야?? 너… 정말… 임신했어?!!!

S#64  희수의 차 /N

희수, 운전석에서 눈빛 그렁해 질주한다. 스피커로 지용의 목소리. "희수야!!!" 희수, 그 소리 안중에도 없이 하준을 찾겠다는 일념으로 빗길을 내달린다.

S#65  엔딩 /N

천둥 번개 소리가 요란한 위로.

-저택 일각-

서현의 매서운 눈빛.

-지용의 차 안-

지용의 불길한 눈빛.


-희수의 차 안-

희수의 절절한 눈빛.


세 사람의 눈빛이 교차되면서.


<5회 엔딩>

# 6

## 불편한 진실,
## 거짓된 평화

### Uneasy truth
### and false peace

S#1   지용의 차 안 /N

심각한 지용의 표정. 지용, 전화를 건다. 급격하게 흔들리는 와 이퍼. 비가 세차게 내린다.

지용   나야… 너… 정말… 임신했어?!!!


S#2   희수의 차 안 /N

스피커로 지용과 통화 중인 희수.

지용(F)   정말이니, 희수야?

희수, 대답 없다. 그런 희수의 표정 위로.

(인서트)   (플래시백 5회 S#32 확장) /N

불안한 들숨날숨의 희수가 하준의 칫솔을 집어 든다. 희수의 눈 동자가 갈등과 혼돈으로 미친 듯 흔들리다가 이내 다시 칫솔을 꽂아둔다. '그래, 이건 아니야.' 희수의 단호함. 거울 속에 비친 자신의 모습을 보고 맘을 추스른다. 그러고는 서랍 속에 둔 임신 테스트기를 다시 꺼내 확인한다. 선명한 두 개의 줄.

-다시 희수 차 안-
운전 중인 희수, 스피커로 지용에게 대답하는.

희수    응, 맞아. 오늘 밤에 얘기하려고 했어.


S#3    지용의 차 안 /N
       지용, 희수의 대답에 눈이 커진다.

지용    희수야, 내가 하준이 찾을 테니까 너 지금 그 몸으로 운전하지
       마. 스트레스 받으면 안 돼. 그러니까 차 지금 어딘가에 세워.
희수(F)  (예민하게) 아니, 내가 찾을 수 있어. 하준이 찾고 나서 얘기해.
       끊어.
지용    희수야…!! 희수야!!

       지용, 전화 끊어지고… 벙하다. 희수의 임신 사실에 묘하게 번지
       는 미소와 복잡한 감정이 지용의 눈빛에 드러난다.


S#4    서현의 서재 /N
       서현, 서재에 앉아 고민이 깊어진다.

서현　　　　(마음의 소리) 어머님과 한지용이 짠 판에 내가… 그리고 서희수
　　　　　　가… 놀아났단 거야?!

　　　　　　이 모든 상황을 좌시하지 않겠다는 서현의 결연한 표정에서.


S#5　　　어느 주차장 - 자경의 차 안 /N

　　　　　　자경, 양손에 가득한 쇼핑백, 뒤따라오는 쇼핑 헬퍼도 양손 가득
　　　　　　쇼핑백을 들었다. 다 하준에게 줄 선물들이다. 차 뒷자리에 짐을
　　　　　　싣는 자경과 헬퍼. 자경, 차에 올라탄다. 가방 안에 든 핸드폰을
　　　　　　꺼내보면 14통의 부재중전화. 확인하면 지용, 주 집사 등이다.
　　　　　　무슨 일일까 싶어 지용에게 전화하는 자경.

자경　　　　왜 이렇게 전화를 많이 했어? 무슨 일 있어?
지용(F)　　(버럭) 하준이 어딨어?!!!
자경　　　　(놀라는) 하준이 없어졌어? (듣는. 병!)
지용(F)　　하준이 걱정하는 사람이 그딴 짓을 해?! 니가 낸 기사잖아!!

　　　　　　자경, 전화 끊고는 감정이 격앙되어 그대로 차를 몬다. 주차장을
　　　　　　급하게 빠져 나가는 자경의 차.

자경　　　　(혼잣말로) 하준아 어딨어…? (자위하는) 한 번은 겪게 될 일이야. (점
　　　　　　점 히스테릭해지는) 넌… 엄마 닮아 강하잖아, 맞지? 그렇잖아…

　　　　　　자경, 미칠 거 같다. 맘을 가라앉히고 전화기 들어 어딘가 전화

하는.

자경      위치추적해주세요. 번호 알려드릴게요. (격양된) 빨리 알아내요. 빨리… 내가 찾아야 돼!


S#6      카덴차 내 일각 /N

카덴차와 루바토의 모든 메이드들이 일렬로 서 있다. 사색이 돼 있는 그녀들과 성태. 순혜는 대노해 양 주먹을 움켜쥔 채 왔다 갔다 한다.


순혜      아 빨리들 찾아! 찾아!! 찾아!!!!

주 집사      그게… 누군가 데려간 거 같습니다.

순혜      뭐야! (대 버럭) 엉덩이 주사 맞히고 문 닫았어? 확인 다 했어? 확인했어? 확인했어? 확인했어?! 어!?!?

성태      네, 제 생각엔… 그러니까… 스스로 도망… 그러니까…


(인서트)      동 정원 내 노덕이 새장 /N

노덕이가 없다. 경찰 두 명이 짜증스러운 표정으로 조사 중. 시큐리티들도 같이 상황을 살피고 있는 황당한 모습들 위로.


성태(소리)      노덕이가 자발적으로 도망간 거 같은데요?

순혜(소리)      뭐 어째? 자발적? 걔 새야~ 새대가리잖아. 뭘 자발적으로 도망을 가? 내가 얼마나 잘해줬는데. 양심이 있음 지가 도망 못 가지.

성태(소리)      새대가리가 무슨 양심이… (하는데)

| 순혜(소리) | 야!! (발로 차는 소리) |
|---|---|
| 성태(소리) | 악! |

-다시 동 저택 안-

| 성태 | (쩔쩔매면서도 소신 있게 할 말 다 뱉는) 이렇게 보안이 철저한데 누가 데려가는 건 불가능하다고 생각합니다, 왕사모님! |
|---|---|
| 순혜 | 그러니까… 이 집 안 어딘가에 있으니까 샅샅이 찾아보란 말이야. 당장 나가서 노덕이 찾아! 아 당장!!! |

흩어지는 메이드들. 이때 그런 순혜에게 다가오는 서현.

| 서현 | 어머님. |
|---|---|
| 순혜 | (아직도 씩씩대는 중) 왜에!! |
| 서현 | 하준이가 없어졌어요. 지금 공작새 없어진 게 문제가 아니잖아요. 하준이 걱정을 하고 계셔야 맞지 않나요? |
| 순혜 | 아, 찾고들 있잖아. 그리고 하준이가 머리가 얼마나 좋은 앤데 지가 알아서 집 찾아올 거야. |
| 서현 | 기사 터지고 사라졌으니 하는 얘깁니다. |
| 순혜 | 알아, 나도. (자기도 모르게 훅 튀어나온) 그리고 지 애비랑 두 에미가 알아서 찾겠지. 뭐가 걱정이야. 에미 애비 없는 우리 노덕이가 걱정… (하다가 멈칫, 끄응) |
| 서현 | (꿰뚫듯 보며) 무슨 말씀이세요? 두 에미라니. |
| 순혜 | (뜨끔) 아니~ 그 튜터도 하준일 에미처럼 감싸고 돌잖아. …그래서 하는 소리지. |
| 서현 | (순혜도 알고 있구나! 표정, 눈빛) |

S#7     지용의 차 안 - 희수의 차 안 - 자경의 차 안 교차 /N

-지용의 차 안-

지용, 핸드폰을 켜서 하준에게 연락을 취해본다. "전원이 꺼져 있어 삐 소리 이후 소리샘으로 연결됩니다." 지용, 미간 그어지며 차를 세우곤 시큐리티 팀에게 전화를 건다.

-희수의 차 안-

희수, 운전 중인데 창밖에 보이는 데쓰맨 공연 홍보 가로등 배너. 희수 그걸 보더니 어떤 생각이 확 떠오른다. 그대로 차 돌려 올림픽대로를 타는 희수.

-자경의 차 안-

자경      여보세요?

남자(F)   핸드폰이 마지막으로 켜져 있던 곳 위치추적됐습니다.

자경      (반색해서) 어디야?

자경, 전화를 끊고는 그대로 액셀을 밟고는 속도 내 어디론가 향한다.


S#8     콘서트장 일각 /N

3인의 시큐리티가 가드 중인. 희수가 급하게 이들에게 온다. 3인의 시큐리티, 희수에게 인사하고 자리를 비킨다. 시큐리티들에게 둘러싸여 있던 하준의 겁먹은 눈망울이 희수를 향한다. 희수,

하준을 보자마자 뜨겁고도 아프게 끌어안는다.

희수      콘서트는 재미있었어? 우원재 실제로도 멋있었어?

하준      … (희수의 눈을 보지 못하는)

희수      배는 안 고파? 목 안 말라?

하준      …

희수, 자신에게 맘을 열지 않는 하준이 느껴진다. 억장이 무너지는 희수.

S#9      주차 가능한 공터 /N

거칠게 달려오던 차가 급브레이크를 밟고 멈춘다. 자경, 차에서 내려 급하게 뛰어가려는데 무언가를 보고 걸음을 멈춘다. 자경의 반경 100미터 앞에 하준의 손을 잡고 차에 올라타는 희수의 모습이 보인다. 자경, 하준을 찾아서 다행이다 싶은데… 하준을 찾은 게 희수라서 맘이 안 좋다.

S#10      카덴차 내 유리 정원 /N

벤치에 처연히 앉아 있는 수혁과 유연. 밤이 되면서 정원의 라이트들이 하나둘 켜진다. 그 빛에 생긴 유연과 수혁의 그림자 따라가보면. 서로 바라보고 있는 수혁과 유연.

수혁      안 추워?

| 유연 | 네, 괜찮아요. |
|---|---|
| 수혁 | (끄덕이다) 몇… 살이야? |
| 유연 | 스물일곱입니다. |
| 수혁 | 나보다 한 살 많은데 '너'라고 부른 거 미안. |
| 유연 | … |
| 수혁 | 근데… 이젠… 누나라곤 못 부르겠다. |
| 유연 | …맘대로 해. 나도 이제 말 놓는다. |
| 수혁 | (피식) …난 뭐라고 부를 거야? |
| 유연 | …한수혁. |
| 수혁 | (유연 보며 작은 미소) |

유연의 호출벨이 울리며 꿈 같던 시간이 깨져버린다.

| 유연 | 나 이제 가야 돼. |
|---|---|
| 수혁 | … |
| 유연 | 이거… (하고 뭔가 건넨다) |
| 수혁 | (받아보면 수첩처럼 휘리릭 넘기면 슬리피 버드가 점점 깔깔 웃는 사진으로 변하는 작은 그림책, 넘기며 미소 짓는) |
| 유연 | 내 동생이 나한테 준 거야. 맘이 우울해질 때 이거 보면 일단 웃게 되더라고. 우울도 자꾸 두면 그거 습관된다. 갈게. (하고는 그렇게 걸어간다) |
| 수혁 | (그런 유연 보는데서) |

S#11    카덴차 정원 /N

불편한 진실, 거짓된 평화 Uneasy truth and false peace

옥상 투광기, 불이 확 들어온다. 저택의 정원이 밝게 드러나는. 메이드들 일제히 흩어져서 공작새 노덕이를 찾는다. 유연도 합세해 플래시를 켜고 노덕이를 찾는데. "노덕아" "노덕아" 부르는 메이드들 소리. 이때 울리는 음악(ON). 하늘을 올려다보는, 정원에 흩어져 있던 메이드들 한 명 한 명의 얼굴들. 환희와 경외에 찬 표정들이 교차되면서. 그들의 시선 따라가면 휘영청 보름달 위를 발레하듯 우아하게 횡단해서 날아가는 공작새 노덕이. 자유를 찾아 그렇게 날갯짓하는 노덕이의 비상이 황홀하게 펼쳐진다. 그런 노덕이의 자유를 부러운 시선으로 보고 있는 메이드들의 표정. 노덕이의 모습을 보고 있는 메인 정원의 유연과 유리 정원의 수혁에서.

S#12    효원가 저택 내 주차장 /N
서현 차에서 내리는데, 멀리 희수가 하준의 손을 잡고 루바토로 들어간다.

| 희수 | (다가오며) 형님⋯ |
| 서현 | 동서⋯ |
| 희수 | (하준에게) 인사해야지. |
| 하준 | (꾸벅) |
| 희수 | 들어갈게요. |
| 서현 | 그래⋯ |

그런 희수를 보는 서현의 표정- 깊은 안타까움. 앞으로 펼쳐질

비극이 보인다. 서현의 복잡한 표정에서.


S#13          루바토 내 욕실 /N
              희수가 샤워를 끝낸 하준이 몸을 닦아주고 있다. 하준에게 가운
              을 입히는 희수.


희수          쥐방울만하던 우리 왕자님이 언제 이렇게 컸을까? 어휴… 이 팔
              봐. 통뼈 됐네.


              그런 희수를 눈가 그렁해 보는 젖은 머리의 하준. 희수, 차마 그
              런 하준의 눈을 제대로 보지 못한 채.


희수          아빠 들어오시면 잘못했습니다부터 해?
하준          …


              -동 저택 내 일각--
              이때 차가운 표정으로 저택으로 들어오는 지용. 메이드가 그런
              지용에게 인사하기 무섭게 "하준이 어딨어요?" "2층에…" 그대
              로 2층으로 올라가는 지용. 지용의 시선에 보이는 하준. 지용, 하
              준에게 다가간다. 그러고는 꽃병에 꽂힌 대가 긴 화훼용 나무를
              꺾는다. 화가 잔뜩 난 지용.


지용          (버럭) 종아리 걷어.

놀라는 하준과 희수.

지용     (아무도 말릴 수 없는 분노로) 아빠 말 안 들려? 당장 걷어!

하준     (겁에 질려 떨고 있다)

(인서트)     동 저택 여러 곳 /N

자경, 급하게 들어와서 계단으로 올라간다. 지용의 "당장 걷어!."
발걸음이 빨라지며 눈빛이 긴장으로 가득해지는 자경.

지용     (크게 격앙된 데다 감정적이기까지) 어디서 배워먹은 버릇이야? 누가
엄마 아빠에게 말도 없이 니 맘대로, 니 멋대로 콘서트장을 가?
그것도 폰까지 꺼 놓고!

하고는 하준을 당겨 와 종아리를 때리기 시작하자 희수 본능적
으로 하준의 앞을 가로막아 선다.

희수     지금 뭐하는, 무슨 짓이야?

지용     비켜!

희수     당신이나 비켜!

지용, 희수의 서슬에 분노의 탄성이 느슨해지는.

희수     왜 애를 함부로 때려? 누구 맘대로 애를 때리냔 말이야!! 애가
왜 그런 결정을 하고 왜 그곳에 갔는지 물어보는 게 먼저지! 당
신 맘만 중요해?

320 × 321

지용          …

희수          하준이 맘은? 당신이 알아?

일각에서 지켜보고 있던 자경의 눈빛이 이글댄다.

희수          내 아들!! 그 누구도 함부로 손대면 안 참아! 그게 당신이라도!

희수, 그대로 하준을 감싸고 하준을 방으로 데리고 들어간다. 남겨진 지용, 들숨 날숨 흥분을 추스르고 손에 들고 있던 나무 대를 휙 내던진다. 뒤에 있던 자경, 굳어져 서 있다. 자경, 아무 말도 하지 않고서 살벌한 눈빛으로 지용을 보지만 지용은 그 눈빛마저 무시해버리고 들어간다. 자경, 남겨져 기분이 찬란하게 지저분하다. 그리고 하준을 향한 희수의 진심을 본다.

S#14         하준의 방 안 - 밤 /N
희수, 하준의 침대에서 하준을 품에 꽈악 안고 그저 그렇게 재운다.

희수          하준아, 오늘은 그냥 자자… 내일은 오늘이랑 다를 거야. 그러니까 오늘은 이렇게 엄마랑 자자.

하준          (희수의 품 속에서 울고 있다)

희수          (하준의 흐느낌에 마음이 아파 눈이 발개진다. 하지만 울지 않는)

하준의 방 문이 작게 열리고 그 틈으로 보고 있는 자경의 거친 눈빛.


S#15    동 저택 2층 홀 - 자경의 방 /N
자경, 복잡한 감정을 누른 채 자신의 방으로 걸어 들어간다. 방에 들어가 신경질적으로 문을 쾅 닫는다. 자경의 방. 그렇게 닫힌 문. 그리고 자경의 방에 널브러진 하준을 위해 산 장난감들. 그 장난감을 보고 있는 자경의 시선 위로.


엠마(N)    그녀는 그날 서희수 씨를 보며 인간이 가질 수 있는 모든 복잡한 감정들을 다 가졌습니다. 질투, 분노, 슬픔, 그리고 자신의 아들을 사랑하는 그녀에 대한 고마운 감정의 아이러니… 그리고 자신의 아들을 다치게 한 자책까지… 하지만 결국 그녀가 사로잡혀버린 감정은… 내 걸 되찾겠다는 마음이었습니다.


S#16    카덴차 내 한 회장의 서재 /N
모처럼 순혜가 한 회장 서재에 앉아서 인터넷으로 기사 검색을 하며 분노를 치켜세우고 있다. 수혁의 사진이 실린 기사의 댓글을 읽고 있다.


순혜    효원가 황태자 한수혁의 친모는 어디서 무엇을 하나? 효원가의 장손 한수혁 역시… 한진호 대표의 혼외자로 알려져… 정서현 서현갤러리 대표는 한수혁을 위해 출산도 포기한 것으로 알려졌다. (돋보기, 읽고 있는) 또한 루머로만 떠돌던 배우 서희수의 아들 한하준 역시 서희수의 아들이 아닌 것으로 알려지면서 효원 가의 저주인가… 이런 이런 거지발싸개 같은 놈들… (하는데)

| 주 집사 | (전할 소식이라도 있듯 호들갑스럽게 들어오자) |
| 순혜 | 하준이 찾았어? |
| 주 집사 | 네. 지금 집에 와서 잠들었습니다. |
| 순혜 | 다행이야. 그럴 줄 알았지만. (아 참) 노덕이는? |
| 주 집사 | (끄응) 노덕이는… 날 (아)… (하다가 말을 참는) |
| 순혜 | (버럭) 못 찾았어? 아니 왜 못 찾아… 걔가 그럼 어디로 갔단 거야, 대체? (하는데) |

S#17    저택 전경 /N

성태의 버기카가 집 앞에 세워지고, 센서 달린 저택의 등들이 차례차례 꺼진다.


S#18    불면의 밤- 몽타주 /N


-수혁의 방-

수혁은 잠이 오지 않는다. 유연이 보고 싶은 수혁.


-유연의 방-

유연 역시 잠이 오지 않는다.
인서트되는 수혁과의 키스

-지용의 서재-

지용, 희수의 임신으로 맘이 복잡하다. 그러다 돌연 피식 웃음이
난다. 지용의 궁극적 감정은 자신의 아이를 가진 희수에 대한 희
열이다.

-자경의 방-

잠들지 못하고 그대로 침대에서 벗어나는 자경.

-하준의 방-

안고 있던 하준이 잠들자 하준을 침대에 누이고 일어나 나가는
희수.

S#19     카덴차 내 2층 홀 - 한 회장의 서재 앞 /N

계단을 올라 2층 한 회장의 서재로 향하는 긴장된 그림자, 그
리고 발걸음. 한 회장 서재로 그 그림자는 쑥 들어가고 문이 닫
힌다.

S#20     한 회장의 서재 안 /N

어둡고 엄숙한 분위기의 서재 안- 플래시 조명이 비추는 바닥
의 지하 금고. 놀랍게도 마그네틱이 아닌 유리 압착기를 대고 있
는 손.

성태(소리)  두드려라. 그럼 열릴 것이다. (하고 당기자 금고의 문이 열린다. 헉!) 구

324 × 325

하라. 그럼 구할 것이다… (하고 금고의 문을 여는)

금고 안에서 불처럼 광을 내고 있는 블루다이아. 흰 면장갑을
낀 성태의 손이 부르르 떨린다. 눈은 두 배로 커져 기적을 체험
한 듯.

성태     지저스… 크라이스트…!!

엠마(N)   재벌의 그 깊고도 암호 같은 어둠의 문이 싸구려 유리 압착기로
         쉽게 열릴 거란 걸 그 누구도 몰랐습니다. 가장 어려운 문제를
         가장 쉬운 방법으로 해결하는 우주의 이치처럼… 하지만 모든
         것이 쉬운 건 아니었습니다.

S#21     하준의 방 안 /N
         어두운 방 안. 세상모르고 고이 잠든 하준이 옆에 가는 자경. 하
         준이 옆에 조용히 누워 자기 품에 안는다. 마치 아이를 지켜주는
         엄마처럼. 다시 하준을 안은 자경. 자기 세상을 다시 찾은 안도
         와 조용한 희열을 느끼며 눈을 감는다. 그렇게 행복한 순간도 잠
         시. 자경, 다시 눈을 뜨면 자경 앞에 희수가 서 있다. 어둠 속에서
         보이는 그림자 진 싸늘한 희수의 표정.

S#22     복도 /N
         자신의 아이를 건드린 자경에게 기가 막힌 감정의 희수와 모든

걸 각오하고 받아들이겠다는 표정의 자경. 이제 더 이상 두려울 게 없다.

| | |
|---|---|
| 희수 | 하준이 방에서 뭐한 거예요? |
| 자경 | …뭐가 잘못됐나요? |
| 희수 | 몰라서 물어요? |
| 자경 | 잘못을 누가 했는데… (지지 않고 되레 당당하게) 오늘 하준이가 엄마한테 말도 안 하고 콘서트를 다녀왔어요. 사모님은 하준이한테 딱 그 정도인 거예요. |
| 희수 | 뭐라고요? |
| 자경 | … |
| 희수 | 전부터 느꼈어요. 일부러 내 신경에 거슬리는 짓만 골라 하는 거예요? 아니면… |
| 자경 | (충동적으로) 전 사실…!! |

자경이 자기 튜터 아니라고 자기가 하준이 엄마라고 말하려는데, 지용이 나타난다.

| | |
|---|---|
| 지용 | 희수야! 하준이 잠들었어? |
| 희수 | (자경을 향한 뜨거운 시선 깨지는) 어… 응. |
| 지용 | 아깐 내가 미안했어. 하준이가 이런 적이 처음이어서 너무 흥분했던 것 같아. 하준인 괜찮아? |
| 희수 | 괜찮아. |
| 지용 | 강 선생님은 왜 아직까지 여기 있어요? 일 끝났으면 가보세요. |

지용, 희수를 데리고 나간다. 그런 지용을 보는 자경의 표정.


S#23    희수의 침실 /N

        침대에 누워 있는 희수를 아기 다루듯 소중히 토닥이는 지용.


지용    (희수를 뒤에서 안으며 배를 만지는) 오늘 너무 놀란 건 아니지?

희수    괜찮아…

지용    희수야. 고마워… 그리고 사랑해…

희수    …

지용    나… 믿지? 니 머릿속에 있는 그 어떤 생각도 다 버려. 오로지 나
        너, 그리고 하준이, 그리고 (희수의 배에 부드럽게 손을 올리고) 내 아이
        만 생각해!

희수    나… 당신… 믿어도 되는 거지?

지용    당연하지… 이 세상에서 당신을 제일 사랑하는 게 난데, 안 믿으
        면 어떡해!

희수    (그런 지용 보는)

지용    그리고… 우리 저 튜터 내보내자! 나… 저 여자 맘에 안 들어.

희수    …

지용    당신 불안하게 한 사람이잖아. 왜 곁에 두냐고. 나까지 의심하게
        하고.

희수    (말을 아낀다. 어찌 해야 할지 모르겠다)

지용    (그런 희수 보는 다정한 눈빛과 불편한 미소 등이 교차되면서)

S#24        희수의 침실 밖 /N

지용, 잠든 희수를 두고서 조용히 문 밖으로 나오는데 보면 복도
에 자경이 서 있다.



S#25        지용의 서재 /N

지용, 자경을 데리고 급히 서재로 들어온다. 문이 닫히면.


자경     하나부터 열까지 다 내일 밝힐 거야. 그 여자한테…

지용     (말 딱 끊으며 차갑게) 뭘 밝힌다는 거야?

자경     그 여자가 아니라 내가 하준이 엄마라는 거! 하준이 내 아들
         이야!

지용     !!

자경     허락 맡으러 온 거 아니야. 통보하러 온 거지! (하고 나가려는데)

지용     희수 임신했어.

자경     !!

지용     (눈빛 강렬해져) 그 여자 건들지 마.

자경     (몸 돌려 지용을 보는 꿈틀대는 눈빛)

지용     (그 눈빛 의미 없는) 내 자식을 가진 여자야.

자경     !!!

지용     내 새끼를 품고 있다고. 넌 그냥 여기서 하준이를 돌보는 거 외
         에는 아무것도 하면 안 됐어.

자경     …

지용     왜… 그렇게 … 욕심이 많아? 난 욕심 많은 여자… 딱 싫어.

자경     (지용이 섬뜩하다)

| 지용 | 그 여자에게 어떤 짓도 하지 마… 그 여자 상처 주면… 내 새끼가 다쳐. |
|---|---|
| 자경 | (손이 바들 떨리고 입술이 바짝 타들어가는) 그럼… 난… |
| 지용 | 넌 니가 있던 곳으로 돌아가. 넌 이미 6년 전 죽은 사람이야. |
| 자경 | 지용 씨… |
| 지용 | 계란으로 바위 치지 마. 너만 박살나니까. 그리고 더 이상 하준이도 흔들지 마…! |
| 자경 | … |
| 지용 | 이건 내일 홍보팀에 전달할 문서야. (하고 책상 위에 던지는 서류) 하준이 엄마는 아이를 낳고 해외 생활 중 교통사고로 죽었어. 그게 팩트야! |
| 자경 | …!!! |

자경, 입술을 꽉 깨문 채 나간다.


S#26   동 저택 차고 / N

차고 문이 열리고 자경의 차가 휘익 빠져나온다. 그러다 카덴차에서 도망쳐 나오는 어떤 두 그림자와 그대로 부딪히며 브레이크 소리 끼익. 자경의 차 헤드라이트에 보이는 두 사람. 다름 아닌 메이드 2와 성태의 그림자다. 두 사람 도망간다. 자경, 대수롭지 않게 자신의 감정에 빠져 다시 액셀 밟고, 차는 저택 밖으로 유유히 빠져나간다. 저택 문이 열린다.

S#27        어느 거리 /N

자경, 마치 죽음을 향해 달려가듯 전속력을 다해 액셀을 밟고 있
다. 눈에 그어진 핏발과 살기 어린 표정. 스키드 마크를 그리며
신경을 긁는 엄청난 브레이크 소리와 '퉁' 하는 마찰음. 자경, 망
상에 걸린 듯한 표정 위로 차에 부딪힌 여자가 다시 일어난다.
다름 아닌 젊은 자경이다. 자신의 젊은 시절을 보고 있는 현재
자경의 신경증과 공포가 섞인 무서운 표정. 차창을 향해 걸어오
는 젊은 자경(혜진).

순혜(소리)    다시는 애 앞에 나타나지 마라. 아이는 우리가 데려간다.

자경         난 안 죽었어. 이렇게 살아 있잖아. (미칠 거 같다, 배신감에 오열하는)


S#28        순혜의 방 /N

순혜, 악몽을 꾸고 있다. 그런 순혜의 표정 위로.

자경(소리)    당신은 당신 아들을 지켜요. 난 내 아들을 지킬 테니까. 당신 아
들 한진호를 회장 자리에 앉게 해줄게요…

순혜, 그대로 꿈에서 깨어난다. 땀에 젖어 거친 숨을 내뱉는 순
혜의 표정에서.


S#29        어느 밤 거리 일각 /N

자경의 차가 어둠 속에 비상 깜빡이조차 켜지 않고 우두커니 서

330 × 331

있다. 격앙된 감정과 분노 속에 자경의 깊은 들숨날숨만 숨 가쁘게 들리는 어두운 차 안. 자경, 시동을 걸고 유턴하며 그대로 질주한다. 디졸브.

S#30    희수의 침실 /D

희수, 아름다운 가운 차림으로 일어난다. 일어나자마자 배를 만지는 희수. 핸드폰을 들어 누군가에게 연락하는데서.

S#31    서현의 드레스룸 /D

서현, 출근 준비하는데 이때 희수에게서 전화가 온다.

서현    응, 동서…
희수    저 형님한테 드릴 말씀 있는데 제가 지금 건너가도 될까요?
서현    아니, 내가 갈게. 나도 할 말이 있어.

S#32    루바토 티가든 /D

희수와 서현, 티타임 중.

희수    와주셔서 감사해요, 형님.
서현    아니야. 한번 와봐야지. 루바토에서 티타임 오래간만이네. (바로 애기 꺼내기 힘든)
희수    그렇네요.

| 서현 | (희수에게 말해야겠다) 동서… (하는데) |
|---|---|
| 희수 | 형님. 저 사실… 아이 가졌어요. |
| 서현 | !! |
| 희수 | 놀라셨죠? 이젠 제 마음에 대한 확신이 들어서요. 제가 아이를 낳아도 하준이에 대한 제 마음이 바뀌지 않을 거란 확신. 무엇보다 하준이와 저 사이의 믿음이 커요. |
| 서현 | … |
| 희수 | 그리고 하준이가 외로움을 많이 타기도 해서요. |
| 서현 | 응, 그래… 그랬구나… (해야 할 말을 못 하게 돼버린) |
| 희수 | 전 이 집에 들어와서 형님이 의지가 많이 됐어요. 앞으로도 많이 도와주세요. |
| 서현 | …응, 그럴게. (맘 무거워진) |
| 희수 | 근데 형님 할 말 있으시다면서요. |
| 서현 | … (할 수 없는데) 아니야. 몸 잘 돌봐. |
| 희수 | (뭔가 의아한) |

서현, 결국 말하지 못하는 답답한 표정에서.

| S#33 | 어느 보석상 밀실 /D |
|---|---|

효원가 지하 금고 속 블루다이아 목걸이를 감정 중인 감정사. 초조하게 기다리는 메이드 2와 성태.

| 감정사 | 이거 라자르Lazare 컷입니다. |
|---|---|
| 메 2/성태 | ??? |

| | |
|---|---|
| 감정사 | 못 팔아요. 다이아를 감정하니 라자르 컷이라고 표시가 돼 있어서… |
| 성태 | 무슨 표시요…? 아, 무슨 말이야. (대체 무슨 소린지 알아들을 수 없다) |
| 감정사 | 이 블루다이아는 라자르에서 만들어서 일련 표식이 돼 있습니다. 아무나 사고팔지 못하게 마킹이 되어 있다고요. 보석의 소유자도 라자르에서 리스트업해서 공유하고 있어요. |
| 두 사람 | (여전히 멀뚱멀뚱 못 알아듣는) |
| 감정사 | 이거 어디다 팔면 경찰에 잡혀요, 바로! |
| 메 2/성태 | (사색이 되는) |

S#34          주 집사 방 /D

주 집사, 자신이 설치해둔 CCTV 영상을 자신의 핸드폰으로 보고 있다. 동영상 속 한 회장의 서재- 성태가 유리 압착기로 열어 블루다이아를 훔쳐가는 장면. 영화 보듯 편한 자세로 보고 있는 주 집사, 피식 웃음이 나는. 이때 호출기 불이 들어온다. 표정 관리하며 일어나는.

S#35          카덴차 홀 /D

순혜, 홍분병이 도져 다시 왔다 갔다 정서불안이다. 주 집사 들어오자.

| | |
|---|---|
| 순혜 | 노덕이 찾아, 빨리. 노덕이!! 밤새도록 못 찾고 뭐했어?! |
| 주 집사 | 그게… |

불편한 진실, 거짓된 평화 Uneasy truth and false peace

| 순혜 | 그게 뭐? 아니 밤새 뭐하고 있냐고 우리 노덕이… 아무거나 주 |
|---|---|
| | 워 먹으면 금세 짭새 된다고. 노덕이 찾아! 노덕이! 노덕이!! |
| 주 집사 | 저… 죄송한 말씀인데요… 왕사모님… |
| 순혜 | (씩씩) |
| 주 집사 | 노덕이… 날아갔습니다!!!! |
| 순혜 | …날아가?! 노덕이가?! 악!!!!! |

까마귀마냥 깍깍거리는 순혜. 그때 서현, 외출복으로 갈아입고
들어와 순혜 앞에 딱 선다. 순혜의 소리에도 흔들리지 않는 포스
로 서 있는 서현.

| 서현 | 어머님!! |
|---|---|
| 순혜 | (입 다물고 본다) |
| 서현 | 앞으론 동서 앞에서 조심하세요. |
| 순혜 | 갑자기 무슨 소리야?! |
| 서현 | 동서 임신했어요. |
| 순혜 | 임신…???? |
| 서현 | (순혜 표정 찬찬히 살핀다) |
| 순혜 | 잘됐네… 뭐… |
| 서현 | (대놓고 질러버리는) 강자경 씨는 이제… 내보내야겠죠?! |
| 순혜 | (자기도 모르게) 그래야겠네… (하다가 당황해서 동공이 흔들리는) 그게 |
| | 무슨… |
| 서현 | (어이없게 보면서) 어머님 허락 받으려고 드리는 말씀 아닙니다. (단 |
| | 호한) 이 문제는 제가 알아서 할게요. |
| 순혜 | (마른침 삼키는) |

| 서현 | 자기가 한 짓 자기가 책임지면서 살아야 될 겁니다. 그게 누구든! |
|---|---|
| 순혜 | (헉) |

S#36      카덴차 다이닝 홀 /D

주 집사, 순혜 방을 나와 계단을 내려온다. 긴장 풀려서 궁시렁.

| 주 집사 | 난리네. 새는 도망가고, 다이아는 훔쳐 도망가고, 며느리는 임신하고. |
|---|---|

주 집사, 홍 칫 뿡 하는 표정으로 어디론가 향하는데 서현이 계단을 내려간다. 주 집사, 얼른 가다듬고 숙인다.

| 진희(소리) | 아아아아~ |
|---|---|

S#37      효원호텔 VIP 뷰티센터 내 시술실 /D

진희가 줄기세포 주사를 맞고 있다. 고통스럽게 포효 중.

| 의사 | 참으세요 사모님… 이뻐지십니다. 젊어지십니다. |
|---|---|
| 진희 | 아아아아… (고통 속에 절규하는) |

S#38      동 호텔 라운지 커피숍 /D

서진경, 커피를 마시고 있으면. 진희, 얼굴에 시술의 흔적이 가득한 채 나타나 맞은편에 앉는다. 이때 그런 진희에게 걸어와 메뉴판을 건네는 여인- 다름 아닌 진호의 그녀 채영이다.

진희　　　(메뉴판 볼 생각도 없다) …밀크티 줘요.

채영　　　(메뉴판 들고 목례 후 프레임 아웃)

서진경　　(진희 얼굴 보며) 과유불급~ 적당히 맞았어야지.

진희　　　내 줄기세포 말고 더 어리고 예쁜 여자 줄기세포 이식은 안 개발되나?

서진경　　넌 어릴 때부터 그게 문제야. 욕심!

진희　　　욕심은 나보다 숙모님 아니야?

서진경　　웬일로 숙모니?

진희　　　뭐라고 불러요, 그럼?

서진경　　(에효) 남편이랑 그냥 붙어살아.

진희　　　어머? 난 살고 싶은데 걔가 거부하는 거잖아요.

서진경　　그러니까 잘하라고, 이제라도. 너 이렇게 멘탈 메롱인 거 걔 알고 결혼한 거잖아. 너 원래 유명했잖아. 니네 구역 미친년으로.

진희　　　(흥~)

서진경　　걔도 견딜 만할 줄 알았는데 살아보니 임계점을 넘은 거지. 그나저나 요새 진호는 좀 조용하다?

하는데 저 멀리서 들리는 난장 사운드. 진희와 서진경, 소리 나는 쪽 본다. 파열음과 채영의 괴성, 그리고 푸닥거리는 소리에 말리는 소리에 깨지는 소리에. 장면보단 오디오로 더 상상력이 자극되는. 진호의 내연녀인 희빈이 나타났다. (본명 조희빈, 별명 장

희빈) 서빙 중이던 채영의 트레이와 컵들이 쏟아지는 등의 사운드. 호텔 직원들 그대로 뛰어오고 아수라장이 되는 소리 위로. 그 광경 보고 있는 두 여자, 진희와 서진경. 표정으로만 상황이 묘사된다.

희빈(소리)    감히 내 남자를 건드려? 너 내가 우스워?
채영(소리)    (맞으며) 사모님… 사모님… 말로 하세요.

멀리서 보고 있던 진희와 서진경, 눈과 입이 떡 벌어져 닫히지 않는데.

진희        어머 쟤 희빈이야. 서래마을 취선당~
서진경      (놀라는) 헉! 진호 세컨드? 그럼 진호가 또~?
진희        아, 창피해, 진짜.
서진경      아니, 그러니까 지금 세컨드가 서드 조지는 시추에이션이야? 퍼스트는 관심도 없는데?
진희        맙소사~

꺼억꺼억 채영의 울음소리. 달래는 직원들, 씩씩대는 희빈의 거친 숨소리.


S#39    종로 보석상 로드 인근 파라솔 /D
블루다이아 목걸이 상자를 품에 안고 서글픈 표정으로 앉아 있는 메이드 2와 더 불쌍한 표정으로 앉아 있는 성태. 이때 성태의 핸드폰이 울린다. 성태, 올 것이 왔구나 하는 표정으로 전화 받는.

성태          여보세요?

주 집사(F)    24시간 내로 안 들어오면 경찰에 신고할 거야.

성태          헤드님. (쩔쩔매는)

주 집사(F)    팔성 윤 회장님 댁에 들러 간장 받아서 들어와. 두 사람 잠깐 외출한 걸로 돼 있어.

성태/메 2     (헉 하는 얼굴로 서로를 바라본다)

메이드 2      어떡해. 우린 이제 헤드의 노예가 될 거야. 나 정말 이렇게는 더 못 살아.

성태          이하 동문이야.

메이드 2      우리 그 블루다이아 팔아서… 과테말라로 튀자. 거기 맛있는 거 디립따 많대.

성태          바로 인터폴에 잡혀.

메이드 2      배로 가는 거지.

성태          나 뱃멀미 있어. 절대 안 돼. 그리고 난 최대한 준법적으로다 살 생각이야.

메이드 2      준법? 뱃멀미? 돌았어, 자기? 다이아 훔치면서 뭔 개드립이야?

성태          (미치겠다) 아 씨… 일단 들어가는 게 맞지? (흰자위 드러내고 땅 꺼지게 한숨)


S#40         수녀원 /D
             문이 열린다. 엠마 수녀 다소 놀란 듯 보는 서현이다.

338 × 339

| 서현 | 약속도 없이 죄송해요, 수녀님. 잠깐 시간 가능하세요? |

CUT TO

수녀원 응접실. 마주 앉아 있는 엠마 수녀와 서현.

| 엠마 | 네. 얘기해보세요, 자매님. |
| 서현 | 어떤 사람에 대한 진실을 알게 되었습니다. 그 사람이 그 진실을 알면 살이 찢기는 고통을 느낄 겁니다. 근데… 그런 고통을 느끼면 절대 안 되는 상황에 놓인 사람이에요. |
| 엠마 | ! |

(인서트 1)    저택(효원가) 내 짐 /D
평화로운 태교 음악을 들으며 고요히 연꽃처럼 명상을 하고 있는 희수. 캔들이 켜져 있다.

| 서현 | 제가 입을 다물면 그 아슬아슬한 평화는 유지되겠죠. 하지만 언젠가 그 진실을 알게 되면 그땐 그 고통이 두 배, 아니 열 배가 될 겁니다. 제가… 그 사람에게 이 얘길 해야 할까요? |
| 엠마 | …만일 자매님이라면… 불편한 진실, 거짓된 평화… 어떤 걸 선택하시겠어요? |
| 서현 | (엠마 수녀를 바라보는 표정에서) |

(인서트 2)    저택(효원가) 내 짐 /D
본능적으로 자신의 배를 두 손으로 보호하는 희수. 눈꺼풀이 떨

리는 희수. 마음의 평화를 위해 음악의 볼륨을 높인다. 그런 희수의 모습에서.


S#41      카덴차 내 2층 /D

2층 난간의 칼럼(*살인 현장의 시발이 되는 곳)을 가구 왁스와 손걸레로 몸을 숙인 채 열심히 닦고 있는 유연. 수혁의 방 문이 열리고 수혁이 나온다. 그런 수혁을 보는 유연. 그런 유연을 보는 수혁. 수혁 유연에게 다가오고, 유연 몸을 들어 수혁을 본다.

-2층 계단 ~ 2층 입구-

진호, 외박 후 집에 들어오는. 두 사람을 봤다. 그 분위기를 단박에 느끼는 진호의 눈빛, 그들에게 다가가는. 진호가 오자 경각되며 흩어지는 두 사람의 분위기와 시선들. 수혁, 그대로 진호 외면하고 1층으로 내려간다. 진호, 묘한 표정으로 유연 쳐다보는데.

| | |
|---|---|
| 순혜(V.O) | 넌 지금 집으로 들어온 거야, 아님 아직 출근을 안 한 거야? |
| 진호 | (그 소리에 순혜 쪽으로 시선 둔다) |
| 순혜 | 뭐가 됐든 너 나 좀 보자. (하고 방으로 휙 들어가는) |


S#42      순혜의 방 /D

진호 놀라는 표정에서. (순혜로부터 희수의 임신 소식을 들었다)

| 순혜 | 하준이 하나 잘 키우겠다 지 배 속으론 애 안 낳겠다고 해놓고선 무슨 바람이 들었는지 참… |
|---|---|
| 진호 | 잘됐네… 지용이 어쩐지 어제오늘 기분이 좋더라니… |
| 순혜 | 일이 복잡해졌어. |
| 진호 | 복잡할 게 뭐 있어. |
| 순혜 | (망설인다. 이 얘길 할까 말까 하다 결국) 너… 하준이 낳아준 여자… 알지? |
| 진호 | 얼굴 본 적은 없지만 알지. 지용이 말 조련사였나? |
| 순혜 | 그 여자 살아 있다. |
| 진호 | (소스라치게 놀란다) 뭐? 교통사고로 죽었다고 했잖아. |
| 순혜 | 아니. 살아 있어. 그 여자 지금 어디 있게? |
| 진호 | 어딨는데. |
| 순혜 | 우리 집에. |
| 진호 | 뭐? |
| 순혜 | 하준이 튜터야! |
| 진호 | (기함한다) |
| 순혜 | (음모와 계략에 몰입한 표정과 눈빛으로) 지용이가 널 대표이사로 앉히는 조건이었어!! |
| 진호 | (뜨악하는) |
| 순혜 | 그 여자애 존재를 내가 하준 에미한테 함구하는 게!! |
| 진호 | … (기가 막혀 입을 다물지 못한다) |
| 순혜 | (해선 안 될 말을 다 해버린 듯 안절부절못하는) |
| 진호 | 근데… 왜… 살아 있는 여자를 죽었다고 한 거야…? |

충격으로 놀라는 진호의 표정에서.

S#43   순혜의 방 밖 - 1층 다이닝 홀 /D

진호 벙! 해서 나와 다이닝 홀로 걸어가는데. 이때 도주에 실패
하고 유유히 간장 병을 가슴에 품고 집으로 돌아온 성태와 메이
드 2가 다이닝 홀로 들어오고. 주 집사, 두 사람에게 다가간다.
사색이 되어 숙이는 두 사람(성태와 메이드 2). 주 집사가 오디오를
오프한 채 두 사람의 모습이 담긴 한 회장 서재 동영상을 두 사
람에게 쑥 내민다. 떨고 있는 두 사람의 모습 뒤로 충격이 심한
듯 여전히 벙! 해서 걸어가는 진호가 보인다.


S#44   유연의 방 앞 /N

수혁이 노크한다. 유연이 방문을 연다. 수혁과 유연, 방문을 사
이에 두고 서로 바라본다.


수혁   그냥… 보고 싶어서… 왔어.

유연   (그런 수혁 보는)

수혁   이제 잠들 수 있을 거 같아.

유연   (작은 미소) 나도 그럴 수 있을 거 같아.

수혁   …

유연   잘 자. (하고는 문을 닫는다)

수혁   (닫힌 문 앞에서 미소 행복하다)


S#45   동 저택 차고 /D

서현, 기사가 차를 빼온다. 서현, 차에 타려는데 자경의 차가 주

342 × 343

차장으로 들어온다. 아직도 이 집에 들락거리는 자경을 보는 서현의 표정은 빡이 친다.


S#46        서현의 차 안 /D
            차는 달리고 뒷자리에서 맘이 복잡한 서현.


기사         뮤지엄으로 가겠습니다, 대표님.
서현         아뇨, 행선지를 바꿔야겠어요.


S#47        지용의 집무실 /D
            지용이 바쁘게 업무 중이다. 노크 소리 들리고 누군가 들어온다.
            서현이다.


지용         형수님?
서현         비서실에 확인하고 왔어요, 혼자 계신 거.
지용         어쩐 일이세요, 갑자기 연락도 없이?
서현         얘기할 게 있어서요.


            서현 소파에 앉자 지용 맞은편에 앉는.


서현         (지용을 빡히 본다)
지용         (왜 이러나 싶은, 예감이 안 좋은데)
서현         강자경… 아니 이혜진 씨를 무슨 생각으로 집에 들인 겁니까?

| 지용 | !! |
|---|---|
| 서현 | 어머님과는 어떤 딜을 하셨기에 그렇게 전전긍긍 이 사실을 숨기는 거며… |
| 지용 | !!! |
| 서현 | 앞으로… 어쩔 생각이에요? 이런 상상 초월의 사고를 쳐놓고. |
| 지용 | (굳어 있던 표정이 서서히 헛웃음으로 바뀌는) 다 아셨구나… |
| 서현 | (뭐 이런 자식이~ 하는 표정으로 보는) |
| 지용 | (담담하게) 내보내야죠~ |
| 서현 | … |
| 지용 | 희수 임신했어요. 내 애를 가진 여자, 내가 지켜야죠. |
| 서현 | (기가 막혀 그런 지용 보다가) 지키고 싶은 게 동서예요 아니면 서방님 자신이에요? |
| 지용 | (보는) |
| 서현 | 만약에… 동서가… 임신하지 않았으면… 이렇게 쭉 갈 생각이었나요? 우리 모두를 기만하면서? |
| 지용 | … |
| 서현 | 서방님이 동서한테 직접 말하세요. 그래서 동서가 직접 선택하게 하세요. 더… 늦기 전에. |
| 지용 | 다른 사람은 몰라도 형수님은 절 이해하실 줄 알았는데… |
| 서현 | (이건 또 뭔 소리) |
| 지용 | 사랑에는 여러 가지 형태가 있잖아요. 모두에게 이해받지 못하는… 사랑이란 것도… 있어요. 아시잖아요. |
| 서현 | !!! |
| 지용 | 그냥 하준이 튜터로만 둘 생각이었어요. 근데 내 계획이란 게 상대의 감정이나 상황에 따라 막 달라지는 거… 나 너무 싫은데… |

344 × 345

이런 일이 생겼네요. 그 여자가 욕심을 냈어요.

서현    (지용이 알고 있다는 사실에 충격 받았지만 티 안 내려 노력하는)

지용    (끄덕이며) 그래요 저… 효원의 황제를 꿈꿨어요. 효원의 직계 중
엔 깜이 아무도 없어~ 근데 내가 가장 거슬리는 게 누구였겠
어요?

서현    그래서… 내 약점이라도 캐왔나요?

지용    약점을 캐려고 한 건 아니고요. (서현을 딱 보면서) 그 집안 사람들
뭘 생각하고 사는지는 알아야 해서요… 제가!

서현    (기가 막힌데)

지용    우리 이제 좀 친해진 거 같은데… 중량이 비슷한 비밀을 서로가
공유했잖아요? (서현을 보는)

서현    (그런 지용을 매섭게 보는)


지용과 서현, 날카롭게 서로를 보는 눈빛과 텐션이 폭풍전야
같다.



S#48    루바토 희수 공간 /D

희수, 임산부 아로마 테라피를 하고 있다. 마치면 수영이 다가
온다.


수영    언니 밖에 홍보팀장님이랑 법무팀에서 기다리고 계세요.

희수    알았어. 나도 금방 갈게.

| S#49 | 루바토 거실 /D |
|---|---|

희수, 홍보팀·법무팀과 대화한다.


| 홍보팀장 | 신일간엔터 정식 기자고요. 이 바닥에선 꽤 실적이 좋은 친구였습니다. 현재는 사모님이 요청하신 대로 기자윤리위원회에서 심의 중입니다. 취재 과정의 문제 때문에. |
|---|---|
| 희수 | 출처는 알아보셨나요? |
| 홍보팀장 | 취재원 보호라는 명분하에 입을 안 엽니다, 사모님. |
| 법무팀장 | 소송을 하시죠. 그럼 다 알아낼 수 있습니다. |
| 희수 | 제가 배우 생활하면서 이런 일 한두 번 겪었겠어요? 괜히 소송해서 일 더 크게 만들고 싶지 않아요. |
| 법무팀장 | 네… |
| 희수 | 그렇다고 없던 일로 만들고 싶지도 않고요. 무엇보다 하준이 문제니까 다신 이런 일 없게 조용하지만 확실히 끝내야죠. |
| 법무팀장 | … |
| 희수 | 그런 기자 입 열게 하는 거 생각보다 되게 간단한데. |
| 홍보팀장 | 알아들었습니다. 조금만 더 시간을 주십쇼. |


| S#50 | 지용의 집무실 /D |
|---|---|

지용, 남겨진 채 생각이 많은 얼굴 위로.


| (인서트) | (플래시백) 동 저택 티가든 (2회 S#31 인서트 확장) /D |
|---|---|

한 회장과 서현, 체스를 두고 있는 모습.

| 한 회장 | 니가 그 문화 사업을 어떻게 키울지 내가 한번 지켜보마. 너도 분명 나한텐 하나의 카드야. 효원을 맡길~ |
| 서현 | !! |

그런 두 사람을 보고 있는 시선- 다름 아닌 지용이다. 지용, 돌아서면 저만치 서서 동영상을 찍고 있는 주 집사와 마주친다. 그런 주 집사를 보는 지용. 그 지용의 모습이 현재 지용의 모습과 오버랩된다. 불안하고 불편한 지용.

| S#51 | S.H뮤지엄 인근 풍광 좋은 곳 /D |

서현, 우두커니 서 있다. 들켜버린 수치심. 하필이면 쓰레기 같은 인간에게…

| (인서트) | 지용의 집무실 /D |
| 지용 | 형수가 왜 형이랑 결혼했는지 난 알아요. 형수가 이혼해도 재혼하지 않을 거라는 걸 알고 있고… |
| 서현 | …!! |
| 지용 | 한다고 해도 상대가 남자가 아니란 것도… 성소수자! |
| 서현 | !! |
| 지용 | 아니, 그게 뭐 어때서요? 전 응원해요! 다만 형과 세상을 속인 게 문제인 거죠. 뻔뻔하게. |
| 서현 | … |
| 지용 | 그런 점에서 우리 둘 다 죄의 무게감이 다를 바 없으니까… 서로 공격하는 일은 없어야 하지 않을까요? |

| 서현 | (가소롭지만 여유로운 척 미소 짓는데) … |
|---|---|
| 지용 | 어떻게 생각하세요… 형수님? |

-다시 현재-

자신의 사랑이 자신의 발목을 잡는 약점이 되어버린 현실을 맞이한 서현… 가슴이 아프다. 슬픔이 깊어진다.

S#52   지용의 서재 /N

지용, 자리에 앉아 조용히 위스키를 마시고 있다. 이때 지용의 핸드폰이 울린다. 문자 확인하는.

자경(소리)   당신 원하는 대로 여길 떠나줄게. 대신… 마지막으로 할 말이 있어. 주차장으로 와. 이 정돈 들어줄 수 있지?

지용, 심각해진 표정. 골치 아픈 듯 위스키 글라스를 비운다.

S#53   희수의 침실 밖 /N

살며시 열린 문틈 사이로 희수가 뭐하고 있는지 확인하는 지용. 보면 희수 편안히 잠들어 있다. 안심한 듯 다시 갈 길 가는 지용.

S#54   동 저택 희수의 침실 /N

잠들어 있는 희수. 그런데 이때 문자 알림음이 울린다. 그 소리에 잠이 깨는 희수. 문자 확인한다.

자경(소리)　　사모님 저 아무래도 떠나는 게 맞는 것 같습니다. 하지만 가기 전에 인사는 하고 가야 할 것 같아서요. 차고에서 기다리겠습니다.

희수, 예감이 안 좋다. 일어나 가운을 입는다.


S#55　　　　효원가 전경 /N

밤이라 조용하고 은은한 조명이 켜져 있는 카덴차와 루바토.


S#56　　　　동 저택 차고 - 지용의 차 /N

지용 운전석에 앉아 있고, 야한 옷을 입고 차에 타는 자경. 지용, 그런 자경을 경계하듯 보는.

자경　　　당신 말대로 할게. 나 나갈 거야.

지용　　　(그런 자경 일견하고는) 어디로 갈 건데?

자경　　　캐나다로 다시 가려고.

지용　　　그 여자… 진짜 강자경…

자경　　　…

지용　　　입단속 잘 시켜.

자경　　　걱정하지 마. 나 이제 돌아가니까. 아무 일도 없었던 것처럼.

지용　　　… (바보 아니다. 뭔가 이상한데)

| | |
|---|---|
| 자경 | (지용에게 키스한다) |
| 지용 | (탁 거리 두며) 뭐하는 짓이야? |

하는데 지용의 시선에 보이는 차창 밖 희수.

-차고 안/ 차 안 (숨 막히는 교차)-

희수가 차고로 들어와 차고의 불을 켠다. 그런 희수의 등장을 알게 된 지용. 당황해 몸을 숙인다. 자경, 마치 기다린 듯 표정 실룩대고, 희수, 자경을 찾지만 자경은 보이지 않고… 불온한 예감에 시선을 두는 지용의 슈퍼카. 희수, 다가간다. 자경의 손을 잡아끌어 숨기는 지용. 희수, 검은 선팅으로 보이지 않는 실내. 하지만 실내에 김이 서려 있다. 차창을 두드리는 희수. 숨 막히는 차 안의 두 사람. 희수 한 번 더 차창을 두드리는 순간, 지용이 차 밖으로 빠져나온다. 그런 지용을 보고 놀라는 희수.

| | |
|---|---|
| 지용 | 자기야! |
| 희수 | 당신 거기서 뭐해? |
| 지용 | 차에 뭘 두고 내린 게 있어서… |
| 희수 | (아무래도 의심스러워 차에 가까이 가자) |
| 지용 | 아, 춥다… (그런 희수 손 당겨 차고를 벗어나려 한다) |

이때 빈 차의 클랙슨이 울린다. 심장이 떨어질 거 같은 지용과 그대로 돌아보는 희수. 다가가는 희수. 한 발 한 발 다가가는데. 이때 희수의 핸드폰이 울리고, 동시에 지용이 자신의 차 키로 오토매틱 클랙슨을 울린다. "액티비티용 차라서 튜닝을 좀 했어."

그렇게 상황 일단락되면서. 희수, 타이밍에 의해 어쩔 수 없이 전화 받는다.

희수 여보세요? 아 네… 수녀님… 아… 차고 안이라서 목소리가 좀 울리죠? 잠시만요.

옆에서 보고 있는 지용. 차 안에 몸을 숨긴 자경. 각자의 감정대로 표정이 마구 얽힌다. 희수, 그대로 그 자리를 뜬다.

S#57 차고 밖 /N

희수 네, 후원의 밤 꼭 참석할 테니 걱정 마세요~

전화를 끊는 희수. 근데 보면 어느새 자경이 곁에 와 있다. 희수, 그런 자경을 의아하게 본다. 옷차림새와 지금의 장소도 다 이상하다.

희수 지금 뭐하자는 거예요?
자경 제가 거슬리신다고 하셨죠? 그럼 제가 없는 게 낫잖아요. 그래서 그만두려고요. 사모님… 임신하셨잖아요.
희수 …
자경 임신 축하드려요. 꼭 건강한 아이 출산하시길 바랄게요.
희수 축하… 진심이에요?
자경 그럼요. 새 생명이 얼마나 축복인지 저도 아니까요.
희수 …

| 자경 | 떠나기 전에 하고 싶은 말… 있습니다. |
|---|---|
| 희수 | …전 그 말 듣고 싶지 않아요. |
| 자경 | 네? |
| 희수 | 신뢰가 깨진다는 게 이래서 무서워요. 어떤 말을 해도 의심만 더 하게 되니까요. |
| 자경 | … |
| 희수 | 전 지금 괜한 의심 더하고 싶지 않거든요. 내 불안한 생각들이 고스란히 아이한테도 전해지니까… |
| 자경 | … |
| 희수 | 너무나 소중한 생명이 저한테 와줬으니까 저도 그만큼 신중해져야겠죠. 좋은 생각, 좋은 대화, 선택적으로 할 수 있어야죠. 엄마라면. |
| 자경 | … |
| 희수 | 강 선생님이 하실 말씀… 지금 제가 꼭 들어야 할 말인가요? 같은 여자로서… 한 번 더 생각해봐줘요. |
| 자경 | (아이를 보호하겠다는 희수의 강경한 태도와 엄마의 마음에 공감) …아니요 … 다음에 …다음에 하겠습니다. |
| 희수 | … |
| 자경 | 가볼게요. |
| 희수 | 고마워요. 이해해줘서. 그리고 그동안 우리 하준이… 예뻐해 줘서… |

비록 적이지만 여자로서 서로 이해하며 돌아서는 자경. 혼자 남겨져 자신의 배를 만지는 희수.

S#58          그날 밤 두 여인 /N

            -희수의 침실-
            희수, 거울을 통해 자신을 보고 있다.

(인서트)       동 회차 S#57 /N
            자신에게 하려던 말을 하지 않던 자경의 표정. 희수, 자신의 배
            를 소중히 만진다.

엠마(N)        거짓된 평화에 안착한 그녀도…

            -효원가 밖-
            짐을 모두 싸서 효원가를 나온 자경. 거대한 대저택을 돌아보며.
            '하준아… 엄마… 살아 있어… 조금만 기다려…'


S#59          동 수녀원 /N
            오래됐지만 안락한 소파에 앉아 있는 서현. 괴로운 듯 소파의
            팔걸이를 꽉 쥐는 서현의 손. 그런 서현의 손을 잡아주는 엠마
            수녀.

엠마          계속해도 될까요?
서현          (마음 추스른 듯 끄덕인다) 네.
엠마          그날로 다시 돌아가신다면 어떻게 하고 싶으신가요?
서현          (처연히 고민하다) 그날로 다시 돌아가도 난… 똑같은 선택을 할 거

|      |                                                                      |
|------|----------------------------------------------------------------------|
|      | 예요. 그렇게 태어나 그렇게 교육 받고 그렇게 살아왔으니까… (눈가 그렁한) 내 손에 쥐고 있는 걸 다 놔버릴 용기… 그것 빼곤 다 가지고 살았으니까… |
| 엠마 | (그런 서현 보는)                                                       |
| 서현 | 저는 수녀님께 구원이나 답을 찾으러 온 게 아니에요.                      |
| 엠마 | …                                                                    |
| 서현 | 그냥… 내 진짜 얘기를 할 수 있는 단 한 사람이 필요했을 뿐이에요. 내 얘기… 들어만 주세요. |
| 엠마 | (끄덕이는) 그래요. 그걸 원하시는 거면 그렇게 하겠습니다. 진실로 자신을 구원하고 도울 수 있는 사람은 오직 자신뿐이니까요. |
| 서현 | (쓸쓸한 표정, 슬픈 눈동자로 떠올린다)                                 |

음악(ON) 도리스 데이Doris Day <시크릿 러브Secret Love> 'Now I Shout it From' 부분부터~

| (인서트 1) | (회상) 2년 전 서현의 서재 /D |
|-----------|------------------------------|
|           | 서현의 시선- 주 집사가 들어오면서 목례하는. 그런 주 집사 뒤로 누군가 들어온다. 긴 머리의 수지최. 그런 수지최를 보는 서현의 놀라는 표정. 두 사람, 적당한 거리를 두고 벅찬 눈빛으로 쳐다본다. 주 집사, 물러나고 문이 닫힌다. |

| 수지최 | 보고 싶었어… |
|--------|--------------|

| (인서트 2) | (회상) 2년 전 메인 정원 /D |
|-----------|----------------------------|
|           | 걷고 있는 서현과 수지최. 두 사람의 깊은 감정이 느껴지는. |

| 서현(소리) | 2년 전이었어요. 그 사람을 마지막으로 본게… 함께 있어도 아무도 우리를 의심하지 않았어요. 그냥 친구라고 생각했을 테니까… |

두 사람 마주 보고 선다. 서현의 소리와는 대조적으로 누가 봐도 연인의 눈빛들이 오가는- 이때 살짝 불어오는 바람에 서현의 머리카락이 흩날린다. 서현의 머리카락을 조심스레 넘겨주는 수지최. 두 사람, 서로를 바라보는 눈빛. 그런 두 사람 위로.

| 엠마(소리) | 그 사람은 자매님께… 어떤 존재인가요? |

-다시 현재-

| 서현 | …마인, 내 거요. |

(시간 경과)

서현, 이제 맘을 추스른 듯 다소 안정되어 보인다.

| 서현 | 내 입으로 누군가에게 그 사람을 고백한 건 수녀님이 첨이에요. |
| 엠마 | (깊은 시선으로 보는) |
| 서현 | 맘속에서 꺼내야 보낼 수 있으니까… 이제 정말 그 사람을 놔줄 때가 된 거 같아요. |

그런 서현, 아프고 아련한 눈빛과 표정에서.

동 저택 다이닝 홀 /D

진호, 일각에서 채영과 영상통화를 한다.

진호    그래 나도 보고 싶어. 좀 기다려… (작은 소리로)

이때 서현이 휙 지나간다. 진호, 얼음이 되는데, 서현은 진호가 있건 말건 관심도 없다. 그런 서현을 묘하게 보는 진호.

진호    요새 무슨 일 있나… (하다가 다시 전화) 아니 너한테 한 소리 아니야. 정 대표… 아니, 와이프 얘기야…

S#61    동 저택 내 주 집사의 방 /N

주 집사 처치 곤란한 블루다이아를 손에 쥐고 멍하게 보고 있다. 자신의 목에 한 번 걸쳐보는 주 집사. 그렇게 일어나서 거울을 보는데. 갑자기 문이 휙 열린다. 놀라는 주 집사. 다름 아닌 진호다.

진호    내가 뭐 물어볼 게 있는데… 주 집사 요즘 정 대표~ 무슨 일…

하는데 진호의 눈에 들어오는 주 집사의 블루다이아 목걸이. 사색이 되는 주 집사와 제대로 목걸이를 알아보고 다가와 목걸이를 만져보는 진호의 똘기 충만한 표정이 화면 가득해지면서.

356 × 357

S#62     루바토 자경의 방 /D

희수, 비어버린 자경의 방을 보고 나온다.


S#63     지용의 차 안 /D

지용 운전 중. 조수석에 타고 있는 하준.


지용     (싸늘한) 강자경 선생님이 너한테 뭐라고 했어?

하준     아무 말도 안 했어요.

지용     다른 선생님 구할 거야. 나가실 거야, 그 선생님은.

하준     (O.L) 내 진짜 엄마 누구예요?

지용     …죽었어. (이 잔인한 멘트를 차갑고도 담담하게 내뱉는)

하준     (믿지 않는)

지용     죽었어. 하늘나라에 있어.

하준     거짓말하지 마. 아니잖아.

지용     그 기자가 맘대로 쓴 기사야. 한하준! 아빠도… 지금 할머니가
        진짜 엄마 아니야. 내 진짜 엄마도… 니 엄마처럼 죽었어.

하준     …

지용     우리같이 평범하지 않게 태어난 사람들은 신이 뭐 하나를 뺏어
        가. 대신… 넌 아빠한테 없는 진짜 같은 엄마가 있잖아.

하준     …

지용     하준아, 엄마 지금 배 속에 니 동생 있어.

하준     (복잡한 감정이 되어 그런 지용 보는) 진짜예요?

지용     그러니까… 너랑 난 엄마 배 속의 동생을 지켜야 해. 알겠지?

하준     (고개 끄덕이면)

| 지용 | (하준에게 미소 지어 보인다) |
|---|---|
| 하준 | … |

S#64  평화로운 효원가 전경 /D

굳건하고 견고한 루바토와 카덴차.

S#65  루바토 일각 /D

희수, 식탁에 앉아 뭔가 깊은 상념에 빠져 있는데 지용과 하준이 들어온다.

| 희수 | (반갑게) 왔어. |
|---|---|
| 지용 | 응. |
| 하준 | 아빠가… 데리러 오셨어. |
| 지용 | 나 먼저 올라가볼게. |
| 희수 | (미소 지어 보이며) 올라가서 씻자. |
| 하준 | 엄마… (하고는 그대로 희수의 품에 안긴다) |
| 희수 | (하준을 안고는 눈을 감고 그대로 느낀다) |
| 하준 | 엄마… 절대 나… 버리지 마. |
| 희수 | (미치겠다) 너 무슨 소리야. |
| 하준 | 나한텐 엄마밖에 없어. 이 우주에서 내 엄마는 엄마뿐이야. |
| 희수 | 엄마도 우리 하준이뿐이야. 진짜 진짜… 손가락 백 개 걸 수 있어. |
| 하준 | 난… 세상에서 엄마가 젤 좋아… 내가… (우는) 시간을 돌릴 수 |

있다면… 엄마 배 속에 있고 싶어. 제일 첨부터… 엄마랑 같이
있고 싶어.

| 희수 | (눈물이 흐른다) |
| 하준 | 엄마… |
| 희수 | 응… |
| 하준 | 내 동생 낳으면… 내가 우유도 먹이고 같이 놀아주고 공부도 가르쳐주고… 다 할게. 엄마 아프지 마. 알았지? |
| 희수 | (하준을 안고는 그대로 무너진다) |

S#66    미혼모 지원센터 마당 /D

평화로운 마당에서 수수한 옷차림의 일신회 멤버들이 후원의
밤 행사를 준비하고 있다. 칼국수를 꺼내 푸고 있는 엠마 수녀와
다른 수녀들의 모습. 그들 모두 날이 날이니만큼 수수하고 평범
한 의상 코드다. 희수, 아이들을 보며 웃고 있는데 전화가 온다.

| 홍보팀장(F) | 제보자 이름 알아냈습니다. |
| 희수 | (차분히) 네… 누구예요? |
| 홍보팀장(F) | …이혜진이라고 했다는데요, 사모님. |
| 희수 | !!!!!!! 이름이 뭐라고요? |
| 홍보팀장 | 이혜진요. |

홍보팀장의 말과 동시에 희수의 머릿속에 에코처럼 울리는 지
용의 소리. (5회 S#43)

| 지용(소리) | 이혜진! |
|---|---|

희수의 충격에 빠진 표정에서.

| S#67 | S.H뮤지엄 어딘가 /D |
|---|---|

서현, 결단의 상황 앞에 놓여 있다. 그런 서현의 표정 위로.

| 희수(소리) | 전 이 집에 들어와 살면서 형님이 의지가 많이 됐어요… 도와주세요. |
|---|---|
| 지용(소리) | 우리 이제 좀 친해진 거 같은데… 중량이 비슷한 비밀을 서로가 공유했잖아요? |

고민하던 서현, 결국 결심한 듯 나선다. 서현, 앞서거니 걸으면서 비서와 경호원, 그리고 부관장 등이 뒤따른다.

| 서현 | 오늘 스케줄 전면 취소예요. 서 비서, 수영이한테 전화해서 동서 지금 어딨나 알아봐줘! (눈빛, 표정) |
|---|---|

| S#68 | 미혼모 지원센터 입구 /D |
|---|---|

차에서 내린 서현. 벽을 잡고 서 있는 희수를 본다. 그런 희수에게 다가가는 서현. 그런 서현을 보는 희수.

| 서현 | 동서… |
|---|---|

| 희수 | 형님… 여기까지 무슨 일이세요? |
|---|---|
| 서현 | …내가 불편한 진실을 이야기해도 괜찮겠어? |
| 희수 | (촉이 온다) 말해주세요. 진실은 미룬다고 피해지는 게 아니니까… (자신의 배에 손을 올리고 맘을 다잡는) 정면승부할 생각입니다. |
| 서현 | (희수 본다) |
| 희수 | 형님, 저도 알아낸 게 하나 있는데… |
| 서현 | … |
| 희수 | 하준이 낳아준 이혜진 씨가 살아 있어요. (하는데) |
| 서현 | (쐐기를 박듯) 그 이혜진이! 하준이 튜터 강자경이야!! |

애써 거부해온 불편한 진실에 드디어 마주한 희수, 하얗게 질려 버린다. 서현, 그런 희수를 짠하게 본다. 그때 엠마 수녀, 반가운 얼굴로 나온다. 그때 거리에 리무진이 한 대 서더니 거기서 화려한 복장의 여인이 내린다. 명품으로 휘감은 드레스코드. 다름 아닌 자경이다. 효원가에 있던 강자경의 모습과 완전 딴판이다. 자경을 보는 희수. 눈가 미친 듯 흔들린다. 그런 강자경을 보는 희수와 서현의 표정. 그리고 의아해하는 엠마 수녀. 자경, 그들에게 여유롭게 다가가며.

| 강자경 | 안녕하세요. 이. 혜. 진. 입니다. |
|---|---|

희수, 그런 자경 앞에 다가가 그대로 자경의 뺨을 때린다. 그런 희수 보다가 다시 담담해지는 자경. 그런 자경을 보는 희수의 표정에서.

불편한 진실, 거짓된 평화 Uneasy truth and false peace

S#69    카덴차 사건 현장 /N

두 사람이 홀에 쓰러져 있는 가운데 계단 위에 있는 또 한 사람의 실루엣.

-밖-

카덴차 저택에서 도망치듯 나온 엠마 수녀, 숨을 헐떡인다. 그러다 묘한 기운이 자신을 부르듯 그렇게 뒤를 돌아보는 모습 위로.

엠마(N)    처음 발견했을 땐 두 사람이 쓰러져 있었습니다. 근데 내가 다시 돌아왔을 땐…

<6회 엔딩 >

# 7

# 꿈 속의
# 사랑

Love in the dream

S#1        주 집사 방 /D

주 집사, 좀 쉬려고 들어왔다. 문득 떠오르는.


(인서트)      5회 S#33 순혜의 쓰레기통 들여다보는 주 집사

주 집사, 서랍 속에 넣어둔 순혜가 찢은 사진들을 퍼즐처럼 맞춰보기 시작한다. 하나하나 맞춰 나가는 주 집사. 서서히 보이는 지용의 얼굴과 비어진 한 조각. 바로 자경의 얼굴 부분이 남았다. 마지막 얼굴 퍼즐을 완성하고는 기함한다. 헉! 이게 누구야~ 이때 울리는 호출기. 3번 불이 들어오는. 다름 아닌 진호다. 주 집사, 인상 뭉개며 나간다.


S#2        미혼모 지원센터 /D

그 엠마 수녀의 눈동자가 이 시점의 엠마 수녀의 눈동자와 오버랩된다. 엠마 수녀의 눈이 커져 이혜진, 즉 강자경의 모습을 보고 있다. 그 시선은 다시 희수에게. 기가 막힌 듯한 엠마 수녀의 표정.

| | |
|---|---|
| 자경 | (희수에게 다가온다) 안녕하세요. |
| 희수 | … |
| 자경 | **이. 혜. 진. 입니다!!** |
| 희수 | (그대로 자경의 **뺨**을 때린다) |
| 서현 | (자경을 싸늘하게 응시하는) |
| 엠마 | (놀라는) |
| 자경 | (희수 보고 미소 짓는) 저도 일신회 멤버거든요. 오늘 초대 받았는데, 환영을 참 이상한 방식으로 하시네. |
| 희수 | 이거였어? 당신의 실체가 결국… |
| 자경 | … (이를 악다물고 보는) |
| 희수 | 설마 여기 회원인 것도 나와 우리 하준이를 팔로우한 거야? |
| 자경 | (씁쓸한 미소로, 희수의 우리 하준이를 되뇌는) 우리 하준이… (표정 싸해져) 그럴 리가요. 나와 우리 하준이를 처음 거둬준 곳이 이곳 복지재단이어서 은혜를 갚아온 거뿐입니다. |
| 희수 | 무슨 작정으로 우리 집에 들어온 거야? |
| 자경 | 내 걸 찾으려고! |
| 희수 | !!! |
| 자경 | 당신은 당신 애를 지켜요. 난 내 아이를 지킬 테니까! 내가 당신 애를 지켜주기 위해 노력했단 건 알지 않아요? |
| 희수 | (자극을 받고 있는 듯 힘들어하는. 그러나 뭔가 말하려는데) |
| 서현 | (그런 희수 탁 잡고) 동서 일단 여기서 나가. (자경 보면서) 나중에~ 나랑 얘기해요. |

서현, 휘청하는 희수를 데리고 자리를 뜬다. 그제야 미간을 찡그리며 감정을 표출하는 자경.

S#3          희수의 차 안 /D

희수와 서현 함께 앉아 있다. 희수, 그제야 긴장이 풀어지며 정신이 아득하다. 현실을 깨우치듯 멍한 희수. 그런 희수의 손을 말없이 꽉 잡아주는 서현. 서현, 희수의 손을 그렇게 꽉 잡고 있다. 말없이 그렇게 차는 어딘가로 향한다.

서현         (전화하는) 닥터 황 루바토로 불러줘, 한 시간 뒤.

S#4          카덴차 내 진호의 서재 /D

진호, 손에 블루다이아 목걸이를 들고 나름의 생각에 골몰한다. 이걸 어찌 처리하나… 괴롭다.

주 집사(소리)    경찰에 신고하면 사회면 기사에 날 겁니다. 잘못해서 세무 조사의 도화선이 되면 어쩌시려고… 수색영장 떨어져 경찰이 회장님 금고 뒤지기라도 하면…

진호, 갑자기 표정이 묘해진다. 호출기 1번을 조심스레 누르는 진호.

S#5          한 회장 서재 /D

주 집사, 성태가 사용했던 유리 압착기로 가뿐하게 금고를 연다. 옆에는 진호가 꿇어앉아 긴장 가득한 채 보고 있다. 금고 문이 열리고 채권과 금괴, 보석류와 다이아 코끼리 등 희귀 보물들이 가득하다. 이때 문 하나가 보이자 의아한 진호. 문을 열자 빛이 화아 신세계가 펼쳐진다. 지하 벙커로 내려가는 사다리가 보이는. 헉! 벙! 하는 진호와 주 집사. 금고 안으로 들어가는 진호. 일단 따라 들어가는 주 집사.

S#6         금고 안 작은 벙커 /D
진호도 알지 못했던 한 회장의 시크릿 플레이스. 지용의 친모인 미자의 유품과 사진들이 보관돼 있는 비밀 아지트. 눈이 커지는 진호, 둘러보다 축음기를 돌리면 엘피판. 현인의 <꿈 속의 사랑>이 아날로그 베이스로 흘러나온다.

(인서트)    VVIP 병실 /D
여전히 꽃 속에 파묻혀 누워 있는 한 회장의 흐뭇한 표정.

그 위로 타이틀 인 '꿈 속의 사랑Love in the dream'.

S#7         루바토 내 희수의 침실 /D
수액을 맞고 안정을 취하는 희수. 서현, 의료진 보내고 희수를 걱정스레 내려다보고 있다.

서현        하준이와 동서만 생각해. 동서가 하고 싶은 거… 내가 해줄 테니까.
희수        아뇨. 제가 해야죠. 이건 제 문제예요.

| 서현 | 동서는 지금 누구한테도 불리해. 홀몸이 아니잖아. |
|---|---|
| 희수 | (미치겠다) |
| 서현 | 그 여자는 내가 일단 만날게. 지킬 거 버릴 거… 제대로 판단해야 돼. 약해지면 안 돼. (손을 꽉 잡아준다) |
| 희수 | (드디어 눈가 그렁해진다. 미칠 거 같다. 숨을 고르며 자신의 배를 움켜쥐는) |

| S#8 | 고급 세단 안 – 서현의 차 안 (교차) /D |
|---|---|
| | 자경, 후원의 밤 행사 때 입었던 의상을 입고 다리 꼰 채 앉아 있다. 이때 자경의 핸드폰이 울린다. 자경, 확인하고 여유 있게 전화 받는. |

| 자경 | 여보세요. |
|---|---|

-서현의 차 안-

| 서현 | 우리 만나야겠죠? |
|---|---|
| 자경 | 안 그래도 지금 댁으로 가려던 참입니다. |
| 서현 | 아뇨. 그전에 내가 먼저 확인할 게 있어요. 내가 연락하면 그때 봐요. 어디서 볼지는 내가 정해요. 함부로 내 허락 없이 내 집에 드나들 생각 말아요. (끊는) |
| 자경 | (끊어진 채) 허… |
| 서현 | (가만두지 않겠다는 표정에서) |

두 여자 각자의 감정과 표정이 순차적으로 묘사된다. 서현, 기분 나쁜데.

| | |
|---|---|
| S#9 | 이연가 집 안 /D |

서현이 탁 헤드 집사 앞에 모습 드러내자, 헤드 집사 순간 흠칫 한다.

| | |
|---|---|
| 헤드 집사 | 사모님…! |
| 서현 | 내가 왜 왔는지 알죠? |
| 헤드 집사 | (긴장해서 입술이 타들어가는) |
| 서현 | 여기서 5년 일한 진짜 강자경 튜터… 어디서 뭐해요, 지금? |
| 헤드 집사 | (벌벌… 그대로 숙이는데서) |

| | |
|---|---|
| S#10 | 서현의 차 안 + 갤러리 밖 일각 /D |

-차 안-

검은 세단을 타고 가고 있는 서현.

| | |
|---|---|
| 서현 | 최 변호사님 이연가 헤드 집사, 진짜 강자경, 사문서 조작 및 사기 고증인 신청할 겁니다. (끊는) |

-갤러리 밖-

갤러리로 걸어 들어가고 있는 수지최.

-차 안-

그런 수지최를 우연히 발견한 서현, 놀라는데. 수지최를 바라보는 서현의 일렁이는 눈빛과 표정. 여전히 아름다운 수지최의 모습을 서현은 검게 선탠된 차창 뒤에서 그저 바라본다.

서현       (기사에게) 천천히… 천천히 가주세요.

-갤러리 밖-

수지최, 서현에게 전화를 걸고.

-차 안-

서현의 핸드폰엔 벨소리 없이 '수지'라는 화면이 뜬다.

-갤러리 밖-

서현이 전화를 받지 않는다. 수지최 그렇게 전화를 들고 있는.

-차 안-

서현은 울리는 수지최의 전화를 끝내 받지 않는다. 그렇게 조용히 수지최의 뒤를 따르는 서현.

-갤러리 밖-

수지최는 서현이 자신을 바라보고 있는지도 모른 채… 받지 않는 전화를 붙들고 계속 걸어간다. 그런 수지최를 바라보며 마음 아파하는 서현의 안타까운 표정. 전화를 내려놓고 자신을 피하는 서현을 향한 수지최의 쓸쓸한 마음. 그런 두 사람의 모습에서.

372 × 373

S#11        동 지하 벙커 /D

벽에 걸린 대형 사진- 진호와 주 집사, 흑백으로 된 지용의 친모이자 한 회장의 진짜 사랑 미자의 20대 시절 사진을 넋 놓고 보고 있다. 축음기의 음악은 계속되고, 진호는 어느새 아버지의 비밀스러운 감정의 서사와 조우하고 감동과 쇼크를 동시에 받은 듯 표정 여전히 벙! 하다. 젊은 시절, 한 회장과 미자가 함께 찍은 사진과 미자의 원피스 등 미자의 유품들이 고스란히 진열되어 있다.

주 집사       한지용 상무님 친어머님 유품들인가 봐요.
진호         이곳은 주 집사와 나만 아는 걸로…
주 집사       그럼요, 대표님.

이때 두 사람의 그런 감정을 깨는. 주 집사의 호출기 속 벨이 울린다. 주 집사 놀란다. "왕사모님 호출입니다." 얼른 나가고. 진호는 여전히 아지트 안을 구경한다. 진호, 사진을 집어 올리면 미자와 한 회장이 다정하게 찍은 사진 C.U된다.


S#12        순혜의 방 안 - 밖 /D

노래 강사에게 노래 지도를 받고 있는 순혜. 노래를 턱없이 못 부르는데도 노래 강사 디렉션은 듣지도 않는다. 디렉션과 상관없이 자기 맘대로 부르고 있다. 음치다. 본인은 감정 잡고 최선 다해 부르는. 주 집사가 박수를 쳐주고 있다. 문이 빼꼼히 열린다. 다름 아닌 진호다. 진호의 시선에서 보이는 순혜. 한 회장의 사랑을 받지 못해 포악해진 순혜에 대한 연민이 생기는.

진호      (혼잣소리) 얼마나 외로웠을까, 우리 엄마…

S#13      *서현갤러리 전시실 안 /D*

서현, 그림 보며 기다리고 있으면 서 비서와 등장하는 그녀. 다름 아닌 진짜 자경이다.

서 비서      대표님 강자경 씹니다.

진짜 자경      (서현을 보고는 인사하는)

서현      (그런 자경을 보는 표정에서)

S#14      *서현갤러리 서현의 집무실 /D*

서현, 차분한 표정으로 그녀의 이야기를 쭉 듣고 있다.

진짜 자경      제가 맡은 아이들 유학 문제로 캐나다를 자주 오갔어요. 그러다 혜진이를 만났어요. 착한 애였어요. 몬트리올에 있는 혜진이의 세컨드 하우스에서 저를 1년 정도 그냥 살게 해주었어요. 그러면서 혜진이 사연을 알게 됐습니다. 도와주고 싶었어요. 아이만 찾을 수 있게 해달랬어요. 도와주고 싶었습니다. 1년만 바꿔 살아보자고 해서…

서현      (더 듣지 않고 그대로 일어난다)

서현 벗어나고, 서 비서가 진짜 자경에게 다가와 밖으로 안내한다. 서현 뭔가 고민에 빠진 얼굴인데. 전화가 울린다. 전화 받는 서현.

서현         네.

시큐리티(F)   큰사모님, 지금 강자경 선생님이 왔습니다.

서현         (미간 찡그리는)

시큐리티(F)   큰사모님을 뵙겠다고 왔는데… 상무님이 강자경 씨를 절대 집 안으로 들이지 말라고 했습니다. 어떡해야 될지…

서현         …게이트 열어줘요. 응접실에서 기다리게 해요. (끊는)


S#15        동 저택 게이트 /D

            자경의 세단이 대기 중이다. 게이트 문이 열린다. 경례하는 시큐리티 가드. 세단이 저택 안으로 들어간다.


S#16        희수의 침실 /D

            희수 누워 있다. 미칠 것만 같은. 그런 희수 표정 위로.

(인서트)      (플래시백 5회 S#43 中) 루바토 응접실 /N

지용         말도 안 돼. 그럼 당신 생각은 내가 당신을 속이고 그 사람을 이 집에 들였단 거야?


            희수, 떠올리며 미치겠다.

S#17          저택 게이트 - 서현의 차 안 /D

저택 안으로 들어오는 서현의 차.


S#18          지용의 집무실 /D

지용, 업무 중이다. 효원전자 주식 동향 등을 보고 있는 지용. 이
때 지용의 핸드폰이 울린다. '하준 튜터.' 지용, 망설이다 전화
받는.

자경(F)        다 끝났어!

지용           ???

자경(F)        당신 와이프 알았어, 내가 누군지!!!

지용           (그 소리에 그대로 굳어지는)


S#19          카덴차 현관 /D

서현, 들어온다. 유연이 목례 후 맞이한다. 유연을 마뜩잖게 보
는 서현. 뒤이어 주 집사가 계단에서 내려온다. 서현에게 인사
하는.

유연           강자경 씨 응접실에서 기다리십니다.

서현           (주 집사를 아주 경멸하듯 시선 준다)

주 집사        (그 시선에 움찔한다) 일찍 오셨네요?

서현           (주 집사 말에 대꾸하지 않고 유연에게) 김유연 씨는 그만 가봐요.

유연           네… (인사하고 가는)

| 서현 | (주 집사를 흘겨보다가) 강자경 씨 15분 후에 내 서재로 올려보내요. 아무도 들이지 말고. |
|---|---|
| 주 집사 | ('자경'이란 말에 호기심 어린 눈빛) 네, 알겠습니다. (하는데) |
| 서현 | 둘이 만나는 것도… 동영상 찍어 한지용한테 보낼래요? 그럴 생각이면 잠깐 들어오든가… (하고 가는) |
| 주 집사 | (눈가가 미친 듯이 떨린다. 헉 어찌 알았지) |

S#20   2층 일각 /D

서현이 계단으로 올라오면 서재에서 나오는 진호. 서현, 무시하고 가려는데.

| 진호 | 정 대표 요새 무슨 일 있어? 얼굴이 어두운데? |
|---|---|
| 서현 | (이 자식 또한 못마땅하다. 누구 하나 맘에 드는 인간이 없는데) |
| 진호 | 저기… 그 수녀님 나랑 약속 정해줘. 만나볼게. 아~ 상담받겠다고. |
| 서현 | 당신 상담 속에 내 얘기는 빼고 해요. |
| 진호 | (어이없는) 그럴 거면 그 수녀를 나한테 왜 소개하냐? |
| 서현 | 비즈니스는 넓히고 퍼스널은 좁혀요. 사적인 얘기 여기저기 하고 다니지 말아요. 종교인이니 우리 쪽 안전 기반은 있는 셈이니까. |
| 진호 | 저기 정 대표~ 내가 정말 쇼킹한 사실 두 개 얘기해줄까? |
| 서현 | 얼마나 쇼킹할지 모르지만… 혼자 알고 있는 것도 있어야 하지 않겠어요? 가슴에 간직해둬요. |
| 진호 | 진짜 쇼킹해! (하는데) |

서현, 무시하고 서재로 향하면. 그런 서현 멀뚱하게 보는 진호.


S#21　　서현의 서재 안 - 밖 /D

주 집사가 자경을 데리고 안으로 들어온다. 서현, 등을 보인 채
서 있다.


-서재 밖-

문을 닫고 나온 주 집사. 자신과 지용의 거래를 안 사실에 이제
끝났다 싶은. 머리를 굴리며 걷는다. 멘탈이 바지작 부서질 판
이다.


-서재 안-

서현　　(자신의 자리에 앉는)

자경　　(자리에 앉자)

서현　　… (자경을 보는, 맘을 알 수 없는 표정)

자경　　(기다리는데)

서현　　원하는 게 뭐예요?

자경　　하준이를… 데려가겠습니다.

서현　　!!

자경　　보시다시피 저는 죽지 않았고, 18개월 된 내 새끼를 이 집에다
　　　　두고 나갔어요. 효원가의 왕자로 키우는 게 가난한 싱글맘이 키
　　　　우는 것보단 낫다고 생각했으니까.

서현　　근데 왜 맘이 변한 거예요? 달라진 건 없는데.

자경　　(눈가 떨리는) 그때의 저는 틀렸고 지금의 저는 맞으니까… 바로잡

|  |  |
|---|---|
| | 으려고 왔어요. |
| 서현 | … |
| 자경 | 제 아이를 찾겠습니다. |
| 서현 | 안 되는 건 아시죠. |
| 자경 | 되게 만들려고요. |
| 서현 | 그렇게 안 될 겁니다. |
| 자경 | 무슨 권리로 그런 말씀을. |
| 서현 | 그쪽이야말로 무슨 권리로 그런 소릴 해요? |
| 자경 | 제가 열 달 동안 품고 열여덟 달을 키운… 아이예요. 권리라뇨? 그런 가당찮은 말씀을~ |
| 서현 | 법적으로 해볼 생각이에요? |
| 자경 | 당연히 그래야죠. 효원그룹 변호인단만 200명이라면서요? 다윗과 골리앗 싸움… 해야겠죠. 6년 전에 했어야 할 싸움이었어요. |
| 서현 | … |
| 자경 | 살아 있는 나를 죽은 사람으로 만들었습니다. 그거 하나만으로 효원은 타격이 클 텐데요. |
| 서현 | 강자경이란 사람의 신분을 도용해 가짜 인생을 산 당신을 사회적으로 매장시킬 증거와 증인을 가지고 있습니다. 그런 우리랑 해보겠다? |
| 자경 | … |
| 서현 | 당신! 범죄자야!! |
| 자경 | (훅 치고 들어오듯, 감정적으로) 제 편이 돼주실 순 없는 건가요? |
| 서현 | … |
| 자경 | 이 세상 어디에도 제 편은 아무도 없는데… 아이의 친모인 제 |

편이 되실 수도 있잖아요.

서현     …

자경     남편분을 효원의 대표이사 자리에 앉게 해드렸습니다.

서현     한지용, 그리고 하준이 할머니와 그 딜을 한 건가요?

자경     …

서현     난 그쪽 편이 되줄 생각 없어. 내가 한 딜이 아니잖아?

자경     (피식) 잃을 게 많은 건… 이 집안입니다. 아시잖아요. 효원가가
        나한테 한 짓, 세상이 알게 할까요?

서현     얼마든지 알게 해!

자경     !!

서현     난 당신이 이 집안에 들어와 우리를 속인 짓부터 세상에 알릴
        테니까. 한지용과 세트로.

자경     한지용은 효원가 아들이에요. 지켜줘야 할 대상 아닌가요?

서현     자기가 한 짓에 대한 책임은 져야죠, 그게 누구든. 나와 동서는
        감쪽같이 모르고 있었는데.

자경     저한테… 이러시면 안 돼요. 저… 무슨 짓을 할지 몰라요. 왠지
        아세요. 저는 지금… 강자경도 이혜진도 아닌… 하준이 엄마거
        든요…

서현     !! 동서 지금 임신 중이에요. 페어플레이란 거 해볼 생각은 없어
        요? 임신한 여자를 상대로 이러고 싶어요?

자경     그래서 하준이를 데리고 나가겠단 겁니다. 자신의 아이가 생겼
        잖아요. 각자 자기 아이만 책임지면 되는 거니까!

서현     (어이없다. 허~)

자경     그리고 저 아직 계약서상 하준이 튜터예요. 하준이 하교 시간이
        다 돼서 건너가겠습니다. (하고 일어서는데)

| 서현 | (강한 포스로) 내 허락 없이 이 집에 있을 수 없다고 했지? |
| --- | --- |
| 자경 | !! |

S#22 　지용의 차 안 /N

지용, 차분하고 침착하게 대처 방법을 생각하듯, 눈을 감고 있다. 쇼팽 음악이 흘러나오는 차 안. 전화기 울린다.

| 지용 | 네, 여보세요. (듣는) 내가 그 튜터, 집 안으로 들이지 말라고 했죠? (듣는) 누구? 형수님? (인상 나빠진다) |
| --- | --- |

S#23 　서현의 서재 /N

고민하는 서현의 모습 위로.

| 시큐리티(소리) | 상무님이 강자경 씨를 절대 집 안으로 들이지 말라고 했습니다. |
| --- | --- |

S#24 　희수의 침실 안 - 밖 /N

희수, 이렇게 무기력하게 누워만 있을 수 없다. 일어나 링거 주사를 뺀다. 억지로 기운을 차리는데 문이 열리면서 지용이 들어온다. 희수, 지용을 격하고도 무섭게 바라보고. 지용은 그런 희수의 시선을 따뜻함으로 중화시키려는.

| 지용 | (시치미 떼는) 당신 컨디션 안 좋다고 해서 일찍 들어왔어. 수영 씨 |
| --- | --- |

랑 나 24시간 비상연락망이잖아.

희수 (지용을 꿰뚫듯 보는) 하준이 친모… 죽었다며.

지용 …

희수 (감정이 격앙되기 시작해) 분명히 당신 입으로 내 눈을 바라보며 한 소리야! 근데 어떻게! 그 여자가 내 집에 들어왔어? (분노) 것도 하준이 튜터로?

지용 당신 놀랄까 봐 차마 말을 못 했어. 지금 봐. 당신 이렇잖아.

희수 … (무슨 말인가 어이없고 벙해서 계속 듣게 되는)

지용 나도 죽은 줄 알았어.

희수 (혼란스러운) 무슨 말이야?

지용 난 그때 유학 중이었어. 하준이가 세상에 태어났다는 것도, 그 여자가 죽었다는 것도 다… 어머니를 통해서 알게 됐어.

희수 …

지용 나도 지금 너무 혼란스러워. 미쳐버릴 거 같아.

희수 하준이 낳아준 여자야. 당신이 그 여자 얼굴을 모를 리가 없 잖아!

지용 (감쪽같이 거짓말한다. 눈빛 이글대며) 내가 승마하면서 잠깐 만난 여자 야. 젊은 날의 실수였어. 그 여자 여기 왔을 때 그때 그 여자란 걸 난… 기억할 수 없었어. 정말이야.

희수 (기가 막힌) 당신 그걸 지금 말이라고 해? 당신이 사랑했던 여자였 잖아.

지용 (절레) 아니야, 그런 거… 당신한테 부끄럽지만… 찰나 같던 인연 이었어.

희수 (벙!)

지용 네가 의심하고 불안해서 나도 알아봤어. 그 과정에서 알게 됐어. 그 여자의 실체를! 그렇지만 그걸 너한테 말할 수 없었어. 내가 이렇게 충격인데 넌 어떻겠어? (괴로운 표정 이어진다) 그래서 내가 내보내자고 했잖아. 난 당신 지켜야 되니까!

희수      (말 끊고) 천륜을 끊어내고 산 사람을 죽은 사람으로 만들었어.

지용      (정색) 난 몰랐던 일이잖아. 내가 한 일이 아니야.

희수      …그 사람… 우리 하준이… 낳아준… 엄마야. (눈시울 붉은)

지용      희수야, 하준이 엄마는 너야! 우리 이기적이어야 해. 그래야 아이 지킬 수 있어. 저 여자… 복수가 목적인 여자야. 저 여자가 하는 얘기는 어떤 소리도 믿어선 안 돼. 정신 차려!

희수      (정신이 하나도 없다) 혼자 있게 해줘. 나 생각을 좀 정리해야겠어. 나가.


뒤돌아서 나가는 지용의 표정이 차게 나빠지고, 남겨진 희수의 멘탈은 미친 듯이 흔들린다.



S#25      루바토 앞 /N

지용이 나오자 서현이 루바토 안으로 들어오고 있다.


지용      무슨 일이에요?

서현      (천천히 다가와 그대로 지용의 빰을 제대로 때린다)

지용      (눈이 벌게져 부들거리다가 이내 피식) 이걸로 되겠어요?

서현      안 되지. 근데 내가 동서한테 약속한 게 있거든. 임신한 여자를 상대로 이러면 안 되지, 니들…

지용      (피식) 내 자식인데… 무슨 상관이에요? (하는데)

| 서현 | 한지용! 그러다… 너 내가 죽인다! |
|---|---|
| 지용 | !! |
| 서현 | 그리고 그거 내 옆에 둘 거야. 가짜 강자경. 내가 효원에 들였거든. 내가 한 일 내가 책임져야 되잖아. 효원… 내가 지켜. |
| 지용 | (뒤돌아가는 서현 바라보며 싸늘한 미소 짓는데서) |

S#26    어느 폐건물 앞 /N

지용, 다른 차림으로 모자를 쓴 채 가방을 가지고 차에서 내린다.

S#27    불법 격투기장 /N

자리에 앉아 현금 봉투가 든 가방을 내려 던지면, 투견인들이 서로를 구타하기 시작한다. 즐기는 듯 보는 지용의 섬뜩한 표정.

S#28    희수의 서재 /N

가지런히 데커레이션된 마카롱과 과일들. 따뜻한 얼그레이가 고급 찻잔에서 김을 모락모락 내고 있다. 희수, 들어오면 일어나 희수를 안아주는 엠마 수녀. 희수 얼굴에 그늘이 깊다. 희수를 자리에 앉히며 다정하게 미소 짓는 엠마 수녀.

| 희수 | 수녀님… |
|---|---|
| 엠마 | (희수 얼굴을 만지며) 자매님, 안 먹혀도 뭐든 먹고 재미없어도 막 |

웃고 그러셔야 돼요.

희수  수녀님… 엄마한텐 이 소릴 못 하겠어요. 충격 받으실 거 같아서. 오늘 제 엄마 노릇 좀 해주실 수 있으세요?

엠마  그럼요. 그러려고 왔어요. (희수 앞에 바짝 다가앉아 손을 잡자)

희수  (눈망울에 눈물이 가득해져) 나 이제 어떡해요?

엠마  … (맘 쓰여 그런 희수 엄마 눈빛으로 보는)

희수  이 집 사람들… 너무… 무서워요. 소름 끼쳐. 누구 말이 사실이고 뭐가 진짜고 뭐가 거짓인지 아무것도 모르겠어요.

엠마  (깊은 한숨으로 공감을 내비치는)

희수  샅샅이 알아내고 싶지만 그 또한 두려워요.

엠마  (끄덕이는) 그 맘 뭔지 알 거 같아요.

희수  제가 떠나고 싶어질까 봐서요.

엠마  …

희수  … 제가 떠나면… 이 아이는 아빠 없는 아이가 되고… 우리 하준이는… 엄마 없는… 아이가 되잖아요. (그러다가 미치겠다) 엄마가 없는 건 아니네요. 우리 하준이를 낳아준 사람이… 있네요. (그 소리에 눈물이 주르르)

엠마  …

희수  저 이제 어떡해야 해요?

엠마  자매님… (눈빛 결연해져) 아이는 엄마 아빠 중 하나가 없어도 한 부모 가정에서 충분히 잘 자랄 수 있어요. 문제는… 이 집에서 절대 자매님 배 속의 아이를 자매님이 키우도록 해주지 않을 겁니다. 주님 앞에선 모두가 다 평등하지만 이 집안 사람들 생각은 그렇지 않아요. 여기는 자기들만의 왕국이에요. 그 아이는 이 왕국의 핏줄이잖아요. 적어도 이 집안에선! 자매님 아이가 아닙니다.

희수 　아뇨. 내 아이예요.

엠마 　(호통하듯) 이혜진 씨도 결국 그렇게 애를 뺏기고 버려졌어요.

희수 　(눈물이 마르고 정신이 번쩍 든다)

엠마 　포기하란 얘기가 아니에요, 자매님. 제 얘길 잘 들으세요. 강해
　　　지셔야 됩니다. 아이를 지키려면 이 집안의 누구와도 싸울 수 있
　　　어야 해요. 엄마이기 때문에… 그래야 하는 겁니다. 신은 여자에
　　　게… 아이를 지킬 힘을 주셨습니다. 그 힘으로 헤치고 나가세요.

희수 　…수녀님… 하준이도… 제가… 키울 거예요. 그럴 수 있겠죠?

엠마 　(표정)

희수 　하준이… 제 아들이에요.

엠마 　(헉! 그런 희수 걱정스레 보는데서)


S#29 　　동 저택 일각 - 서현의 서재 앞 /N

　　　주 집사, 불안과 초조로 미칠 거 같다. 결국 뭔가 결심한 듯 서현
　　　의 서재로 향한다. 서현의 서재 앞에서 노크한다. 문을 열고 들
　　　어가는 주 집사.


S#30 　　서현의 서재 /N

　　　주 집사 죄인처럼 서 있고, 서현은 주 집사를 투명인간 취급하며
　　　뮤지엄 관련 자료를 읽고 있다.

주 집사 　돈이 필요해서 그랬습니다.

| 서현 | (주 집사에게 시선 두기보다 자료에 시선 두며) 주 집사님 생각보다 머리가 나쁜가 봐요? 내가 어떻게 그 사실을 알았겠어요? |
|---|---|
| 주 집사 | … |
| 서현 | 한지용한테 다 쓰이고 버려진 거 같네요. 토사구팽~ 사람을 좀 잘 고르지 그랬어요. |
| 주 집사 | 사모님… |
| 서현 | … (자료에 시선 둔다. 관심 없다) |
| 주 집사 | 저를 쓰세요! |
| 서현 | (그제야… 서서히 반응이) |
| 주 집사 | 사모님이 정말 필요한 순간에 사모님의 개가 되겠습니다. 그때 저를… 쓰세요. 그게 뭐든… 하겠습니다. |
| 서현 | (그런 주 집사 보는데서) |


S#31 　카덴차 내 순혜 전용 욕실 /N

미용실 샴푸 시설이 갖추어진. 두피관리사가 순혜의 머리를 감겨주고 있다.


| 두피관리사 | 혈전이 단단히 뭉쳐졌네요, 사모님. |
|---|---|
| 순혜 | 내가… 스트레스가 좀 많아야. 나보다 스트레스 많은 사람 있으면 나와보라 그래. 나올 수가 없지. 버얼써 죽었을 거니까, 스트레스로. |
| 두피관리사 | (마사지 해주는) |
| 순혜 | 시원하다, 시원해. 시원 시원 시원~ |

카메라 확장되면 성태가 순혜의 발 마사지를 해주고 있다.

순혜　　(중얼중얼, 애드리브) 아니 넌 발 마사지를 이렇게 잘하면서 왜 그동안 말 안 했어~ 계속 써먹었을 텐데. 힘 아껴뒀다 뭐해. 아이고 좋다~

영혼이 나간 듯한 성태의 표정 위로.

주 집사(소리)　　니들은 이제 내가 시키는 대로 해야 돼. 안 그러면 어떻게 되는지 알지?

그런 성태의 표정 위로 순혜의 소리.

순혜(소리)　　엄지만 누르지 말고 골고루 눌러… 편애 금지!!! 금지 금지 금지!

성태, 편애 없이 다섯 발가락 다 눌러주고 있는.


S#32　　동 저택 일각 /N

주 집사, 서현과의 살 떨리는 딜이 끝난 후 그렇게 걷고 있는데 진호의 호출기가 울린다. 주 집사, 안 간다. "어휴 진상~ 개진상~"


S#33　　한 회장의 서재 여러 곳 /N

388 × 389

진호(소리)　(목욕탕 울림 소리가 들리는) 나 여기 아이스커피 한 잔 가져다줘. 나 여기서 저녁도 먹고 싶다. 주 집사… 주 집사… 대답해! 주 집사 문 열어줘. 나 화장실 가야 돼. 아, 문 열어줘.

(인서트 1)　지하 벙커 입구 /N
　　　　　꽉 닫힌 한 회장의 비밀 금고 위로 마치 말하는 금고처럼 진호 소리가 허무하게 울린다.

진호(E)　문 열어달라고… 문, 문!! 아 열어줘! 화장시일~ 나 쌀 거 같아. 나 여기다 싼다? 니네가 치워야 돼! 나 싼다?! 어!!

(인서트 2)　서현의 서재에 걸린 코끼리 그림에 카메라 줌인.

S#34　서현의 서재 /N
　　　　　주 집사, 서현의 얘기를 듣고 놀라는데서.

서현　뭘 그렇게 놀라요?
주 집사　굳이 그렇게 하시는 이유가 뭔지 저는 잘 이해가 안 가서…
서현　고인 물은 썩게 마련이에요. 인사 이동 개념으로 받아들이세요. 경혜와 성태, 김유연 씨는 루바토로 보내세요.
주 집사　(거듭 놀라는)
서현　루바토에 근무했던 메이드들, 그리고… (눈빛) 강자경 씨를 이리로 오게 하고요.
주 집사　성태와 2번 같이 두면 안 되는데… (하다가) 아뇨, 알겠습니다.

| 서현 | 김유연 씨를 하준이 튜터로, 강자경 씨를 카덴차 게스트 전문 비서로… 물론 강자경 씨는 메이드 업무에서 제외할 겁니다. 손이 더 필요하면 사람을 더 뽑을 거고요. |
| 주 집사 | 근데 한지용 상무님이 강자경 씨 집에 들이지 말랬는데… |
| 서현 | (주 집사 탁 보자) |
| 주 집사 | (이크 싫다) 말씀… 받들겠습니다. |

<br>

**S#35**    자경의 방 안- 앞 /N

자경, 주 집사의 전화를 받는다.

| 자경 | (통화 중) 알겠습니다. 그렇게 하죠. |

자경이 문을 열면. 느린 화면. 희수가 그 앞에 서 있다. 서로 바라보는 두 여자의 엄청난 시선. 문을 사이에 두고 그 자리에서 그렇게 대화가 터져 나오기 시작한다.

| 희수 | …얘길 해봐요. |
| 자경 | … |
| 희수 | 말 안 할 거면 내 얘기 다 듣고 그쪽 얘기해요. 난… 우리 하준이 엄마로서… 끝까지 책임과 의무를 다할 겁니다. 하준이의 행복은 지키고, 하준이의 상처는 막고… 오로지 그것만 생각하고 모든 걸 결정할 거예요. 하준이가 더 행복한 게 뭔지 하준이를 어떻게 하면 덜 다치게 할 건지… 내 모든 결정의 기준은 그겁니다. |

| | |
|---|---|
| 자경 | 고맙습니다. 내 아들 그리 생각해주셔서. |
| 희수 | (피식) 내 아들 내가 생각하는데 번번이 그쪽이 왜 고맙죠? |
| 자경 | 손바닥으로 하늘을 가리면 하늘이 가려지나요? |
| 희수 | … |
| 자경 | 하준이 내가 낳았습니다. |
| 희수 | 내가 키웠어. |
| 자경 | … |
| 희수 | 복수하고 싶은 거죠? 아이를 뺏기고 청춘을 부인당한 자신의 과거를 보상받고 싶은 거잖아. 그렇게 해요. 안 말려~ |
| 자경 | 아이가 아팠어요. |
| 희수 | … |
| 자경 | 나한테는 선택의 여지가 없었어요. (울먹이는) 이 집에서 크면 아프지 않을 거 같았습니다. 그렇게 아이를 속절없이 둔 채… 나왔습니다. 그 대가로 돈을 받았어요. 한 번도 만져본 적 없는 돈이라 정신을 잃을 정도로 첨엔… 좋았어요. 근데요… 그 돈이 더 큰 돈을 만들어 돈이 눈덩이처럼 불어날 때마다 아이 생각이 그 눈덩이만큼 커졌어요. 그 눈덩이를 굴리면서… 눈덩이 속에 틀어박힌 죄책감이란 돌멩이에 늘 영혼이 찍혔어요. (눈물이 차오르는) |
| 희수 | … |
| 자경 | 어차피 이 집안이 나를 받아들일 리는 없으니까… 이 아이를 나 혼자 키우는 것보단 이런 궁궐에서 황태자로 자라면 훨씬 행복할 거라고 생각했어요. 그래서 보냈습니다. 그때 하준이가 18개월이었어요. |
| 희수 | … |

| 자경 | 너무… 오래 키웠어요. 핏덩이 때 보냈으면 차라리 나았을 텐데… |
|---|---|
| 희수 | … |
| 자경 | 아이를 두고 돌아선 그날부터 지금까지 단 한순간도 하준이를 잊은 적이… 없어요. (눈물) 그 심장 소리, 이유식을 먹으면서 나와 눈 맞추던 눈망울, 그 냄새… 눈을 떠도 눈을 감아도 아이 생각뿐이었어요. 심장을 도려내고 손톱 발톱이 다 빠지는 거처럼 아팠어요. 너무 보고 싶어서… 심장에 피가 흘렀습니다. 피 냄새가 진동할 만큼… |
| 희수 | (표정이 서서히 놀라는) 원하는 게… 하준이인 거예요? |
| 자경 | … (그런 희수 보는) |
| 희수 | 왜 하필 하준이예요? 복수를 하러 들어왔어야지! (미치겠는데) |
| 자경 | 하준이를 그동안 키워줘서 감사해요. 이제 내가 키우겠습니다. 내가 그 아이 엄마예요. |
| 희수 | 아니! 하준이 상처 받아요. 아이 상처 주는 짓 하지 말아요, 제발. |
| 자경 | 왜 하준이가 상처 받을 거라 생각해요? 자기를 낳아준 엄마를 이제야 만났는데… |
| 희수 | (미치겠다) … |
| 자경 | 하준이는 날… 분명 기억할 겁니다. 난 그걸… 느껴요. |
| 희수 | (말을 막는) 난 하준이 엄마로 지난 6년 내 영혼을 바쳐 최선을 다했어. 한 점의 부끄러움 없이. |
| 자경 | 고마워요. |
| 희수 | 그 소리 그만해! (격양되는) 당신은 나한테 그런 소리 할 자격이 없어! 하준이 엄마는 나예요. 당신이 나와 하준이가 함께 보낸 그 세월을 이길 수 있을거 같아요…? |

392 × 393

| | |
|---|---|
| 자경 | 하준이를 향한 내 오래된 그리움은요… 그 마음을 당신이 이길 수 있을 거라고 생각해요? |
| 희수 | (미치겠다) … 정말 하준이를 생각한다면 그냥 떠나요. |
| 자경 | … |
| 희수 | 유전자 검사도 조작할 수 있는 집안이에요. 겪었잖아. 죽은 사람이 돼봤잖아!! |
| 자경 | …그러니 내가 뭐가 겁나겠어… |
| 희수 | !! |
| 자경 | 난 세상에 겁나는 거! 단 하나야! 하준이를 못 보고 사는 거! (확 나가는데서) |
| 희수 | 차라리… 한지용을 가져가요. (표정, 눈빛) |
| 자경 | (헉 그런 희수 보는) |

희수와 자경, 서로는 바라보는 눈빛에서.


S#36    메이드 집합 (몽타주성) /N

카덴차와 루바토의 메이드들이 일제히 카덴차로 이동 중이다. 울리는 그녀들의 호출기들. 바쁜 그녀들의 발걸음. 그 가운데 보이는 유연. 유리 정원에서 나와 카덴차로 향하는.


S#37    수혁의 방 - 계단 - 1층 일각 /N

양복 차림의 수혁, 퇴근한다. 문이 열리고 계단을 오르려는데. 수혁의 시선으로 보이는 1층 일각 전경- 메이드들이 모두 모여 있다. 그 가운데 보이는 유연의 반듯한 모습. 수혁, 그런 유연에게 시선 머물다 현관으로 향하는데 들리는.

주 집사(소리)   김유연 씨는 오늘부터 루바토로 근무지 옮깁니다. 김성태, 황경혜 두 사람도 같이…

수혁, 그 소리에 발걸음이 멈춘다. 고개 돌려 그들에게 시선 향하면, 당황하는 유연의 표정이 보인다. 수혁, 주 집사에게 다가간다.

수혁   왜 갑자기 근무지를 옮긴단 거예요?
주 집사   (당황해 그런 수혁 보는) 아 그게… 큰사모님이…
수혁   안 돼요. 김유연 씨는 여기 있게 하세요.
유연   (막으며) 아닙니다. 사모님 말씀대로 하겠습니다.
수혁   (그런 유연 보다가 더 이상 아무 말을 못 한다) …

그러다 시선 흩어져 보면 2층에서 이 상황 보고 있는 서현의 시선. 그런 서현과 눈 마주치는 수혁. 서현, 올라오라는 듯한 수신호 보내는.

S#38   동 저택 내 서현 서재 /N
서현, 기다리고 있으면 문이 열리고 수혁이 들어온다. 그런 수혁을 보는 서현.

| | |
|---|---|
| 서현 | 무슨 짓이지 메이드들 앞에서? 본심을 숨기는 법을 좀 더 배워. 큰일 하는 사람이 되려면. |
| 수혁 | 내가… (눈빛) 좋아하는 여자예요. |
| 서현 | 넌 절대 그 아이랑 얽히면 안 돼. |
| 수혁 | 이미… 늦었어요. |
| 서현 | 니가 불행해져. |
| 수혁 | 내 인생이에요. 불행해도 상관없어요. 한 번도 행복한 적 없었으니까. 더 불행해질 것도 없어요. |
| 서현 | (그런 수혁 보는) 진짜 불행이 뭔지 모르는구나. |
| 수혁 | 엄마 노릇 하려고 너무 애쓰지 않으셔도 됩니다. 내가 알아서 할 테니까… |
| 서현 | 저 아이의 불행이 내가 본 어떤 그림보다 선명하게 그려진다. |
| 수혁 | 엄마처럼 만들지 않을 겁니다. 그럴 자신 있어요. 난 아빠와 다르니까. |
| 서현 | 정말… 니가 아빠랑 다를 수 있을까? 상황은 같을 텐데… 물론 저 애는 니 엄마랑 다르지. 더 불행할 거야. 적어도 니 엄마는 니 아빠를 사랑하진 않았으니까!! |
| 수혁 | … |
| 서현 | 이쯤에서 그만둬! 수혁아, 니가 아니라 저 아이를 위해서 하는 소리야. 니가 좋아하는 여자의 불행 정도는 신경 써야겠지? |
| 수혁 | (표정, 눈빛) |
| 서현 | (그대로 나가버리는) |

S#39          양순혜의 침실 /N

양순혜, 주 집사에게 메이드 인사 이동 얘기를 듣고는 짜증을
낸다.


순혜　　　정신 사납게 뭘 바꿔.

주 집사　　아무래도 유연이를 수혁 도련님과 떨어뜨려놓으려는 이유가 젤
　　　　　큰 거 아닐까요? 그거 아니면 (떠보듯이) 뭐 또 다른 이유가…

순혜　　　(그런 주 집사의 몽롱한 시선 포착하고 꼴쳐보며) 눈알이 왜 그래?

주 집사　　(얼른 눈알 원위치시키는)

순혜　　　그나저나 작은애 아이 가졌는데 축하 파티라도 열어야 하지 않
　　　　　을까?

주 집사　　작은사모님이 요즘 심기가 안 좋은 거 같습니다.

순혜　　　(그 소리에 반응해 눈이 동그래지며) 뭘 알았대?

주 집사　　알긴 뭘~~~ (또 눈알 희번덕하자)

순혜　　　(주 집사 보려는 순간)

주 집사　　(얼른 눈알 원위치)

순혜　　　자손이 번성해야 하잖아. 그게 상속의 맛이니까… 한 회장 저렇
　　　　　게 속절없이 누워 있지 않았음 얼마나 좋아하셨겠어? 희수를 또
　　　　　얼마나 아꼈게? (표정 변화무쌍) 에휴 김미자 년…


하는데 주 집사 문득 떠오르는. '에구머니나' 하는 표정으로 갑
자기.


주 집사　　왕사모님 잠시만요. (허걱~ 서둘러 나간다)

S#40    한 회장의 서재 - 벙커 안 /N

　　　　주 집사, 유리 압착기를 들고 금고에 귀 붙이고 진호를 부른다.

주 집사    전무님, 아니 대표님… 안에 계시죠? 대표님~

　　　　주 집사, 결국 압착기를 붙인다. 문이 열린다. 주 집사, 내가 이게 무슨 짓이야… 싶다. 주 집사 머리가 밑으로 쑤욱 빠지며 벙커로 들어가는데서.

S#41    카덴차 - 루바토 (그날의 운명대로) /N

　　　　자경이 캐리어를 끌고 카덴차로 걸어가고 있다. 유연이 캐리어를 끌고 루바토로 걸어가고 있다. 자경과 유연이 그렇게 다시 엇갈려 다른 건물로 걸어가고 있다. 1회 운명의 교차 신이 오마주 되는 느낌으로. 자경과 유연의 모습이 교차되면서.

S#42    루바토 내 /N

　　　　유연이 건너오고 메이드 2(경혜)와 성태가 온다. 유연이 자경의 방으로 들어간다. 그런 유연의 착잡한 모습에서.

S#43    하준의 방 /N

　　　　희수, 하준을 꼭 안고 있다. 그 위로.

| (인서트 1) | 하준의 방 /D |
|---|---|

네 살 하준을 안고 있는 희수. 눈 비비는 하준을 사랑스럽게 보고 있다.

| (인서트 2) | 하준의 방 /D |
|---|---|

다섯 살 하준과 한글 그림 카드로 놀이를 하고 있는 희수. 하준이 카드를 제대로 집자 행복해하며 즐거워한다.

| (인서트 3) | 치과 /D |
|---|---|

치과에서 유치를 뽑는 일곱 살 하준. 질질 짜는 하준을 달래는 희수.

| (인서트 4) | 어느 거리 /D |
|---|---|

이 뽑고 두 손을 꼭 잡은 채 거리를 걷는 행복한 표정의 희수와 하준.

그런 기억 떠올리며 하준을 꼭 끌어안고 누워 있는 희수.

| S#44 | 카덴차 내 여러 곳 /N |
|---|---|

메이드 4·5가 들어온다. 그리고 자경이 걸어 들어온다. 2층에서 그런 광경을 보고 있던 순혜, 자경을 보고는 허걱 또 놀란다. 휘청한다. 주 집사 급하게 걸어온다. 눈이 커져 있는 순혜를 보자 빠른 걸음으로 다가온다.

398 × 399

| | |
|---|---|
| 주 집사 | 사모님 뭘 그렇게 놀라세요? |
| 순혜 | 저 물건 왜 일루 와? |
| 주 집사 | 어느 물건요? 아아… 강자경 씨요? 제가 아까 말씀드렸잖아요. 강자경 씨가 카덴차로 온다고요. |
| 순혜 | (에라이) 저 썩을… 진호 어딨어? 진호랑 얘기해야 돼… 진호 어딨어? |
| 주 집사 | 수녀님 만나러 가셨어요. |
| 순혜 | 수녀? (짜증) 요새 걔 수녀 만나? |

S#45    수녀원 /N

낯가리며 앉아 있는 진호와 진호가 뭔가 얘기를 꺼내주기를 기다리는 엠마 수녀.

| | |
|---|---|
| 진호 | (드디어 입을 떼는) 이름 한진호. 군대는 육군 만기 제대를 했고요. 미국 국적인데도… 아, 물론 정치 의사가 있어서 그런 건 아니고요. 혈액형은 AB형… |
| 엠마 | 관등성명 안 하셔도 됩니다, 형제님. 편하게… 저를 그냥 편한 소파처럼 생각하세요. |
| 진호 | (뭔 소리야) 그 위에 앉으란… 소리? |
| 엠마 | 아뇨. 제 말은 우리가 소파 위에서 가장 편한 자세와 상태가 되잖아요. 긴장도 풀게 되고요… 그러시라고요. |
| 진호 | 아 네. |
| 엠마 | (말문 터주는) 효원의 대표란 자리가 많이 부담되고 힘드시죠? |
| 진호 | (아닌데) 아뇨. 부담 안 돼요. 아주 편해요. |

| 엠마 | (그럴 리가) 그 어마어마한 자리가 편하시면 안 되는데… |
|---|---|
| 진호 | 수녀님… 그렇게 아등바등 힘들게 살아봐야 우리 아버지처럼 쓰러져요. 저 그러고 싶지 않습니다. |
| 엠마 | …계속 말씀해보세요. 이렇게 시작하시면 돼요. 반박하세요, 나한테… |
| 진호 | 아버지는 지용이와 저를 평생 차별했어요. 오늘 제가 그 이유를 알았습니다. 아버지는 지용이 엄마 김미자를 정말 사랑했어요. |
| 엠마 | (그 소리에 자기도 모르게 끄덕) |
| 진호 | 지용이는 우리 아버지를 제대로 닮았어요. 두 여자랑 같이 사는 거봐요. |
| 엠마 | (표정이 싸늘하게 변한다) |
| 진호 | 아버지는 양심이 있어서 지하 창고에 숨겨뒀지… 그 자식은 대체 뭐냐고… |
| 엠마 | 자기 얘기를 하세요. 남의 얘기 말고요. |
| 진호 | (끄덕이다 대뜸 표정 가득 감성적이 되어서는) 저… 외로워요. 세상에 날 이해해주는 사람이 단 한 사람이라도 있었음 좋겠어요. (진심 외롭다. 곧 울 거 같다) |


S#46    한 회장의 VVIP 병실 /N

여전히 꽃에 둘러싸여 누워 있는 한 회장. 꽃꽂이 마무리를 하고 나가는 플로리스트 팀. 그들 인사하고 보내는 서현. 그러고는 한 회장을 내려다보고 있는 서현의 표정 위로.


(인서트)    (회상) 7년 전 – 카덴차 한 회장 서재 /N


400 × 401

한 회장 앉아 있고, 서현 서 있다. 한 회장, 일어나 창가 쪽으로
걸어간다.

서현     (의외로 진심을 내비치는) 전 누구랑 결혼하든 같습니다. 상대가 의
        미 있지 않습니다.

한 회장   (그런 서현 놀라서 돌아보는) 효원의 황후 자리가 탐난 거 아니야?

서현     아버님의 서방님을 향한 무한한 신뢰를 알고 있습니다.

한 회장   (말 끊으며 버럭) 지용인! 절대… 내 후계자가 될 수 없다.

서현     (의아하다. 그런 한 회장 보는)

한 회장   (표정 단호한) 기다려라. 니 결혼의 목적이 뭐였든… 이혼보단 나
        을 거니까…

서현, 그런 한 회장을 맘을 알 수 없는 표정으로 보고 있다.


S#47     지용의 집무실 /D

        지용과 창을 바라보며 서 있는 초로의 이사 1.


이사 1   다음 달 3일에 다시 이사회가 열립니다. 이번에도 한진호 전무
        를 대표로 계속 미실 생각입니까?

지용     (맘을 알 수 없는 표정이다가 서서히 본심을 드러내는) 저도 이제 애가 둘
        입니다. 무조건 양보만 할 순 없죠. (하고 톡 이사의 어깨를 만진다) 긴
        급이사회를 열었으면 해요. 다음 달 3일? 너무 길어요.

이사 1   (알아들었다는 듯 끄덕이는)

점점 더 야망을 드러내는 지용의 얼굴에서.


S#48       산부인과 /D

희수가 초음파 검사를 받고 있다. 움직이는 태아 초음파를 보고 눈시울이 붉어지는 희수. 하준이가 신기한 듯 그 초음파를 함께 보고 있다. 희수, 하준이 손을 잡는다.


희수       하준아, 동생 움직인다.

하준       근데요… (의사에게) 여동생이에요 남동생이에요?

의사       글쎄요~ 누굴까~?

하준       여동생이었으면 좋겠어요!! (입가에 미소)

희수       (눈가에 눈물이 차오른다)

의사       엄마 닮았음 얼마나 이쁠까…


희수와 하준의 꼭 잡은 손에 C.U하면서.


S#49       지용의 집무실 - 유연의 방 /D

심각한 지용의 표정에서 신이 출발한다. 결심한 듯 핸드폰 들어 자경에게 전화한다.


-카덴차 내 유연의 방-

자경이 하준에게 문자를 보낸다. '하준아 엄마' (하다가 지우고) '선생님 카덴차에 있어. 보고 싶…' 하면서 눈가가 깊어지는데 한지용에게서 전화가 온다. 표정이 단박에 변해 전화 받는 자경.

| | |
|---|---|
| 자경 | 여보세요. |
| 지용(F) | 나야. |
| 자경 | … |
| 지용 | 무슨 생각으로 아직 거기 있는 거지? |
| 자경 | (어이없다) 만나서 얘길 좀 해야겠지? 사무실로 갈게. |

-지용의 집무실-

전화를 끊은 지용, 창밖을 보며 떠올린다.

| | |
|---|---|
| (인서트) | (플래시백) 카덴차 내 (1회 S#21신 확장) /D |

저택 내 짐- 양순혜 운동을 마치고 나오면, 지용이 서 있다. 뭔가
할 말이 있어 보이는 지용의 표정에서.

| | |
|---|---|
| 순혜 | 여기까지 웬일이야? 너 뭐 할 말 있어? (방심 중, 경계 없이) |
| 지용 | 하준이 낳아준 그 사람… 우리 집에 들어올 겁니다. |
| 순혜 | (귀를 의심하는) 누가 온다고? |
| 지용 | …어머님이 원하는 걸 들어드릴 테니… 함구해주세요. |
| 순혜 | (어이없어 멍청하게 그런 지용 보는) |
| 지용 | 하준이 엄마는 몰라야 합니다. |
| 순혜 | (버벅대는) … 너… 대체 뭐라는 거야? (소리 죽여) 6년 전 죽은 걸로 |
| | 돼 있는 하준이 친에미를 이 집에 들인다고? 아니~ 제정신이냐? |
| 지용 | (묘한 눈빛으로) 하준이 튜터만 세 번 바꿨어요. 다들 맘에 안 들어. |
| | 아무래도 진짜 엄마가 옆에 있으면 정성으로 키울 거 같아서요. |

| 순혜 | (멍청하다. 소름도 끼치고) |
|---|---|
| 지용 | 거기다… 너무 보고 싶어 하네요, 하준이를… 어머니만 입 다물어주시면 아무 문제가 없을 거 같아서요. (하고 뒤돌아서는데) |
| 순혜 | (멍하게 서 있다가 불쑥 저만치 가고 있는 지용에게) 너 내가 친엄마였어도… 이런 부탁을 했… 했을까? |
| 지용 | …어머니가 내… 친엄마였으면… 내가… 이런… 사람이 되지 않았겠죠. |
| 순혜 | (무슨 말이지… 알 듯 모를 듯하다. 어쨌든 놀라서 벙!) |

 

S#50      동 저택 게이트 /D

자경을 태운 세단이 게이트를 빠져나간다.

 

S#51      지용의 집무실 /D

지용, 기다리고 있으면 자경이 들어온다. 지용, 그런 자경을 보는. 미동도 없는 지용. 그런 지용에게 다가오는 자경.

| 지용 | 내가 우스워? |
|---|---|
| 자경 | 그럴 리가… 소름 끼칠 정도야… 무서워서. |
| 지용 | 내가 나가라고 했을 텐데, 내 집에서. |
| 자경 | … |
| 지용 | 그에 상응하는 대가를 원하는 거면 들어줄게, 얼마든지. |
| 자경 | 얼마나 줄 건데 이번엔? |
| 지용 | (그런 자경 보는) |

| | |
|---|---|
| 자경 | 나 6년 전 이혜진 아니야. 돈으로 날 움직일 수 있다고 생각해? |
| 지용 | 어! 그렇게 생각해. 자식을 돈하고 바꾼 건 너니까. |
| 자경 | 어떻게 그렇게 말을 할 수 있지? 당신 집안이 날 어떻게 취급했는데? |
| 지용 | 기억도 안 나는 옛날 얘기 그만해. |
| 자경 | 거기서 시작을 해야 하니까. |
| 지용 | (피식) 니 맘대로 해봐, 어디… 내 핏줄을 낳아준 여자라는 단 하나의 내 선심도… 연기처럼 사라질 테니까. |
| 자경 | … (눈동자가 한없이 흔들린다) |
| 지용 | 니가 어느 날 나타나 하준이가 보고 싶다고 했지. 튜터를 잘라만 주면… 그냥 그렇게 하준이 곁에 있기만 하겠다고. 니 갸륵한 부탁을 거절 못 한 게 내 잘못이라면 잘못이지. |
| 자경 | …나 혼자만 침입자로 만들려고? 당신은 빠지고? 튜터를 자르겠다고 한 건 당신이야! |
| 지용 | 여기서 다 멈추고 끝내. |
| 자경 | 아니, 그럴 수 없어 절대! |
| 지용 | (눈빛 무서워져) 죽을 수도 있어. |
| 자경 | … |
| 지용 | (섬뜩한) 가짜가 아니라 이번엔 진짜로 죽을 수도 있어. |
| 자경 | …혼자 죽지 않아! |

두 사람의 시선이 강렬하게 부딪힌다.

| | |
|---|---|
| 지용 | 내 경고는 여기서 끝이야. 날 더 이상 화나게 하지 마. |
| 자경 | (눈가 벌게져 치를 떠는) |

S#52    어느 치킨 집 /D

하준의 손을 물수건으로 꼼꼼히 닦아주는 희수. 주변의 여학생
들과 손님들, 희수를 알아보고 수군대고. 희수, 신경 쓰지 않고
하준에게만 집중한다. 이때 치킨이 온다. 행복해하는 하준, 환하
게 웃는 희수. 하준이 치킨을 먹기 시작하는데, 그런 하준을 아
련하게 보는 희수의 눈망울.


희수    우리 집 참 별로야, 그렇지?

하준    왜?

희수    치킨이랑 짜장면 배달도 안 되고…

하준    맞아. 난 치킨, 짜장면이 젤 맛있는데…

희수    갈비찜이랬잖아.

하준    엄마가 해준 거 중에선 그게 젤 맛있고… 짜장면, 치킨은 먹고
        싶어도 먹을 수가 없으니까… 더 맛있는 거 같아.

희수    우리 하준이는… 엄마랑 어떻게 이렇게 좋아하는 음식까지…
        비슷할까.

하준    (그런 희수 맘 깊은 눈으로 보는) 엄마도 먹어. 내 동생 치킨 냄새만 맡
        게 하지 말고… 먹여줘 빨리… (애답게 방긋 웃는다)

희수    그래. (하고는 먹기 시작한다)


그런 두 사람의 모습이 가슴 아프게 멀어지는.


S#53    어느 풍광 좋은 곳 /D

희수와 하준이 손을 잡고 걷고 있다. 마치 남녀의 데이트 장면

처럼 설레고 아련한. 그러다 어딘가에 자리 잡고 앉는 희수와
하준.

희수    하준아… (어렵게 말을 꺼낸다) 엄마가 아까 본 니 동생처럼 널…
        내 몸속에 첨부터 가지고 있었던 건 아니야… 그렇지만… 엄마
        는… 엄마가 외할머니 배 속에 있을 때 이미… 너를 먼 훗날…
        만나게 될 운명이었어. 첫눈에 니가 그랬거든.

하준    나도… 엄마… 첨 만났을 때 그랬어. 너무… 좋았어… 예쁘고…

희수    (그런 하준을 눈가 그렁해 보다가 서서히 표정이 서늘해진다) 엄마… 첨 봤
        을 때를 기억해? 너 그때 세 살밖에 안 됐는데…

하준    응, 기억해.

희수    (표정) …

하준    엄마 옷도 기억해… 머리 모양도…

희수    (자경의 말을 떠올리며 판도라의 상자를 여는 기분으로) 그럼… 널… 낳아
        준… 엄마… 혹시… 얼굴… 기억하니…?

하준    …

희수    …

하준    …냄새를… 기억해.

희수    (억장 무너지는)

하준    첨 봤을 땐… 몰랐어. 근데… (눈물이 차오르는) 내가 말에서 떨어
        질 때… 날 안고 있었을 때… 그렇게 한참 있었는데… 기억이
        났어. 냄새가… 기억이 났어…

희수    (미칠 거 같다. 눈물이 타고 흐른다)

하준    미안해, 엄마… 강자경 선생님… 안 미워하면… 안 돼? (눈물 가
        득해)

| 희수 | … |
|---|---|
| 하준 | 그 선생님… 쫓아내지 마, 엄마. (운다) |
| 희수 | (그대로 하준을 안는) …우리 아들 얼마나 힘들었을까? 아무한테도 말 못 하고… 너 그러는 거 아니야…엄마랑 비밀 안 만들기로 약속해놓고… 기억이 났음 엄마한테 얘기를 했어야지. 왜… |

희수, 하준을 그렇게 안고 가슴 아프게 울고 있다. 그 모습이 그렇게 지고 있는 노을과 함께 의미 있게 한 그림에 담겨진다. 그 노을은 마치 둘의 멀어질 관계를 은유하듯.


S#54     동 저택 게이트 앞 /N

자경이 엄청난 철문 앞에서 문을 두드리며 절규한다.


| 자경 | 문 열라고… 열란 말이야… 하준아… 하준아~ 하준아… |
|---|---|

시큐리티 팀 미동도 하지 않고 있는 와중, 드디어 문이 열린다. 자경, 절규를 멈추고 발을 들이려는 순간. 시큐리티가 통제하고 성태와 메이드 4·5가 자경의 트렁크를 가지고 나와 자경 앞에 둔다. 다시 철문이 닫힌다. 자경의 절통한 표정.


(인서트)     카덴차 내 일각 /N

서현 앞에 서 있는 시큐리티 팀장.


| 시큐리티 팀장 | 상무님이 워낙 단호하셔서 어쩔 수 없었습니다, 사모님. |
|---|---|

| 서현 | (담담하게 그런 팀장 말을 들으며 끄덕인다) |
|---|---|
| 시큐리티 팀장 | 큰사모님이 인사이동하셨다는 말을 했는데도… 하준이 아빠로서 그 사람을 그 집에 둬선 안 된다고 감정이 너무 격앙되셨거든요. |
| 서현 | (그 소리에 표정 싸해지다가) 어쩔 수 없었겠네요. |
| 시큐리티 팀장 | 네… 사모님. |
| 서현 | 그동안 수고하셨어요. 인사팀에서 연락 갈 거예요. 오늘부로 팀장님… 해곱니다!!! (계단을 올라간다) |

옆에 서 있던 주 집사 얼굴이 허옇게 되고, 시큐리티 팀장도 사색이 된다.


-동 저택 게이트 앞-

철문 앞에 비참하게 앉아 있는 자경의 모습이 비춰진다. 저택 앞에서 속도를 줄이며 희수의 차가 멈춰 선다. 희수의 표정. 그리고 하준의 표정. 희수, 차를 멈추고 차에서 내린다. 시큐리티, 희수에게 예를 갖춰 인사하고.


| 희수 | 저분 왜 저기 계세요? |
|---|---|
| 시큐리티 | 상무님이 집에 들이지 말라고… |
| 희수 | (화나는) 정중하게 안으로 모셔요. |
| 시큐리티 | 사모님. |
| 희수 | 당장요! 내 말 안 들려요? 내가 모든 걸 책임질 테니까 안으로 모셔요. |

차 안에서 자경을 보고 있는 하준의 뜨겁게 슬픈 눈동자. 그런 하준을 보며 멋쩍게 웃는 자경의 슬픈 모습이 교차되고.


S#55    루바토 내 희수의 서재 /N

희수 앉아 있으면 자경이 들어와 희수 앞에 앉는다.


자경    한지용… 그 사람이에요.

희수    …

자경    날… 이 집에 들인 사람.

희수    !!!

자경    …

희수    (덜덜 떨리는) 거짓말… 그 사람도 당신한테 속았다고 했어. (말도 안
        된다 싶다) 그 사람이 당신을 순순히 들일 리가 없잖아.

자경    순진하신 건가… 대본을 너무 많이 보신 건가. 드라마처럼 내가
        얼굴이라도 다 고쳤다고 하던가요?

희수    …

자경    아니면 하룻밤 풋사랑이라 얼굴을 못 알아봤다고 하던가요? (표
        정 싸해져) 사모님… 아니 서희수 씨… 당신 제대로 속았어.

희수    …당신 날 망가뜨리고 싶어서 그러는 거지?

자경    (O.L) 오늘… 나한테 문을 열어준 건 서희수 씨예요. 그 사람은…
        날 이 집에 들어오지 못하게 막았습니다. 내가 이런 얘길 당신에
        게 하는 게 무서웠을 겁니다, 한지용은.

희수    닥쳐! 난 당신 말은 아무것도 안 믿어.

자경    하준이 할머님도 알고 있어요. 내 정체를, 그리고 모든 걸…

| | |
|---|---|
| 희수 | (표정 굳는) |
| 자경 | 나랑 재회한 2019년부터 2년을 만났어요. 뜨겁게 사랑했죠. 재회한 옛사랑이 얼마나 뜨거울진 짐작되시죠? |
| 희수 | (상상도 못 했다. 입술이 바짝 타들어가는) |
| 자경 | 첨엔 그 남자를 뺐을까도 생각했어요. 날 사랑하는 줄 알고. 불에 한번 데어본 애는 불을 겁내야 되는데 내가 어리석었어요. |
| 희수 | … |
| 자경 | 당신이 임신했단 걸 알자 날… 버리더라고요. 웃기죠. |
| 희수 | 그만. (무너진다) |
| 자경 | (희수가 무너지자 표정에 금 가기 시작한다) |
| 희수 | (엄청난 혼란과 불길한 예감에 힘들어한다. 미칠 거 같은데) |
| 자경 | 그 사람! 당신이 생각하는 것보다… 훨씬… 무서운 사람이에요. 믿지 말아요, 절대!! |
| 희수 | (미치겠다) |

S#56    희수의 서재 밖 - 안 /N

자경, 서재 문 닫고 나간다. 눈이 붉게 충혈되어 있는 자경. 복잡한 감정과 표정. 그 모습을 본 유연, 안 좋은 예감에 노크 후 안으로 들어간다. 보면 희수가 호흡을 힘들어한다. 유연, 놀라서.

| | |
|---|---|
| 유연 | (희수를 감싸며) 사모님 괜찮으세요? |
| 희수 | (불안한 호흡을 애써 진정하려고 한다) |
| 유연 | 의사 선생님 불러드릴까요? |
| 희수 | (정신 나간 듯 초점 잃은 눈으로 고개를 젓는다) |

| 유연 | 따뜻한 물 좀 가져다 드릴게요. 사모님 진정하세요. |
|---|---|

S#57    카덴차 내 저택 /N

진희가 씩씩대며 집으로 들어온다. 주 집사가 그런 진희 마중하는.

| 주 집사 | 저녁 식사는요, 아가씨? |
|---|---|
| 진희 | 됐어요. 생각 없어. 엄마랑 오빠 거실로 불러줘요. (2층 올라가는) |
| 주 집사 | 네. (언제 봐도 꼴 보기 싫은 기집애 싶게 표정으로 복수하고) |

S#58    카덴차 내 순혜의 방 /N

진호와 진희, 양순혜가 모여 있다. 비즈니스적으로 심각한 진희. 아무 생각 없는 진호. 초조한 표정의 양순혜다.

| 진희 | 정현택 이사한테 들은 정보야. 긴급이사회가 곧 열린대. |
|---|---|
| 진호 | 3일 전에 주총 했는데 긴급이사회는 또 왜? |
| 진희 | 이사진에 지용이를 회장으로 정식 추대하는 기밀 문서가 돌았어. 아버지는 이제 버리는 카드인 거 같아. 주주총회 때 분위기 그랬잖아. 주가도 확 떨어지고. |
| 진호 | 베이커리도 지용이가 맡으면서 매출이 폭등했어. 반도체도 연일 상종가고. |
| 진희 | 그거야. 바로 반도체가 지용이 거잖아. 지용이의 경영 능력을 엄청나다고 보는 거지. 거기다 오빠 여자 문제가 증권가 찌라시에 |

돌고 있다고.

진호        뭐라는 거야. 여자 문제는 지용이가 더 지저분해. 한 집에 두 여자 데리고 사는구먼.

진희        ???

순혜        걱정 마. 지용이가 경영권 승계 의사 없음을 밝힐 거야. 진호를 밀어준다고 나한테 약속했어.

진희        뭐라는 거야, 엄마… 지용이가 만든 빅픽천데… 오빠를 임시 대표이사 만들어놓고 간 본 거잖아. 역시나 깜이 아니다~ 철퇴 맞고 나자빠지게. 해서 아예 다신 얼씬 못 하게 하려는 거야. 걔 얼마나 잔인한 놈인데…

순혜        간을 보다니 뭔 소리야.

진희        지용이가 이사들한테 자기 대표 자리 의사 있다고, 이사들 의견에 따르겠다고 했대. 워딩도 딱 한지용스럽게… 야망 없는 척… 따른대… 아우… 가증스러운 새끼…

진호        (눈빛 떨리는)

순혜        (배신감에 버럭) 지용이가 그럼 안 되지!! 나한테 그럼 안 되지!! 그럼 안 돼! 약속을 지켜야 된다고!!


당황하는 진호와 진희, 분노하는 순혜.


S#59      폭풍전야 (몽타주) /N


-진호의 서재-

진호, 지용에게 전화 건다.

| 진호 | 한지용, 너 나 만나 얘기할 거 있지. 우리 호텔 와인바에서 한잔 하면서 얘기하자. 지금 나갈게. |
| 지용(F) | 알았어. |

진호, 전화 끊은 후 손에 들고 있는 블루다이아 목걸이.

-지용의 차 안-
지용, 착잡한 표정. 심란한 기분으로 운전대에 앉아 있는 표정 위로.

| 주 집사(소리) | 작은사모님이 강자경 씨를 집 안으로 들이셨어요. |

-희수의 서재-
고민과 혼란의 시간을 끝내고 결심한 듯 일어나는 희수.


| S#60 | 순혜의 방 /N |

순혜, 혼자 왔다 갔다 생각이 많은데 노크 소리 들리고 자경이 들어올 거 같은데… 자경이 아니라 희수가 들어온다. 당황하는 순혜.

**CUT TO**

침착한 희수, 순혜에게 조단조단 묻기 시작한다. 순혜, 희수의 시선 피하는.

414 × 415

| 희수 | 진작 오고 싶었지만 이제 왔어요. 배 속의 아이를 지켜야 해서. 하지만 이젠 막다른 골목이에요. 그러니까 속이지 말고 얘기해 주세요. |
|---|---|
| 순혜 | … |
| 희수 | 모든 걸 알면서 절 그렇게 감쪽같이 속일 수가 있어요? 알고 있는 걸 다 얘기해주세요. (눈빛 서늘한) |
| 순혜 | …살아 있는 앨 죽었다고 한 건… 내 생각이 아니야! |
| 희수 | (긴장) |
| 순혜 | 지용이가 그렇게 만들자고 했어. |
| 희수 | !!! |
| 순혜 | 자신의 아이는 자기처럼 혼란 속에 살게 하기 싫다고 차라리 죽은 거로 만들어달랬어. |
| 희수 | … |
| 순혜 | 그리고 그 당시 너를 만났을 때였다. 너한테도 그렇게 얘기하는 게 좋을 거 같다고… 멀쩡하게 살아 있는 애를 죽게 만든 건 내가 아니라 지용이다! 너… 모르게 해달랬어. |
| 희수 | (모두에게 속은 자신이 기가 찬다) |

S#61    카덴차 내 유연의 방 /N

자경, 우두커니 앉아 괴로워하다 그대로 일어나 밖으로 나가는 데서.

S#62    루바토 앞 /N

희수, 몸을 겨우 가누며 루바토로 걸어온다. 그 위로 떠오르는 배신감 시퀀스.


(인서트 1)    (플래시백) 루바토 다이닝 홀 (1회 S#18 중) /D

희수    (미소) 자기야 인사해, 새로 오신 튜터.

자경    안녕하세요, 강자경입니다.

지용    (별 관심 없는) 네, 우리 아들 잘 부탁드려요.

자경    최선을 다하겠습니다.

지용    (그대로 돌아서 간다)

희수    (그런 지용의 태도에 뭔가 미안한 듯) 낯을 워낙 가려서… 앉으세요.


(인서트 2)    (플래시백) 희수의 방 안 (3회 S#27 중) /N

지용    (방심 속에 자연스레 튀어나오는) 이제 걱정하지 마. 강 튜터가 있잖아.

희수    (표정 눈빛) 무슨 말이야. 튜터가 있다고 걱정하지 말라니.

지용    (수습하는) 아니~ 전문가잖아.

희수    튜터는 아이를 양육하는 사람이 아니야. 부모를 도와주는 거지. 그거 당신이 한 소리 아니야?

지용    그렇긴 한데… 내 말은 강 튜터는 믿을 만한 거 같아서.

희수    (묘한 찝찝함) 대체 뭘 보고 그런 생각을 했어?

지용    아니 뭐… 그냥. 하준이한테 진심 같아.


(인서트 3)    (플래시백) 동 저택 거실 (5회 S#43 중) /N

희수    …하준이를 낳아준 분… 정말… 죽었어?

지용    …그래… 죽었어.

희수    하준이를 낳아준… (어이없다) 당신이 사랑했던 그 여자가… 강 튜터 같단 느낌을 받았어.

지용 (놀라지만 침착하게) 말도 안 되는 거 알지? 단지 우연한 느낌만으로 사람 그렇게 의심하는 거 파괴적인 행위야. 나는 물론 당신한테도. 그리고… 그 사람한테도.

그 뒤로 자경이 희수의 뒷모습을 바라보며 걱정되어 따라간다.

S#63 루바토 거실 /N

희수 들어온다. 어두운 거실 안 작은 간접조명을 켜는 희수. 이때 문이 열리고 자경이 들어온다. 그런 희수의 휘청거리는 뒷모습을 보는. 멈춰 서서 그런 희수 보는 자경. 희수, 그렇게 걷는데 하반신이 뜨거워진다. 하혈하기 시작하는 희수. 이때 유연이 유리 정원에 가기 위해 방에서 나오다 그런 희수를 발견한다. 희수의 상태를 보고 유연 쇼크 받고, 자경도 쇼크 받는. 희수, 그대로 쓰러진다. 희수의 몸에서 흐르는 핏물이 쓰러진 희수의 옷을 적시기 시작한다. 자경, 몸을 떨면서 그대로 희수에게 다가가고… 유연은 인터폰으로 서현에게 전화한다. 울고 있는 유연.

(인서트) 카덴차 내 서현의 서재 /N

로브 차림의 서현, 전화 받고 쇼크 받는 표정이 돼서 그대로 뛰어나간다. 희수, 엉금엉금 기면서 자신의 자궁에서 흘러나온 핏물들을 손으로 쓸어 담는다. 마치 자신의 아이를 쓰다듬듯… 아아아아. 오열하는 희수. 보고 있던 유연, 눈물을 터트리고 자경, 그런 희수에게 다가와 희수를 본다. 미칠 거 같은데. 이때 서현이 들어오고 그런 상황 보게 되는. 서현, 눈시울 잔뜩 붉어지고 그런 희수를 품에 안는다. 희수, 피투성이가 된 채 울고 있다. 희수를 안고 함께 우는 서현. 옆에서 함께 우는 유연. 자경의 뜨거운 눈물이 현란하게 교차된다. 네 여인의 모습이 핏빛 그림이 되면서.

<7회 엔딩>

# 8

## 코끼리가 문을
## 나가는 방법

The Way An Elephant
gets through the door

　　루바토 내 거실 /N

마치 자신의 아이를 쓰다듬듯… 아아아아. 오열하는 희수. 보고 있던 유연, 눈물을 터트리고, 자경, 그런 희수에게 다가와 희수를 본다. 미칠 거 같은데. 이때 서현이 들어오고 그런 상황 보게 되는. 서현, 눈시울 잔뜩 붉어지고 그런 희수를 품에 안는다. 희수, 피투성이가 된 채 울고 있다. 희수를 안고 함께 우는 서현. 옆에서 함께 우는 유연. 자경의 뜨거운 눈물이 현란하게 교차된다. 네 여인의 모습이 핏빛 그림이 되면서. (7회 엔딩에서)


서현, 자신의 로브를 벗어 그대로 피투성이 희수를 감싸고.

서현　　(유연에게) 성태 오라고 해.

유연　　(눈물 닦고 얼른 성태를 찾으러 가는데서)


희수, 하혈 후 식은땀을 흘린 채 무기력하게 그대로 서현의 품에 쓰러져 있고, 희수가 흘린 핏물을 따라가면 점점 그 피가 진하게 퍼져 나가면서 카덴차의 사건 현장 바닥과 오버랩된다. 타이틀

인 되면서.


S#1    루바토 내 수영장 일각 /N

자경이 복잡한 심경으로, 희수가 줄넘기하던 그 장소에 앉아 무너져 있다. 이 모든 게 마치 자기 잘못 같다. 괴로운 자경의 모습이 다음 신 희수와 오버랩되는.


S#2    어느 병원 특실 안+ 밖 /N

입술에 핏기 없는 채 침상에 멍하니 앉아 있다. 자신의 배를 만져보는 희수. 눈가에 눈물이 차오르고 누운 채 소리 없이 눈물이 주르르 흐른다. 좀 떨어진 곳에서 서현이 그런 희수를 본다. 너무나 맘 아프게 희수를 보는 서현. 눈시울이 붉어지지만 애써 약한 모습 보이지 않는 서현. 서현, 희수에게 다가와 그저 손을 꼭 잡아준다. 희수, 그런 서현의 손길에 반응하듯 보다가. 희수, 표정이 단호하게 바뀌며.


희수    저 나갑니다, 효원가에서.

서현    쉽지 않을 거야. 모두 동서가 나아갈 앞길을 방해할 거니까.

희수    쉬운 일이라서 하겠단 거 아니에요. 무조건 나갈 겁니다. 하준이, 그리고 나 자신 한 치의 무너짐 없이 나가고 싶어요.

서현    그렇게 할 수 있도록 내가 동서 곁에 있을게. 내가 동서 편인 거 잊지 마. 뭐든 하고 싶은 대로 하게 해줄게.

희수    (그런 서현 보면서 울컥하다) 효원가 그 높은 벽 하준이 손 잡고 넘어갈 거예요.

서현　그 벽 넘는 방법… 내가 알려줄게…


그렇게 서로를 바라보는 두 여자의 모습에서.


-밖-

서현 걷고 있다. 분노가 차오르는. 작은 소리로 "한지용…"



S#3　　동 호텔 와인바 /N

지용, 뻔뻔하게 웃는 표정에서 시작하는.


지용　(미소) 왜~ 그 자리… 내려오기 싫어서 그래?

진호　뭐? 이 새끼가… 너 대표이사 되기 위해서 날 레버리지로 쓴 거
　　　야? 애초에 날 대표이사로 앉힌 이유가 뭐냐고?!

지용　(비웃듯 웃는데)

진호　(눈빛, 표정) 묻는 말에 대답해.

지용　진작에 좀 잘하지 그랬어.

진호　…

지용　아버진 형이 모든 엘리트 코스를 밟게 하고 후계자 준비를 일찍
　　　시켰어. 나 태어난 순간부터 더 치열하게. 내가 형보다 뛰어날까
　　　봐… 아버진… 그걸 절대 원치 않았거든.

진호　…

지용　그래서 난 대학도 한국에서 마치게 했잖아? 법대 가게 한 것도
　　　아버지 뜻이었지. 졸업 후의 영국 유학은 내 뜻이긴 했지만.

| | |
|---|---|
| 진호 | (어이없다) 새끼… 웃기고 있네. 아버지가 나랑 널 얼마나 차별했는데? |
| 지용 | … (차갑게) 어떻게 차별했는데? |
| 진호 | (이 새끼 뭐래) 너 크면서 아버지한테 혼난 적 있어? 아버지 너한테 칭찬밖에 안 했잖아. 늘 잘한다 잘한다. 나만 보면 속 터져 하고 때리고… 번번이 너랑 비교하고… |
| 지용 | 형은 알아? 내가 매 맞는 형을 얼마나 부러워했는지? |
| 진호 | 뭐? |
| 지용 | 난 한 번만 아버지한테 맞아보면… 원이 없겠다 싶었어. |
| 진호 | … |
| 지용 | 형은 이해 못 하겠지만. 철없는 어른으로 클 수 있는 인생… 그거 특권이야. |
| 진호 | (어이없다) |
| 지용 | 부모한테 고집, 반항… 아무나 부릴 수 있는 게 아니야. 부모가 잡은 손이 약하거나 차갑다고 생각하는 애들은 사고를 못 쳐. 힘들게 잡고 있는 그 차가운 손까지 놓칠까 봐. |
| 진호 | …고집은 부려보고 그런 소릴 하냐? 니가 네 네~ 하면서 착한 척은 다 해놓고. |
| 지용 | 아버지도 어머니도 날 혼내지 않으니 엇나갈 재미가 없더라고. 반항도 누가 지켜봐줘야 그게 반항이 되는 건데. |
| 진호 | 이 새끼… 하 참… (지용에게 말려드는 거 같아 정신 차리고) 아무튼 대답해. 날 대표 자리에 앉힌 이유가 뭔지. |
| 지용 | (표정 싸해지는) 형한테 한 번은 기회를 줘야 한다고 생각했어. 아버지가 쓰러져 있는 상황에서 내가 대표에 오르는 건 아버지가 원치 않는 그림이니까… 그건… 날 키워준 사람에 대한 예의가 |

아니잖아.

진호     (지용의 눈빛과 워딩이 좀 섬뜩하다) 뭐?

지용     이사들이 그러더라고… 형이… 대표가 되어선… 안 될 거 같다고.

진호     !!!

지용     짐을 올려놓기엔 낙타의 등이… 너무 … 굽어 있대.

진호     (눈빛이 떨린다)

지용     아버지도 깨어나시면 받아들여야 될 거야, 이제.

진호     (버럭) 너한테 사실대로 말할 기회를 줬는데 너 왜 거짓말해!!!??

지용     (거짓말이란 소리에 눈빛 찌릿해 진호 보는)

진호     나를 대표 자리에 올리는 조건이! 하준이 낳아준 그 여자를! (눈빛 이글거리며) 집에 들이는 거였다면서!!!

지용     어머니는… 약속을 참… 안 지키시네. 아무에게도 말… 안 하기로 해놓고, (표정 서늘)

진호     (그런 지용의 섬뜩하리만큼 차분한 화법에 질리는 눈으로 지용 보는)


S#4     순혜의 방 /N

순혜와 마주 앉아 있는 서현. 순혜에게서 이야기를 다 들었다.


서현     그럼 이혜진 씨를 죽은 사람으로 만든 게 서방님이란 말씀이세요?

순혜     … (대답 없이 심각한)

서현     …이 얘기 동서가 알아요? 혹시~ 하셨어요?

순혜     …했어.

| 서현 | (기가 막힌) 그래서… (그런 일을 겪었구나) 그럼… 그 사람이 여기 들어오는 조건으로 수혁 아빠를 대표이사 자리에 앉히겠다고 한 건가요? |
| --- | --- |
| 순혜 | … |
| 서현 | (눈빛, 표정) 자기를 모른 척하는 조건으로~ 한지용이 대표이사 자리를 한진호에게 양보하고, 허수아비 한진호를 불안한 의자에 앉히는 조건에 어머님의 양심을 팔았다~ 이겁니까? |
| 순혜 | 넌 뭔 말을 그렇게 해? 양심을 팔다니! 누구 좋자고 한 짓인데! 니 남편이야! |
| 서현 | 수혁 아빠가 그 자리에 계속 있을 수 있다고 생각하세요? |
| 순혜 | 뭐? |
| 서현 | 어머니 아주 제대로 놀아나셨어요. |
| 순혜 | (그 말에 화가 나 미칠 거 같은데) |
| 서현 | 동서한테 어머님이 그 얘기했단 사실… 서방님이 알아선 안 돼요. |
| 순혜 | 안 되다마다… (하다가) 근데 그게 모를 수 있겠어? 하준 에미가… 가만 있겠냐고… |
| 서현 | 그걸 걱정하시는 분이 그 끔찍한 얘길 동서한테 하셨어요? 그것도 임신한 사람한테? |
| 순혜 | 쳐들어와서 다 얘기하라는데 어쩌냐 그럼. |
| 서현 | (말을 참는) 어머님, 동서가 정말 어머니 손주를 가지고 있었다면… 그 소리 하셨겠어요? |
| 순혜 | (대답 못 하는) |
| 서현 | (그대로 일어나 나간다) 어머님, 말을 참는 법을 좀 배우세요! 그리고 중학교 도덕책이라도 다시 좀 읽어보시든가요, 할 일 없으시면! |

| | |
|---|---|
| 순혜 | 야… 너 뭐라고 했냐, 지금~ |

서현 쌩~ 나가고 남겨진 순혜, 화를 참는. 그런 순혜의 모습 위로.

(인서트)    카덴차 내 (플래시백- 1회 S#21 확장) /D

저택 내 짐- 양순혜 운동을 마치고 나오면, 지용이 서 있다. 뭔가 할 말이 있어 보이는 지용의 표정에서. (드디어 확장되는)

| | |
|---|---|
| 순혜 | 여기까지 웬일이야? 너 뭐 할 말 있어? (방심 중, 경계 없이) |
| 지용 | 하준이 낳아준 그 사람… 우리 집에 들어올 겁니다. |
| 순혜 | (귀를 의심하는) 누가 온다고? |
| 지용 | …어머님이 원하는 걸 들어드릴 테니… 함구해주세요. |
| 순혜 | (어이가 없어 멍청하게 그런 지용 보는) |
| 지용 | 하준이 엄마는 몰라야 합니다. |
| 순혜 | (버벅대는) … 너… 대체 뭐라는 거야? (소리 죽여) 6년 전 죽은 걸로 돼 있는 하준이 친에미를 이 집에 들인다고? 아니~ 제정신이냐? |
| 지용 | (묘한 눈빛으로) 하준이 튜터만 세 번 바꿨어요. 다들 맘에 안 들어. 아무래도 진짜 엄마가 옆에 있으면 정성으로 키울 거 같아서요. |
| 순혜 | (멍청하다. 소름도 끼치고) |
| 지용 | 거기다… 너무 보고 싶어 하네요, 하준이를… 어머니만 입 다물 어주시면 아무 문제가 없을 거 같아서요. (하고 뒤돌아서는데) |
| 순혜 | (멍하게 서 있다가 불쑥 저만치 가고 있는 지용에게) 너 내가 친엄마였어 도… 이런 부탁을 했… 했을까? |
| 지용 | …어머니가 내 … 친엄마였으면… 내가… 이런… 사람이 되지 |

않았겠죠.

순혜          (무슨 말이지… 알 듯 모를 듯하다. 어쨌든 놀라서 병!)


S#5          동 저택 루바토 내 주차장 /N

성태, 차를 주차하고 숨을 고르고 있다. 뒷좌석에는 희수가 흘린 피가 그대로 묻어 있다. 당황하는 성태. 그 피를 닦을 뭔가를 찾기 위해 트렁크 문을 열어보고 식은땀을 흘리는데 불빛이 새어 들어온다. 성태, 눈이 터질 듯이 커진다. 다름 아닌 주 집사다.


주 집사      너 어디 갔다 왔어?


주 집사 손 플래시를 성태 얼굴에 확 갖다 대면 성태 식은땀 흘리는 위로.


(인서트)       동 차 안 (플래시백) /N

성태 운전하고, 조수석에 서현이 앉아 있고, 뒷자리엔 희수가, 옆에는 유연이 그런 희수를 간호하는.


서현          오늘 일… 아무것도 보고 들은 거 없는 거야. 알았어?
성태          네, 사모님. (식은땀)


성태, 입술이 타들어간다. 그런 주 집사를 향해.


성태          잠깐 볼일이 있어서.

| 주 집사 | 무슨 볼일인데 작은사모님 차를 탄 거야? 사모님 허락은 받은 거야? |
|---|---|
| 성태 | 네, 헤드님. (그때 호출 울린다) |
| 주 집사 | 얼른 가봐. (찝찝하다) |
| 성태 | 네… (하고는 정신없이 벗어난다) |

주 집사, 정신없이 벗어나는 성태가 아무래도 찝찝한데. 손 플래시 들고 자동차 안을 살피다 발견하는 뒷좌석의 피. 주 집사 놀라는데서.


| S#6 | 진호의 차 안 /N |
|---|---|

진호, 지용과의 대화를 떠올리며 그 찝찝함 떨쳐버릴 수 없는. 기사가 운전하고 뒷자리에 앉아 있는 진호.


| (인서트) | 동 와인바 (플래시백 동 회차 S#3) /N |
|---|---|

지용, 일어나 나가려는데.


| 진호 | 그런 조건으로 날 올려놨으면 끝까지 뒤야지. 지금 내려오게 하면 안 되지. 약속은 네가 어긴 거지, 새끼야. |
|---|---|
| 지용 | 난 어머니와의 약속을 지켰어. 그 자리에 잘 앉아 있는 건 형과 어머니 몫인데… 그걸… 못 한 건 형이잖아. |
| 진호 | 너… 새끼… 아주 무서운 놈이네… (근데) 제수씨는… 알아? |
| 지용 | … |
| 진호 | 니가 하준이 낳아준 여자를 의도적으로 이 집에 들인 걸 아 |

|  | 냐고? |
|---|---|
| 지용 | … |
| 진호 | 날 대표 자리에서 내려오게 하면… 내가 제수씨한테 얘기할 거야. |
| 지용 | 형은 그래서 안 된단 거야. |
| 진호 | … |
| 지용 | 다른 사람이 아닌 형이… 그 얘길 하면 희수가 믿을까? |
| 진호 | … |
| 지용 | 대표 자리 뺏긴 형이 분노조절이 안 돼 지어낸 얘기로밖에 생각 안 할 거야. 형이 이제껏 쌓아온 이미지가 그래. 신뢰가 안 가는 부류니까… 이제… 나까지 잃었어, 형은. 그게… 형이 동생한테 할 짓은 아니지? |
| 진호 | (모욕감을 느끼는) |
| 지용 | (가려는데) |
| 진호 | 나… 내려가기 싫다!!!! |
| 지용 | (그런 진호에게 시선 깊게 주며 뭔가 얘기하는) 그래? 내려가기 싫으면~ 날… 죽여!!! |

<br>

| S#7 | 카덴차 저택 내 서현의 서재 /N |
|---|---|
|  | 서현 앉아 있고, 죄인처럼 서서 손 모으고 서현의 하달을 기다리는 성태. |

<br>

| 서현 | 우리 집이랑 근로 계약할 때 계약서 꼼꼼히 읽었어? |
|---|---|
| 성태 | 네? 아뇨? 네… |

| 서현 | 집 안에서 일어난 어떤 일도… 절대 외부에 발설하면 안 되는 거 계약서 조항에 있는 거 알지? |
|---|---|
| 성태 | 네, 사모님. |
| 서현 | 집 안에서 일어난 일의 범위는 유권해석이 불가능하므로 스스로 해석하는 오류를 범하지 않는다… 라고 명시돼 있어. 그 조항 (성태 탁 보면서) 자기 전에 한 번 더 읽어봐. |
| 성태 | … |
| 서현 | 내 말 알아들었지? |
| 성태 | 네. |
| 서현 | (지갑에서 수표 꺼내 주는) 여자들 틈에서 혼자 애쓰는 거 알아. |
| 성태 | (넙죽 염치없이, 끄덕) 네. (힘들어요) |
| 서현 | (그런 성태 어이없는지 실소 나는) 가봐. |
| 성태 | 네. |

S#8    어느 병원 특실 /N

희수 링거를 달고 누워 있다. 의사와 간호사가 희수에게 인사하고 나간다. 그들이 나가자 뒤에 떨어져 서 있던 유연이 희수에게 다가와 손을 잡아준다. 희수 멍하다. 아무 생각도 없고 거죽만 남았지 영혼은 죽은 사람 같다.

| 유연 | 사모님… 뭐라도 드셔야 해요. 먹고 싶은 거 없어요? |
|---|---|
| 희수 | 아이는 없는데… 난… 왜 아직도 홍옥이 여전히… 먹고 싶을까? |
| 유연 | (맘 아프게 희수 보는) |
| 희수 | 난 그게 내 아이가 먹고 싶어 하는 건 줄 알았는데… 아닌가 |

봐… 내 까짓게 먹고 싶은 거였나 봐… (눈시울 붉은)

유연      (그런 희수 맘 아프게 보는)

희수      …유연 씨… 난 괜찮으니까… 집에 가서 우리 하준이 좀… 봐주
         세요.

유연      하준이는 수영 씨가 잘 보고 있어요. 제가 사모님 옆에 있을게
         요. 저 병 간호… 잘해요. 엄마가 오래 아팠거든요.

희수      …괜찮아요. 혼자 있을게요.

유연      그럼 저… 집에 가서 사모님 화장품이랑 속옷 이런 거 좀 챙겨
         올게요. 사모님 물건에 손 대는 거 허락해주시면.

희수      …고마워요.

유연      그럼 다녀오겠습니다. (꾸벅, 인사하고 나간다)


         혼자 남겨진 희수, 미칠 거 같다. 그런 희수의 모습 위로 몰아치
         는 지용에 대한 배신감 시퀀스.


(인서트 1)      루바토 다이닝 홀 (플래시백 -1회 S#18 중)

희수      (미소) 자기야 인사해. 새로 오신 튜터.

자경      안녕하세요, 강자경입니다.

지용      (별 관심 없는) 네, 우리 아들 잘 부탁드려요.

자경      최선을 다하겠습니다.

지용      (그대로 돌아서 간다)

희수      (그런 지용의 태도에 뭔가 미안한 듯) 낯을 워낙 가려서… 앉으세요.


(인서트 2)      희수의 방 안 (플래시백 -3회 S#27 중)

지용      (방심 속에 자연스레 튀어나오는) 이제 걱정하지 마. 강 튜터가 있잖아.

| 희수 | (표정 눈빛) 무슨 말이야. 튜터가 있다고 걱정하지 말라니. |
|---|---|
| 지용 | (수습하는) 아니~ 전문가잖아. |
| 희수 | 튜터는 아이를 양육하는 사람이 아니야. 부모를 도와주는 거지. 그거 당신이 한 소리 아니야? |
| 지용 | 그렇긴 한데… 내 말은 강 튜터는 믿을 만한 거 같아서. |
| 희수 | (묘한 찝찝함) 대체 뭘 보고 그런 생각을 했어? |
| 지용 | 아니 뭐… 그냥. 하준이한테 진심 같아. |

| (인서트 3) | 동 저택 거실 (플래시백 -5회 S#43 중) |
|---|---|
| 희수 | …하준이를 낳아준 분… 정말… … 죽었어? |
| 지용 | …그래… 죽었어. |
| 희수 | 하준이를 낳아준… (어이없다) 당신이 사랑했던 그 여자가… 강 튜터 같단 느낌을 받았어. |
| 지용 | (놀라지만 침착하게) 말도 안 되는 거 알지? 단지 우연한 느낌만으로 사람 그렇게 의심하는 거 파괴적인 행위야. 나는 물론 당신한테도. 그리고… 그 사람한테도. |

희수, 주저앉아 배신감으로 주변 사람들이 들을까 소리 없이 미친 듯이 운다.

| S#9 | 승마장 /N |
|---|---|

죄책감에 말 타고 달리는 자경. 그러다 승마장의 한 벤치가 눈에 들어온다. 신은 자연스레 회상 신으로 연결된다. (자경의 착장이 바뀌어 있는) 지용과 자경, 운동한 듯 땀 흘리며 벤치에 앉아 있다.

| 자경 | (처연히) 하준이만 보게 해줘. 욕심 안 낼게, 더 이상. |
|---|---|
| 지용 | 하준이 엄마가 하준이 잘 키우고 있어. 그냥 이렇게 밖에서 만나. |
| 자경 | 너무… 보고 싶어. |
| 지용 | (가볍게) 그럼 튜터로 들어올래? 안 그래도 지금 튜터 맘에 안 들거든. |
| 자경 | 지금… 장난해? |
| 지용 | 장난 아닌데? |
| 자경 | ?! |
| 지용 | 하준이한테… 니가 누구보다 좋은 튜터가 되지 않겠어? |

말 울음소리. 장애물을 보고 뛰지 못한 채 걸음을 멈춘 말. 그 바람에 과거를 회상하던 자경이 다시 현재를 지각한다. 눈가 아프다. 심정이 복잡한 자경의 모습에서.


S#10          정원 일각 /N

서현, 걸어 나오며 전화 통화 중이다.


| 서현 | 제 동서 잘 부탁드려요. 제가 동서를 박사님께 데려간 건 이유가 있겠죠? (듣는) 네… 그럼요. 아 참, 최 박사님, 어린이 병동 후원 규모를 좀 늘릴까 합니다. 다시 만나 그거 의논해요. 네… (끊는) |
|---|---|


S#11          희수의 병실 /N

희수, 우두커니 병실에 앉아 있다. 희수, 핸드폰 확인하면 부재중전화 15통 '내 사랑 한지용' 희수, 표정에 금이 간다. 가쁜 숨을 몰아쉰다. 핏기 어린 시선, 핏기 가신 낯빛. 이때 희수의 병실 문을 누군가 노크한다. 희수 힘없이 시선 두면– 희수, 탈기된 시선과 표정에 짙은 그림자가 낀다. 다름 아닌 자경이다. 그런 희수의 표정과 시선에서 (*11회 확장 신)


S#12     루바토 내 하준의 방 /N

하준이 자고 있는 방 안– 그런 하준을 보고 있는 시선, 다름 아닌 지용이다. 하준을 보고 있던 지용의 시선은 어느덧 여덟 살의 어린 시절 지용으로 바뀌어 있다. 여덟 살의 지용이 자고 있다. 그런 지용을 만지고 있는 김미자의 손길–

김미자     (자고 있는 지용에게) 넌… 태어나지 … 말았어야 했어.


그런 김미자와 지용의 모습을 방 밖에서 보고 있는 지용. 눈시울 붉어져 있다.


S#13     하준의 방 밖 /N

그런 지용의 동선을 어디선가 보고 있던 유연. 표정이 싸해진다. 그런 유연을 발견한 지용, 유연에게 다가간다.

유연      (인사하는)

| 지용 | 하준 엄마랑 같이 있었다고 들었는데… 왜 혼자 왔어요? |
|---|---|
| 유연 | 사모님, 친정에 가셨어요. |
| 지용 | 장모님 지금 처남 있는 샌프란시스코에 계신데… 장모님도 안 계신 처갓집엘 갔다고요? |
| 유연 | 입덧이 심하세요. (알아서 거짓말하는) 이 집이 좀 힘들대요. |
| 지용 | (전화 들어 전화 걸려고 하자) |
| 유연 | 방해하지 말고 혼자 두시는 게 어떨까요. |
| 지용 | … |
| 유연 | 사모님 지금 임신 초기라… 호르몬 변화도 크시고 예민하십니다. |

| 엠마(N) | 그들은 그렇게 다 거짓말을 하기 시작했습니다. 자기 자신을 위한 거짓말이 아닌… 다른 사람을 위한 거짓말이 그렇게 모이기 시작했습니다. |
|---|---|

S#14    루바토 일각 /N

지용, 핸드폰 들어 희수에게 끝없이 전화를 한다. 받지 않는 희수. 지용 뭐지? 싶은 불안함에 밖으로 나가는데서.

S#15    정원 일각 /N

카덴차로 가던 중인 유연과 퇴근하는 수영이 딱 부딪힌다.

| 유연 | 퇴근하세요? |
|---|---|

| 수영 | (격정) 언니가 연락이 안 돼요. 어디 있는지 혹시 알아요? |
| --- | --- |
| 유연 | … |
| 수영 | 언니 이런 적 한 번도 없었거든요. 홀몸도 아닌데 불안해… |

하는데 불쑥 다가오는 지용. 놀라는 유연과 수영.

| 지용 | 나한테도… 수영 씨한테도 얘기 안 하고… 김유연 씨한테만 얘기하고 갔다고요? (의심스럽게 보는) |
| --- | --- |
| 유연 | … |
| 지용 | (다가가는, 눈빛이 더 의심으로 진해져) 그게 말이 된다고 생각해요? |
| 유연 | (변명해야 하는데 그 기세에 눌려 입이 안 떨어지는) |
| 서현(V.O) | 나랑 상의했어요. |

지용·유연·수영, 그들 쪽으로 다가오는 서현에게 시선 향하고.

| 서현 | 서방님이 알면 하준이도 알 거고 그냥 조용히 가고 싶다고 해서 내가 그러라고 했어요. |
| --- | --- |
| 지용 | (여전히 의심스러운) 저한테 말도 안 하고요? |
| 서현 | 입장 한번 바꿔놓고 생각해보세요. 서방님이 동서라면 서방님한테 얘기하고 싶겠어요? |
| 지용 | (불쾌한 시선으로 보는, 뭔가 말하려는데) |
| 서현 | (딱 자르며) 직원들도 있는데 이쯤 하시죠. (하고는 수영·유연 향해) 다들 들어가. 곧 소등되니까. |

수영·유연, 그대로 프레임 아웃 되고, 남겨진 지용과 서현 날이

선 채 서로 바라본다.

| | |
|---|---|
| 서현 | 동서가 뭔가 결정할 때까지 가만히 기다리세요! 뭘 자꾸 할 생각을 하지 말고! 그냥! 죽은 사람처럼! (노려본다) |
| 지용 | (무섭게 보면) 형수님은… 제가… 안 무서우세요? 이렇게 저를 자극하면 나도 내가 무슨 짓을 할지 몰라요. |
| 서현 | 해봐요, 한번! (당당하고 자신만만한 눈빛으로 보며 자리 뜨는) |
| 지용 | (남겨진 채 열 받고 싸해진) |

S#16      동 저택 내 정원 /N

성태, 버기카 세우고 어딘가에 쪼그리고 앉아 핸드폰으로 계약서를 들여다보고 있다. 이때 그런 성태 앞에 서 있는 진호. 그런 진호 보는 성태, 놀라는데서.

S#17      카덴차 밖 + 정원 /N

늦은 밤. 수혁이가 카덴차에 들어갔는지 알 수 없는 유연. 가지고 있는 게 호출기뿐이다. 수혁이 채널은 존재하지 않는. 고개를 들어 2층 유리 창문을 바라본다. 모두 불이 꺼져 있다. 결국 돌아가는 유연. 대저택의 정원을 걷는다. 그러다 유리 정원이 보인다. 설마 아직까지 기다리고 있을까… 혹시나 해서 유리 정원 안에 조심히 들어가보는 유연.

유리 정원 화단에 누워 잠들어 있는 수혁. 그런 수혁을 보니 마음이 짠해진다.

| | |
|---|---|
| 유연 | 뭐해…? 나 기다린 거야…? |
| 수혁 | 난 널 봐야겠는데… 널 보는 방법이 기다리는 거뿐이잖아. |
| 유연 | … |
| 수혁 | 오늘 무슨 일 있었어? |
| 유연 | … (괜히 눈물 글썽) |
| 수혁 | (무슨 일 있었구나 싶어 보는) |
| 유연 | …오늘 작은사모님한테 아주 슬픈 일이 생겼는데… 작은사모님은 그 슬픔을… 혼자 삼키시더라. 그 모습이 너무 아팠어. |
| 수혁 | 두 분 사이에 무슨 일 있었어? |
| 유연 | 이유는 모르겠지만… 이제 작은사모님은 더 이상 한 상무님을 사랑하지 않는 것 같아. |
| 수혁 | !! |
| 유연 | 사랑이란 건 참… 믿을 수 없는 감정 같아. 첫… 내가 너한테 끌린 감정도… 니가 나한테 이러는 것도… 언젠간… 끝날 거야. 그러니까… |
| 수혁 | (O.L) 아직 시작도 안 했는데 끝내는 얘기부터 해? |
| 유연 | (피식) 끝이 보이는 건 시작을 안 하는 게 맞아서 하는 얘기야. |
| 수혁 | …끝을 니가 어떻게 알아? 다 아는 척하지 마. |
| 유연 | 적어도 우리 끝은 알아. |
| 수혁 | 넌 내가 왜 좋아? |
| 유연 | 문에 갇힌 코끼리 같으니까… |

| 수혁 | 코끼리? (피식) 그러니까… 날 좀 봐줘. |
|---|---|
| 유연 | (그런 수혁 보는) |
| 수혁 | (유연 손 탁 잡고) 날 구해줘, 니가. |
| 유연 | 같이 갇히자고? |
| 수혁 | 그래야 같이 나가지. (웃는) |
| 유연 | (그런 수혁의 눈을 응시하며 피식 미소 지으며) 웃으니까 귀여워. |
| 수혁 | 계속 웃는다 그럼? |
| 유연 | (웃는) … |

그렇게 다정한 두 사람의 모습에서.


S#19    효원가 메이드 목욕탕 /N

진호, 메이드 욕탕에 들어가 앉아 있다. 조신하게 앉아 진호의 벗은 옷과 양말을 챙기는 성태. 진호, 탕 안에서 성태를 꼴쳐보고 성태는 쭈굴스럽게 앉아 있는데.

| 진호 | 나 다 알아. |
|---|---|
| 성태 | (명청) 뭘… |
| 진호 | 니가 한 짓~ |
| 성태 | (그게 뭘까 머리 굴린다. 눈알이 뱅글거린다) |
| 진호 | 너 큰일할 놈이더라? |
| 성태 | … |
| 진호 | 블루다이아 훔쳤다며? |
| 성태 | (헉) |

| 진호 | 아아… 됐어. 신고 안 해. 귀찮아. |
|---|---|
| 성태 | 죽을 죄를 지었습니다. 대표님. |
| 진호 | 진짜 그렇게 생각해? |
| 성태 | 네. |
| 진호 | 너… 루바토에 있지, 지금? |
| 성태 | 네. |
| 진호 | 거기서… 지용이 일거수일투족 감시해서 나한테 보고해. |
| 성태 | (헉) |
| 진호 | 뭘 그렇게 놀라? |
| 성태 | 집 안에서 일어난 어떤 일도… 절대 외부에 발설하면 안 된다. 집안일의 범위는 유권해석이 불가능하므로 스스로 해석하는 오류를 범하지 않는다~ 라고 제 근로 계약서에 명시되어 있습니다. 그걸 어기란 말씀이신지… |
| 진호 | 내가 외부냐? |
| 성태 | 제 유권해석상 지용 상무님 입장에선 충분히 외부이십니다. |
| 진호 | (성태의 똘똘함에 어이없어 보다가) 너 되게 똑똑하네. 도둑놈인 줄 알았더니… 똑똑해. |
| 성태 | (한숨) |
| 진호 | 계약서에 집 안에 있는 보석 훔치라고 되어 있진 않지? |
| 성태 | 그럼요. 당연하죠. |
| 진호 | 근데 너 훔쳤잖아. |
| 성태 | … (시무룩) |
| 진호 | 계약서 드립하지 말라고. 한지용 일거수일투족 다 보고하고 서재 안 서랍 같은 거… 그런 거 뒤져서 건더기 나오면… 내가… 크게 사례한다. 알아들어? 이건 너와 나 비밀이고… |

| 성태 | (한숨 쉰다. 갑자기 집 안 비밀을 너무 많이 알게 돼버렸다. 중얼, 울상으로) 또 비밀이야~ |
|---|---|
| 진호 | (일어나 수건을 걸친다) 여기 너무 좋아. 자주 와야겠어. |
| 성태 | (처연하게 앉아 있으면) |
| 진호 | 내가 전화하면 우리 이제 여기서 만나자고. |
| 성태 | … (앉아서 그런 진호 올려다보며 양말부터 건넨다) |
| 진호 | 옷부터 줘야지. |


S#20        동 저택 일각 /N

루바토 안으로 들어가는 유연. 그런 유연을 보낸 뒤 카덴차 쪽으로 걷는 수혁. 그런 수혁의 뒤로 목에 수건 두른 진호가 다가온다.

| 진호 | 걔 데리고 노는 거면 적당히 하고 멈춰. 길어지면… 한지용 꼴 나니까. (하고 방으로 올라가는) |
|---|---|
| 수혁 | !! (무슨 일이 생겼는지 대충 감이 왔다) |


S#21        서현의 서재 /N

서현, 서재에서 인터넷으로 S.H뮤지엄 사이트에 들어가 작업 중이다. 이때 진호가 노크 후 들어온다. 그런 진호 보는 서현. 진호의 손에 따뜻한 머그 컵 두 잔이 있다. 한 잔을 서현에게 건넨다. 서현, 당연하게 안 마신다.

| 진호 | 당신은 당신이 이 집안의 컨트롤 타워라고 생각하지? |
|---|---|
| 서현 | … |
| 진호 | 그래서… 이 집안의 모든 걸 다 알고 있다고 생각하지? |
| 서현 | … |
| 진호 | 정말 그럴까? |
| 서현 | 요점을 얘기해요. 이 차 식기 전에. |
| 진호 | 기절하지 마. 하준이 낳아준 진짜 엄마… 안 죽고 살아 있어. |
| 서현 | (한숨) |
| 진호 | 놀랍지? 심지어 어딨는지 알아, 그 여자? |
| 서현 | (담담히) 알아요. |
| 진호 | 알아? (놀라며) 근데 왜 나한테 말 안 했어? |
| 서현 | 꼭 알아야 할 것도 모르고 사는 당신한테 그 얘길 굳이 해야 해요? |
| 진호 | 지용이 새끼에 비하면 난 정말 순수하고 투명한 사람이야. 날 좀 재평가해줘, 정 대표. |
| 서현 | (어이없는) |
| 진호 | 어떻게 그렇게 오랜 시간 사람을 속일 수 있지…? 당신도… 나 모르는 그런 비밀이 있는 건 아니지? |
| 서현 | (무시하고 있다가 서서히 표정이…) |
| 진호 | 당신… 혹시… 남자 있어? |
| 서현 | … |
| 진호 | (피식) 당신이 남자가 있을 리가… (절레거리며 밖으로 나간다) |
| 서현 | (남겨진 채 맘 무거운) |

S#22          희수의 병실 /N

희수, 깊은 생각에 잠겨 있다. 그렇게 우두커니 앉아 있는 희수
의 모습이 끝없이 오버랩되며 시간 경과를 나타내며. 해가 뜨자
겨우 잠이 드는 희수의 모습.


S#23          카덴차 전경 /D

정원에 스프링클러가 뿌려지며 어김없이 하루가 시작된다. 비
어 있는 노덕이 새장을 멍하게 보고 있는 순혜. 저만치 보이는
지용, 하준의 손을 잡고 나가는 수영과 무슨 얘기를 하고 있다.
그런 지용의 모습을 보게 된 순혜. 어느덧 지용의 시선이 그런
순혜를 보게 되자 순혜 후다닥 시선 돌린다. 지용, 그런 순혜를
이상하게 본다. 지용, 순혜에게 다가간다. 순혜, 지은 죄가 있어
외면하고 카덴차로 들어가는데서.


S#24          동 저택 순혜의 방 안 + 밖 /D

순혜, 외출 준비를 하려 한다. 주 집사가 그런 순혜 착장 도와주
는데. 노크 소리 없이 문이 열리고 지용이 들어온다. 놀라는 주
집사. 주 집사, 소리 없이 눈치껏 빠지고 문을 닫아준다. (당연히)
문에 바짝 붙어 둘의 얘기를 들으려고 하는. 그런 주 집사를 보
고 있는 어떤 시선. 다름 아닌 서현이다. 서현이 다가오자 얼른
다른 곳으로 발길 옮기는 주 집사. 서현, 문 앞에 서 있는. 미간
뭉갠 채.

| | |
|---|---|
| 지용 | 혹시… 희수한테 쓸데없는 얘기하신 건 아니죠? |
| 순혜 | 무슨 소릴 해 내가? (눈 못 맞추고) |
| 지용 | … (그런 순혜 보는) |
| 순혜 | (그러다 얼른, 모처럼 목소리 죽여) 너… 나랑 약속이 틀리잖아. |
| 지용 | (무슨 소리? 하는 표정으로) 무슨 약속요. |
| 순혜 | 내가 함구하는 조건으로 진호 대표이사 앉히는 거 말이다. 근데 지금 와서 너 그런 식으로 반칙하는 게 어딨어? |
| 지용 | 제가 어머니와 그런 약속을 했다고요? |
| 순혜 | (어안이 벙벙) 허… |
| 지용 | 제가 그날 와서 어머님께 얘기했잖아요. 전 대표이사에 뜻이 없으니 형을 밀어주겠다고. |
| 순혜 | (헉!) |
| 지용 | 그랬더니 어머님이 고맙다고 그러셨죠. 저도 어머니 사시는 동안 계속 기쁘게 해드리고 싶은데… 이사들 뜻이 그런데… 제가 어쩌겠어요. |
| 순혜 | 지… 지용아… 너 지금 뭐…하는 거야… |
| 지용 | ??? |
| 순혜 | 너,… 나한테… 지금 왜… 이러는 거냐? 너 이러는 거 아니지… |
| 지용 | 멀쩡히 살아 있는 사람을 죽은 사람 만든 건 어머니셨어요. 근데… 그 사람이 살아서 나타났고… 어머닌 그 사람이 살아 있는 거 자체가 참… 불쾌한 일이었을 거예요. 어머니가 저지른 과오가 다 드러나니까… 그래서 희수에겐 숨기자고 어머님이 그러셨잖아요. |
| 순혜 | (기가 막혀 말이 안 나오는) |
| 지용 | 어머니… 과거는 힘이 없어요. 하지만… 이번 경우는 달라요. |

| 순혜 | …지… 용… 아. |
|------|------------|
| 지용 | 왜 그러셨어요? 그때… 그렇게까지 혜진이에게 할 필요는 없었잖아요. |
| 순혜 | … (억울해 미치는) 살아 있는 애를 죽은 애로 만들자고 한 건 너였어. |
| 지용 | 어머니… (당황하고 황당한 척) …아프세요? (걱정인 척) 치매… 검사 한번 받아보세요. 오늘 김 박사님께 말씀드려놓겠습니다. |
| 순혜 | (섬뜩하다. 소름이 끼친다. 다리에 힘 풀리고 그대로 풀썩 주저앉는) |

밖에서 듣고 있던 서현. 그대로 떨어져 걸어서 벗어나는데 혼란스럽다.


| S#25 | 동 저택 다이닝 홀 /D |
|------|-----------------|

서현, 2층에서 내려오던 수혁과 마주친다.


| 수혁 | 저… 약혼 진행할게요. |
|------|-----------------|
| 서현 | !! |
| 수혁 | 맘 변하기 전에 최대한 빨리 진행해주세요. 가족들 모두 인사라도 해요. 상견례라고 하죠, 그런걸? (하고 밖으로 나간다) |
| 서현 | (표정) |


| S#26 | 수녀원 /D |
|------|---------|

문이 열리면 엠마 수녀가 반색한다. 엠마 수녀의 시선 따라가면

서현이다. 서현, 목례한다.

| 엠마 | 안녕하세요, 자매님. |
|---|---|
| 서현 | 오늘 이 시간이 동서 상담 시간인 거 들었습니다. 시간이 되실 거 같아 이렇게 불쑥 찾아왔어요. |
| 엠마 | 네… 무슨 일이신지… |
| 서현 | 동서 문제예요. 저랑 어디 좀 가주실래요? |
| 엠마 | ?? |
| 서현 | 전 누굴 위로하는 능력이 없어서요. |
| 엠마 | (그런 서현 보는데서) |

S#27    루바토 지용의 서재 /D

성태, 몰래 지용의 서재로 들어왔다. 쓰레기통 비우고 청소하는 척하다 지용의 책상 서랍을 뒤지기 시작한다. 손이 떨리는 성태. 그러다 세 번째 서랍 문을 열면 보이는 지용의 2G폰. 의아한 눈으로 보는 성태. 그리고 지용의 2G폰을 열어 이것저것 만지기 시작하는. 그러다 보이는 투견인들의 사진들. 남자들 사진이 가득하다. 눈이 커지는 성태. 이때 인기척 들리자 그대로 2G폰 서랍 안에 두고 문을 닫는다. 서랍이 안 닫히자 미치는 성태. 서랍이 애매하게 다 닫히지 않은 가운데 서재 문이 열리고 지용이 들어온다. 성태 그대로 책상 밑에 숨는다. 식은땀이 줄줄 나는 성태.

지용, 의자에 앉아 서재에 둔 뭔가를 찾다 무심코 시선이 가는 세 번째 서랍. 살짝 열려 있자 표정 서늘해지는 지용. 손을 슬며

시 대고 꽉 닫아본다. 아귀가 안 맞아 잘 안 닫히자 안심하는 표정 되고 다시 문 열어 그 폰 꺼내 밖으로 나가는데.

남겨진 성태, 10년 감수한 듯 다리 풀린다.


S#28      희수의 병실 /D

엠마 수녀와 서현이 함께 들어온다. 병실이 비어 있다. 희수가 떠났다. 편지 한 장 남기지 않고. 엠마 수녀와 서현, 희수의 빈 침상을 보고 있다. 착잡한 두 사람의 표정. 서현, 전화기 들어 희수에게 전화 걸려 하자.

엠마       안 받을 겁니다. 아무도⋯ 모르는 곳에⋯ 혼자 있을 거예요.

서현       (동의한다. 전화기 내려놓는) 찾지 않는 게 좋겠어요.


S#29      어딘가 (희수의 케렌시아) /D

어둡고 작은 방, 희수 멍하니 앉아 있다. 희수가 배우 생활하며 받은 트로피와 상패. 그리고 무수한 대본이 꽂혀 있는 소박한 케렌시아Querencia다. 슬라이드로 나오고 있는 희수의 20대 시절 영상. 희수의 손에는 낡은 15년 전 첫 대본이 들려 있다. <찬란한 그녀의 겨울날>. 대본 위에 매직으로 쓰인 '서희수 첫 영화'. 대본 넘기면 보이는 딱 한 장면. 별표 위로 소리.

엄마(소리)   희수야, 대사 하나밖에 없는 단역이지만 백 번 연습해서 씹어 먹어버려. 작은 배우는 없어. 작은 역할이 있을 뿐이야.

카메라 **C.U**하면 보이는 대사 '난 예전의 내가 아니야. 모든 걸 다 알아버린 지금… 내가 어떻게 같을 수 있겠어?' 희수의 표정이 섬뜩하게 변하기 시작한다. 대본을 덮고 백 번 연습한 그 첫 대사를 읊조린다.

희수      난 예전의 내가… 아니야~ 모든 걸 (눈빛 섬뜩) 다 알아버린 지금… 내가 어떻게 같을 수 있겠어…

그런 희수의 눈망울에서 점점 줌아웃된다. 희수, 예전의 희수가 아니다.

S#30      서현의 갤러리 /D
서현, 통화하면서 갤러리로 들어온다. 몸에 밴 예의로 인사하는 직원들. 서현, 자신의 자리에 가 앉는다.

서현      상견례니까 크게 준비할 필요 없어. 가까운 가족들만 모실 거야. 그러니까 그냥 최대한 빠르게 일정 잡아…

그때 부관장이 다가온다. 서현이 잠깐 보면.

부관장      대표님, 오셨습니다. 모실까요?
서현      (끄덕이는) 그래.

(짧은 시간 경과)

450 × 451

그런 서현 앞에 누군가 등장한다. 서현, 표정이 환해져 일어나는 데서.

S#31    저택 내 메이드 목욕탕 밖 /D

메이드들 모여 화나 있다. "아니 뭐야…" "아니, 그 좋은 개인 욕실 놔두고 왜 우리 구역에 침범이냐고." "우리 목욕날인데." "너무 오래 있는 거 아니야." 불만을 토로하는 그녀들.

메이드 1    근데 성태는 저기 왜 있어? 남자 둘이 목욕탕에서 대체 뭐해?

메이드 2    (그 소리에 기분이 나빠 목욕탕 쪽 일견하는데)


S#32    메이드 목욕탕 /D

진호, 뜨거운 김이 모락모락한 욕탕 안에서 술 먹어서 벌게진 얼굴 더 벌게서 배스 중이다. 여전히 진호 옷을 받아 들고 다리 모아 조신하게 앉아 있는 성태.

진호    (목을 뒤로 젖혀 눈을 감고) 그래서… 뭔가 알아낸 게 있어?

성태    (한숨)

진호    (눈을 떠 성태 보는)

성태    (불쌍한 이 집 사람들, 눈가 촉촉해진, 작은 소리) 불쌍해…

진호    너 별거 아니면 나한테 뭔 욕을 들으려고 이렇게 낭만 잡고… 어이가 없네… 뭐야 대체?

성태    대표님! 상무님…

| 진호 | …?? |
|---|---|
| 성태 | …게이예요. |
| 진호 | (귀를 의심하는) 뭐? |
| 성태 | 상무님 게이라고요. (맘 아프다, 또 한숨) 얼마나 힘드셨을까… |
| 진호 | 너 뭐랬어, 지금? |
| 성태 | 혼자만 쓰는 비밀 폰이 있더라고요. 거기… 근육질 남자들 사진이… (울먹) 사진이… 하아… |
| 진호 | (놀라서 그대로 일어난다) |
| 성태 | (그런 진호 보고 놀라 시선 수줍게 휙 돌리는데서) |

S#33    지용의 집무실 /D

지용, 생각이 많은 얼굴. 아무래도 희수가 이상하다. 희수에게 연락을 취한다. 전화를 받지 않는 희수. 지용 심각해지는. 결국 자경(하준 튜터)에게 전화를 거는데. 자경 역시 전화를 받지 않는다. 지용 기분이 나쁜, 예감도 불안. 신경질적으로 핸드폰 탁 내려놓는다.

S#34    동 갤러리 /D

서현과 마주 앉은 사람은 다름 아닌 좁은 문에 갇힌 코끼리 그림을 그린 자폐아와 그 엄마다.

| 서현 | 이 친구가 그린 그림들을 하원갤러리에서 봤습니다. 그림에 감동해 제가 바잉했어요. |
|---|---|

452 × 453

| 모친 | 감사합니다. 잘 봐주셔서… |
|---|---|
| 서현 | 재능 있고 세계관도 남달라요. 제가 이 소년 화가를 후원하고 싶어요. |
| 모친 | (눈시울 붉어지는) |
| 서현 | 마음껏 창작할 수 있도록 저희 갤러리에서 경제적 후원과 전시 지원을 할까 해요. |
| 모친 | …우리 애가 이렇게 복이 많네요. |
| 서현 | 복보다 재능이 더 많습니다. 안 그래도 순수미술이 너무 트렌디한데 본질에 가깝고 세계관이 진지해요. 현대미술이 가야 할 방향을 이 친구가 보여주는 느낌이에요. |
| 모친 | (감동하는) 네에~ |
| 서현 | 그 코끼리 그림요. 좁은 문에 갇힌 코끼리… 코끼리가 좁은 문을 나가는 방법은 뭘까요? 이건 제가 갤러리 대표가 아니라 개인적으로 부탁드리는 거예요. 그 그림은 최고가로 제가 사겠습니다. 시간을 얼마나 주면 될까요, 소년 화가님? |


S#35        동 집무실 /D

일어나려는 순간, 핸드폰의 문자 알림음 삐릭삐릭 울려 확인하는 지용.


| 희수(소리) | 나 지금 엄마 집에 와 있어. 입덧이 너무 심해 견딜 수가 있어야지. |
|---|---|

지용, 그 문자 받고는 안도의 날숨을 내쉬고 바로 희수에게 답

문자 보낸다.

지용(소리)　내 아이는 잘 있는 거지?

희수의 답을 기다리는 지용. 삐릭~ 확인하는 지용.

희수(소리)　응, 잘 있어.

지용 문자 보낸다. '얼마나 있을 건데?'

(인서트)　동 갤러리 /D
서현이 소년 화가의 대답을 기다린다.

소년 화가　1주일!

희수의 답 문자가 도착한다. '1주일.'

그 문자가 자막으로 오버랩된다.
1주일 후.

S#36　서현의 S.H뮤지엄 /D
서현이 전시장을 진두지휘 중이다. 조명 점검 중인 서현에게 다
가오는 부관장.

454 × 455

| 부관장 | 대표님… |
|---|---|
| 서현 | (보는) |
| 부관장 | 수지최가 대표님을 꼭 만나고 싶다는데… 서현갤러리에 그림 거는 조건이 대표님과 직접 얘기를 하는 거라고. |
| 서현 | (표정, 생각하는) 아니… 만나지 않겠다고 해. |
| 부관장 | (보면) |
| 서현 | 그냥 다른 아티스트 찾아봐. 그 사람 아닌 거 같아. |

그렇게 걸어 나가는 서현의 모습에서.


S#37    어느 풍광 좋은 곳 /D

화려한 착장을 하고 등지고 서 있는 어느 여인의 뒷모습. 다름 아닌 자경이다. 자경 뭔가 결심이 선 듯 그렇게 또각또각 어디론 가 걸어가는데서.


S#38    동 저택 게이트 /D

저택 문이 확 열린다. 희수의 차가 들어온다. 차가 멈춘다. 희수 의 기사가 차 문을 열어주면 희수가 가벼운 발걸음, 밝은 표정으 로 내린다. 희수의 화사한 표정에서.


S#39    루바토 현관 /D

희수, 들어오면 수영이 그런 희수 맞이하고 메이드 1·2 나와 인사한다. 마지막으로 유연이 나와 인사한다. 그리고 유연 뒤에 보이지 않게 서 있던 하준이 그런 희수에게 모습을 드러내고 다가간다. 하준을 복잡한 심경으로 바라보던 희수. 하준은 그런 희수를 눈물 가득한 눈망울로 바라본다. 희수는 아직 맘이 복잡한데 하준이 희수의 품에 그대로 덥석 안긴다. 하준의 진심에 그저 맘이 녹는 희수.

희수     우리 왕자님… 잘 있었어?
하준     엄마… 보고 싶었어.
희수     엄마도… (눈시울 붉어진)
하준     내 동생… 잘 있지…?

그 소리에 흔들리는 유연의 눈빛, 그리고 희수는 차마 하준이에 겐 거짓말하지 않고 말을 돌린다.

희수     하준아, 엄마가 갈비찜 해줄게.
하준     와아~ 최고!

2층 난간에 서서 그런 희수를 보고 있는 지용. 희수, 서서히 시선을 들어 지용에게 향한다. 감당 못 할 자신의 눈빛들을 진정시키며 마인드 컨트롤하던 희수, 이내 환하게 웃는다. 지용, 희수 향해 미소 짓는다. 계단을 내려온다. 지용, 내려와 희수를 안는다.

지용     보고 싶어 죽는 줄 알았어.
희수     …나 …도. (빠져나오려 수영이 찾으며) 수영아.

| 수영 | 네, 언니. |
|------|----------|
| 희수 | …나 홍옥 줘. |
| 수영 | !! |
| 희수 | 내가 사두라고 했잖아. |
| 지용 | 입덧 아직이야? (희수 배 만지며) 계속 홍옥만 찾네. 딸인가? |
| 희수 | (눈 하나 깜짝 안 하고) 그러게 말이야. (하고는 다이닝 홀로 향한다) |
| 지용 | (안도한다) |


S#40    희수의 서재 /D

희수, 우두커니 앉아 있으면- 수영이 들어온다.


| 수영 | 언니, 디자이너 선생님 오셨어요. |
|------|-------------------------------|
| 희수 | (멍하게 그런 수영 보는) |


S#41    희수의 드레스룸 /D

디자이너가 희수의 임부복 원피스를 가지고 들어온다.


| 디자이너 | 그때 치수 재신 드레스 메이드돼서 가져왔어요, 사모님. |
|----------|------------------------------------------------------|
| 희수 | (복잡한 표정으로 그 드레스 보는) 네… 입어볼게요. |
| 디자이너 | 착장 도와드려요? |
| 희수 | 아뇨. 그냥 가세요, 선생님. |
| 디자이너 | (희수 컨디션 눈치채고 목례 후 나간다) |
| 희수 | (금방이라도 눈물이 터질 거 같은) |

이때 누군가 희수 앞에 다가온다. 희수, 그 누군가를 내려다보며 입가에 미소가 번진다. 다름 아닌 하준이다. 하준, 희수에게 홍옥을 내민다. 희수, 하준이 건넨 홍옥을 입에 문다. 하준, 희수가 베어 문 홍옥을 손에 쥐고 희수의 품에 안긴다. 희수, 마음이 복잡해 미친다. 그런 희수의 복잡한 위로.

엠마(N)      그녀 역시 좁은 문에 갇힌 코끼리였습니다.

(인서트)     서현의 서재에 걸린 코끼리 그림 - 코끼리 애니메이션
            어미 코끼리 옆에 아기 코끼리가 엄마를 의지해 딱 붙어 있다. 어미 코끼리, 화가 나서 문을 부수려는 듯 눈썹이 올라가고 잔뜩 화가 나 포효하는데. 아기 코끼리가 겁에 질려 울고 있다.

엠마(N)      그녀는 그 문을 반드시 부셔야만 했습니다. 하지만 아기 코끼리가 다쳐서는 안 됐습니다.

S#42        한 회장의 서재 /D
            순혜·진호·진희, 심각하게 앉아 원탁회의 중이다.

진호        이사회가 3일 후야.
진희        원래 지난주였는데 지용이가 미뤘더라고. 서희수 있을 때 같이 샴페인 터트리고 싶어서 기다린 건지…
순혜        (미치겠다. 심기 가득 불편해 있다)
진호        판을… 뒤집을 방법은 없는 거겠지?

458 × 459

| | |
|---|---|
| 순혜 | (그런 진호의 슬픈 눈망울에 억장이 무너진다) |
| 진희 | 수혁이 약혼할 집안, 거기서 우리 손을 들어주면… 지용이가 과반수가 안 되니까… 지용이가 대표이사가 돼도 회장직에 오르는 건 막을 수도 있어. (진호에게) 오빠는 자기 아들 하나도 어떻게 못 하냐? 수혁이 걔는 지 아빠보다 지용이 말을 더 잘 들어. 지용이 걔는 무슨 재주야, 정말… |
| 진호 | (눈빛, 패씸) 그 새끼 실체를 다들 몰라서 그래. |
| 순혜 | 내가… 짐승을 거둔 거 같아. |
| 진호/진희 | (그 소리에 순혜 보면) |
| 순혜 | 사람의 자식이 아닌 거 같아. 정말 걔가 그런 애인 줄 난 몰랐다. |
| 진희 | 무슨 소리야? 나도 좀 알자. |
| 진호 | 하준이 튜터였던 사람, 하준이 낳아준 여자야. |
| 진희 | (기절할 듯 눈이 커지는) …뭐어? (기가 막힌) 누가 들였어, 그 여잘? |
| 진호 | 지용이가… |
| 진희 | (점입가경) 뭐어? |
| 순혜 | (땅 꺼지는 한숨) |
| 진희 | (기가 딱 막히는데) 올케 알아? |
| 진호 | 아니. |
| 순혜 | (동시에) 안다. |
| 진호/진희 | (동시에 놀라서 그런 순혜 보는데) |
| 진호 | 안다고? |


S#43        동 저택 /D

성태가 버기카 운전하고 진희 옆에 앉아 멍청하다. 믿을 수 없는 상황들…

| | |
|---|---|
| 진희 | (혼잣말) 말도 안 돼. 어떻게 그럴 수가… 한 집에 두 여잘… |
| 성태 | 오늘 왜 차 안 가지고 오셨어요? |
| 진희 | 나 카덴차 출입금지인 거 몰라? 내 차 게이트에서 걸리잖아. |
| 성태 | 근데 왜 들어오셨어요? |
| 진희 | (어이없다) 니가 뭔 상관인데. |
| 성태 | 그러게요. |
| 진희 | 무서워… 사람이 젤 무서워. |
| 성태 | 그러게요. |

S#44    드레스룸 /D

지용, 양복을 갈아입고 거울 속 자신을 보고 있는 무서운 눈빛. S#39에서 희수가 자신을 올려다보던 묘한 표정을 떠올린다. (희수 표정 인터컷) 지용, 희수의 저 담담함이 너무나 불편한데.

S#45    수녀원 /D

엠마 수녀, 일과를 끝내고 수녀원 자신의 방으로 들어온다. 수녀복을 벗고 단정히 올린 머리 수건을 벗는다. 벽장을 열자 에르메스 빈티지 가장 오래된 버킨백과 캘리백이 안에 들어 있다. 자신이 오늘 들고 다닌 가방을 그 안에 넣고 문을 닫는 엠마 수녀.

460 × 461

S#46        진희의 집 /D

진희, 집에 들어오면 정도가 다이닝 홀에서 고급 도시락을 먹고 있다. 진희, 그런 정도 보고는 맞은편 자리에 앉는다.


정도        (그런 진희 보며) 이혼하자.

진희        안 돼. 기다려. 하더라도 내가 소송할 거야.

정도        그럼 빨리 좀 해라. 소송이 얼마나 시간 걸리는데… 시작도 안 하면 어떡해?

진희        그건 내 맘이지. 니가 좋아서 이러는 거 아니야. 결혼생활을 견고하게 유지하려고 노력하는 모습을 보이고 싶어. 그게 노블리스 오블리제니까.

정도        누나…! 제에발 이혼해줘…

진희        너 이혼하면 날아갈 거 같지? 그렇지 않아. 나보다 더한 여자 만날 수도 있어.

정도        그런 악담하지 마. 차라리 때려.

진희        그동안 미안했어. 다시는 너 안 때릴게. 소리도 안 지를게.

정도        (벙)

진희        (일어나려는데) 나 너한테 잘하고 싶어. 기회를 줘.

정도        (입에 밥 물고 쩝쩝) 누나 요새 약 하니?

진희        (그 소리에 갑자기 제정신 돌아와) 무슨 약? 무슨 약~~ 너 땜에 위장약은 한다~~!! 이게 말이면 단 줄 아나. 야! 너 쩝쩝대고 먹지 마. 극혐! 소오름! 듣기 싫다고~~

정도        (아씨~ 그럼 그렇지)

　　　루바토 다이닝 홀 /D

희수와 지용, 그리고 하준이 품격 있는 식사를 하고 있다. 하준이 밥을 다 먹은 듯하자 희수가 수영에게 문자 하고 곧 수영이 들어온다. 희수, 하준의 볼에 뽀뽀한다. 그런 희수와 하준을 보는 지용. 수영, 하준을 데리고 나간다.


| 지용 | 13일에 대표이사 변경 긴급이사회가 열려. 당신 소원대로 할게. 내가 대표 자리 앉을게… 그래야 하준이한테 이 왕관 물려주지. 당신한테 혼나고 나 정신 차렸어. |

지용　　13일에 대표이사 변경 긴급이사회가 열려. 당신 소원대로 할게. 내가 대표 자리 앉을게… 그래야 하준이한테 이 왕관 물려주지. 당신한테 혼나고 나 정신 차렸어.

희수　　그게 당신 맘대로 될까? 이번에 수혁이 노아림 씨랑 약혼하는데?

지용　　(표정 싹 굳어지는)

희수　　하긴~ 수혁이 아직 앤데 뭐가 걱정이야.

지용　　…

희수　　(1분 1초 연기하듯 신경 쓴다) 근데 지난번 튜터 말이야.

지용　　(뜨끔한)

희수　　강자경 선생님 말고 그 전 튜터… 당신이 그만두게 했던.

지용　　응.

희수　　그 사람이랑 통화했어. 어차피 튜터는 새로 구해야 하는데 그만한 사람이 암만 봐도 없어서.

지용　　더 알아봐. 신중하게 구해.

희수　　근데… 아무리 생각해도 이해가 안 돼. 그 사람 왜 그렇게 급하게 잘랐지. 그때?

지용　　(입을 닦는)

희수　　(미소) 강자경 아니 이혜진 씨를 집에 들여야 해서… 그렇게 급하게 자른 거지?

| | |
|---|---|
| 지용 | (당황하는, 표정) |
| 희수 | (그런 지용 보다가 다시 피식) 해본 소리야. 다 지난 일인데 뭐. 모든 거 다 잊고 새로 시작할 거야. 그냥… 나랑 하준이, 그리고 당신… 세 사람 생각만 하려고. |
| 지용 | 잘 생각했어. 다 잊어, 우리. |
| 희수 | 그럼… 다… 잊어야지. (표정) |
| 지용 | 근데 말이야… 그 여자 어떻게 그렇게 쉽게 내보냈어? 쉽게 물러날 여자가 아닌데… |
| 희수 | …하준이 낳아준 사람이잖아… 하준이… 하준이를 위해서 그런 결정한 거야. 적어도… 엄마긴 하잖아. |
| 지용 | (그래도 의심스러운 지용의 표정에서) |
| 희수 | (편안히 음식을 먹고 있는데서) |


S#48      카덴차 내 다이닝 홀 /N

상견례 준비 다 끝난 카덴차. 품격 있고 정갈한 분위기다. 순혜, 곱게 한복 입고 있다. 서현과 진호, 멀찍이 떨어져 앉아 있다.

| | |
|---|---|
| 순혜 | 작은애기는 예정일이 언제냐? |
| 서현 | (표정 속이는) 아… 제가 확인해서 말씀드릴게요. 못 물어봤네요. |
| 순혜 | 신경 써라. 안정기 들어설 때까지… |
| 서현 | 네, 그래야죠. |

그때 수혁이 계단을 내려온다. 슈트를 멋지게 입고 있지만 표정

은 차갑다. 멋지게 슈트 입은 수혁을 보며 좋아하는 순혜와 차가운 수혁의 표정에 더 맘이 쓰이는 서현. 곧 주 집사 들어오며 "오십니다"라고 알려준다. 성태, 아림의 식구들 카덴차로 모셔서 들어온다. 가식적인 미소 장착하는 순혜. 변함없이 우아한 서현. 한없이 밝은 아림이 부모님과 함께 들어온다.

-시간 경과-

식사가 끝나가는 양가. 이제 메이드들이 디저트를 서빙해준다.

| | |
|---|---|
| 아림모 | 갑자기 이렇게 빨리 식사 자리를 잡아주셔서 놀랐어요. 근데 너무 맛있네요. 가끔씩 셰프도 집안끼리 교류하고 그래야겠어요. |
| 순혜 | (교양 떨며 자부심) 우리 집 셰프들은 다 우리 효원호텔을 통해서 제대로 검증 받은 사람만 들어오기 때문에 맛이 없을 수가 없답니다. |
| 아림 | 잘 먹었어요, 정말. |
| 수혁 | 식사 끝나셨으면… 제가 오늘 이 자리를 만든 이유를 말씀드릴게요. |
| 서현 | !! |
| 일동 | ?? |
| 수혁 | 결혼은 두 사람만의 문제가 아니라 양쪽 집안의 일이라고 하니까요. 이렇게 양가 사람들 다 모였을 때 말해야 일이 해결된단 걸 알았어요… |
| 일동 | (계속 들어보는) |
| 수혁 | 거짓말은 양날의 검 같아서 하는 사람도 듣는 사람도 모두 상처 입힌단 걸 알게 됐어요. |

| 서현 | … |
|---|---|
| 수혁 | 안 좋아하는데 좋아하는 척. 좋아하는데 안 좋아하는 척. 전 둘 다 안 할 겁니다. 아림 씨 미안해요. (일어나는) |

그 소리에 혈압 오르는 순혜와 차분히 그런 수혁을 깊은 눈동자로 보는 서현.

| 순혜 | 너 이대로 나가면 암것도 없어!! |
|---|---|
| 수혁 | 맘대로 하세요. 저도 제 맘대로 할 거니까. |

눈가 그렁한 아림, 표정 굳은 서현, 인상 뭉개는 진호, 벌벌 입술이 타들어가는 순혜. 당황한 아림 부모들의 모습, 그리고 결연한 표정으로 나가는 수혁.

| S#49 | 카덴차 홀 /N |
|---|---|

충격 받은 순혜. 정 셰프 눈치 보며 고급 글라스에 얼음물을 건넨다. 순혜, 벌컥벌컥 마신다. 침착한 서현. 따뜻한 차를 서현에게 건네는 주 집사.

| 순혜 | 어떻게든 아림이네 집안 사람들 맘을 풀어줘야 해. |
|---|---|
| 서현 | 문제는 그쪽 집이 아니라… 수혁입니다. |
| 순혜 | (답답하다) 네가 어떻게 좀 해봐. 넌 뭐든 하는 애잖아. 아림이랑 결혼해야 우리 진호가 회장이 된다는 거 너도 알잖아. …수혁에 미야 (진심을 다해) 우리 진호가 회장이 되게 만들어야 돼. |

| 서현 | … |
|---|---|
| 순혜 | 난… 미자년 아들이 그 자리에 올라가는 거… 내 눈에 흙이 들어가기 전엔 못 본다. |
| 서현 | 서방님은 그 자리에 못 올라갑니다. |
| 순혜 | 아니 왜? 너 뭐 아는 거 있어? |
| 서현 | (말을 아끼는) |
| 순혜 | 우리 진호가 계속 그 자리 지킬 수 있단 말이지? 근데 얜 또 어디 갔어? 이 난리통에 의논을 해야지… 얘는 요새 집에 들어와서도 코빼기가 안 보여. 주 집사 진호 고새 어디 갔어? |
| 주 집사 | (허걱) |
| 순혜 | 아니, 얘 요새 집에 와서 뭐해? 복권 다시 시작했어? |
| 주 집사 | 아뇨. |
| 순혜 | (무심코) 그럼 어디 지하 벙커라도 숨어 있어? |
| 주 집사 | (옆에 있다가 허걱! 놀라서 발연기 어색 찬란하게) 허억~ 아니오! |
| 순혜 | (저 반응 뭐야) 뭐야 왜 오바야! |
| 주 집사 | 요즘 메이드 목욕탕에서 반신욕을 즐기십니다. |
| 순혜 | 아니, 메이드 목욕탕엘 왜 기어들어가고 자빠졌어? 지 욕실 놔두고, 지금 얼마나 중요한 시국인데 그런 얼빠진 짓을 해, 걔는? |
| 주 집사 | (내 말이 그 말) 제 말이요… (하다가 얼른 눈치 보고 입 다문다) |
| 서현 | 차라리 나아요. 사고를 쳐도 집에서 칠 테니까… (낮은 시선, 차 마시는) |
| 순혜 | (끄응) |


S#50      메이드 목욕탕 /N


466 × 467

목욕탕에 진호와 성태가 같이 들어가 있다. 둘이 나름 친해졌다.
진호, 분이 나 있다.

진호       수혁이 그놈 언젠가 크게 뒤통수 칠 줄 알았다니까.

성태       앞통수죠.

진호       (화나는) 새끼 정말 죽일 수도 없고~

성태       잘 참으셨어요. 참을 수 있는 자가 위너예요.

진호       (그런 성태 보면서) 넌 날 어떻게 생각해?

성태       (질문 당황, 몸을 소극적으로 감싸며) 뭘 어떻게 생각하냔 말씀이
신지…

진호       (이 새끼 참) 새끼가 돌았나~ 내가 이 왕국의 회장감이라고 생각하
냐고…

성태       (그런 진호 보다가 용기 내서 시선 맞추며) 아니신 거 같아요.

진호       ??

성태       진짜 회장감이라면 저랑 이렇게 목욕탕에서 몸을 섞지 않을 거
예요.

진호       (어이없다. 병) 몸을 섞다니…

성태       집 안의 그 비싼 물건을 훔친 사람에게 스파이 짓을 시키다니…
(한심하다) 인간은 고쳐 쓰는 게 아니거든요.

진호       (황당하다. 그러다 그런 성태에게 뭔가 깨달음 얻는 표정에서)


그런 두 사람의 뻘쭘한 모습이 줌아웃되면서 디졸브.


S#51       루바토 거실 /D

지용 출근한다. 희수, 거실에 앉아서 홍옥을 먹고 있다. 지용, 희수의 배에 손을 대고 흐뭇하게 웃는다.

지용    우리 내일 애기 옷 사러 갈래? 침대도 고르고…
희수    (그런 지용 보며) 침대 벌써 샀는데. 내가 방 잘 꾸미고 있어. (손에 방키 보이며) 당신 서프라이즈 해주려고 내가 조용히 몰래~ 아기 방 꾸미고 있잖아.
지용    다 당신이 고르겠다고? 나도 같이해~ 나 정말 최고로 키울 거야. 딸이면 좋겠다. 딸바보 아빠, 그거 한번 해보는 게 소원이었어.
희수    (미소) 나한테 맡겨! (그런 지용 보며 홍옥을 베어 문다. 바작바작 씹고 있다)
지용    (희수에게 볼 뽀뽀 후 출근한다)
희수    (손 인사 하고 지용이 사라지면 미소가 걷힌다)


S#52    동 저택 내 여러 곳 /D
모두가 떠나고 없는 빈 저택 내. 메이드들과 희수만 남아 있다. 희수에게 배달된 최고급 홍옥 바구니. 함께 배달된 꽃다발, 그 안에 꽂힌 지용의 메모 '오늘은 어제보다 두 배 더 사랑해'. 희수 그 메모를 그대로 손으로 휙 구긴다. 그 모습 뒤에서 보고 있던 유연, 맘이 안 좋은.
희수, 수영장을 가로질러 어딘가로 향한다.

-정원 일각-

희수 줄넘기를 시작한다. 휙휙 열심히 줄넘기하는 희수. 땀이 목을 타고 흐르고, 자신의 정체성, 자신의 가치를 찾을 일념으로 미친 듯이 줄을 넘고 있다. 그런 희수를 보고 있는 어떤 시선- 다름 아닌 주 집사다. 임신한 희수의 줄넘기… 이해가 안 가는 주 집사.

희수의 네버 스톱 줄넘기하는 모습에서.


S#53    지용의 서재 앞 /D

도구의 왕인 성태, 이쑤시개 두 개로 열고 있는데 호출기가 울린다. 멈추는 성태. 성태, 호출기 확인하고 그대로 벗어나 후다닥 나가는.


S#54    카덴차 내 메이드 집합소 /D

주 집사와 마주선 성태. 벌 서고 있는 듯한 성태.


주 집사    말 안 하겠다?

성태    (곤란한)

주 집사    작은사모님 모시고 그날 밤 어디 갔었어?

성태    (입을 딱 다물고 절레거린다)

주 집사    너 요새 대표님이랑 목욕탕에 들어앉아서 무슨 짓 해?

성태    (입을 딱 다물고 절레거린다)

주 집사    블루다이아 훔친 거 왕사모님한테 얘기하리?

성태    (허걱)

주 집사    목욕탕, 작은사모님 둘 중 하나 골라. 비밀 맞교환하자. 뭐 고를래?

| 성태 | … (결국 고르는) 작은사모님… |
|---|---|
| 주 집사 | (끄덕인다) |
| 성태 | 작은사모님… 애기 잃으셨어요. |
| 주 집사 | !! (그런 거 같더라) |

주 집사의 예리한 표정 위로.

| 엠마(N) | 비밀은 비밀로 트레이드되듯이 진심은 진심으로 트레이드되었어요. |
|---|---|

| S#55 | 동 정원 /D |
|---|---|
| | 줄넘기 끝나고 땀을 흘리고 걸어오던 희수와 멀리서 걸어오던 엠마 수녀, 서로 바라본다. 엠마 수녀를 보자 감정이 북받쳐 오르는 희수, 엠마 수녀를 부둥켜안고 운다. |

(시간 경과)

희수와 엠마 수녀, 루바토 티가든에 마주 앉아 있다.

| 희수 | 그때 수녀님이 물어보신 거에 대한 대답요. |
|---|---|
| (인서트) | 1회 S#5 중 엠마 "우리 희수 자매님만의 '내 건' 뭐가 있어요?" |
| 희수 | 남편도… 하준이도… 내 거라고 생각했어요. 근데 아니에요. |

470 × 471

그리고 인연이 다한 이 아이도… 내 게 아니에요. 세상에… 내
건… 이제… 없어요.

| 엠마 | (그런 희수 애처롭게 보는) |
|---|---|

S#56 　　카덴차 내 서현의 서재 /D

서현과 마주 앉아 있는 소년 화가와 어머니. 서현. 소년 화가가
그린 그림을 보고 있다. 감동 받은 서현. 카메라, 그 그림에 줌인
하면. 문이 없는 곳에 그저 혼자 누워 있는 코끼리.

| 서현 | 그래… 이렇게… 애초에 문이 없었단 거구나. |
|---|---|
| 소년 화가 | … (의미심장한) 원래… 문은 없었어요. 코끼리가 생각을… 그렇게… 하고 있었던… 거예요. (어눌한 말투다) |
| 서현 | (눈시울 붉어진다) |

S#57 　　이사회장 /D

이사들이 모여 있는 대회의실. 지용·진호·진희·수혁도 참석한.

| 사회자 | 이사회 결의 전 효원의 법무팀장이자 회장님의 고문 변호사인 최진영 변호사님이 잠깐 이사진 여러분께… 회장님 유언장을 공개하신다고 합니다. |
|---|---|
| 일동 | (술렁이는) |
| 효원가 사람들 | (예상치 못한 상황이라 당황하는) |

문이 열리고 최 변호사가 들어온다. 최 변호사 인사한다.

최변        뇌혈관계 지병으로 오랜 투병을 하셨던 회장님은 자신이 병석
           에서 한 달 이상 무의식 상태가 계속되면 이 유언장을 이사진과
           가족들이 동석한 자리에서 발표하라고 저에게 구두로 당부를
           하셨고, 관련 육성 녹음 제출하겠습니다.

지용        (불안한데)

최변        (밀봉된 유언장을 연다)

           아무도 예상치 못한 최 변호사의 등장과 한 회장의 유언장 이슈
           에 웅성거리는 이사진. 그리고 당황하는 표정의 지용·진호·진
           희·수혁의 감정들이 컷 처리된다. 벙한 사람들 표정.

(인서트)    한 회장이 입원한 VVIP 병실 /D
           꽃 속에 파묻힌 한 회장의 빙그레 웃고 있는 모습.

           (시간 경과)

최변        이상 유언장 발표를 마칩니다.

           최 변호사가 유언 발표 마치면 벙!한 효원가 사람들 모습 (9회
           확장)

S#58        지용의 차 안 /D

472 × 473

지용, 운전석에 가만히 앉아 있다가 서서히 눈가 붉어지면서 눈물이 흐른다. 흐느끼며 울기 시작하는 지용.


S#59  카덴차 앞 현관 /D

서현, 소년 화가와 어머니를 배웅한다. 버기카에 태우는 성태. 그렇게 벗어나는 그들에게 손을 흔드는 서현, 옆에 서 있던 주 집사, 그런 서현에게.

주 집사  강자경 씨… 임금 처리가 완료되지 않았는데… 어떻게 할까요?
서현  두세요. 나타나지 않을 겁… (하는데 어딘가에 시선이 고정되는)

서현, 그렇게 걸어가면… 서현의 시선 따라 보이는- 자경이 두고 간 우산. 소름 끼치게 줌인한다.

서현  다시… 돌아올 수… 도 있겠네요… 그 여자!!!


S#60  희수의 서재 - 동 저택 게이트 /D

누군가의 전화를 받은 듯 미동도 않은 채 가만히 앉아 있는 희수의 모습과 게이트 문이 열리며 1회 때 보인 화려한 모습의 자경이 한 발 한 발 저택으로 들어온다. 두 여자의 모습이 숨 가쁘게 교차된다. 희수의 정지 화면 같은, 그러나 무슨 일이 일어날지 이미 예감하는 모습과 평화로운 자경의 역동적인 모습이 자경의 힐 굽 소리 위로 교차된다. 그렇게 자경은 어느덧 카덴차에

도착한다. 문이 열리고 주 집사가 그런 자경을 맞이한다. 문이
닫힌다. 희수, 맘을 알 수 없는 표정으로 앉아 있다.


S#61     서현의 서재 - 지용의 차 안 (교차) /D

서현, 결심한 듯 지용에게 전화한다.


서현     서방님 이쪽으로 오셔야겠어요.

지용     무슨 일이시죠? 웬만하면 나중에… (하는데)

서현     강자경 씨가 와 있습니다. 이혜진 씨일 수도 있고요.

지용     !!!

서현     서방님이 직접 해결할 문제잖아요.

지용     알겠습니다. (전화 끊고 표정 싸늘해지는)


S#62     카덴차 내 다이닝 홀 /D

서현과 마주 앉아 있는 자경, 모자를 벗고 머리를 쓸어넘긴다.
그때 등장하는 지용, 서현을 일견하고 바로 자경을 본 후 표정
무서워진다.


지용     (낮고 무섭게) 감히 여기가 어디라고 와?

자경     (우아하게 차 마시며 음미한다. 지용 없는 사람처럼)

지용     (화가 오르기 시작하는) 당장 일어나!

자경     내 애 내놔~

서현     (자경 보는)


474 × 475

| 지용 | 뭐! |
| 자경 | 내 아이! 내놓으라고!!! |
| 지용 | 나가, 당장!!! 나랑 얘기해 (하는데) |

똑똑 소리 나고 문이 열리는- 슬로- 희수가 초연한 표정으로 들어온다. 지용, 희수 등장에 놀라는!!! 희수, 자경과 지용을 번갈아 본다.

| 서현 | (시선 누구에게도 주지 않고 꼿꼿하게) 동서도 알아야 될 거 같아서요. |
| 지용 | (그런 서현을 분노해 보다가 얼른 희수에게) 희수야, 미안해… 너 여기 있지 마. 스트레스 받음 안 돼. 내가 해결할게. |
| 희수 | 괜찮아. 나도 알아야지. (자경 보면서 최대한 침착하게) 왜 온 거예요? |
| 자경 | 하준이 찾으러 왔어요. 내 아이잖아요. |
| 지용 | (버럭) 너 미쳤어? 그게 어떻게 니 애야?!! |
| 자경 | (분노로) 내 아이야! (지용 보며) 너 같은 아빠! (희수 보며) 가짜 엄마!! (비웃듯) 핫! 다 꺼져!! |
| 서현 | (그런 자경을 불쾌하게 보고 있는) |

지용, 격앙되어 눈빛이 으르렁대는. 지용, 앉아 있는 자경의 손목을 확 끌어당겨 일으키자 찻잔이 흔들리며 쏟아진다. 지용, 개의치 않고 막무가내로 자경 끌고 나가려는데.

| 희수 | 아아아아아!! (히스테릭하게 절규한다) |
| 지용 | !!! |
| 자경 | !!! |

| | |
|---|---|
| 서현 | !!! |
| 희수 | (이제껏 본 적 없는 광기 어린 표정으로 자경에게 바짝 다가오는) |
| 자경 | (약간 당황하여 흠칫) |
| 희수 | (자경의 얼굴 코앞까지 얼굴을 들이밀면서) **까불지 마!!** |
| 자경 | … |
| 희수 | **내 거!!! 뺏어간 사람은 그게 누구든… 죽여버릴 거야!** (중의적이다) |

S#63    엔딩 /N

카덴차 사고 현장- 핏물이 가득한 저택 안. 엠마 수녀가 들어와 그 현장 앞에 서 있다. 바들바들 떨고 있는 엠마 수녀. 그 시선 따라가면 쓰러져 죽어 있는 검은 그림자. 그 그림자, 서서히 실체가 보인다- 지용이다.

< 8회 엔딩 >

# 용어 정리

| | |
|---|---|
| /D | day |
| /E | Evening |
| /N | Night |
| C.U | Close Up. 어떤 대상이나 인물이 두드러지게 화면에 확대되는 것. |
| F | Filter |
| S# | 신 넘버(Scene Number)의 약자. 신(Scene)은 동일 시간, 동일 장소에서 단일 상황, 액션, 대사나 사건이 나타나는 한 장면을 뜻한다. |
| 디졸브(dissolve) | 앞 장면이 사라지고 새 장면이 얕게 겹쳐 나타나는 것. |
| 보이스오버(V.O Voice Over) | 연기자나 해설자 등이 화면에 보이지 않는 상태에서 대사나 해설 등의 목소리가 들리는 것. |
| 몽타주성 | 대사 없이 배경음악이 깔리면서 들어가는 여러 가지 장면들. |
| 몽타주 | 따로따로 촬영한 장면을 적절히 떼어붙여서 하나의 새로운 장면이나 내용으로 만드는 것. |
| 오버랩(overlap, O.L) | 앞 장면이 서서히 사라지는데 겹쳐서 다음 장면을 서서히 나오게 하여 점차 완전히 다음 장면이 되게 하는 기법. |
| 인서트(insert) | 화면의 특정 동작이나 상황을 강조하기 위해 삽입한 화면. |
| 인터컷(intercut) | 교차편집, 평행편집. 같은 시간 서로 다른 장소에서 벌어진 사건, 행위를 교차해 보여줌으로써 극적인 효과를 고조시키는 기법. |
| 줌 아웃(zoom out) | 카메라의 위치를 고정한 채 줌 렌즈의 초점 거리를 벌려 촬영물로부터 멀어져 가는 것처럼 보이게 촬영하는 기법. |
| 줌 인(zoom in) | 카메라의 위치를 고정한 채 줌 렌즈의 초점 거리를 변화시켜 촬영물에 접근하는 것처럼 보이도록 촬영하는 기법. |
| 컷 투(cut to) | 다른 장면으로 바뀜. |
| 틸트 다운(tilt down) | 카메라를 수직으로 위에서 아래로 움직이면서 촬영하는 기법. |
| 틸트업(tilt up) | 카메라를 수직으로 아래에서 위를 향하여 움직이면서 촬영하는 기법. |
| 프레임 아웃(frame out) | 컷(cut). 등장인물이 화면 밖으로 빠져나가는 것. |
| 플래시백(flashback) | 추억이나 회상 등 과거의 일을 묘사하는 장면. |

2021년 06월 28일 1판 1쇄 인쇄
2021년 07월 05일 1판 1쇄 발행

글 | 백미경
펴낸이 | 이종춘
펴낸곳 | BM (주)도서출판 성안당
주소 | 04032 서울시 마포구 양화로 127 첨단빌딩 3층(출판기획 R&D 센터)
10881 경기도 파주시 문발로 112 파주 출판 문화도시(제작 및 물류)
전화 | 02) 3142-0036
031) 950-6300
팩스 | 031) 955-0510
등록 | 1973. 2. 1. 제406-2005-000046호
출판사 홈페이지 | www.cyber.co.kr
ISBN | 978-89-315-5753-4 04810    978-89-315-5755-8 04810(세트)
정가 | 16,800원

## 이 책을 만든 사람들

기획·편집 | 백영희
교정 | 허지혜
표지·본문 디자인 | 글자와기록사이
국제부 | 이선민, 조혜란, 김혜숙
마케팅 | 구본철, 차정욱, 나진호, 이동후, 강호묵
마케팅 지원 | 장상범, 박지연
홍보 | 김계향, 이보람, 유미나, 서세원
제작 | 김유석

ⓒ 백미경
본 책자의 출판권은 tvN과 출판 계약을 맺은 BM (주)도서출판 성안당에 있습니다.

이 책의 어느 부분도 저작권자나 BM (주)도서출판 성안당 발행인의 승인 문서 없이 일부 또는 전부를 사진 복사나
디스크 복사 및 기타 정보 재생 시스템을 비롯하여 현재 알려지거나 향후 발명될 어떤 전기적, 기계적 또는 다른
수단을 통해 복사하거나 재생하거나 이용할 수 없음.

효우야 는 (주)도서출판 성안당의 단행본 출판 브랜드입니다.

■도서 A/S 안내

성안당에서 발행하는 모든 도서는 저자와 출판사, 그리고 독자가 함께 만들어 나갑니다.
좋은 책을 펴내기 위해 많은 노력을 기울이고 있습니다. 혹시라도 내용상의 오류나 오탈자 등이 발견
되면 "좋은 책은 나라의 보배"로서 우리 모두가 함께 만들어 간다는 마음으로 연락주시기 바랍니다.
수정 보완하여 더 나은 책이 되도록 최선을 다하겠습니다.
성안당은 늘 독자 여러분들의 소중한 의견을 기다리고 있습니다. 좋은 의견을 보내주시는 분께는
성안당 쇼핑몰의 포인트(3,000포인트)를 적립해 드립니다.

잘못 만들어진 책이나 부록 등이 파손된 경우에는 교환해 드립니다.

　내가 숨긴 발톱이 내가 사랑하는 사람까지 할퀴게 될까 봐… 내가 겁나는 건 그거 하나뿐이야…

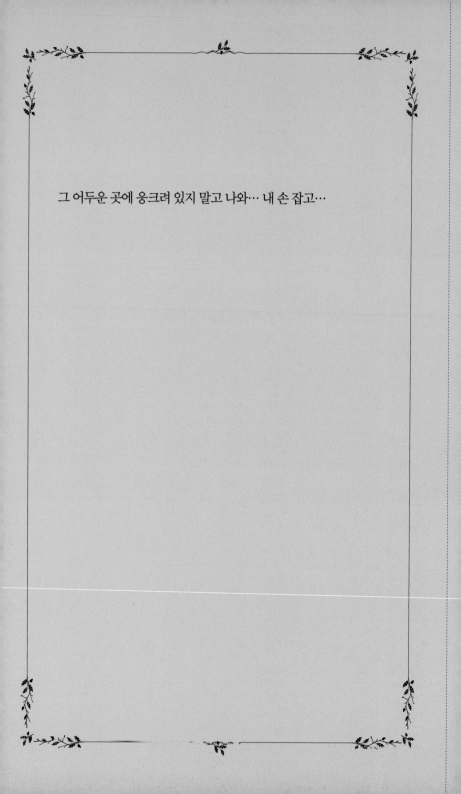

그 어두운 곳에 웅크려 있지 말고 나와… 내 손 잡고…

진실은 미룬다고 피해지는 게 아니니까… 정면승부할 생각입니다.

난 예전의 내가 아니야. 모든 걸 다 알아버린 지금… 내가 어떻게 같을 수 있겠어?

자매님이라면 불편한 진실, 거짓된 평화! 어느 쪽을 선택하시겠습니까?

나한텐 엄마밖에 없어. 이 우주에서 나한테 내 엄마는 엄마뿐이야.

그 남자를 어떻게 사랑하지 않을 수 있어요? 온몸이 방패가 돼서 날 막아주고 온 영혼이 검이 돼서 날 위해 싸워줬는데…

첨 봤을 땐⋯ 몰랐어. 근데⋯ 내가 말에서 떨어질 때⋯ 날 안고 있었을 때⋯ 그렇게 한참 있었는데⋯ 기억이 났어. 냄새가⋯ 기억이 났어⋯